weissbooks.w

Micheline Bood, geboren 1926 in Paris, war Juristin und Journalistin, »gelegentlich Malerin und Gärtnerin«, sowie Autorin eines Buches über Louise Colet, der »Muse« von Flaubert, mit der sie verwandt war. Micheline Bood starb 1980, sechs Jahre nach Erscheinen ihrer Tagebücher.

Micheline Bood
Die doppelten Jahre
Tagebuch einer Schülerin
Paris 1940–1944

Aus dem Französischen
von Ursula Bös

weissbooks.w

Die doppelten Jahre

Vorwort

Bei dem Tagebuch der Micheline Bood haben wir es mit einem ganz besonderen Zeugnis zu tun, das mich, da ich es jetzt zum ersten Mal gelesen habe, überrascht und berührt hat.

Zunächst aber dies: Micheline Bood beginnt ihr Tagebuch im April 1940 – kurz vor ihrem 14. Geburtstag und kurz vor der Invasion der deutschen Wehrmacht in Frankreich am 10. Mai 1940. Sie führt dieses Tagebuch über die gesamte Dauer der deutschen Besatzung in Frankreich, besonders ausführlich in den Juli- und Augusttagen 1944, in denen der Kampf um die Befreiung von Paris das Leben der Pariser Bevölkerung bestimmt. Der letzte Eintrag stammt vom 21. Oktober 1944. Die Deutschen sind vertrieben.

1974, genau 30 Jahre nach dem Ende der deutschen Besatzung, erscheint Micheline Boods Tagebuch unter dem Titel *Les années doubles. Journal d'une lycéenne sous l'Occupation* bei Robert Laffont, Paris.

Die Veröffentlichung fällt in die Zeit, in der die historische Aufarbeitung der Kriegsjahre, der deutschen Besatzung und der Résistance in Frankreich in eine neue Phase tritt:

Schon 1969 rührt Marcel Ophüls in seinem Dokumentarfilm *Le chagrin et la pitié (deutsch: Das Haus nebenan – Chronik einer französischen Stadt im Kriege)* schmerzhaft an Tabus, legt die Finger in die Wunden von Mitschuld und Kollaboration der Vichy-Regierung unter Pétain. Sein Film zeigt, wie sich Teile der Bevölkerung schnell mit den deutschen Besatzern arrangiert hatten. Er rührt an bestehende Mythen im französischen Bewusstsein über die Résistance, relativiert das Bild, dass die überwiegende Mehrheit der französischen Bevölkerung der Résistance angehört oder die Résistance unterstützt hätte. Dieser Film und die damit einhergehenden Debatten sind der Anlass dafür, dass Micheline Bood einer Veröffentlichung ihres Tagebuchs zustimmt. In dem Jahr seiner Veröffentlichung kommt ebenfalls Louis Malles Spielfilm *Lacombe Lucien* in die Kinos. Auch er beschäftigt sich mit dem Thema Kollaboration. Die Diskussion ist heftig; wie heftig, zeigt sich darin, dass noch 1992 der damalige Staatspräsident Mitterand in seiner Rede zum 50. Jahrestag der *rafle du Vel d'Hiv* eine Verantwortung der französischen Republik für die Verfolgung und Deportation der in Frankreich lebenden Juden ablehnt. Längst ist jedoch erwiesen, dass die Massenverhaftungen von fast 13 000 Juden in Paris am 16. und 17. Juli 1942 und die anschließenden Deportationen von der französischen Polizei und Miliz durchgeführt worden waren. Erst 1995 erfolgt ein offizielles Eingeständnis, als Staatspräsident Jacques Chirac in einer Rede die Verantwortung des französischen Staates für die Kollaboration der Vichy-Regierung mit den deutschen Besatzern übernimmt und die Mitschuld der französischen Polizei und Miliz anerkennt.

Dieses Tagebuch ist ein besonderes und außergewöhnlich facettenreiches zeitgenössisches Dokument der Zeit der deutschen Besatzung in Paris. Micheline Bood informiert sich akribisch über den Kriegsverlauf und schildert bis ins Detail die Auswirkungen der deutschen Besatzungspolitik auf das Leben in Paris. Ihre Haltung gegenüber Krieg und Besatzung ist eindeutig: Sie steht auf der Seite derer, die gegen die deutschen Besatzer kämpfen, verehrt die Engländer und de Gaulle, formuliert ihre Verachtung für die Franzosen, die den Kampf zu früh aufgegeben und die militärische Niederlage nicht verhindert hätten, sie wettert gegen Pétain, den »Alten«, die Kollaborateure und die französische Miliz: »ein Haufen kleiner Gauner, Diebe oder Vorbestrafte … die Diener der neuen Ordnung.«

Micheline Bood ist selbstbewusst, sie lässt keine Gelegenheit aus, auch in der Öffentlichkeit ihre Haltung zu zeigen: Es sind dies kleine Aktionen, aber was sie tut, erfordert Mut – und manchmal eine Portion adoleszenter Unbekümmertheit angesichts der Gefährlichkeit ihrer Aktionen. Als Vierzehnjährige nimmt sie ohne eine Spur von Angst an der verbotenen Demonstration von Schülern und Studenten am 11. November 1940 am Arc de Triomphe teil, sie zeichnet und klebt antideutsche und englandfreundliche Plakate, schreibt *Vive de Gaulle* an Wände und in den frisch gefallenen Schnee, besorgt ohne viel Aufhebens falsche Papiere für den jüdischen Bekannten einer Freundin, informiert die Familien, die 14 Monate lang ohne Nachricht waren, über das Schicksal von zwei politischen Gefangenen, mit denen sie im Zug trotz des Verbots der deutschen Wachen spricht, wirft kurzerhand einen SS-Mann hinaus, der gerade das Haus einer alten Frau anstecken will. Sie ist klug, frech und widerspenstig, ein unabhängiger Geist, der sich nichts vorschreiben lässt.

Zur gleichen Zeit zeigt das Tagebuch auch Ambivalenzen: Während Micheline Bood »die Boches im Allgemeinen« verabscheut, kann sie den einzelnen Deutschen, den sie kennenlernt, nicht hassen. Bei der Begegnung mit einem Deutschen, der ihr interessant erscheint, nimmt sie sich die Freiheit heraus, mit ihm zu sprechen, ihre Deutschkenntnisse an ihm zu erproben und zu verbessern, sogar mit ihm zu flirten. Doch nimmt sie dafür kein Blatt vor den Mund, sondern provoziert und liest ihren deutschen Begleitern die Leviten, verleugnet nie ihre Sympathien für die Engländer, die Résistance und für de Gaulle als Symbolfigur des Widerstands.

Die Tagebucheinträge versetzen die Leser und Leserinnen unmittelbar in das Paris zwischen 1940 und 1944, beschreiben die Einschränkungen, die Schwierigkeiten, den Alltag zu organisieren, Lebensmittel zu beschaffen, die ständige Präsenz der deutschen Besatzungssoldaten. Das Lesen heute ist wie eine Reise zurück ins besetzte Paris. Es zeigt ebenfalls: Es gab ein alltägliches Leben im besetzten Paris – oder zumindest die ständigen, berechtigten, manchmal trotzigen Versuche, ein normales Leben zu leben, zur Schule zu gehen, Freunde zu treffen. Wie soll, wie kann man *leben* im Krieg und unter der Besatzungsmacht? Kriegsgeschehen und persönlich Bedeutsames prallen in ihren Berichten dicht aufeinander – im Juni 1944 notiert sie, »Cherbourg ist gefallen. Endlich und Hurra!«, und dann lakonisch im nächsten Satz: »Aber ich bin durchgerasselt.«

Der Titel *Die doppelten Jahre* verweist auf das, worauf aktuelle historische Beiträge verstärkt den Blick richten: Zwischen den beiden Gruppen, der aktiven Résistance, die eher eine Minderheit darstellte, und der Gruppe der Kollaborateure, handelte die Mehrheit der Franzosen widersprüchlich und voller Ambivalenzen: Sie fanden sich einerseits mit der Situation innerhalb ihres Alltages ab und andererseits widersetzten sie sich ihr außerhalb dieser Routine.

Der Titel *Die doppelten Jahre* verweist aber auch auf eine weitere Ebene: Die Spannung des Tagebuches entsteht nicht nur aufgrund der zeithistorischen Einordnung, sondern ebenfalls dadurch, dass es das Tagebuch eines blutjungen Mädchens ist. Es zeigt eine weibliche Adoleszenz im Krieg. Micheline Bood notiert ihre Konflikte mit der Mutter und dem Vater, Schulgeschichten, Mode, sie kommentiert Bücher, die sie liest, Filme, die sie sieht. Sie betont, dass sie sich den Jungen ebenbürtig fühlt. Sie flirtet, verliebt sich, lieber in Engländer und Deutsche als in Franzosen, spricht fließend Englisch und lernt so gut Deutsch, dass sie bei deutschen Soldaten oftmals als Österreicherin durchgeht, sie mokiert sich über die italienischen Besatzungssoldaten, die sie 1943 während eines Sommeraufenthaltes in Belley im Südosten Frankreichs erlebt – dass sie sich dann aber ausgerechnet in einen dieser Italiener verliebt, belastet ihr Gewissen kaum. Ausführlich schreibt sie in den Augusttagen 1944 über den Kampf um die Befreiung von Paris. Sie notiert ihre Erschöpfung, den Wechsel von Enthusiasmus und Depression, weil sie zur Untätigkeit verdammt ist, ihre Hoffnungen und Ängste angesichts der tagelangen Unübersichtlichkeit der Lage in Paris. Ironisch gefärbte Detailschilderungen und schwärmerische Wünsche liegen dicht beieinander. So heißt es am 10. Juli 1944: »Mein Traum ist es, braungebrannt zu sein, wenn die Engländer kommen.«

Mehr als 40 Jahre nach Erscheinen des Tagebuchs in Frankreich liegt nun endlich eine deutsche Übersetzung vor. Die Veröffentlichung der deutschen Ausgabe fällt in eine Zeit, in der wieder sehr deutlich wird, dass die deutsch-französische Zusammenarbeit einen herausragenden Stellenwert bei der weiteren Entwicklung Europas besitzt – eines weltoffenen und freien Europas, in dem sich die Menschen nicht vereinnahmen lassen von nationalistischen und populistischen Strömungen.

Europa ist herausgefordert. Wir müssen einerseits eine gemeinsame Geschichtserzählung finden, weg von den eingeschränkten nationalen Narrativen, gleichzeitig aber die unterschiedlichen individuellen Erfahrungen würdigen und europäisch vermitteln.

In ihrem Tagebuch bezieht Micheline Bood eindeutig Stellung für die kleine alltägliche Résistance. So antizipiert, ja lebt sie in schwersten Zeiten auf wunderbare Weise die zukünftige europäische Einigung!

Daniel Cohn-Bendit, Frankfurt am Main 2017

I

GRÜNES HEFT

Montag, 1. *April* 1940

Jetzt ist es entschieden! (Und es ist kein Aprilscherz.) Ich schreibe ernsthaft Tagebuch, denn ich habe ja niemanden, dem ich mich anvertrauen kann. Und wenn Mama dieses Heft sieht, dann soll sie es eben sehen. Ich werde es übrigens mitnehmen, wenn ich es schaffe, mit Yvette Kernéis und den englischen Soldaten abzuhauen.

Ich habe an alles gedacht, denn ich denke schon seit langem daran. Ich werde überhaupt keine Gewissensbisse haben, denn Mama wird sich freuen. Sie hat ja noch Nicole, meine Schwester, um sich zu trösten …

Als ich klein war, dachte ich, wenn sie mit mir schimpfte, immer: »Oh, wie gern würde ich sterben!« Heute sage ich mir, das ist feige. Ich möchte nicht mehr sterben, sondern weiterleben: ohne sie, versteht sich. Oh, sie würde sich freuen, wenn ich sterben würde. Sie sagt sogar manchmal: »Oh, was habe ich dem lieben Gott angetan, dass ich so eine Tochter habe … « Ich verstehe die Eltern nicht, die Kinder haben, nur um sie dann unglücklich zu machen. Ich werde nie Kinder haben, weil ich nicht will, dass sie unglücklich sind.

Früher erzählte ich ihr alles, was ich gemacht habe. Jetzt sage ich ihr gar nichts mehr. Zum Glück habe ich einen großen Trost: das Schreiben. Seit langem schon will ich mein Tagebuch anfangen, aber ich dachte, es wäre netter, jeden Tag an Papa zu schreiben, der an der Front ist, und ich habe unheimlich viel Arbeit mit meinen Hausaufgaben und allem, was ich nachholen muss.

Donnerstag, 4. *April* 1940

Ich war neulich so wütend, dass ich uns noch nicht einmal vorgestellt habe. Ich hätte damit anfangen müssen, aber man denkt nicht an alles.

Papa ist Reserveoffizier. Er ist gerade nach Evreux[1] verlegt worden, nachdem er den Winter an der Front im Elsass verbracht hat. Er wäre lieber dort geblieben, aber es ist Krieg, und man kann nicht tun, was man will.

Hubert, mein großer Bruder. Ich liebe ihn sehr, obwohl ich ihn nicht oft sehe. Er ist Pilot in der Royal Air Force.[2]

Nun ja, er ist mein Halbbruder, denn er ist in Edinburgh geboren, sein Vater war Engländer.

Dann gibt es noch Nicole, meine jüngere Schwester, die sich nur für Tiere interessiert und es hasst, morgens aufzustehen. Und schließlich ich selbst, ich bin sehr geschwätzig. (Das ist alles, was mir zu meiner Geistesverfassung einfällt.) Ich habe braune Haare und blaue Augen. Fred Ellès, ein Junge aus meiner Klasse, hat mir gesagt, dass er mich hübsch findet; na ja, er hat es geschrieben. Und das kam so: Er hatte mir gesagt, dass er ein Mädchen mit blauen Augen liebt, ziemlich hübsch. Er gab mir »*Les femmes savantes*«[3] zurück, die ich ihm geliehen hatte, und am Abend schlägt Mama das Buch auf und liest auf der ersten Seite: »Du hättest erraten müssen, dass du es bist!«

Letztes Jahr war ich total verliebt in ihn. Er sieht ein bisschen aus wie ein Affe und kann mit den Ohren wackeln, aber er kam aus den Weihnachtsferien mit braunen Cordhosen zurück, die ich überhaupt nicht mag. Auf jeden Fall bin ich jetzt endgültig nicht mehr in ihn verliebt.

In Geometrie hat Denis einen Kreis gezogen und gesagt:

– Der ist rund wie deine Brüste.

Ich war wütend, weil er respektlos war. In der Pause habe ich ihm eine gescheuert, und alle anderen standen darum herum und schrien:

---

1 Evreux: französische Stadt in der Haute-Normandie, ungefähr 90 km nordwestlich von Paris

2 Royal Air Force: die englische Luftwaffe

3 Les femmes savantes: Komödie von Molière (1672); deutscher Titel: Die gelehrten Frauen

– Oh, Denis lässt sich von einem Mädchen schlagen, Denis lässt sich von einem Mädchen schlagen!

Ich habe ihm drei Zähne eingeschlagen. Mama sagte, das seien Normannenzähne, und die seien nicht sehr robust. Ich bin nämlich in der 5ième[4] im Collège[5] von Verneuil, das ist ein Collège für Jungen, hat aber wegen des Kriegs Mädchen aus Paris aufgenommen.

Ich hatte so schlechte Noten, dass ich mit Yvette um 2 Francs gewettet habe, dass ich in der Lateinstunde kein einziges Wort sagen würde, das heißt, 2 Stunden lang. Ich durfte natürlich meine Lektion aufsagen, aber das war alles. Weil Yvette besonders gnädig war, durfte ich während der Pause sprechen. Von dieser Erlaubnis machte ich ausgiebig Gebrauch.

Meine Nachbarin Marie Aubert antwortete »anwesend« für mich. Ich hatte mir einen Klebestreifen auf den Mund geklebt, und Mademoiselle Brachuet, die etwas ahnte, fragte mich ab. Also, große Mühe, um meinen Klebestreifen zu entfernen … Aber ich habe trotzdem gewonnen: Ich freue mich nicht wegen der 2 Francs, sondern wegen der Ehre. Marie sagte, das hätte sie mir nicht zugetraut. Urteilt nach dieser Erfahrung, ob ich geschwätzig bin.

Freitag, 5. *April* 1940

Gestern gab es wieder Theater: ich kaufe eine *Micky Maus.* Nicole schnappt sie sich, ich habe keine Chance. Mama hindert mich.

Ich soll den Eimer ausleeren! Ich komme zurück, reiße Nicole die *Micky Maus* aus der Hand und verdrücke mich auf den Speicher, um sie zu lesen. Mama kommt und gibt mir ein paar Ohrfeigen. Seitdem ist sie böse auf mich und spricht nicht mehr mit

---

4 Die 5ième ist das 2. Jahr im Collège, das ist die französische Gesamtschule der Sekundarstufe 1, die alle Schüler nach der fünfjährigen Grundschule vier Jahre lang besuchen. Das 3. Jahr im Collège ist die 4ième, das letzte Jahr im Collège die 3ième. Danach folgt das Lycée, die dreijährige Oberstufe.

5 Verneuil-sur-Avre in der Haute-Normandie, etwa 110 km westlich von Paris

mir. Sie will nicht einmal, dass ich im selben Raum wie sie bin – außer zum Essen. Ich kann im Zimmer erfrieren, ihr ist das egal.

Ich kann mich lange fragen, und ich bin ehrlich mit mir selbst, ich sehe nicht, was ich Schlechtes getan habe und warum sie so wütend auf mich ist. Sie sagte, sie würde Papa schreiben und ihm ihre Meinung und die Meinung der Lehrer über mich sagen.

Zuerst einmal kann sie gar nicht wissen, wie meine Lehrer über mich denken. Ja sicher, ich habe mich anschnauzen lassen von meiner Lateinlehrerin, weil ich keinen *De Viris* hatte. Wessen Schuld ist das denn? Sie war es, die mir keinen kaufen wollte, weil sie meinte, ich hätte genügend solcher Bücher. Aber Mademoiselle Brachuet ist wirklich ein Kamel; über meinen Schottenrock, der echt toll ist und mit einer großen Nadel geschlossen wird, sagte sie:

– Es ist kein Wunder, dass Ihre Eltern kein Geld haben, um Ihnen Bücher zu kaufen; sie haben ja nicht mal so viel, um Ihnen einen Rock zu kaufen, der schließt.

Das war natürlich nicht schmeichelhaft für Mama; also hat sie die Schlussfolgerung gezogen, ich müsse unerträglich sein, weil die Lehrerin böse war. Nun gut, wenn sie so ist, werde ich bei der nächsten Gelegenheit abhauen. Sie wird sicher bald kommen (die Gelegenheit), denn hier fahren oft Engländer[6] durch. Ich habe das Leben hier satt, und es liegt nur an mir, das zu ändern. Und ich werde keine Angst haben, und die anderen werden sich freuen, wenn sie mich los sind, wenn ich weggehe, das weiß ich genau.

---

6 Zu dieser Zeit befanden sich Soldaten des Britischen Expeditionskorps in Frankreich. Aufgrund des militärischen Beistandspakts, den England, Polen und Frankreich geschlossen hatten, hatten England und Frankreich am 3. September 1939 Deutschland nach dem Überfall der Wehrmacht auf Polen am 1. September 1939 den Krieg erklärt. Daraufhin wurden zur Unterstützung der französischen Truppen Soldaten des Britischen Expeditionskorps auf dem französischen Festland stationiert. Sie wurden von der französischen Bevölkerung in der Regel freundlich begrüßt. Es gab aber keine Beteiligung an Kampfhandlungen bis zur Invasion der Wehrmacht im Mai 1940 in Frankreich.

Samstag, 6. *April* 1940

Heute Nachmittag habe ich einen Engländer getroffen, sehr charmant, der mir einen Minenbleistift geschenkt hat. Er schreibt hervorragend (der Bleistift), hat einen Radiergummi und ein kleines Röhrchen mit Bleistiftminen.

Er war ganz jung (der Engländer), ein sehr hübscher Junge, sehr vornehm und, was selten ist in England, er hatte wunderbare Zähne. Ein anderer kam dazu, der auch sehr nett war. Und dann kam noch ein dritter, mit Brille, mit dem sie wegfuhren; sie hatten Motorräder.

Die Lateinlehrerin war nicht da, und ich glaube, unsere Freudenschreie hat man noch 20 Kilometer entfernt hören können. Schade! Sie fehlt niemals lange.

Papa ist um 3 Uhr gekommen. Er ist wütend. Er findet, wenn man ihn schon den ganzen Winter lang im Elsass gelassen hatte, hätte man ihn auch noch im Sommer dort lassen können! Und Gott weiß, wie kalt es in diesem Winter war. Die Seine war zugefroren, alle anderen Flüsse auch, und in England hatten sie minus 22 Grad. Papa ist 2 Tage da, aber er hofft, dass er bald wiederkommen kann, weil er sich um einen zweiten Heimaturlaub bemühen will. Da Evreux nur 30 Kilometer entfernt ist, sehen wir ihn oft.

Freitag, 12. *April* 1940

Heute werde ich 14 Jahre alt, und Papa ist nicht da, Hubert und Lélé, meine Großmutter, auch nicht. Letztes Jahr waren wir in Paris, wir waren alle zusammen und glücklich, aber nun ist Krieg.

Dienstag, 23. *April* 1940

Viele Engländer sind hier durchgefahren, und ich glaube, wenn es so weiter geht, brauche ich einen Koffer, um meine Andenken mitzunehmen.

Die Boches[7] und die England-Franzosen kämpfen in der Nordsee, die Boches sind in Norwegen usw. eingefallen. (Nach reiflicher Überlegung sage ich übrigens »Boche«, weil das wilder klingt und man es auf Englisch auch so schreibt.)

Heute Nacht Alarm. Ich bin wieder eingeschlafen, bevor er vorbei war. Ich bin etwas schreibfaul, scheint mir, in diesen Zeiten.

Mittwoch, 24. *April* 1940

Gestern habe ich mich den ganzen Tag mit zwei englischen Soldaten unterhalten, die sehr nett waren; wir lachten die ganze Zeit. Heute gegen 5 Uhr hielten zwei LKW, und ich habe wieder mit ihnen geredet (nicht mit den LKW, mit den Soldaten, es waren vier).

Ich habe etwas Schreckliches gemacht, ich traue mich kaum, es zuzugeben … Ich habe die Schule geschwänzt. Es ist erstaunlich, wie leicht das geht! Und ich habe mich so gefreut, im Lateinunterricht zu fehlen!

Donnerstag, 25. *April* 1940

Wieder viele Engländer durchgefahren. Sie fragten mich nach meiner Adresse und ich gab sie ihnen. Ich hoffe, sie schreiben mir! Sie waren prima. Besser als die vier von gestern! Sie waren nicht übel. Sie boten mir eine Zigarette an, und ich rauchte mitten auf der Straße! Auch wenn es den Leuten in Verneuil nicht gefällt, es ist mir egal. Aber! Mein Gott, wie weit weg das Kloster ist! Ich habe überhaupt keine Bedenken mehr. Ein anderer hat mich nach meiner Adresse gefragt. Ich habe sie ihm gegeben. Schreibt er mir oder schreibt er mir nicht? *That is the question!*

Wie ich es liebe, wenn die Engländer hier durchfahren! Das ist mein einziger Spaß, meine einzige Abwechslung. Und mit ihnen zu sprechen, ist mein einziges Vergnügen.

---

7 Les Boches: oft benutzte abwertende Bezeichnung der Franzosen für die Deutschen in den beiden Weltkriegen

Dienstag, 14. *Mai* 1940

Was für ein herrlicher Tag gestern. Es waren Pfingstferien. Am Samstag habe ich einen schottischen Soldaten kennengelernt, den ich übrigens gar nicht mag, aber er kam um 4 Uhr mit einem anderen zurück. Sie kommen aus Le Mans und fahren mehrmals in der Woche nach Evreux. »Der andere« heißt Bill, ist 20 Jahre alt und ein sehr hübscher Junge. Er hat mir seine Adresse gegeben, und wir wollen uns schreiben.

Ich war mit Rabais da, einem Großen aus der letzten Klasse, den ich kenne, und Bill hat uns zu einem Glas Bier eingeladen. Der Schotte brachte mir Schokolade mit – die Bill ihm gegeben hatte; er ist wirklich hundertprozentig schottisch. Bill gab mir ein Abzeichen, entzückend. Abends haben wir uns verabschiedet, und er hat mich nach Hause gebracht. Es ist erstaunlich, wie jung er aussieht, er sieht aus wie 15.

Er wird wohl nicht wiederkommen. Ich mochte ihn schon sehr als Freund, denn er ist charmant; der andere wird zurückkommen, er nicht. Das Leben ist wirklich widerlich. Zum Glück kenne ich wenigstens seine Adresse. Ich werde ihm auf Englisch schreiben müssen, denn er spricht kein Französisch. Mein Gott, wie traurig das ist! Wir sind alle auf die Welt gekommen, um uns dann zu trennen. Hitler, ich verfluche Sie!

Heute habe ich mit Madame Bissell gesprochen. Das ist eine Dame, die wir kennen und deren Hund wir oft ausführen. Ich habe ihr alles erzählt, was passiert ist, nachdem Mama mich ausgeschimpft hat. Ich konnte es nur ihr erzählen, weil sie die Einzige in meiner Umgebung ist, die jung ist. Sie sagte:

– In deinem Alter sind alle jungen Mädchen vom Leben angewidert, aber diese Zeit geht vorbei! Später wirst du sehr glücklich sein, du wirst sehen …

Ich habe ihr alles erzählt, und sie hat mich sehr getröstet; ich habe ihr sogar unsere Fluchtpläne erzählt, Yvettes und meine, und sie sagte, das sei nicht möglich, wegen »der Sache«. Sie nannte das »die Pubertät«. Was für ein schreckliches Wort! … Ich würde mein

Leben verpfuschen, wenn ich abhauen würde, und wohin wollte ich denn gehen? Sicher nicht weiter als Evreux oder Le Mans! … Weil sie wie ich denkt, tröstete sie mich und sagte, unser Elend sei gering angesichts der Ungeheuerlichkeit des Krieges: Belgien, Holland, Norwegen und die Deutschen, die in Sedan[8] sind …

Einer alten Frau hätte ich mich nicht anvertraut, aber weil sie jung ist, war das zu grausam, und mit wenigen Worten zerstörte sie meine ganze Freiheit, mein Gefühl, mit den Jungen gleichberechtigt zu sein. Ich bin unglücklich, weil das zu viel ist, wirklich zu viel, was mir heute vom Leben offenbart wurde, und ich bin doch noch ein Kind. Ich ersticke unter einer Last und wem soll ich mich anvertrauen? Niemandem, nur Dir, meinem Gott. Ich wusste schon viele Dinge, aber ich hätte nicht geglaubt, dass es sie wirklich gibt. Ich wusste noch nicht, dass das Leben niederträchtig ist, widerwärtig, schlecht und grauenhaft. Warum muss ich das erleben? Warum …

Ich habe Mama um Verzeihung gebeten.

Freitag, 31. *Mai* 1940

Die Schule ist seit acht Tagen geschlossen und soll morgen weitergehen. Es war wegen all der Flüchtlinge. Die Boches sind in Boulogne, le Touquet, Cayeux, le Tréport[9] usw. Der belgische König hat Verrat begangen.[10]

---

8 Nach dem Beginn des Westfeldzugs am 10. Mai 1940 erreichten die ersten deutschen Truppen am 12. Mai 1940 die Maas bei Sedan. Der Angriff mit Unterstützung der Luftwaffe begann am 13. Mai 1940 mit starken Bombardierungen. Die französische Armee bei Sedan war praktisch am 15. Mai 1940 besiegt. Nach der schnellen militärischen Niederlage Frankreichs wurde am 22. Juni 1940 der Waffenstillstand von Compiègne geschlossen.

9 Orte an der französischen Küste am Ärmelkanal

10 Am 4. September 1939 hatte der belgische König Leopold III. den Oberbefehl über die belgische Armee übernommen; Belgien blieb zunächst neutral. Die belgische Armee wurde nach dem Angriff ab dem 10. Mai 1940 sehr schnell militärisch besiegt; Leopold weigerte sich, mit der belgischen Regierung nach Frankreich ins Exil zu gehen, und kapitulierte am 28. Mai 1940. Er wurde unter Hausarrest gestellt. Der in diesen Monaten amtierende französische Premierminister Reynaud warf ihm im Radio Verrat vor.

Das ist ungefähr alles.

Doch, ein Brief von Hubert, gestern. Er kommt aus Norwegen zurück. Ein Glückskind!

Mittwoch, 12. *Juni* 1940

Wie konnte das alles seit Montag geschehen? Ich weiß es nicht. Wir sind in L'Ile Bouchard in der Touraine bei Tante Laure und der Familie, in einem großen weißen Schloss, nicht besonders schön, das Marigny heißt.

So stehen die Dinge, ich werde versuchen, alles zu erklären.

Sonntag, der 9. – Alles läuft schlecht. Die Boches sind ... ich weiß nicht wo. Sie rücken jeden Tag schrecklich näher. Papa kommt und sagt uns, wenn er wieder in Evreux ist, schickt er Tante Laure eine Eilmeldung und bittet sie, uns aufzunehmen. Am Sonntagabend wird Evreux bombardiert. Von Sonntag bis Montagmorgen wird Evreux sechs oder sieben Mal bombardiert. Es liegt in Trümmern.

Montagmorgen. – Ich gehe mit Yvette zur Schule. Die Schule hat wieder dicht gemacht. Für die Internatsschülerinnen gibt es Unterricht auf der Promenade, entlang der Gueule d'Enfer[11]. Auch der Markt ist auf der Kurpromenade. Die Flugzeuge der Boches überfliegen Verneuil seit acht Tagen. Eine Menge Engländer und Franzosen (Soldaten), ich bin sehr zufrieden.

Yvette geht nach Arcachon mit den Flercks. Das ist zumindest das, was sie mir erzählt hat, denn ich habe seither nichts mehr von ihr gehört.

Montagnachmittag. – Um halb zwei wird Verneuil bombardiert. Stuttgart[12] hatte es angekündigt, und niemand wollte das glauben. Aber jedes Mal, wenn Stuttgart etwas ankündigt, trifft es ein! Und

11 Dieser Ort in Verneuil-sur-Avre wird Gueule d'Enfer; deutsch: Höllenschlund genannt.

12 Der Reichssender Stuttgart wurde 1934 Teil des Großdeutschen Rundfunks, der Joseph Goebbels' Reichsministerium für Volksaufklärung und Propaganda unterstellt war.

man hatte den Soldaten gesagt, sie sollten die Stadt verlassen. (Weil sie um halb zwei bombardiert werden sollte, wie in einem Film!) Was lächerlich war: dass es weder Flugzeugabwehr noch sonst etwas gegeben hat. Es gab also einen Zug voll mit Soldaten, der im Bahnhof stand. Immer machen sie die Dummheit, diese Züge dort halten zu lassen. Er kam aus Nordfrankreich. Er wurde bombardiert: 30 Tote und 100 Verletzte. Ich habe einige fallen sehen, Bomben. Es hat mir keine Angst gemacht. Warum? Ich habe immer gedacht, der Tod wäre eine Erlösung. Ich habe einzig und allein gedacht, dass es widerlich von diesen Menschen ist, eine kleine Stadt so anzugreifen.

Jeder sagt, die Franzosen hätten viele schlechte Seiten, und das stimmt. Sie sind vor allem zu egoistisch, unbekümmert und nicht vorausschauend. (Ich spreche vor allem für die Männer, die mehr Angst haben als die Frauen.) Aber die Franzosen würden niemals kaltblütig kleine Städte bombardieren. Selbst wenn man es ihnen befehlen würde. Nein, das täten sie nicht oder vielmehr, sie hätten es nicht getan, denn jetzt, glaube ich, stecken wir die Zivilbevölkerung und die Militärs in die gleiche Schublade. Die gesamte Normandie steht in Flammen. In allen Städten bombardieren sie zuerst die Entbindungsstationen.

Ein Flugzeug, das Bomben abwirft, ist seltsam, man könnte meinen, es sei ein Vogel, der…

Na ja, … wenn man etwas übertreibt.

Während der Bombardierung beteten wir zusammen mit dem kleinen Jungen von unten, der beim Beten sagte: »Oh, die Ochsen! Oh, die Schweine! Oh, die Misthaufen!«. Er und Nicole haben große Angst. Sie machten einen Höllenlärm, die Fritzen[13] . Wir hielten alle drei die Luft an. Seltsam …

Wir können unmöglich in Verneuil bleiben, alle Ladenbesitzer sind weg.

---

13 Im Original: »*les fridolins*«, abwertende Bezeichnung für die Deutschen während der Besatzung in Frankreich

Fahrzeuge der R.A.F.[14] fuhren durch den Ort. Wir fragten alle: »*Will you not take us?*« Aber sie konnten nicht:

1. Weil sie im Konvoi fuhren.
2. Weil sie Richtung Evreux fuhren.

Zum Abendessen gab es hartgekochte faule Eier.

Dienstagmorgen. – Ich bin krank, krank! Die hartgekochten Eier ... Ich übergebe mich zwei Mal. Danach geht es besser. Ich liebe Eier, und jetzt bin ich sauer auf sie!

Mittags nehmen wir den Bus nach La Loupe[15] mit den Brunetiers, dem Zahnarzt, seiner Tochter, seiner Frau, ihrer Cousine und ihrer fürchterlichen Tochter. Wir schaffen es, uns alle mit unserem Gepäck in den Bus zu zwängen. Mama fragt mich, warum mein Koffer so schwer ist. Das ist nicht verwunderlich, ich habe mein Tagebuch und die fünf Hefte meines ersten Romans: »*Fliegen*«[16] eingepackt. Ergebnis: Ich habe nur ein Kleid zum Anziehen, und ich habe meine Handtasche vergessen.

Als wir gerade gehen wollten, kam Papa. Er ist w.a. (wohlauf)[17]. Er gibt uns Konserven, die er in einem ausgebombten Lebensmittelgeschäft gefunden hat, wahrscheinlich in Evreux. Er kann nirgends hingehen, nur in die Wälder, denn alle Städte haben sie bombardiert. Wir haben einen Hund bei uns, Madame Bissells Hund, den sie ausgesetzt hat.

Kaum ist der Bus losgefahren, geht es ihm schlecht, und alles landet auf Nicoles neuem Rock. Es stinkt so, dass die drei Offiziere, die hinter uns sitzen, ihre Gasmasken aufsetzen. Ankunft in La Loupe. Alarm.

Wir haben das Glück, einen Viehwaggon zu finden. Heiß und voller Staub. So ein Dreck! Während der gesamten Fahrt wird bombardiert. Ich zerquetsche meinen Koffer fast, ich liege auf ihm (in Schweiß gebadet). Wir halten unterwegs vier Stunden auf den

---

14 R.A.F.: Royal Air Force: die englische Luftwaffe

15 Ort im Département Eure-et-Loir, nordwestlich von Chartres

16 Im Original: »*voler*« (fliegen; Verb)

17 Im Original: »*s. et s.* « (sain et sauf: wohlauf)

Gleisen, einmal eine Stunde lang nur einen Kilometer von Le Mans entfernt. Wir sterben vor Durst, und die Cousine der Brunetiers gibt ihrer Tochter zu trinken, ohne uns etwas anzubieten …

Dienstagabend. – Endlich sind wir in Le Mans. Diese Stadt ist mir sofort sympathisch. Schon weil es wahnsinnig viele Engländer gibt. Das ist eine englische Stadt! Und vielleicht sind ja Bill und Sinclair hier!

Wir fangen an, zu Abend zu essen. In einem Café hat sich die schreckliche Tochter der Cousine in der Toilette eingeschlossen. Es ist 9 Uhr. Alarm! Der Strom ist weg. Die Kleine brüllt, und wir freuen uns, meine Schwester Nic und ich. Wir gehen hinaus, es regnet in Strömen. Wir legen uns an eine Mauer. Ich habe einen neuen Hut – der ist hinüber! Mama ist voller Dreck, von Kopf bis Fuß, völlig durchnässt vom Regen. Es stinkt fürchterlich. Wir gehen in einen Luftschutzkeller. Dort bleiben wir bis ein Uhr nachts. Da ist es recht warm und man schläft wunderbar im Dunkeln. Ab und zu bewegen sich die Leute oder ein Kind heult, und man hört: »Halt die Fresse, Sie erdrücken mich, halt die Klappe, zappeln Sie doch nicht so, Licht!« Der Honigtopf in meiner Tasche ist aufgegangen, und nun schwimmt alles in Honig! … Man macht die Augen auf, dann schläft man wieder ein.

Darak, der Hund, ist ein Schatz. Er jault nicht mal, wenn man ihm auf die Pfoten tritt. Gott sei Dank, denn sonst würde er die ganze Zeit jaulen.

Der Bahnhofsvorsteher hat uns im Luftschutzkeller vergessen. Den Rest der Nacht verbringen wir im Bahnhof von Le Mans, auf dem Boden ausgestreckt. Schlafen ist nicht möglich. Bei jedem Geräusch weckt mich Mama und sagt: »Glaubst du nicht, das ist ein Alarm?« Offiziere und englische Soldaten kommen von Zeit zu Zeit vorbei. Mir geht es sehr gut, aber Mama ist wütend, weil Nicole auf der anderen Seite des Gangs auf einer Matratze liegt, und eine andere Mutter und ihre Tochter sitzen auf dem Bahnhofsschalter direkt über ihr, und Mama glaubt, dass die ihre Schuhe an ihr sauber machen. Das hindert Nicole nicht am Schlafen; aber mich. Mama stößt mich die ganze Zeit mit dem Ellenbogen an, nur um mir zu sagen: »Schau! Sie machen ihre Schuhe an Nicole sauber.«

Um 4 Uhr nehmen wir den Zug nach Angers. Wir haben die Brunetiers beim Verlassen des Luftschutzbunkers verloren. Wir sollten sie in Rennes wieder treffen, aber in der Unterführung von Le Mans gab es nach einem Alarm ein solches Gedränge, dass wir in den Zug gerissen wurden. Ein Soldat, der Fernandel[18] ähnlich sah, nahm unser Gepäck. Mama erzählt allen, er sei ein Engel, und der liebe Gott habe ihn uns geschickt, um uns zu helfen. Wenn es ein Engel ist, dann verstehen wir nicht, warum ihm der liebe Gott Fernandels Kopf geben musste!

Es gab ein unglaubliches Gedränge, und die Leute, die auf beiden Seiten der Gleise lagen, schliefen. Krankenwagen kamen mit Verletzten. Dabei wurden die Leute, die an den Seiten schliefen, angefahren, und man hörte fürchterliche Schreie. In Angers stiegen wir in einen Bus um. Ich nutzte den Zwischenstopp, um mein Gesangbuch abzuwaschen, das voller Honig war.

Mittwochabend. – In Chinon[19] angekommen, nachdem wir noch drei Mal in einen anderen Bus umgestiegen waren. Alles kommt mir in diesem Land kalt vor. Ich hänge durch. Ich möchte gerne in die Bretagne fahren, denn hier gibt es keinen einzigen englischen Soldaten.

Eine Einzelheit habe ich vergessen zu sagen: bei meinem ersten Bombardement hatte ich eine fürchterliche Lust zu lachen. Ich konnte gar nicht aufhören. Also habe ich meinen Kopf unter meinen Händen versteckt. Ich weiß nicht, was mich da gepackt hat.

Freitag, 14. *Juni* 1940

Es geht mir besser. Meine Cousine Marie-France muntert mich auf. Sie ist wirklich lieb. Wenn es hier nur auch Tommies[20] gäbe. Das würde mich so freuen. Es gibt keine Bombardierungen mehr,

---

18 Fernandel: französischer Schauspieler und Komiker (1903–1971)
19 Ort im Département Indre-et-Loire, südwestlich von Tours
20 Tommies: So wurden im Zweiten Weltkrieg oft die Engländer genannt

und das fehlt mir. Man wartet die ganze Zeit darauf, dass es passiert. Und ich warte nicht gern …

Gestern wurde Paris zur »offenen Stadt«[21] erklärt; heute kämpfen die Boches rund um Paris. Unsere Truppen ziehen sich zurück. Es sollen angeblich um die sechzig frische Divisionen (Boches) dazu gekommen sein. Sie sind in Evreux. Es ist verrückt, wie viele Männer die haben. Die Situation ist hoffnungslos. Aber ich bin sicher, wir werden siegen.

Sie schreiben auf ihre dummen Plakate: »Wir werden siegen, weil wir die Stärksten sind«. Und das ist nicht wahr. Wir werden siegen, weil Gott nicht zulassen wird, dass diese Mörder kleiner Kinder das Recht haben sollen, das Schicksal der Welt in den Händen zu halten.

Samstag, 22. Juni 1940

Seit letztem Donnerstag (13. Juni) ist unglaublich viel passiert. Ich fange vorn an:

Dienstag, 18. – Gestern hielt Marschall Pétain eine Rede im Radio und erklärte, dass er gezwungen gewesen sei, Deutschland um Waffenstillstand zu ersuchen[22]. Dazu sage ich nichts weiter, aber ich finde, schließlich …

Es ist ein Zug voll mit Flüchtlingen angekommen. Wir haben ein Aufnahmezentrum eingerichtet und Essen verteilt. Ich habe mir den Fuß auf einem Bahngleis verstaucht, und wir sind alle sehr müde. Man hat uns hierher geschickt, das heißt nach »Les Rameaux«, einem Bauernhof auf dem Land, weil die Soldaten L'Ile-Bouchard[23] verteidigen sollen. Meine Cousine Marie-France

21 D.h., sie wird militärisch nicht mehr verteidigt und darf nach dem Kriegsrecht nicht mehr angegriffen werden.

22 Philippe Pétain (1856–1951) übernahm am 17. Juni 1940 das Amt des Ministerpräsidenten und erklärte an diesem Tag in einer Rede, dass er Deutschland in der Nacht zuvor um Waffenstillstand ersucht hat.

23 Ort an der Vienne, südwestlich von Tours

ist weggefahren, und wir sind hier bei den Bauern auf dem Land, auf diesem Hügel.

Vor unserer Abreise gab es eine lange Diskussion. Cousin Jules sagte, dass die Deutschen keine Frauen vergewaltigen »weil sie korrekt sind«. Onkel Fritz, der seine Tage damit verbringt, an seinem Gebiss herumzulutschen, mischt sich nie in die Gespräche ein. Aber da rückte er sein Gebiss zurecht und sagte:

– Ganz und gar nicht, ganz und gar nicht. Sie tun das nur nicht, weil sie kein Temperament haben.

Wir sind in einem ekelhaften Raum mit Spinnen, Ameisen, toten Fliegen usw. Tante Laure, Florence, die Mutter von Marie-France, und André, deren Bruder, sind unten geblieben.

Donnerstag, 20.

Der Dorftrommler hat die Leute aus dem Zug gebeten (er steht immer noch im Bahnhof, er wird wohl nie abfahren), auf die Bauernhöfe zu gehen, weil man jeden Tag mit den Boches rechnet. So habe ich meine neue Freundin Louise Boutel kennengelernt. Sie schläft hier mit uns auf dem Boden (es gibt alles in allem neun Matratzen, und es ist schwierig, hier zurechtzukommen). Sie kam mit diesem Zug und stammt aus Orléans. Sie ist reizend, braunhaarig und hat unglaublich große Augen.

Freitag 21. – Die Boches sind in L'Ile-Bouchard. Sie sind sehr diszipliniert und korrekt und bezahlen alles, was sie kaufen. Es gibt Verhandlungen über den Waffenstillstand. Wir lassen die Engländer alleine weitermachen.

Ich müsste trotz allem jeden Tag schreiben, denn ich habe den Eindruck, dass ich nach rückwärts gerichtet schreibe. Nun gut, fahren wir fort. Heute, Samstag, haben »sie« sich in unserer Nähe niedergelassen. Wir wollen wieder nach Marigny fahren. Wir packen unsere Sachen; der Bauer stellt seinen Karren bereit. André, der Bruder von Marie-France, kommt und berichtet, »ihr« Hauptquartier sei in Marigny; für uns gibt es dort keinen Platz.

Abends kamen »sie« dann. Sie wollten mit uns tanzen (mit Louise, ihren drei Schwestern und mir, Marie-France ist mit ihrem Bruder weggefahren). Wir erzählten ihnen, wir seien krank, und sie bestanden nicht darauf. Zum Glück. Puh. Mama sagte ihnen:

– Junge Mädchen, Kopfweh.

Und einer von ihnen antwortete:

– Ah ja, Frankreich, Kopfweh.

Sonntag, 23. *Juni* 1940

Wir gehen zur Messe.

Unablässig marschieren sie vorbei. Sie haben alle Fahrräder gestohlen. Sie haben französische und englische Lastwagen, eine Menge Zeug, das Amerika uns geschickt hat und das sie geklaut haben.

Nachmittags steigen wir auf die Windmühle, um Ruhe zu haben, Louise, Nicole und ich, denn dauernd kommen Soldaten zum Waschen oder zum Besichtigen. Die Bauern sind unerträglich. Sie haben eine Heidenangst vor den Boches, geben ihnen ihre Eier, ihren Wein usw., und machen tausend Bücklinge vor ihnen. Ergebnis: Die anderen denken, alles sei erlaubt. Wir steigen von der Windmühle herunter und legen uns auf Decken ins Gras. Zwei Boches kommen. Sie setzen sich neben uns, wir stehen auf, sie sehen *dieses Heft,* das auf dem Boden liegt, nehmen es und schauen die Bilder an. Ich hatte eine höllische Angst, dass sie es mitnehmen. Zum Glück sprechen sie nicht Französisch und haben nichts verstanden. Sie gehen weg, ich gehe hoch ins Zimmer, um weiterzuschreiben. Louise ruft mich. Ich sitze gerade auf einer der Matratzen. Ich lege das Heft auf den Boden und gehe hinunter. Als ich mit Louise spreche, kommen die Boches mit Verstärkung und einem, der sozusagen französisch spricht. Sie gehen die Treppe hoch. Ich folge ihnen. Ich komme ins Zimmer und finde sie auf der Matratze sitzend und in meinem Heft lesend. Uns gelang es mit Mamas Hilfe, sie hinauszuwerfen und mir das Heft zurückzugeben. Aber es wurde trotzdem mehrfach durch die Pfoten der Boches beschmutzt. Es gibt sogar einen dreckigen Fingerabdruck auf einer der vorigen Seiten. Das ist die erste der Niederlagen, die erste Demütigung.

Frankreich war siegessicher, und nun, nach einem Monat, ist alles im Eimer. Aber es bleibt ja noch England, und wir werden sehen ... Auf jeden Fall sind sich Frankreich und England mehr als je einig.

Mittwoch, 26. *Juni* 1940

So viele Ereignisse heute!

Zunächst wurde in der letzten Nacht der Waffenstillstand[24] unterzeichnet. Die Bedingungen sind sehr hart, unter anderem die Demobilisierung der Armee; aber man sagt uns nicht alles – im Grunde fast nichts. Marschall Pétain hielt gestern Abend eine Rede im Radio; sie war idiotisch.[25] Wir denken, dass er altersschwach geworden ist. Aber die französischen Truppen (Bodentruppen, Marine und Luftwaffe) ziehen massenweise nach England, um den Kampf fortzusetzen, und die R.A.F. bombardiert unablässig, und man kämpft in den Kolonien ...

Ich unterhielt mich, immer noch gestern, mit zwei deutschen Soldaten. Sie sprachen verblüffend gut Französisch und auch Englisch, das sie in irgendeiner Universität gelernt hatten. Heute, als ich in die Kirche Saint-Gilles gehe, treffe ich einen von ihnen, der mir guten Tag sagt. Ich war unentschlossen, ich wusste nicht, ob ich ihm vor den Leuten antworten sollte. Er war in einer Gruppe mit anderen Soldaten, ich gebe ihm ein leichtes Zeichen mit dem Kopf und gehe vorbei. Plötzlich höre ich neben mir das Knacken eines Auslösers. Das typische Geräusch eines Fotoauslösers. Ich drehe den Kopf nach dieser Seite, und zack, noch einmal ein Auslöser. Das war ein

24 Der Waffenstillstand wurde am 22. Juni 1940 unterzeichnet, und zwar in dem gleichen Eisenbahnwaggon bei Compiègne, in dem nach dem 1. Weltkrieg das Waffenstillstandsabkommen zwischen Deutschland und Frankreich unterzeichnet worden war. Er trat am 25. Juni 1940 in Kraft.

25 Am 25. Juni 1940 hielt Pétain im Radio eine Rede: »Wir müssen von nun an unsere Anstrengungen auf die Zukunft richten. Eine neue Ordnung beginnt.«

richtiger Hinterhalt. Es waren zwei, die mich fotografiert haben, und den zweiten habe ich direkt angeschaut – ich war wütend. Als ich zurückkam, sagte mir ein anderer, auf Französisch natürlich:

– Sie sind sehr hübsch, mein Fräulein.

Grr … Gr … Boches … Sie haben kein Recht, mir das zu sagen!

Ich saß auf dem Fensterbrett in der Küche, und wir lachten sehr, Marie-France, das Dienstmädchen (Hedwige), Nicole und ich, weil ich etwas singen wollte, und was ich sang, war komplett falsch. Plötzlich, ohne dass ich etwas gehört hätte, kommt jemand und fasst mich um die Taille. Ehrlich, ich wollte ihn gerade umarmen, so sicher war ich, dass es Papa war! Ich drehe mich um und sehe, es war ein Boche! Ich flüchtete im vierten Gang, während die drei Idiotinnen vor Freude gluckster.

Als ich mich wieder etwas gefangen hatte, schaute ich ihn an. Er war am Fenster geblieben und betrachtete uns. Da dachte ich, dass meine Reaktion die eines kleinen Mädchens war. Er hatte nichts Widerliches. Ehrlich, ich bedaure, dass er kein Engländer ist. Denn er ist wirklich ein sehr hübscher Junge. Und dann hat er noch braune Haare, und ich habe, als ich neun Jahre alt war, geschworen, dass ich niemals einen blonden Mann heirate. Ich hatte Liebeskummer (Bill hatte kastanienbraunes Haar). Was Bill betrifft, ich habe seinen Namen auf alle Wände in Marigny geschrieben. Und trotzdem liebe ich ihn nicht mehr …

Bis jetzt haben mich zwei Männer in den Arm genommen – der da und Sinclair, der Schotte (Bills Freund); aber Sinclair nur, damit ich ins Innere seines Lastwagens sehen konnte.

Wir sind wieder in Marigny.

Freitag, 28. *Juni* 1940

Die Boches sind fast alle wieder weg. Die Engländer sind in Frankreich gelandet und kämpfen gegen sie[26]. Das ist toll! Aber es heißt,

26 Es sind keine historischen Belege dafür bekannt, dass englische Soldaten zu diesem Zeitpunkt wieder in Frankreich gelandet sind. Die englischen Soldaten in Frank-

die Apokalypse sage »das Ende der Insel« voraus. Ich glaube nicht daran, es gibt ja noch andere Inseln als England. Es gibt noch viele andere. Trotzdem bin ich melancholisch. Ich bin melancholisch, weil ich schon so lange auf ihn warte, und er kommt nicht. Ich warte auf ihn, seit ich »*Fliegen*«, meinen Roman, angefangen habe. Das heißt, seit zwei Monaten. »*Fliegen*«, das ist eine wunderbare Geschichte über die Luftwaffe. »Er« ist mein verzauberter Prinz. Er ist Leutnant der Royal Air Force. Er ist ein As am Steuerknüppel. Er heißt Jimmie Land. Er hat hellbraune Haare und blaue Augen. Er ist wunderschön. Ich bete ihn an – und mehr noch ... Aber ist das nicht nur ein Traum? Nein und nochmals nein. Denn ich habe ihn geschaffen. Ich möchte ihn unbedingt sehen, kennenlernen. Auch wenn er nicht Jimmie heißt.

»Sie«, sie heißt Mick, und das bin ich, da bin ich mir sicher. Warum kommt er nicht, jetzt, da ich so sehr warte? Was kann ich noch tun, außer auf ihn zu warten? Wie könnte ich ihn treffen? Es wird ganz einfach ein Freund meines Bruders Hubert sein.

Das alles ist ein bisschen dumm, aber es tut so gut! Man kann mich jetzt ruhig dauernd schimpfen. Ich verkrieche mich in meine Gedanken, und sie gehen zu ihm, immer, immer ...

Ich habe verdienstvolle Taten vollbracht. Ich habe den Boches Sachen geklaut: wunderbar blaues Briefpapier (es erfreut mein Herz, wenn ich es nur anschaue) und eine kleine Tasse aus getriebenem Silber, zwei Dinge, die sie vergessen haben und im Übrigen gestohlen hatten.

Es macht viel Spaß, in Marigny im Park spazieren zu gehen und zu »organisieren« (ein Verb, das in Mode kommt). Wir haben auch Tarnnetze von englischen Lastwagen gefunden, die sie gestohlen hatten. Wir haben daraus fünf tolle Hängematten gemacht.

---

reich waren nach der Schlacht um Dunkerque bis zum 4. Juni 1940 nach England evakuiert worden; danach galt Dunkerque als von der deutschen Armee erobert.

Samstag, 29. Juni 1940

Wie gut man sich fühlt in einer Hängematte!

Wir machten gerade unseren Mittagschlaf. Neue Invasion dieser Teufel. Nicole war nicht da. Plötzlich sehen Marie-France und ich uns von ihnen umringt, ohne zu wissen, woher sie gekommen sind.

Natürlich gibt es einen, der sich in Nicoles leerer Hängematte breitmacht. Er fängt an zu schaukeln, und genauso natürlich kracht ein Seil … an der Kopfseite. Wie wir gelacht haben! Unnötig zu erwähnen, dass wir auf der Stelle abgehauen sind. Marie-France war sogar wütend, denn während sie Blut und Wasser schwitzte, als sie ihre Hängematte losband, stand ich nur mit gekreuzten Armen da und schaute einem Soldaten zu, während er für mich arbeitete. Wir hatten uns gerade so wohl gefühlt! Nie hat man einen Augenblick Ruhe in dieser Welt!

Donnerstag, 4. Juli 1940

Die Boches, die am 28. angekommen waren, sind wieder weg. Was für ein Glück und welche Ruhe! Umso mehr, als sie Grobiane waren und in Massen auftraten.

Die Hängematten fallen hoffnungslos auseinander. Es soll wieder eine Division der Boches kommen. Lustig!

Freitag, 5. Juli 1940

Anscheinend (ich schreibe jetzt immer »anscheinend«, denn man ist nie mehr ganz sicher) sind die Beziehungen zwischen Frankreich und England unterbrochen (seit der Seeschlacht gestern oder vorgestern, die genauen Daten weiß man nie).[27] Ich glaube, das ist das Dümmste, was der alte Dummkopf Pétain machen konnte.

---

27 Am 2. Juli 1940 startete die deutsche Luftwaffe eine Offensive auf dem Ärmelkanal.

Samstag, 6. Juli 1940

Einen Brief und eine Karte von Papa bekommen; er schreibt, dass sein Chauffeur während der Bombardierung von Evreux am Sonntag, den 10. Juni, getötet worden ist.[28]

Am Dienstag, den 12., ist Evreux noch einmal bombardiert worden.[29] Einige Tage später aß Papa mit vier Offizieren zu Mittag, einer von ihnen war Oberst, einer Hauptmann. Eine halbe Stunde später war Papa der einzige von ihnen, der am Leben geblieben war. Die anderen waren getötet oder tödlich verletzt worden. Was für ein Horror! Man muss sich das einmal vor Augen führen. Was ist das für eine entsetzliche Angelegenheit, dieser Krieg.

Sonntag, 7. Juli 1940

Im Grunde befindet sich Frankreich im Krieg gegen England.[30] Was ist das für eine Bande von Dummköpfen, diese Typen aus der Regierung!

Wir haben den Speicher erkundet und tolle Sachen gefunden, solche eben, wie man sie auf Speichern findet!

Dann, immer noch mit Marie-France, gingen wir im Garten spazieren. Wir fanden einen alten französischen Helm (wieder das Verb: »finden«!). Wir hängten ihn ans Gitter (dazu mussten wir uns an einem Telegrafenmast hochziehen, um auf die Mauer zu steigen) und bedeckten ihn mit Blumen; als letzte Widmung für einen unbekannten Soldaten. Es regnet – macht nichts, wenn die Boches den Helm sehen. Das wird sie wütend machen.

Nach dem Abendessen befahl uns Mama lächerlich früh, nach oben zu gehen, als ob wir Babys wären. Dann ging sie weg. Gott

---

28 Evreux, eine Stadt in der Haute-Normandie, wurde durch Bombardierungen der Luftwaffe im Juni 1940 erheblich zerstört. Dabei kamen Zivilisten und britische und französische Soldaten ums Leben.

29 Die Alliierten bombardierten Evreux am 12. Juni 1940. Auch dabei starben Zivilisten.

30 Nachdem die britische Royal Navy die französische Mittelmeerflotte in Nordafrika versenkt hatte, damit sie nicht in die Hände der Deutschen fiel, hatte Pétain die diplomatischen Beziehungen zu England abgebrochen, hielt aber den Kontakt über den amerikanischen Botschafter.

sei Dank! Ich setzte mich im Schlafanzug auf das Fensterbrett und sah, wie Marie-France, Hedwige und der Leutnant Ball spielten; also spielte ich mit. Es machte unheimlich Spaß. Dann kam Tante Laure und sagte zu Marie-France und Hedwige:

– Geht sofort rein, was sind das für Manieren?

Der Leutnant antwortete:

– Aber Madame, wir spielen! Wir tun nichts Schlechtes.

Und als er ging, sagte er zu Hedwige:

– Was für eine komische Familie!

Tante Laure hat ihnen den Kopf gewaschen und Mama mir:

1. Weil ich mich mit dem Schlafanzug aufs Fensterbrett gesetzt habe.
2. Ich habe immer noch nicht verstanden, warum.

Montag, 8. *Juli* 1940

Ein Boche sollte die große Treppe fegen. Jules hatte uns natürlich gesagt, dass wir alle drei ja nichts zu tun hätten und wir sie jeden zweiten Tag sauber machen könnten. Wir haben schließlich bemerkt, dass die Deutschen sie nie fegen, und sagten es ihnen. Einer von ihnen antwortete:

– Wir haben ein Sprichwort in der deutschen Armee: Mach niemals heute, was ein anderer morgen macht.

Ohne Kommentar … Endlich sind sie heute Morgen um 7 Uhr weggefahren.

Beim Abendessen wagte ich zu sagen, dass ich General de Gaulle prima finde. Natürlich fielen alle über mich her (außer Mama) und fragten mich, wie ich das wissen könne usw.

Wie ich sie hasse, alle, wie sie sind! Ich habe keine Ruhe hier, um mein Tagebuch zu schreiben, oder »*Fliegen*«, meinen Roman. Das hier ist mein Atelier, das heißt, einer der Räume im Speicher, wo niemand hinkommt …

Ich finde, unter normalen Umständen ist Marie-France nervend, aber ganz passabel. Wenn Martine da ist, benimmt sie sich nicht. Martine ist ihre dicke Freundin. Sie ist eine engstirnige Provinzlerin, die immer glücklich zwischen »Mama und Papa« gelebt hat. Sie ist schrecklich, das Gesicht voller Pickel; sie bräuchte dringend eine Darmreinigung.

Niemand kann mich daran hindern, das, was ich denke, in dieses Heft zu schreiben, und niemand wird sagen können, ich sei eine engstirnige Provinzlerin.

Ich habe noch nicht gesagt, warum Marie-France grob ist. Ich habe mich wieder mit ihr gestritten, weil sie mich ein schreckliches, dickes Mädchen genannt hat. Im Augenblick bin ich noch still, aber ich fühle es, wenn sie noch einmal anfängt, dann sage ich ihr die Wahrheit, und das wird nicht sehr angenehm für sie werden. Zum Beispiel, dass ich meine Figur bei weitem ihrer Nase vorziehe und dass man sich nicht lustig über andere macht, wenn man so hässlich ist wie sie.

Um mir das zu sagen, kam sie in unser Zimmer und fiel uns auf die Nerven, als wir uns auszogen. Sie tat sich sogar wichtig und nahm ein Jackett mit, das ihre Mutter meiner Mutter für mich gegeben hatte, weil ich nur ein Kleid hätte. (Mama war wütend, als ich meinen Koffer geöffnet habe und sie sah, dass ich nichts außer meinen Heften mitgenommen hatte).

Mittwoch, 10. *Juli* 1940

Hurra! Ich habe: »*Fliegen*« beendet. Ich habe Jimmie und Mick sehr jung sterben lassen, bei einem Flugzeugunglück. Es ist sehr gut so.

Ich glaube, es gibt Hunderte von Personen, die wissen, dass ich einen Roman geschrieben habe. Selbst der deutsche Leutnant (der so gut Ball spielen konnte) wusste es: Marie-France hat es ihm gesagt.

Als wir das französische Radio aus London[31] hörten, hatten wir plötzlich einen großen Lachanfall: Der Radiosprecher sagte: »Marschall Pétain hat gestern Quak Quak gemacht«, kurz: eine

31 Es gab einen französischsprachigen BBC-Sender Radio Londres

Rede gehalten. Wie wir gelacht haben! Aber wir haben nicht verstanden, warum der Radiosprecher Schreie ausstieß. Vielleicht, weil er dabei an die Seelenwanderung dachte.

Ich habe einen neuen Roman angefangen: »*Der Speicher von Marigny*«. Aber der wird sicher nicht so gut werden wie »*Fliegen*«.

Freitag, 12. *Juli* 1940

Heute Nacht hatte ich einen phantastischen Traum. L'Ile-Bouchard wurde von der R.A.F. bombardiert! (Das könnte übrigens sehr gut passieren, denn man erwartet eine Division). Ich habe eine Bombe auf die Füße gekriegt, die nicht explodiert ist. Das war wirklich stark. Ein ganz weißer Himmel und Massen von Flugzeugen und Bomben.

Samstag, 13. *Juli* 1940

Welchen Zusammenhang gibt es zwischen Marie-France, Micheline, General de Gaulle, General Mickelhauser[32] und einem Kaninchen? Ganz einfach: Ich habe die Generäle De Gaulle und Mickelhauser verteidigt, als ich davon sprach, wie man Kaninchen züchtet. Ich erkläre mich.

Jules hasst England und General de Gaulle. Neulich sagte er mir, ich könne nichts Gutes über General de Gaulle sagen, weil ich ihn nicht kenne; heute Morgen sagte er sogar noch, dass die, die Gutes über ihn sagen und Hoffnung in ihn setzen, auch die sind, die denken, er würde ihnen gute Posten verschaffen, wenn er zurückkäme. Er fügte sogar hinzu, dass er hoffe, dass Deutschland Hackfleisch aus England macht, aus General de Gaulle und Konsorten. Ich weiß nicht, ob er mich überzeugen wollte, aber wenn er nicht so alt gewesen wäre, hätte ich ihm geantwortet: »Die, die ihre Hoffnung auf England und General de Gaulle setzen, sind diejenigen, die noch glauben und aufrechten Ganges gehen, trotz aller Fakten,

---

32 Fußnote im Original S. 33: *Tatsächlich handelt es sich um General Mitelhauzer, Kommandant der 18. région im Jahr 1939. Micheline hatte seinen Namen im Radio gehört und ihn wegen seines Klangs übernommen.*

und Enthusiasmus haben.« Mit seinen Theorien gelingt es ihm jedenfalls erst recht, mir zwei Gründe zu liefern, um General de Gaulle zu lieben. Der erste Grund, ich habe es schon gesagt, ist der Enthusiasmus; der zweite, weniger nobel, ist der Widerspruchsgeist!

Beim Mittagessen kündigt Onkel Fritz an:

– General Mickelhauser ist nach Palästina gegangen und kämpft für die Engländer.

Marie-France und ich stoßen im gleichen Augenblick ein »Ah!« der Befriedigung aus. Plötzlich fängt Jules an zu schreien (und wenn er schreit, dann schreit er). Wir baten ihn, nicht über Politik zu reden, und sprachen über Kaninchen, über Kaninchenzucht. Darauf sagt er mit ironischem Tonfall:

– Komm, Micheline, zeig mir, dass die Kaninchenzucht dir genauso vertraut ist wie die Generäle de Gaulle und Mickelhauser.

Ich habe schon Kaninchen gezüchtet und konnte ihm die Sache ganz genau erklären. Er war beleidigt. Und so habe ich also die Generäle de Gaulle und Mickelhauser mit Hilfe eines Kaninchens verteidigt!

Marie-France machte mir gleich ein gar nicht alltägliches Kompliment:

– Du musst wirklich ein komisches Mädchen sein; ich weiß nicht, wie du das gemacht hast, aber ich mag dich sehr.

Ich muss zugeben, ich habe gar nichts getan, um ihr zu gefallen, aber warum haben mir schon so viele Freundinnen gesagt: »Du bist nicht wie die anderen Mädchen«? Vielleicht wegen der englischen Soldaten, wegen meines Messers und »*Fliegen*« …

Das erinnert mich an eine schwerwiegende Lücke in meinem Tagebuch: ich habe noch nie von meinem ersten Abzeichen und auch noch nicht von meinem Taschenmesser gesprochen.

Der englische Soldat, der mir mein erstes Abzeichen – »Royal Artillery« – gegeben hat, hat mich gefragt:

1. Sind Sie katholisch? 2. Wie alt sind Sie? 3. Wollen Sie, dass wir heiraten, wenn Sie groß sind?

Ich habe lachend gesagt:

– Ja.

Er hatte es eilig, das den anderen gegenüber zu wiederholen, die waren etwas verblüfft. Ich habe den Weltrekord der schnellsten Verlobung. Fünf Minuten später fuhr er weg. Ich weiß nicht einmal seinen Namen und erinnere mich nur daran, dass er groß ist und braune Haare hat.

Was das Taschenmesser betrifft, das hat mir ein anderer Soldat gegeben. Das Messer ist wunderbar praktisch und mir den ganzen Tag nützlich. Es ist mein Maskottchen. Ich hatte es am Tag der Bombardierung bei mir, ich habe es immer bei mir.

Montag, 29. *Juli* 1940

Morgen geht ein Zug, aber er fährt in Saint-Maure ab, 17 Kilometer von hier. Wir müssen also einen Lastwagen nehmen, um hinzukommen. Toll! Wir werden mit diesem Zug wegfahren. So ein Glück, eine Erlösung! Auf Wiedersehen, Marie-France und alle miteinander.

Dienstag, 30. *Juli* 1940

Um zehn vor vier standen wir auf; nach einem wunderbaren Frühstück, das uns Jules gemacht hatte, fuhren wir mit einem Holzkohle-LKW bis Sainte-Maure: 5 Francs pro Kopf, außer für Darak; der Hund kostet nichts.

Nach langem Warten stiegen wir schließlich in den Zug – er war überfüllt. Wir mussten uns im Gang auf unser Gepäck setzen und wurden natürlich ständig von Leuten gestört, die kein Sitzfleisch hatten. In Tours fanden wir zwei Plätze in einem Abteil und einen Klappsitz im Gang.

Es ist sehr *exciting*, über die gesprengten Brücken zu fahren, die gerade wieder aufgebaut werden. Man schwebt über dem Nichts und plötzlich stellt man fest, dass der Zug, der mehrere Tausend Tonnen wiegt, nur von einem schwachen Holzgerüst getragen wird. Einige Meter unter uns fließt das Flüsschen, als ob nichts wäre.

Der Klappsitz (auf dem Gang) schnappte mit voller Gewalt über meinem linken Zeigefinger zurück, der sofort auf eine ungewöhnliche Dimension anwuchs, das heißt, er schwoll auf die doppelte Größe an. Glücklicherweise gab es kaltes Wasser, das ich ausgiebig darüber laufen ließ. Er schwoll sofort wieder ab.

In Paris-Austerlitz[33] angekommen. Kein einziges Auto. Wir mussten die Metro nehmen, aber da sind große Hunde verboten. Nicole nimmt Darak auf den Arm und legt einen Mantel darüber, um ihn zu verstecken. Das ist so lächerlich, ein Hund in einem Mantel, dass wir Tränen lachten. Man hatte uns gewarnt, dass die Boches Darak nicht in der Metro dulden würden, aber sie lächelten ihn dauernd an.

In Marbeuf[34] angekommen. Paris ist trist. Die Champs-Elysées ist voller Boches, und da unser Viertel das beste Pariser Viertel ist[35], ist es natürlich das Viertel mit den meisten Deutschen. Horror! Der Wachposten vor dem Innenministerium ist ein Boche. Es wird einem übel.

Die Lebensmittelversorgung ist recht einfach, außer Butter und Milch. Aber alles ist sehr teuer.

Wir fanden bei unserer Rückkehr einen Brief von Bert vor, vom 3. Juni, den ich wörtlich abschreibe, weil ich stolz auf meinen Bruder bin:

R.A.F. *Kenley Whyte Leafe, Surrey*

Meine liebe Mama,

Danke für deine beiden Briefe. Den letzten habe ich heute Morgen bekommen.

Dein Sohn war nicht stolz auf seine erste Aktion, Mittwochnachmittag in Dunkerque, mitten in diesem gigantischen »big bright

33 Gare d'Austerlitz: Bahnhof in Paris

34 Die Metrostation Marbeuf (heute: Franklin D. Roosevelt) im 8. Arrondissement, in dem Micheline Bood wohnte.

35 im Original: *»le plusse mieux«;* die Aussprache- und Grammatikfehler der Deutschen imitierend

jet«.[36] Aber was ihn mehr gebeutelt hat als jede Flugabwehraktion, war die Tatsache, dass er plötzlich Sektionschef der Abendpatrouille war. Jetzt geht es ein bisschen besser …

Einige Flugzeuge, es ist nicht ganz sicher, ob es wirklich Messerschmitt waren, wurden ein wenig nach dem Zufallsprinzip abgeschossen[37], aber auch wir hatten unsere Verluste – Vermisste!

Es ist völlig ausgeschlossen, eine Urlaubserlaubnis zu bekommen, und diese Patrouillen in 8000 m Höhe sind fürchterlich anstrengend.

Ich habe einen richtigen Muskelkater am Hals und im Rücken von den ständigen Kopfverrenkungen, die ich machen muss, wenn ich über das Steuerruder schaue.

Was ist das nur für eine Zeit! Die Zeit spielt sich nicht mehr in Tagen oder Minuten ab, sondern in Bruchteilen von Sekunden; ich schaute auf meine Geschwindigkeitsanzeige bei 550 Stundenkilometern, und, glaube mir, ich dachte: »Mein Gott, ist das langsam!«

Nun, alles wird sich eines Tages beruhigen.

Schreibe mir einen langen Brief, Mama. Ich werde dir antworten, was immer auch sei. Umarme Nic und Michou für mich und sage ihnen, dass ich ihnen schreibe, sobald ich kann.

Tausend Küsse.

Dein großer Hubert

Mittwoch, 31. *Juli* 1940

Lélé (meine Großmutter – dieser Name ist komisch, aber Hubert hat sie so genannt, als er klein war) hat uns besucht, und aus dem Brief, den sie von Hubert erhalten hat, haben wir erfahren, dass er

36 Hier geht es um die sogenannte Schlacht von Dünkirchen und die Operation Dynamo vom 26. Mai bis 4. Juni 1940. Während des deutschen Westfeldzugs versuchten britische und französische Soldaten, einen Verteidigungsring um Dünkirchen so lange zu halten, bis über 330 000 alliierte Soldaten, darunter auch über 100 000 französische Soldaten der 1. Armee, nach England evakuiert werden konnten. Die Royal Air Force war an der Luftsicherung der Evakuierung beteiligt und verlor bei dem Einsatz mehr als 100 Jagdflugzeuge.

37 Messerschmitt: deutsches Jagdflugzeug im 2. Weltkrieg; gemeint ist hier, dass sie von alliierten Flugzeugen abgeschossen wurden.

mitten im Kampf zum Sektionschef ernannt worden war und dass er einige ME[38] abgeschossen hat. Ich entnehme seinem Brief, dass ihn das gar nicht überheblich gemacht hat. Armer Alter! Ich wäre gern an seiner Stelle. Ich finde, es ist besser, sich bei dem, was er tut, zu verrenken, als beim Tragen von Gepäck!

Ich gehe zu Alex (das ist mein ältester Freund), und er ist tatsächlich da! Er ist wie ich; er hat nur noch ein Hemd, eine kurze Hose und seine Pfadfinderkleidung; alle anderen Sachen hat er während der Massenflucht aus Paris verloren. Er war auch in der Normandie, und nachdem er bombardiert worden ist, hat er fast ganz Frankreich durchquert, im Zug, im Lastwagen, zu Fuß. Er ist sehr gewachsen – vielleicht dadurch? Wir begleiteten einen seiner Freunde, der in der Avenue du Bois wohnt, und fuhren mit der Metro zurück. Das ist das einzige, was noch funktioniert.

Sonntag, 4. *August* 1940

Wir mussten den Hund während des Gottesdienstes zu Hause lassen, und er hat nur Dummheiten gemacht. Er ist auf den Kamin gesprungen und hat alles zu Boden geschmissen.

Papa ist zurückgekommen. Er war in Cahors[39] und wurde demobilisiert. Trotz des Verbots konnte er in die besetzte Zone kommen. Er kommt immer irgendwie durch … Wir sind sehr glücklich, dass wir alle wieder vereint sind. Er wird wieder zur Arbeit ins Büro gehen. Der Arme! Das wird er weniger angenehm finden als das Soldatenleben, er, der vor nichts Angst hat.

Montag, 12. *August* 1040

Heute wurde das Lycée[40] Racine wieder eröffnet, und ich ging wieder zur Schule, in die Sommerkurse. Das wird nicht ewig dauern, aber es ist toll: keine Noten, kein Unterrichtsplan, keine Hausauf-

---

38 ME ist hier eine Abkürzung für Messerschmitt, deutsches Jagdflugzeug im 2.Weltkrieg.

39 Stadt in Südwestfrankreich, nördlich von Toulouse

40 Lycée: das französische Oberstufengymnasium

gaben. Ideal! Morgens Unterricht von 9 bis 11 und kein Unterricht am Nachmittag. Ich mache die 5ième zu Ende und werde in die 4ième versetzt, ohne Prüfung, denn nachdem der Schulleiter das Collège von Verneuil verlassen hat, haben die Deutschen, die sich hier einquartiert haben, alles übernommen. Das erfuhr ich von Yvette. Sie ist zurückgekommen, und es freute mich sehr, sie zu sehen. Offensichtlich hat sich Fräulein Brachuet, die Lateinlehrerin, in die Hosen gepinkelt während der Bombardierung von Verneuil, eine solche Angst hatte sie. Sie war gerade unterwegs mit den Internatsschülerinnen, und Yvette hat sie gesehen. Wie gern wäre ich dabei gewesen! Das hätte mich gerächt für alles Leiden, das sie mir zugefügt hat.

2 000 Deutsche sind in Verneuil und 9 000 französische Kriegsgefangene, 40 Schotten und einige Engländer. Alles ist von den Einwohnern Verneuils, die geblieben waren, und den Flüchtlingen, die durch die Stadt gekommen sind, geplündert worden. Die Deutschen haben die meisten Häuser beschlagnahmt. Die Flercks, die eine große Villa haben, haben vier von ihnen im Haus, die ihnen übrigens recht nützlich sind, weil sie die zum Einkaufen schicken, denn sie müssen nicht Schlange stehen. Es gibt offensichtlich nur einen Nachteil, und das ist der, dass sie sich, wenn sie betrunken sind, in der Zimmertür irren.

Damit muss man rechnen!

Die Deutschen haben übers Meer einen heftigen Angriff gegen die Engländer versucht. Die Engländer warfen Tonnen von Heizöl, Erdöl und Benzin auf dem Wasser ab, dann bombardierten die Flugzeuge, und der ganze Ärmelkanal stand in Flammen, und die Deutschen mit.[41] Hip, Hip, Hip, Hurra! Die Engländer zumindest wissen, wie sie sich verteidigen! Sie lassen ihr Land nicht überfal-

41 Die deutsche Luftwaffe startete ab Juli und August 1940 Angriffe auf England mit dem Ziel, die schnelle Kapitulation Englands zu erreichen. Sie stießen auf heftigen Widerstand vor allem der Royal Air Force; die Angriffe wurden im September 1940 eingestellt.

len, während sie große Reden schwingen wie dieser alte Waschlappen Pétain.

Auch die Jagdflugzeuge sind jetzt Bomber.

Donnerstag, 15. *August* 1940

Ich habe ein neues witziges Spiel entdeckt: Man legt eine Handvoll davon neben sich und isst sie. Pflaumen. Wenn der Kern schön klebrig ist, nimmt man ihn vorsichtig zwischen Daumen und Zeigefinger und drückt ab, wenn ein Boche vorbeigeht. Er landet erstaunlich genau richtig, vor allem auf der Nase.

Wenn sie auf dem gegenüberliegenden Bürgersteig sind, schauen sie direkt über sich hoch und verstehen nicht, wo es herkommt. Dieser zweite Vorteil der Pflaumen war bisher unbekannt!

Ich habe geträumt, dass Hubert bei einem Flugzeugunglück stirbt. Das ist sehr traurig, aber ein gutes Omen, denn Träume werden niemals wahr.

Montag, 19. *August* 1940

Yvette hat mich um 2 Uhr abgeholt, und wir sind spazieren gegangen.

Über die Champs-Elysées flog plötzlich ein Flugzeug der Boches, tiefer als die Bäume. Ich sagte:

Wenn er nicht vor der Place de l'Etoile wieder hochzieht, wird er sich das Genick brechen. Im Gegenteil, er flog unter dem Arc de Triomphe durch. Der Arc de Triomphe ist beschmutzt. Jetzt muss ein englisches Flugzeug durchfliegen, damit er wieder reingewaschen wird.

Montag, 18. *September* 1940

Seit Samstag sind Ferien. Freude, Wonne und Glück, wir haben fast alle Sachen wiedergefunden, die in Verneuil geblieben waren. Sie sind Samstag mit der Post gekommen. Ich habe meine kleine Tasche wieder mit allem, was darin war. Außer dem Wichtigsten: meinem Füller. Sonst ist alles da, mein Geld und sogar ein Portemonnaie, das nicht mir gehört. Schade um meinen Füller, er schrieb so gut! Nie wieder werde ich einen so guten haben! Vor allem meinen Schottenrock habe ich wieder gefunden, mein guter alter unzertrennlicher *Schottenrock!*

Was meinen Roman: »*Der Speicher von Marigny*« betrifft: Ich bin jetzt beim dritten Heft.

»In Kürze ...« (wie die Zeitungen sagen): Die Engländer haben alle deutschen Angriffe zurückgeschlagen. Die Boches sind gerade beim dritten Angriff, dem *großen,* und für sie läuft es schlecht, denn es gibt Springfluten. Italien hat England um Waffenstillstand gebeten, den England nicht akzeptiert hat, und Deutschland hat die Engländer drei Mal darum gebeten.[42] Die Boches sind, so sieht es aus, am Ende und gezwungen, aus der Normandie abzuziehen. Auf jeden Fall haben die Engländer ein wunderbares Pulver erfunden (und davon bin ich überzeugt, weil sogar die Boches das erzählen), das sich im Kontakt mit der Luft entflammt. (das Witzigste ist, dass ich in: »*Der Speicher von Marigny*« von einem Pulver spreche, das ungefähr die gleiche Wirkung hat, und dass ich diese Idee schon hatte, bevor man das wirkliche Pulver kannte). Sie werfen es ab auf die Dinge, die sie verbrennen wollen, und man kann es nicht löschen. Nicht einmal auf dem Wasser.

Samstag, 21. September 1940

Rudolf Hess ist tot[43], getötet bei einer Bombardierung, und alle Flaggen sind gehisst. Die Deutschen mussten ihre Truppen aus drei Departements an der Küste abziehen, und Deutschland wird unablässig bombardiert. Ah, Ah! Meine Herren Deutschen, Sie lernen, die Royal Air Force ernst zu nehmen, über die Sie sich so lustig gemacht haben.

42 Das entspricht nicht den historischen Fakten.

43 Hier muss es sich um eine Falschmeldung gehandelt haben. Rudolf Heß flog am 10. Mai 1941 mit einer Messerschmitt nach England und wurde dort gefangen genommen. 1945 wurde er in den Nürnberger Prozessen wegen Kriegsverbrechen zu lebenslanger Haft verurteilt. Er starb 1987 in der Haft.

Amerika wird in den Krieg eintreten.[44] Alle amerikanischen Staatsbürger wurden aufgefordert, Frankreich zu verlassen. Die Flugzeuge de Gaulles haben einen riesigen Tank bombardiert, eine halbe Stunde, nachdem die Deutschen ihn in Boulogne gefüllt hatten. Bravo! Außerdem kämpfen die französischen Kolonien. Bravo! »Seit der Stunde des Rückschlags ist aller Ruhm dahin!« (Das stammt aus einem Gedicht eines Klassenkameraden über Hitler!) Alle sind jetzt für England. Hurra!

Mittwoch, 25. September 1940

Darak hat bei den Potins mit einem anderen Hund gekämpft. Ich wollte sie trennen und wurde heftig gebissen. Es tut entsetzlich weh (trotzdem mag ich das noch lieber als den Zahnarzt). Ich fing auf der Stelle an zu weinen. Mama hat mich geschimpft, weil ich vor allen anderen weinte. Neulich fing sie vor mir an zu weinen wie eine Heulsuse, ohne Grund. Ich habe mir nicht erlaubt, sie dafür zu verurteilen, ich nicht. Ich weiß, dass es Momente gibt, in denen man das nicht verhindern kann, aber sie hätte es wenigstens tun können, als sie allein war. Ich hatte einen Grund. Und außerdem sind mir alle egal! Wer ist das, ›alle Leute‹? Man könnte auch sagen, niemand. Das ist es, warum ich sie hasse. Sie hat mehr Fehler als andere und versteht die anderen nicht. Sie glaubt, die anderen begehen ein Verbrechen, wenn sie etwas tun; für sie, wenn sie es getan hat, ist es ganz normal. Oh, das ist zu einfach …

Ich denke oft an einen verzauberten Prinzen, an mein Ideal, wie so viele andere auch, aber noch lieber hätte ich eine Mutter, die versteht und ein wenig sensibler ist. Wie Madame Bissell gesagt hat: Später werde ich unabhängig sein – und dann werde ich glücklich sein.

---

44 Die USA unterstützten die Engländer ab Sommer 1940 militärisch, traten aber erst im Dezember 1941 in den Krieg ein.

Dienstag, 2. Oktober 1940

Ich bin umgezogen in ein anderes Zimmer! Wie froh ich bin, ganz allein zu sein und Ruhe zu haben, niemand, der in meinen Sachen wühlt, Unordnung macht und meine Nagelschere oder meinen Kamm klaut!

Ich gehe wieder zur Schule. Wir haben drei Stunden Deutsch mit einer Bochesse als Lehrerin. Sie kotzt mich an! Man hielt uns eine lange und ärgerliche Rede über »den Alten« – der Alte, das ist Pétain – und am Ende schliefen wir alle mehr oder weniger. In neunzig Tagen werden wir befreit sein und können die französische Fahne hissen. Die Engländer haben es uns in einem Flugblatt versprochen und uns vorgewarnt, dass die Deutschen, wenn es so weit ist, wütend sein werden. Wenn die riesigen Flugzeuge am Himmel auftauchen, sollen wir in den Keller gehen mit Vorräten *für einige Tage,* weil die Deutschen alles, was sie können, zerstören werden, wenn sie abziehen, vor allem möglichst viele Häuser. Es wird wohl ein schreckliches Blutbad geben. Aber ich habe Vertrauen …

In zwei Tagen soll es einen heftigen Knall geben. Was? Man weiß es nicht. Das Flugblatt zeigte zwei Fahnen, die französische und die englische, mit der Parole: »In freundschaftlichem Einvernehmen, immer und trotz allem.« Ich vergaß: Man soll erst die Keller verlassen, wenn man die Entwarnungssirene hört.

Ich wiederhole nicht alles, was »man sagt«, ich erzähle, was »man sieht«, von selbst sieht. Das ist der Unterschied.

Die Frau, die in der Schule Aufsicht führt, erklärte uns, dass im Lycée Racine Englisch die erste Fremdsprache ist und wir kein Deutsch mehr haben werden, bis … Bravo!

Donnerstag, 10. Oktober 1940

Wir haben 50 Kilo Kartoffeln bekommen von Nounou, die Bretonin ist und in Brest wohnt. Im Augenblick ist es unmöglich, auch nur eine einzige Kartoffel zu finden, und so ist dies viel wert. Wir fragten uns sogar, wie sie überhaupt hergekommen sind! Wir bekamen auch Butter und Eier; die haben wir gar nicht mehr gesehen seit dem 30. Juli, dem Tag unserer Ankunft. Wie gut der liebe Gott mit uns war! Wenn man daran denkt, dass so viele Leute nichts zu essen und alles verloren haben!

Freitag, 18. *Oktober* 1940

Fünf Spitfire[45] sind über uns geflogen. Der Wachposten vor dem Innenministerium hat sich einen Augenblick den Hals verrenkt, dann hat er sich rasch seine Mütze aufgesetzt.

Freitag, 25. *Oktober* 1940

Die Spitfire haben »Vertrauen« und »90« in den Himmel geschrieben, und über der Botschaft der Boches: »R.A.F.«. Pétain ist in meiner Achtung wieder etwas gestiegen: die Deutschen haben ihm günstige Bedingungen versprochen, wenn er die Marine und die Luftfahrtflotte zur Verfügung stellt, um gegen England zu kämpfen; das hat er kategorisch abgelehnt. Es ist sogar die Rede davon (*etiam*, ich bin noch vollgestopft mit Latein), dass er zurücktritt.

Yvette hat ein Flugblatt gefunden und mir zugesteckt, in der Rue d'Astorg, vor der Nase der Boches. Ich habe eine riesige glänzende englische Flagge auf mein Englischheft geklebt und eine französische auf die Rückseite. Neues Spiel, das ist sogar Snobismus (*even!*): man muss »ES LEBEN DE GAULLE UND ENGLAND, NIEDER MIT DEN BOCHES« auf seinen Tisch in der Klasse schreiben. Manchmal ist das sehr schwierig wegen der Lehrer, die die ganze Zeit schauen.

Mittwoch, 6. *November* 1940

Wir ließen in allen Klassen einen Zettel umlaufen: »Franzosen, die Boches achten den 11. November[46] nicht, kommt alle um 5 Uhr

45 Englisches Jagdflugzeug der Royal Air Force

46 Der 11. November ist seit 1922 französischer Nationalfeiertag. Am 11. November feiert Frankreich den Waffenstillstand des ersten Weltkriegs. Nach der militärischen Niederlage Frankreichs 1940 schafften die Deutschen den 11. November als französi-

zum Arc de Triomphe.« Ein anderer Boche-Lehrer erwischte den Zettel, und Janine – auf die jeder sauer ist, weil sie so für die Boches ist – sagte:

– Gut gemacht!

Aber der Lehrer sagte nur:

– Macht das, meine kleinen Kinder, während der Pause, wenn ihr wollt, aber nicht während des Unterrichts.

Wir werden fast alle zum Arc de Triomphe gehen. Das wird lustig. Wenn irgendetwas passiert, werden wir alle im Gefängnis landen! Keine Hausaufgaben, keine Lehrer und keine Strafen mehr! Toll.

Wir ließen ein Blatt herumgehen. Die Direktorin verbietet es, etwas auf die Tische zu schreiben, und droht mit Strafen bis zum Rauswurf. Peng. Sie hat Recht. Es ist eine Tatsache, dass das ganze Lycée Racine für England ist. Also, warum auf die Tische kritzeln? Wenn die Boches kommen, könnten sie die Direktorin deswegen erschießen.

Donnerstag, 7. November 1940

Roosevelt wurde wiedergewählt, mit einem großen Vorsprung vor Wilkie[47]. Ich hoffe, dass er Deutschland den Krieg erklärt. Die Boches hätten lieber Wilkie gehabt. Es wird erzählt, dass sie Paris evakuieren lassen wollen, aber es gehen so viele Falschmeldungen um. Das wäre furchtbar, weil die Pariser vergessen würden, was es

---

schen Feiertag ab. Die Behörden hatten für diesen Tag alle Versammlungen verboten. Ein Rundschreiben der Schulverwaltung hatte für diesen Tag die Teilnahme aller Schüler und Studenten an Gedenkfeiern des 11. November verboten. Verschiedene Gruppierungen und Einzelpersonen riefen dennoch die Oberstufenschüler und die Studenten zu einer spontanen Demonstration am Arc de Triomphe auf. Rund 3000 Menschen, überwiegend Schüler und Studenten, folgten diesen Aufrufen und versammelten sich am Arc de Triomphe. Es gab Angriffe auf kollaborierende Franzosen und deutsche Soldaten und »Vive de Gaulle«-Rufe. Die Demonstration wurde von den Deutschen aufgelöst. Es gab Verhaftungen und Verletzte.

47 Der amtierende amerikanische Präsident Roosevelt kandidierte bei der amerikanischen Präsidentenwahl am 5. November 1940 ein drittes Mal und setzte sich gegen den republikanischen Präsidentschaftskandidaten Wendell Willkie durch.

heißt, von den Boches beherrscht zu werden, und sie würden gegen die Regierung revoltieren. Wir sind in Alarmbereitschaft. Ich weiß nicht so genau, was passieren wird, aber Papa hat zum Hausmeister gesagt, dass er ihn informieren soll, falls eine Bombe fällt.

Später: Ich war gerade dabei, mich zu waschen, im Nachthemd, als alles anfing. Ich zog meinen Mantel an, und wir gingen hinunter. Mama hat mich gezwungen, eine Kapuze aufzusetzen, und Papa, noch einen Mantel darüber zu ziehen. Mama und ich, wir sahen lächerlich aus, Mama mit Papas Morgenmantel, und ich, wie ich es gerade erzählt habe. Darak freute sich, denn er glaubte, wir würden mit ihm spazieren gehen. Aber er war ein wenig verängstigt im Keller. Wir liefen draußen noch eine Runde. Der Mond schien wunderbar. Da wir uns langweilten, gingen wir wieder nach oben. Und da sind wir jetzt. Wenn ich morgen früh noch lebendig bin, werde ich erzählen. Wenn nicht, bin ich erlöst davon. (Es würde mich doch ein wenig ärgern, denn ich habe mich den ganzen Tag mit einer Übersetzung abgequält.) Der Alarm ist aufgehoben. Guten Abend!

Freitag, 8. *November* 1940

Die Direktorin hat ihre Zustimmung für den 11. gegeben. Das Flugblatt war unterzeichnet mit: »Die Legion von Verdun«. Man befürchtet Randale. Das wäre lustig. Ich wünschte, es wäre schon Montagabend.

Ich habe ein wenig in meinem Tagebuch gelesen und finde es sehr lückenhaft, was die Zeit vor der Invasion angeht. Ich erinnere mich zum Beispiel an einen seltsamen Eindruck, den ich einmal auf dem Land hatte. Wir wohnten in »Les Rameaux«, dem Bauernhof, und wir schliefen in unseren Kleidern auf dem Boden. In den fünf Tagen, die wir dort waren, donnerten die Kanonen ununterbrochen. Wir fragten uns jeden Abend, ob wir nicht nachts aufstehen müssten, und jedes Mal, wenn wir ein Flugzeug der Boches am Himmel sahen, mussten wir uns auf den Boden der völlig durchnässten Felder werfen. Ich war begeistert, ich fand das *terri-*

bly exciting. Als ich sie gesehen habe, die Boches, wurde mir übel angesichts ihrer Farbe. Ich werde mich immer daran erinnern: Ich war in der Kirche und betete zu Jeanne d'Arc und dem Heiligen Georg. Die Tür ging auf, und ich hörte sie höhnisch lachen und lachen! Einer von ihnen kam sogar in die Kirche, aber als er in der Kirchenmitte angekommen war, nahm er seinen Hut ab.

Samstag, 9. *November* 1940

Natürlich wollen die Boches nicht, dass wir das Geschichtsbuch kaufen, denn es ist der *Isaac.*[48] Aber Madame Pontabry, unsere Lehrerin, sagte (und ab hier nun aufgepasst!): »Meine Kinder, kauft ein Buch, irgendein Buch, versteht ihr recht, ich sage euch, irgendein Buch, und ich nenne den Namen nicht; aber ihr versteht mich …« Wir haben verstanden und alle den *Isaac* gekauft.

Gestern Abend hatte ich Kopfschmerzen und habe meine Latein-Aufgaben nicht gelernt. Mama gab mir eine Entschuldigung mit, die der Lehrer auf seinem Schreibtisch vergessen hat. Also haben die Mädchen sie mir wieder mitgebracht, und ich benutzte sie am Nachmittag in Geografie noch einmal!

Sonntag, 10. *November* 1940

Abend, 10 nach 10. Mist, noch ein Alarm. Man hört die Sirenen überall heulen. Ich weiß nicht, ob wir nach unten gehen, aber dieses Mal fürchte ich nichts, ich habe gestern gebeichtet!

Montag, 11. *November* 1940

Morgens, 7 Uhr: Wieder ein Alarm! Ich stehe auf, weil es Zeit ist, aber dieses Mal gehen wir nicht nach unten: Man langweilt sich zu sehr da unten! Alle denken, dass Alarm ausgelöst wird, um die Leute zu ärgern und sie dazu zu bringen, dass sie die Engländer hassen. Es leben die Engländer, trotzdem!

---

48 Jules Isaac, französischer Historiker (1877–1963), Autor bekannter Geschichtsbücher für die Schule; er engagierte sich für die christlich-jüdische Verständigung und in der Affaire Dreyfus.

Ich werde frühstücken und dabei darauf warten, dass der Alarm aufgehoben wird.

8 Uhr 15: Der Alarm wird aufgehoben. 1 Uhr: Man hat uns gesagt, dass die Engländer heute bombardieren werden, weil Hitler heute zum Arc de Triomphe kommen will. Ich bin unruhig, genervt, habe ein wenig Angst, aber ich werde trotzdem hingehen. Wenn es eine Bombardierung gibt, ist das ein Grund mehr, hinzugehen.

7 Uhr: Ich war da. Ich habe gesehen. Ich habe nicht gesiegt, aber ich habe demonstriert.

Als wir ankamen, Yvette, Monique und ich (Mama hatte Nicole verboten, hinzugehen), waren auf der Champs-Elysées nur 2 oder 3 Boches zu sehen. An der Place de l'Etoile treffen wir einige Schüler des Gymnasiums. Dann laufen wir durch den Arc de Triomphe: eine riesige Menschenmenge, ruhig und andächtig. Die Menschen nehmen ihre Hüte ab und machen das Kreuzzeichen. Die Flamme, die unsterbliche Flamme, war umringt von Blumen. In der Mitte ein riesiger Kranz mit einer französischen Schleife – und einer englischen Schleife! Natürlich kein Boche unter dem Arc de Triomphe. Das alles erinnerte an einen Altar bei Prozessionen. Fast alle Studenten trugen die französische und die englische Fahne an ihrem Hut. Irgendwann sagten die Polizisten, wir sollten weitergehen. Wir antworteten ihnen: »Jetzt reicht's«, und andere Menschen schlossen sich uns an.

Wir treffen s. Delhaye und seine Mutter, sie sagen: »Da drüben haben Studenten demonstriert, und wir sahen, wie die Boches in voller Geschwindigkeit mit dem Auto in die Menge gerast sind. Zum Glück wurde niemand verletzt.« Wir gehen hinüber. Vor der Kneipe »Le Tyrol« gibt es eine Menschenansammlung. Wir verabschieden uns von den Schülern des Gymnasiums, Yvette, Monique und ich, und schauen, was dort los ist.

Dort im Saal des »Le Tyrol« waren ungefähr hundert Studenten; offensichtlich hatten sie sich dort versammelt, nachdem sie demonstriert hatten. Ein Plakat der Boches, das an der Tür hing, als wir nach oben gingen, und das wir nicht gelesen hatten, war abgerissen worden. Dann sehen wir auf der anderen Seite einen Mann, ziemlich alt, den die Zivilen mitnehmen und den sie grob und ruppig behandeln. Wir hören Menschen pfeifen; wir überqueren die Straße und gehen weiter.

In der Avenue des Champs-Elysées stehen deutsche Lastwagen dicht an dicht entlang der Bürgersteige, sie sind verschlossen. Die Offiziere, die nebenan warteten, etwa dreißig, fielen alle über den armen Typ her, der wohl demonstriert hatte. Sie versetzten ihm Fußtritte in den Bauch und hievten ihn schließlich halb tot in den Lastwagen. Alle Leute, die vorbei gingen, fingen an zu schreien, und wir mit ihnen. Es waren noch mehr arme Typen in den Lastwagen. Und diese Boches lachten! Wir beschimpften sie als Schweine, Kühe, Drecksäcke und alle Tiere der Arche Noah. Schließlich schrie uns einer der Zivilen zu:

– Wollt ihr da auch hin?

Wir schrien noch lauter, spuckten auf die Boches usw.

Und dann fing es an zu regnen, und wir sind gegangen.

Wir kamen zur Champs-Elysées, wieder eine Menschenansammlung. Einige Boches waren bei Rangeleien verletzt worden, und man hatte Krankenwagen gerufen. Die Franzosen frohlocken, die Boches sind mieser Stimmung. Und dann stoßen wir auf der anderen Seite auf einen Kreis von Leuten, die mit einem Boche-Offizier »Ball spielen«, wie mit einer Puppe im Boxtraining. Er wurde hin und her geschubst, und jeder rief ihm eine Beleidigung zu. Er sah aus, als würde er gleich anfangen zu weinen. Monique war schon nach Hause gegangen (sie wohnt in der Rue Marbeuf), aber Yvette und ich fühlten eine grausame Freude. Ich wäre glücklicher gewesen, wenn es einer der dreißig Offiziere aus den Lastwagen gewesen wäre, weil der hier aussah, als wäre er besser, aber was soll's, es war ein Boche. Schließlich gingen wir nach Hause (ich vergaß zu erwähnen, dass die anderen Boches zuschauten, ohne etwas zu ihrem geschlagenen Kameraden zu sagen), weil es zu stark regnete, aber wir fanden es schade. Ich hatte wunderschöne Seidenstrümpfe an, und alle Boche-Frauen schauten neidisch auf meine Beine.

Es ist gerade 7 Uhr. In der Avenue de l'Alma wird gekämpft, mit Granaten und Gewehren. Oh, meine Kinder, welche Repressalien werden wir erdulden müssen! Aber ich kann sagen: »ICH WAR DABEI«.

Mittwoch, 13. *November* 1940

Mama hat wieder mit mir geschimpft. Ich las *Im Westen nichts Neues*[49]. Da sie mir Ostern erlaubt hatte, es zu lesen, fand ich es unnötig, sie noch einmal zu fragen. Na gut, ich musste mich deswegen zur Schnecke machen lassen. Gestern war Nicole an der Reihe. Wenn Mama ihre Krisen hat, und das kommt oft vor, lässt sie das ganz einfach an uns aus. Sie übertreibt wirklich! Papa ist das völlig wurscht.

Marie-France sagte, der Tod ihrer Eltern würde sie gar nicht bekümmern; mir würde es etwas ausmachen, weil wir dann gar niemanden mehr hätten, aber das ist alles.

Ich habe trotzdem heimlich Bücher gelesen, und nie ist mir etwas passiert. Hier war es ein Buch, das sie mir erlaubt hatte zu lesen, aber wenn sie schlechte Laune hat, bekomme ich den Kopf gewaschen dafür! Wie ungerecht das Leben ist! Ich habe meinen Mathetest bei meiner Nachbarin abgeschrieben, und zum ersten Mal habe ich ihn nicht verhauen. Bei den anderen Tests hatte ich gearbeitet und trotzdem nur 6 oder 8 Punkte.[50]

Ah, sie hat mir verboten zu lesen. Na gut, sie kann immer hinter mir her sein! Wenn sie denkt, ich gehorche! Übrigens, mir bleibt trotz allem *Der Speicher von Marigny!* Ich werde nachts lesen oder wenn sie nicht da ist, ganz einfach. Und ich werde die Bücher nehmen, ohne zu fragen; die Eltern können sich nicht vorstellen, welches Vergnügen es macht, ein verbotenes Buch zu lesen!

---

49 Im Westen nichts Neues: Roman von Erich Maria Remarque (1929) über die Schrecken des ersten Weltkrieges aus der Perspektive eines jungen Soldaten

50 Das französische Notensystem ist ein Punktesystem. Es gibt 0–20 Punkte. Die beste Note, 20 Punkte, wird selten vergeben. Weniger als 10 Punkte heißt nicht bestanden.

Freitag, 15. November 1940

Um 2 Uhr warnte mich eine Schülerin, dass in einigen Klassen die Taschen der Schüler nach Fotos, Briefen oder Ähnlichem durchsucht würden. Ich hatte ausgerechnet zwei Briefe von Hubert dabei, ein Foto, das er mir gegeben hatte und auf dem ein abgeschossenes Flugzeug in Flammen zu sehen ist, eine Menge Zeichnungen und mein Taschenmesser (oder genauer gesagt, das Messer des englischen Soldaten) und dann noch das fünfte Heft von *Der Speicher von Marigny*, an dem ich gerade schreibe. Monique riet mir, meine Jacke mit meinem Taschenmesser darin an der Garderobe aufzuhängen und das Heft mit den Zeichnungen unter den Regenschirmen. Das machte ich so. Natürlich hat man nicht in die Taschen geschaut, aber um 4 Uhr war mein Taschenmesser verschwunden. Ich bin untröstlich. Ich hoffe, ich finde es wieder.

Unser Abendessen wurde oft unterbrochen. Das erste Mal, als wir die Kanone hörten, gingen wir auf den Balkon. Es war unglaublich, wunderbar, märchenhaft. Die Kanone donnerte ununterbrochen und schickte ihre langen weißen Flammen in den graublauen Himmel. Ein wunderbarer Mondschein, dazu wenig Sterne und Myriaden von Funken in allen Farben, einer nach dem anderen, wie eine Perlenkette, deren Perlen man einzeln abzählt. Die Feuerschranke. Sie hat nichts Undurchdringliches. Sie ist märchenhaft und erinnert an ein Feuerwerk, aber das ist schon alles. Sie steigt so wenig auf, dass sie nicht mal ein Hindernis bildet. Obwohl der Mond scheint, suchen die Scheinwerfer pausenlos den Himmel ab. So ging das lange Zeit, und das ohne Alarm.

Darak hatte solche Angst, dass er Pipi in den Flur machte.

Samstag, 23. November 1940

Bis es eine andere Anweisung gibt, ist es verboten, auf der Champs-Elysées, im Quartier Latin und auf den großen Boulevards spazieren zu gehen. Monique, Nic und ich werden eine besondere Karte brauchen, weil wir in der Nähe der Champs-Elysées wohnen. Alles wegen der Demonstrationen. Wie besch… die Boches sein können.

In meinem Aufsatz hatte ich von Yvette gesprochen: Ich hatte geschrieben, dass ihre Nase in die Luft ragt, als würde sie von einem Faden nach oben gezogen. Die Lehrerin sagte:

– Warum haben Sie das gesagt? Das ist sehr hübsch, eine Nase hoch in die Luft, es ist besser, als wenn man sie in entgegengesetzter Richtung trägt. Es ist wie bei einer gewissen Art von Leuten, die Achtung vor sich selbst haben und die Nase als Zeichen tragen …

Ich akzeptiere so einen Scherz im Unterricht nicht. Vor allem, weil man uns ständig predigt, dass wir nicht von Politik sprechen sollen. Also, sie soll die Klappe halten und uns in Ruhe lassen! Wir waren bei der Direktorin, um unsere Hefte abzuholen. Ich mag sie sehr und finde sie sehr elegant. Und außerdem, wir denken, dass sie für die Engländer ist.

In *Boche*[51] haben wir die Kleidung der Leute durchgenommen. Um mich lustig zu machen, habe ich *caleçon* (Unterhose) mit einem großen C geschrieben, und mitten in einer plötzlichen Stille, wie sie manchmal im Unterricht entsteht, hörte man eine ruhige und friedliche Stimme, die erklärte:

– Uns sind die Unterhosen der Boches wurscht …

Die Lehrerin drehte sich zur Tafel, damit man nicht sah, dass sie lachte.

Mittwoch, 27. November 1940

Ich habe fünf Mal hintereinander 10 Punkte in Deutsch bekommen (und schon sage ich nicht: in *Boche*), 9 Punkte in Geschichte (der Lehrer hat mich beglückwünscht für meine »Art, mich auszudrücken«) und … zum zweiten Mal ¼ in Latein (Übersetzung von Französisch in Latein). ¼, das ist wie null Punkte! Der Lehrer gibt sich viel Mühe, aber ich verstehe immer noch nichts. Meine

51 Boche: Micheline Bood nennt so das Fach Deutsch

Grammatikregeln kenne ich auswendig, aber wenn ich ihnen in der Übersetzung begegne, übersetze ich, als gäbe es sie nicht!

An der Wand des Ladens H.S. de Souhami stand die Parole: »Es lebe de Gaulle!«. Sie war durchgestrichen, darüber stand: »Tod für de Gaulle, den Verräter.« Yvette und ich sind wütend und wollen das wegmachen, aber es ist noch nicht dunkel genug.

Donnerstag, 28. November 1940

Come O sweetheart, O darling!
Come or I'll die like a pale flower.

Ich habe dieses Leben satt! Wenn Bill wüsste, dass ich schon so lange Trauer trage seinetwegen! Ich habe ihn nur einen Tag gesehen, wir liebten uns sehr (das ist etwas anderes als einfach nur lieben) und wir haben uns geschrieben .... Das ist alles! Seit ich nicht mehr liebe, so lange schon, habe ich alles satt und ich möchte ... entweder Bert, meinen Bruder, oder einen Geliebten haben. Vor allem einen Geliebten, einen wunderbaren Engländer zum Beispiel, als Deutscher verkleidet, groß, blond und dünn, mit blauen Augen, einem offenen und sympathischen Gesicht ... der wie Henry wäre (ich vermute jedenfalls, dass er so ist, nach diesem einen Treffen). Aber stattdessen nichts, gar nichts! Ich langweile mich schrecklich. Aber warte, mein nächster Flirt wird dafür bezahlen, dass er so lange auf sich warten ließ ...

Henry, jetzt kann ich es erzählen, war ein englischer Soldat, der es nicht geschafft hatte, mit den anderen nach England zurückzukehren, und den einer von Papas Soldaten versteckt hatte. Eines Abends kamen sie zu dritt zu uns, Henry, der Franzose und seine Frau, und wir haben so gelacht, dass sie die Uhrzeit vergessen haben. Sie gingen nach der Sperrstunde und riskierten, festgenommen zu werden. Sie mussten ja zu Fuß durch halb Paris. Schließlich hat sich eine Amerikanerin, die Mama kennt, darum gekümmert, dass er zurückfahren konnte; ich sage hier keine Namen, das ist zu gefährlich.

Donnerstag, 5. Dezember 1940

Es ist so kalt im Haus, dass ich Fausthandschuhe tragen muss. Ich frage mich, wie das weitergehen soll, wenn wir den ganzen Winter ohne Kohle durchstehen müssen. Bah! Wir werden sparen, das ist alles. Die Engländer erleben schrecklichere Winter! Ich werde wütend, wenn ich höre, wie andere sagen (Gott sei Dank sagen das wenige Leute): Die Engländer sind unsere schlimmsten Feinde. Wenn ich daran denke, dass Hitler ihnen einen Friedenskompromiss angeboten hat und sie den abgelehnt haben! Und warum haben sie ihn abgelehnt? Weil sie *für uns* kämpfen, für ein freies und starkes Frankreich, für de Gaulle, für Catroux[52], für alle Franzosen, die eine tapfere Seele und ein reines Herz haben und den Eindringling nicht dulden wollen in ihrem Land. Wenn ich daran denke, dass es Dummköpfe gibt, die schlecht über England reden! Es sind Feiglinge, Verräter, sie sind schlimmer als die Boches, weil die Boches die Angreifer sind und nicht die Angegriffenen. Wie kann man diese Boches lieben, die uns alles nehmen, das Leder, den Gummi, die Kohle, die Rohstoffe, die produzierten Waren, das Fleisch, die Tiere, die Butter, alles … alles, die Frankreich ausbluten und an allen Ecken und Enden aussaugen. Die Besatzungsarmee kostet uns jeden Tag mindestens 20 Millionen Mark, und ihre Mark, das ist nur Klopapier. Sie können uns alles nehmen, aber glücklicherweise, wie unser Geschichtslehrer sagt, holen wir uns alles wieder. Danach.

Während wir darauf warten, ist Laval[53] ermordet worden, wie es scheint. Und in Italien gibt es seit heute Morgen Revolution. Das passt. Aber nichts ist zu Ende. Bei weitem nicht!

Alle Engländer, die in Paris waren, sind in Lager gesteckt worden. Meine Großmutter hat ganze Karren voll mit ihnen wegfahren sehen, und die armen Leute, die zu Fuß gegangen sind, Greise,

---

52 Georges Catroux war französischer General und Mitglied der freien Bewegung Frankreichs unter de Gaulle.

53 Es handelt sich um eine Falschmeldung oder ein Gerücht. Tatsächlich war Pierre Laval zu diesem Zeitpunkt noch in der Vichy-Regierung unter Pétain.

Frauen und Kinder. Diese Schweine. Sie werden schon sehen, sie werden schon sehen! Wenn die Engländer gewonnen haben, wird ihnen das hundertfach heimgezahlt.

Ich habe Mamas Handschuhe fertig, und Lélé hat mir irischen Batist gegeben, um zwei Taschentücher zu machen. Ich habe mir vorgenommen, pro Tag den Saum an einer Seite zu nähen, aber ich glaube nicht, dass sie Weihnachten fertig sind.

Freitag, 6. Dezember 1940

Wie entsetzlich, mein Gott! Wenn ich daran denke, was heute Morgen beinahe passiert wäre! Ich habe ein tolles Plakat gemacht mit französischen und englischen Fahnen und darauf geschrieben: »Mögen Sie die Engländer lieber, die dafür kämpfen, dass Frankreich frei wird, oder die Boches, die Frankreich ausplündern?« Wir haben es auf ein englandfeindliches Plakat geklebt, das mit Jeanne d'Arc und Napoleon. Nur leider! Es war aus Pappe … Wir waren gerade ungefähr hundert Meter weitergelaufen, als wir plötzlich hören, wie es herunterkracht. Wir laufen schnell zurück, ich hebe es auf und denke: »*Ich muss* es wieder aufhängen, ich muss!« Und ich habe es wieder aufgehängt. Na, und da standen zwei Boches vor mir, zwei hinter mir. Ich weiß nicht, wie es kam, aber sie haben mich nicht gesehen. Mittags war das Plakat natürlich nicht mehr da! Aber die Hauptsache war geschafft.

Samstag, 7. Dezember 1940

Ich habe zwei andere Plakate aufgehängt. Wenn wir am Montag zur Schule gehen, wird es schon hell sein. Heute hatte ich kein Problem, nur beim ersten Plakat habe ich gehört, wie hinter mir Absätze klapperten, und ich sagte mir: Das war's, ich bin geliefert! Auf einem Plakat waren zwei Fahnen, eine französische, eine englische, und die Parole: »Entente cordiale[54] für immer und den Bo-

---

54 Entente cordiale: Abkommen zwischen Frankreich und England (1904), das die Interessenskonflikte um die afrikanischen Kolonien beilegen sollte ohne Bündnis-

ches zum Trotz.« Und auf dem anderen stand: »Die Engländer werden siegen, denn sie haben keine Frauen und Kinder auf den Straßen getötet.«

Es ist ein schreckliches Spiel, es ist wie eine Droge; wenn man einmal auf den Geschmack gekommen ist, kann man nicht mehr aufhören. Es ist unwiderstehlich, man wird mitgerissen, es ist stärker als ich. Wenn Mama das wüsste!

Als wir in der Schule ankamen, war es völlig dunkel. Die Boches waren wütend, weil das Licht im Lycée Racine eingeschaltet war, bevor es draußen hell wurde, und sie haben es ganz verboten, das Licht einzuschalten. So kam es, dass wir Deutschunterricht im Dämmerlicht hatten. Als wir ankamen, stand in großen Buchstaben: »ES LEBE DE GAULLE!« an der Tafel. Niemand wollte es wegwischen, weil man uns ja verbietet, die Tafel zu benutzen, bevor ein Lehrer kommt (das verbraucht Kreide).

In der Zwischenzeit kam der Lehrer herein, sah, was an der Tafel stand, und schrieb die Wörter des Deutschunterrichts darum herum, aber er wischte nichts weg. Wir waren sehr beunruhigt, weil wir dachten, wenn ein Boche käme, würde man ihn verantwortlich machen (ein Lehrer darf so etwas nie an der Tafel stehen lassen). Wir hatten auch schon vereinbart, dass sich sofort jemand auf den Schwamm stürzt, wenn jemand hereinkommen würde. Eine Aufsicht kam, und Marie-Thérèse Halbert stürzte sich auf den Schwamm. Weder der Lehrer noch die Aufsicht haben es gesehen. Der Lehrer gab keinen Kommentar ab, als er bemerkte, dass die Schrift verschwunden war.

Dieses Jahr mag ich meine Klassenkameraden sehr. Wenn ich an die Kamele vom letzten Jahr denke! Meine Meinung zählt viel in der Klasse, und das liebe ich. Mich halten sie für die Exzentrischste wegen meiner Highlander-Kleidung, wegen der Romane und weil ich am besten zeichne.

---

möglichkeit mit dem Deutschen Reich; hier soll der Begriff das Bündnis zwischen Frankreich und England gegen Deutschland betonen

Heute Nacht gab es wieder eine Feuerwand und Kanonendonner um 11 Uhr.

Mittwoch, 11. *Dezember* 1940

Mussolini hat Hitler ein Telegramm geschickt: »Die Makkaroni sind gar, das Fett siedet, schick Fritten.«

Auf einem Plakat in der Rue de Penthièvre (ganz in der Nähe habe ich meine Plakate geklebt) klebt ein kleiner Zettel: »Es lebe de Gaulle! Nieder mit den Boches!«, aber er war verkehrt herum aufgeklebt. Es ist komisch, denn wenn man selbst klebt, hat man immer Angst, verkehrt herum zu kleben. Ich erinnere mich sogar, dass meine Handschuhe voller Kleber waren.

Die Italiener kassieren in Libyen eine ordentliche Tracht Prügel.[55] Mama hat drei hässliche alte, kaputte Uhren aus Gold verkauft und 2 850 Francs dafür bekommen.

Montag, 16. *Dezember* 1940

Nicole und ich sind in der 7 Uhr-Messe zur Kommunion gegangen. Es war nicht richtig dunkel! Der Himmel war dunkelrosa, es war wunderbar, aber unpraktisch.

Trotzdem ist es mir gelungen, zwei Mal »V« und ein Mal »Die Engländer werden siegen« zu schreiben, ein Emblem der »Jungen Front«[56] an der Ecke Avenue Matignon – Faubourg Saint-Honoré durchzustreichen und es mit dem Lothringerkreuz[57] zu übermalen. Gute Arbeit! …

---

55 Micheline Bood bezieht sich hier wohl auf die Operation Compass, die erste große Militäraktion der Alliierten, nachdem Italien Frankreich und Großbritannien am 10. Juni 1940 den Krieg erklärt hatte. Ab Dezember 1940 griffen britische Truppen und Truppen des Commonwealth Libyen, damals italienische Kolonie, an. Die Operation endete mit der Vernichtung der 10. italienischen Armee.

56 Jeune Front: faschistische Jugendorganisation, 1940 von Robert Hersant gegründet; die Mitglieder verteilten vor allem die antisemitische Zeitschrift »Au Pilori« (Am Pranger), die von den Deutschen subventioniert wurde, und beteiligten sich an Ausschreitungen gegen jüdische Händler.

57 Das Lothringer Kreuz: ein Kreuz mit zwei Querbalken. Es wurde nach der Kapitulation Frankreichs zum Symbol der Exilregierung in England unter de Gaulle.

Pétain hat Laval entlassen, ohne eine Erklärung abzugeben, und Flandin ernannt.[58]

Diese Geschichte der Rückkehr der »Asche des *Aiglon*«[59] gestern ist lächerlich. Ich glaube, es wäre ihm lieber gewesen, in Begleitung französischer Soldaten zurückzukehren. In *Le Matin* war ein Portrait abgedruckt, er sah wirklich gut aus.

Dienstag, 17. *Dezember* 1940

Im Flur hielt mich Mademoiselle … (nie kann ich ihren Namen behalten) an und fragte mich, ob ich es gewesen sei, die »Es lebe de Gaulle!« auf Jeanine Halimas Rücken geschrieben habe.

Das ist eine alte Geschichte; jemand hatte ihr das letzten Samstag auf den Rücken gekritzelt, und wir entdeckten es in der Englischstunde. Wir mussten lachen und nahmen uns vor, ihr das beim Rausgehen zu sagen. Weil ich hinter ihr gelaufen war, wurde ich beschuldigt, das geschrieben zu haben; ich stritt es ab! Ich werde es überhaupt nicht zugeben!

Donnerstag, 19. *Dezember* 1940

Trotz aller Aufregungen habe ich nicht schlecht geschlafen. Ich falle abwechselnd von einem Hoffnungsschimmer in die tiefste Verzweiflung. Oh Sieg! Wie sehr lässt du auf dich warten! Wirst du hoffentlich nicht zu spät kommen? Ich hasse die Boches mehr als alles! Ich hasse sie auf unmenschliche Weise. Wenn de Gaulle wüsste, welche Scherereien er mir einbrockt …

---

58 Pierre Laval wurde am 13. Dezember 1940 von Pétain entlassen und verhaftet, weil es unterschiedliche Auffassungen über die Kollaborationspolitik gab. Pierre-Etienne Flandin wurde danach Ministerpräsident und Außenminister.

59 Aiglon, der kleine Adler: so wurde Napoleon II. genannt, der Sohn Napoleons I. Hitler hatte veranlasst, dass seine Asche (so heißt es immer, obwohl er nicht eingeäschert wurde) aus Wien nach Paris überführt und genau am 100. Jahrestag der *Überführung von Napoleons Asche ebenfalls im Invalidendom neben dem* Grabmal seines Vaters bestattet werden sollte. Die Zeremonie wurde dann allerdings in eisiger Atmosphäre und klammheimlich abgehalten. Die Pariser sollen gespottet haben: »Sie nehmen uns die Kohle weg und geben uns die Asche zurück.«

Abends: – Warum habe ich alle angelogen? Sogar mein Tagebuch, das mich ja nicht verraten kann? Warum habe ich nicht einmal geschrieben, hier in das Tagebuch, dass ich es war? DASS ICH DIE SCHULDIGE BIN!

Ich glaube, durch das ständige Lügen habe ich mir schließlich eingebildet, es sei wahr, dass ich es nicht war, die die Parole geschrieben hat.

Warum war ich so feige?

Ich, die ich die Gefahr liebe und mich vom Tod angezogen fühle, ich bin ausgewichen, weil ich Angst hatte, von der Schule verwiesen zu werden. Jetzt bin ich in Lügen verstrickt, und alles ist verwickelt: Ich habe einen Skandal in der Klasse ausgelöst, ich muss jetzt die Direktorin der Schule anlügen, die ich toll finde und die mir versprochen hat, mich nicht zu bestrafen, wenn ich es zugebe (ich weiß nicht, wie ich es geschafft habe, sie dazu zu bringen, aber sie ist überzeugt von meiner Unschuld).

Und Papa und Mama habe ich alles so erzählt, als hätte ich damit nichts zu tun. Ich hasse mich, ich verabscheue mich, ich bin schlimmer als der schlimmste Boche, ich bin eine Schlange, eine abscheuliche Kreatur. Und wenn ich daran denke, dass Suzanne Delhaye sich aufopfert und ihr jetzt meinetwegen der Verweis droht! Wie kann ich das ertragen? In der Klasse wissen alle, dass ich es war. Aber alle (außer M.T. Halbert) haben mir versprochen, nichts zu sagen, auch wenn man die ganze Klasse bestraft. Ich verdiene das gar nicht!

Ich habe den Weihnachtsbaum geschmückt, und die Direktorin hat mir dafür Komplimente gemacht. Sie war ein Schatz … Alle sind so freundlich zu mir in meinem geliebten Lycée Racine! Wenn sie wüssten, dass ich eine undankbare Person bin, ein Feigling, eine schreckliche Lügnerin, würden sie sich voller Ekel von mir abwenden, und sie hätten Recht. Wenn ich daran denke, dass ich es nicht einmal gewagt habe, es gleich meinem Tagebuch anzuvertrauen. Mein Gott! Mach, dass alles gut wird, und ich schwöre, dass ich nie mehr lügen werde, auch nicht die geringste kleine Lüge.

Samstag, 21. Dezember 1940

Es wird immer schlimmer. Ich musste der Direktorin alles zugeben. Madame Pontabry, die Geschichtslehrerin, war auch dabei, aber mit ihr war es nicht so schlimm: Im Gegenteil, sie hat gesagt, sie hätte es genauso gemacht.

Ich habe kaum den Mut, das zu schreiben. Ich bin am Boden zerstört. Jetzt hoffe ich, dass alles bald vorbei ist. Wenn ich daran denke, dass die Direktorin mich nicht einmal gerügt hat. Sie hat gelacht mit der Geschichtslehrerin und mich ein großes Baby genannt.

Wie ich mich schäme, mein Gott, sie angelogen zu haben mit einer solchen Dreistigkeit, sie, die so gut zu mir gewesen ist und nur gesagt hat:

– Micheline, Sie werden Ihrer Mutter sagen, dass Sie nach den Ferien acht Tage zuhause bleiben müssen; das ist die Strafe. Sie hätten es gleich zugeben sollen.

Mit Mama war es nicht so einfach. Wie sie mich ausgeschimpft hat! Sie sagte, wenn sie die Direktorin gewesen wäre, hätte sie mich ernsthaft von der Schule verwiesen, weil ich so oft gelogen und sie damit so viel Zeit gekostet hätte. Sie sagte, die Direktorin müsse mich jetzt sicher verachten, und sie selbst würde mir nie mehr etwas glauben. Sie sagte auch, sie sei vier Jahre im Lycée Racine gewesen, ohne dass es auch nur das geringste Problem gegeben habe, und dass sie sich trotzdem nicht als die große Unverstandene gefühlt habe. Ich weiß nicht, wie sie darauf kommt.

Was bin ich für ein schreckliches Mädchen. Wenn ich daran denke, dass die Direktorin mich nicht gerügt hat und Mama dafür umso mehr! Die Mädchen aus meiner Klasse sagten, ich hätte Glück gehabt, es hätte mir acht Tage Ferien mehr beschert, aber ich bin verzweifelt. Welch trauriger Anfang der Weihnachtsferien, die ich mit Ungeduld erwartet hatte …

Montag, 23. Dezember 1940

Es ist schrecklich kalt, seit zwei Tagen habe ich Eisblumen am Fenster. Ich habe Frostbeulen, und im Wohnzimmer haben wir ein Grad plus.

Dienstag, 24. Dezember 1940

Wir haben einen Brief von Nounou erhalten, unserem früheren Kindermädchen. Sie schreibt, in Brest gebe es weder Butter noch Kartoffeln, auch keinen Kaffee, keine Wolle, fast gar nichts mehr. Obendrein hat sie große Angst vor den Bombardierungen; es sind Leute ganz in ihrer Nähe getötet worden. Offensichtlich töten die Engländer bei ihren Bombardierungen eine Menge Zivilisten. Das hängt sicher damit zusammen, dass die Royal Air Force im Augenblick zu viele junge, unerfahrene Piloten hat und nicht mehr die gewieften von früher.

Wenn man bedenkt, dass so viele Menschen die ganze Nacht zum 25. Dezember nichts als Bombardierungen haben werden … Aber neulich, als ich mich bei dir beschwerte, mein Tagebuch, schrieb ich im Zustand der Verzweiflung, des Hasses und des Ekels, der mich während unseres Spaziergangs überkam angesichts der Boches, die sich aufplustern in geheizten Autos, die Bonbons und leckere Sachen kaufen, und all dieser Frauen in ihren tollen Pelzmänteln, und des großartigen Weihnachtsbaums des Autohauses Astorg, während wir gar keinen haben. Jetzt, nachdem ich nachgedacht habe, würde ich Nounou und allen Flüchtlingen gerne sämtliche Weihnachtsgeschenke überlassen.

Mittwoch, 25. Dezember 1940 – *weihnachten*

Nicole und ich haben eine wunderschöne Krippe gemacht, mit Felsen aus Packpapier. Als Beleuchtung hatten wir ein kleines pilzförmiges Lämpchen und Kerzen; das sah wunderschön aus.

Heute Morgen suchte ich überall meinen Schuh und fand ihn schließlich im Kamin, mit einem Gutschein von Mama und Papa für die Reparatur meiner Uhr, die schon so lange kaputt ist.

Nach der Messe stand ich bei Couté eineinhalb Stunden Schlange und bekam zwei Eier. Es ist schrecklich, welche Bedeutung die Nahrungsmittelfrage mittlerweile hat. Der arme Darak hat heute Fleisch bekommen. Es ist schon ich weiß nicht wie lange her, dass ihm das passiert ist.

Donnerstag, 26. Dezember 1940

Ich war bei Yvette, und wir haben *Lire á deux*[60] gelesen. Es ist blöd, und all die nackten Frauen sind sechs Mal zu fett und lächerlich.

Das englische Radio hat verkündet, dass Mussolini kurz davor sei, umzuschwenken, und dass eine Übereinkunft mit Italien unmittelbar bevorstehe.

Samstag, 28. Dezember 1940

Es stimmt tatsächlich, dass Pétain nach Afrika gefahren ist, dass die Deutschen in die Freie Zone eingedrungen sind[61] und die französische Flotte nach England abgezogen ist. Außerdem wurde ein französisches Flugzeug über Gibraltar abgeschossen mit zwei wichtigen Persönlichkeiten an Bord, und man befürchtet, dass Pétain einer der beiden war. Sie haben Jacques Bonsergent, einen französischen Ingenieur, erschossen, der festgenommen worden war, weil er einen Aushang zerrissen hatte (ich glaube, da hätte ich zwanzig Mal erschossen werden können), und sie haben am Bahnhof Saint-Lazare sein Bild aufgehängt und Polizisten davor gestellt, die die Plakate bewachen.[62] Die Kriegsveteranen aus dem 1. Welt-

---

60 Lire *á deux*: Lesen zu zweit. Es handelt sich um die erotische Zeitschrift »Pour lire à deux« aus den dreißiger Jahren des 20. Jahrhunderts.

61 Die Deutschen besetzten die Freie Zone erst ab 11. November 1942.

62 Jacques Bonsergent, ein 28-jähriger Ingenieur, gilt als einer der ersten französischen Zivilisten, gegen die die deutschen Besatzer die Todesstrafe verhängten. Er war am 10. November 1940, am Vorabend der Demonstration zum 11. November 1940, nach 21 Uhr, also nach der Sperrstunde, von deutschen Soldaten festgenommen und inhaftiert worden. Er soll sich geweigert haben, die Namen der Personen zu nennen, die mit ihm unterwegs waren. Um ein Exempel zu statuieren, wurde am 5. Dezember 1940 die Todesstrafe gegen ihn verhängt, weil er gegen deutsche Soldaten vorgegangen sei,. Otto von Stülpnagel, der damalige Militärbefehlshaber in Frankreich,

krieg legten einen Veilchenstrauß vor dem Plakat am Bahnhof Saint-Lazare nieder und riefen:

»Wir werden dich rächen.« Die Polizisten gingen weg, um sie nicht bestrafen zu müssen.

Ich kann nur immer wieder das Gleiche über die Boches sagen. Ich finde kein Wort, das abscheulich genug für sie wäre.

Ich habe ein wunderbares Versteck für mein Tagebuch gefunden, falls es eine Durchsuchung gibt, und vor allem, um zu verhindern, dass Nicole und Papa es lesen: Mit einem Tuch habe ich unter einem Sessel eine kleine Tasche gefaltet, und da stecke ich es hinein. Ich habe es nur Mama gesagt, weil ich zu ihr Vertrauen habe.

Wir erleben schreckliche Stunden, und ich schreibe sehr viel, ich brauche das. Ich freue mich, das alles wieder zu lesen, später, nach dem englischen Sieg.

Dienstag, 31. *Dezember* 1940

Das Jahr 1940 war fürchterlich! Für die Welt, für Frankreich und für mich.

Ich kann es in ganz unterschiedliche Abschnitte zusammenfassen:

U = Unglücke

G = Glücklich

U – 1 – Die Rückkehr nach Verneuil;

G – 2 – Abreise aus und Rückkehr nach Paris; die Osterferien;

G – 3 – Meine schönsten Tage, die wunderbaren Spaziergänge mit Yvette und den englischen Soldaten. *Fliegen,* mein Roman;

U – 4 – Streit mit Mama;

U – 5 – Die Massenflucht aus Paris; Versöhnung;

---

lehnte ein Gnadengesuch ab. Das Todesurteil gegen Jacques Bonsergent wurde am 23. Dezember 1940 vollstreckt. Zur Abschreckung hängten die Deutschen am gleichen Tag Plakate mit dem Text: »Der Ingenieur Jacques Bonsergent wurde vom Militärgericht zum Tode verurteilt wegen eines Gewaltaktes gegen ein Mitglied der deutschen Armee. Er wurde heute Morgen erschossen.« In Paris sind heute ein Platz und eine Metrostation nach ihm benannt. Sein Abschiedsbrief ist in Angers archiviert.

U – 6 – Marigny; die Boches, *Der Speicher von Marigny;*

G – 7 – Rückkehr nach Paris, mein grenzenloses Vertrauen in England;

U – 8 – Die Einschränkungen und Restriktionen, die immer schlimmer werden; die Schule;

G – 9 – Mein Kampf gegen die Boches, ich reiße Anschläge ab, kritzele Parolen auf Mauern und bringe Aufkleber an (das ist alles, was ich machen kann);

U – 10 – Mein Schulverbot und die Weihnachtsferien.

Ich habe also mehr Unglücke erlebt als glückliche Zeiten.

Heute Nacht geht dieses Jahr zu Ende, und wir sind noch immer nicht befreit. Leider! Trotzdem bin ich glücklich! Bei der Suche nach Illustrationen, die ich abzeichnen könnte für die Kalender, habe ich zwei tolle Zeitschriften gefunden über die Royal Air Force voll mit Bildern von Piloten, ihren Uniformen, ihren Auszeichnungen und allem.

Ich hoffe, Mama merkt nicht, dass ich sie genommen habe! Hubert hat sie uns vor zwei oder drei Jahren geschickt.

Auf Wiedersehen, liebes altes Tagebuch, bis zum nächsten Jahr. Jetzt kenne ich dich gut, und ich sagte dir alles, was ich getan habe (ja gut, außer einer Sache …) Es tut mir leid, nicht mehr über Verneuil und die Flucht aus Paris geschrieben zu haben, aber du bist ein Jahr meines Lebens, voller Widersprüche und Veränderungen, und ich liebe dich.

DAS NEUE JAHR

Es trägt lila, weil es geboren ist in Traurigkeit.

Es ist rätselhaft und geheimnisvoll unter seinem großen Trauertuch.

Aber es erhebt den Kopf mit einem herausfordernden Blick, um zu zeigen, dass nichts verloren ist und alles sich zum Besseren wenden wird. Und sein geheimnisvolles Lächeln scheint auszudrücken: »Mein Trauertuch ist innen rosa ausgeschlagen, es hat zwei Seiten wie das Leben, und am Tage des Sieges werde ich es andersherum tragen.«

Mittwoch, 1. *Januar* 1941

Als ich die Fensterläden öffnete (um 10 Uhr, vorher war es noch nicht hell), bedeckte eine dicke Schneeschicht den Boden, und die Schneeflocken fielen und fielen. Ich konnte nicht widerstehen und schrieb: »Es lebe de Gaulle!« in den Schnee in der Avenue de Marigny, als ich Darak ausführte.

Zwischen 3 und 4 Uhr verließen wir das Haus nicht, ganz so, wie die Engländer es wollen. Danach waren wir bei den *Fridolins* (wir haben sie so getauft, weil sie bochefreundlich[63] sind, und weil Papas Onkel, der aus Marigny, Fritz heißt). Onkel Fritz gab mir 40 Francs für mich und 40 Francs für Nicole.

Ein Kamerad Roberts wurde gestern festgenommen, weil er eine Bekanntmachung der Verurteilung Jacques Bonsergents abgerissen hatte, und Robert sagte, er habe es satt hier, er wisse aber nicht, wie er sich in der Freien Zone über Wasser halten solle, sonst würde er weggehen. Seine Eltern trauen sich nicht so recht, englisches Radio zu hören, weil es einen Italiener gibt, der auf dem gleichen Stockwerk wohnt.

Es wurde dementiert, dass Pétain Frankreich verlassen hat.

Donnerstag, 2. *Januar* 1941

Brr! Was für eine klirrende Kälte! Der Schnee ist gefroren und wie Glatteis. Trotzdem finde ich es sehr angenehm zu laufen. Paris ist wunderschön in der Sonne, in der die Dächer wie Hermelin unter einem indigoblauen Himmel glänzen; Paris ist ganz weiß und sieht aus wie eine Märchenstadt. Die Bäume vor allem sind wunderschön, wie aus wunderbaren Damastspitzen. Der starke Wind hebt Schneeböen empor, hinter denen die Welt wie verschleiert ist. In der Rue de Miromesnil sah ich einen großen Berg leerer Kohlesäcke, mit Luft aufgeblasen. Sie waren gefroren und haben ihre Form behalten. Die Leute schauten mich verblüfft an, weil ich nackte Beine hatte und nichts auf dem Kopf trug.

63 Micheline Bood schreibt: »bochophiles«

Mama hat die Brunetiers im Kaufhaus Printemps getroffen und mit ihnen einen Tee getrunken. In Verneuil gab es wohl einen anständigen, ordentlichen deutschen Kommandanten, ein hübscher Junge, steif und äußerst korrekt; Madame Flerck hat ihn nach Hause eingeladen. Seither ist er ständig betrunken, trübselig und dumpf, und ganz Verneuil sagt, man müsste Madame Flerck den Orden der Ehrenlegion verleihen.

Freitag, 3. *Januar* 1941

Ich freue mich so, acht Tage Ferien mehr zu haben! Das war es wirklich wert, dafür keine Weihnachtsgeschenke zu bekommen …

Ich finde Mama ganz einfach widerlich. Ich hatte ihr erzählt, wo ich jetzt mein Tagebuch verstecke (unter dem Sessel), und ich bedaure das sehr, weil ich kein, aber auch gar kein Vertrauen mehr zu ihr habe. Sie ist von einer schändlichen Gemeinheit! Ich habe ihr treuherzig *Der Speicher von Marigny* anvertraut, und sie hat ihn konfisziert unter dem Vorwand, das hindere mich am Arbeiten.

So langsam kenne ich das *Leben* wirklich; ich werde misstrauisch, falsch, verschlagen, egoistisch und folge damit dem Beispiel, das man mir gibt. Ich habe mein Vertrauen in die Welt verloren, und das ist schrecklich. Wann kann ich diesem Leben endlich entkommen? Wann endlich glücklich sein?

Davon abgesehen: die Italiener haben angekündigt, mit England Frieden zu schließen, wenn die Boches ihnen nicht ihre Truppen zu Hilfe schicken. Die Boches schicken offensichtlich ihre Veteranen. Wenn Griechenland nur durchhält, mein Gott.

Ich habe eine Lebensmittelkarte für Zucker gefunden. Das bringt uns 50 Gramm mehr Zucker, der so verdammt kostbar ist.

Sonntag, 5. *Januar* 1941

Ich habe Fruchtgelee gekauft und in einer Viertelstunde aufgegessen (ein halbes Pfund). Er war köstlich und mit Zucker gemacht, nicht mit Saccharose. Diese Woche werden wir kein Fleisch haben, unmöglich, Fleisch zu finden.

Die Boches haben doppelt so viele Lebensmittelkarten wie wir, aber man rationiert ihnen das Fleisch; sie bekommen nur noch 45 Gramm pro Karte und nicht mehr 60 Gramm. Sie sammeln 1-Sou-Münzen ein, um daraus Kanonen zu machen, also behalte ich meine. Ich war außerdem in Geschäften, habe nach 1-Sou-Münzen gefragt und werde mir ein Armband daraus machen. Die Verkäufer sagten aber, dass sie ihre Münzen auch behalten.

Ab heute gibt es Marken für Schuhe.

Wir haben noch sehr viele Marken für Käse, die übrig geblieben sind, weil es unmöglich ist, Käse zu finden.

Ich habe heute versucht, Papas riesige Soldatenstiefel mit genagelten Sohlen anzuziehen, und ging damit spazieren bis zur Rue Jean-de-Beauvais, um ein halbes Pfund Butter bei Frau Brunetiers Tochter abzuholen, die dort eine Wohnung hat. Es war ein kurzer Weg, und meine Schuhe wogen schwerer als Rollschuhe; außerdem bekam ich eine Blase an den Füßen, die so weh tat, dass ich mit dem Bus zurückfuhr. Mit einem der ersten Busse, die den Betrieb wieder aufgenommen hatten, ich war ganz stolz! Aber alle Frauen in Paris ziehen solche Schuhe an, und wenn meine Blase ausgeheilt ist, ziehe ich sie wieder an. Man hat sehr warme Füße darin.

Montag, 6. Januar 1941

Das englische Flugblatt, das den Sieg innerhalb von 90 Tagen angekündigt hatte, wurde offensichtlich von den Boches gemacht, um uns zu entmutigen, die 90 Tage sind abgelaufen.

Ich vergaß zu erwähnen, dass Papa gestern Fleisch gefunden hat. Es soll an Transportproblemen liegen, dass wir nichts zu essen haben.

Heute habe ich Seidenstrümpfe angezogen, als ich rausging. Ich stricke mir Wollsocken.

Dienstag, 7. Januar 1941

Etwas Beunruhigendes: Man gibt uns 250 Gramm Nudeln, 250 Gramm Zucker und ein Kilo Brot mehr als die übliche Ration.

Meine Socken sind fertig. Zum Rausgehen habe ich meine Riesentreter angezogen: Ich fühle mich toll darin, aber ich hörte eine Frau hinter mir sagen: »Oh, die arme Kleine, die keine Strümpfe hat!«. Und eine andere sagte: »Mein Gott, mit nackten Beinen!«

Wir wurden gebeten, unser Wasser in die Toilette zu kippen und nicht in den Abfluss laufen zu lassen wegen des Frosts, aber, verflixt noch mal! Die Concierge ödet uns an, und wir machen es einfach nicht! Die Toilette ist zu weit weg, und es ist zu kalt.

Mittwoch, 8. *Januar* 1941

Ich habe in Mamas Sachen gesucht, und hurra! Sieg! Ich habe *Der Speicher von Marigny* gefunden. Ich habe ihn nicht mitgenommen, aber ich kann reinschauen, wann immer ich Lust habe. Letztes Jahr an Ostern las ich die Biografie Leonardo da Vincis in zwei Bänden. Mama hatte mir den zweiten Band weggenommen, weil ich zu viel las. Ich habe ihn dort auch aufgestöbert und dafür den ersten Band hingelegt. So konnte ich in aller Ruhe weiterlesen. Als sie mir das Buch wieder gab, musste ich nur sagen, dass es mich nicht mehr interessierte und dass sie es behalten konnte. Es ist wie in Marigny. Da sagte Tante Laure immer, wir schmierten zu viel Butter auf unser Brot. Also schmierte ich reichlich Butter auf die Unterseite und nur lächerlich wenig auf der Seite, die ich ihr stolz präsentierte! (Ich hatte übrigens Recht, es so zu machen, denn jetzt gibt es keine Butter mehr.)

Die Abflussrinne ist geborsten, weil sie eingefroren ist, und die Concierge fragte mich, ob wir das waren, die Wasser ablaufen ließen. Ich verneinte es treuherzig. Jetzt werden wir das Wasser tagsüber in die Toilette kippen müssen und nur nachts in den Abfluss, sonst weiß man, dass wir es waren!

Wir bekommen in Zukunft den Zucker und das Brot nicht mehr, die die Deutschen uns wegen der Kälte zugestanden hatten. Die Ochsen!

Donnerstag, 9. *Januar* 1941

Zuerst eine große Neuigkeit: Wir werden jetzt nicht mehr morgens zur Schule gehen, sondern nachmittags von 1 bis 6. Wir gewinnen eine Stunde pro Tag dadurch. Wir bekommen wohl auch keine Hausaufgaben mehr. Das ist doof, denn Mama wird mich zum Schlangestehen schicken.

Es heißt, die Reserveoffiziere sollen in die Freie Zone geschickt werden. Papa hat große Lust zu gehen ... So viele Veränderungen ... Pétain soll gesagt haben, dass er nicht um Waffenstillstand gebeten hätte, wenn er gewusst hätte, dass die Engländer so lange durchhalten.

Heute ist es nicht mehr so kalt. Yvette hat mir ein bezauberndes Taschentuch als Weihnachtsgeschenk mitgebracht und sich für die Verspätung entschuldigt. Wir waren mit Darak spazieren (den wir immer noch nicht angemeldet haben). Wir hatten alle drei viel Spaß. Ich habe mich noch nie so gut mit Yvette verstanden. Sie ist der Mensch, den ich – fast – am meisten liebe.

Freitag, 10. *Januar* 1941

Ich gehe wieder in die Schule und wurde herzlichst empfangen.

Wir leben in ständiger Furcht vor Durchsuchungen, weil wir in einem Viertel voller Boches leben und sehr exponiert sind. Ich weiß, es wäre furchtbar, wenn die Boches dieses Tagebuch finden. Wegen mir ist mir das egal, im Gegenteil, aber wegen meiner Eltern und meiner Freundinnen würde mir das viel ausmachen. Ich bin sogar ein wenig beunruhigt wegen all der Dinge, die ich gesagt habe, zum Beispiel über unsere Direktorin.

Im Klassenraum A haben wir, als wir zufällig in einen Schrank geschaut haben, einen Stapel Lektüren mit dem Titel *Sous le Joug*[64]

64 Sous le joug: Unter dem Joch. Der vollständige Titel ist: Sous le joug: Récit d'un habitant de Mondes-court pendant la première occupation allemande, 32 Seiten; Paris 19xx. Es handelt sich tatsächlich um einen vom Lycée Racine in Paris herausgegebenen kleinen Bericht; vorhanden in der bibliothèque de documentation internationale Nanterre-BDIC, Nanterre Cedex, 92001 Nanterre (OCLC-Nummer 758503572).

gefunden. Die Lektüre erzählt von den Gräueltaten der Boches während des Kriegs von 1914 und wurde vom Lycée Racine herausgegeben. Wir haben den Eindruck, es geht um 1941 und nicht um 1914, weil es dem so sehr ähnlich ist, was die Boches jetzt machen.

Samstag, 11. *Januar* 1941

Ich habe meine *Royal Air Force*[65] in die Schule mitgenommen (ich fange an, Dummheiten zu machen, aber es ist stärker als ich. Und außerdem bin ich ja nicht umsonst jung und habe endlich eine Gelegenheit, welche zu machen, Dummheiten nämlich!). Für dieses Jahr habe ich keinen einzigen guten Vorsatz gefasst, außer dass ich wie besessen kämpfen werde, wenn es einen Aufstand gegen die Boches gibt. Und ich kann kämpfen! Letztes Jahr hat sich ein Junge mir gegenüber nicht benommen, und ich habe ihm drei Zähne ausgeschlagen.

Ich bin verrückt vor Freude, dass ich diese Zeitschriften habe, weil ich wirklich glaube, was ich noch mehr liebe als England, mehr als alles, ist die Royal Air Force. Ich bin vollkommen verrückt und ich will einen R.A.F., weil er Engländer *und* Pilot ist. Das ist einer der Gründe, warum ich unbedingt will, dass die Engländer siegen. Aber ich bin untröstlich, weil ich mich im Spiegel angeschaut habe, und mit meinem zu kurzen Schottenrock und meinen Locken sehe ich viel jünger aus, als ich in Wirklichkeit bin, vor allem jünger als meine Persönlichkeit, denn ich habe sehr viel gelesen und ich habe nicht wenig Erfahrung.

Montag, 13. *Januar* 1941

Roberts Freund, der verhaftet worden ist, hatte eine Liste der Mitglieder einer patriotischen Vereinigung junger Leute bei sich. Dieser Dummkopf hatte sie nicht vernichten können, und Robert ist im Gefängnis. Bei ihnen zuhause wurde alles durchsucht. Sein Onkel Armand, Papas Cousin, hat ihn besucht, und er ist wohl

65 Es handelt sich um eine Zeitschrift über die Royal Air Force.

guten Mutes. Alle Mitglieder wurden natürlich verhaftet, ein vierzehnjähriger Junge wurde ganz allein in eine Zelle gesteckt und wird brutal behandelt, weil er Jude ist.

Der Offizier der Boches, der die Durchsuchung bei Robert gemacht hat, sagte, es sei schlimm, weil es sich um eine antideutsche Organisation handelt, und dass sie den Chef haben usw. Sie werden verurteilt werden.

Mein Gott, wie kalt es ist! Schon seit wer weiß wie vielen Tagen mache ich mein Bett nicht mehr, weil es wärmer ist, so hineinzuschlüpfen.

Mittwoch, 15. *Januar* 1941

Vorgestern hörten Yvette und ihre Mutter Radio, es wurden Schallplatten vorgespielt. Nach der so sanften und melodischen Stimme des verehrten Tino Rossi[66] **hört man ein Lied einer ganz neuen Art:**

Und Sch ... für das Schw... Hitler
Ich hab'n in der Nase und kann'n nicht riechen
Das ist ein Schwein, er ist verfault
Er ist hin ...

Leider hat der Typ die Schallplatte gestoppt, und sie konnten das Ende nicht hören.

Freitag, 17. *Januar* 1941

Am Dienstag wurde ich gewogen, ich habe 2,5 Kilo abgenommen seit Oktober. Die Rationierungen! Ich habe ein Glas Marmelade geklaut. Ich habe es hinter die Bücher in mein Bücherregal gestellt. Ich schäme mich, solche Dinge zu tun, weil ich sie dir dann beichten muss, mein Tagebuch! Niemals vorher hätte ich das getan, weil ich Marmelade nicht mochte, aber jetzt essen wir so schlecht, dass ich immer Hunger habe. Heute zum Beispiel habe ich vier Hammelnieren für 5 Francs das Stück bekommen. Die gab es ohne Le-

---

66 Tino Rossi, französischer Schauspieler und Sänger (1907–1983)

bensmittelkarte, aber es war viel Fett dabei, und sie waren daumengroß. Und dann kam noch dazu, dass das Gas gar keine Hitze beim Kochen abgab (seit die Boches da sind, taugt es gar nichts mehr). Um fünfundzwanzig vor eins hatten wir noch nicht zu Mittag gegessen und um zwanzig vor eins mussten wir weg. Also habe ich mit dem Nachtisch angefangen, dann die Kartoffeln mit Steckrüben (die noch nicht gar waren und die ich stehen ließ), und ich bin gegangen und habe im Gehen meine winzige Niere gegessen.

Samstag, 18. *Januar* 1941

Wir haben wieder eine neue Boche-Lehrerin. Sie ist die dritte: Wir sollten sie alle vergiften!

Aber wenigstens werden wir mit ihr richtig arbeiten, glaube ich.

Mama war sehr glücklich, weil sie zwei Nierchen bekommen hat und ein Steak (ohne Lebensmittelkarte). Papa hat für sie ein Holzscheit auf der Straße gefunden, aber er hat eine Fensterscheibe in der Küche kaputt gemacht, und die Glaser sagen, es gebe keine Glasscheiben mehr. Wir haben ein Pfund Butter von Madame Brunetier bekommen, obwohl das verboten ist: Butter ist neben Fleisch das Kostbarste.

Beispiel der Pariser Pâtisserie im Jahr 1941. Yvette und ich gehen zum Konditor, bei dem es eine Menge Sachen gibt, in appetitliches Papier eingepackt. Wir fragen:

– Was ist das da?
– Das, Mesdemoiselles, das sind gefüllte Datteln.
– Und das?
– Das sind gefüllte Datteln.
– Und das?
– Das sind Datteln in einer Zuckerhülle.
– Und das?
– Das sind Datteln in einer Zuckerhülle.
– Und das
– Das sind Datteln und Feigen, zerdrückt und gemischt …

Wir fragten nichts mehr.

Wir müssen jetzt doch damit aufhören, Wasser in den Abfluss zu schütten, weil es bei den Mietern im dritten Stock (der Schwester des Hausbesitzers) in Strömen wieder herauskommt, weil es taut; es ist toll, wie es taut, alle Eiszapfen haben einen Tropfen an der Nase, und Paris hat sich in eine einzige Wasserlache verwandelt. Endlich!

Sonntag, 19. *Januar* 1941

Ich trage Trauer um einen meiner Seidenstrümpfe. Er ist zu kaputt. Zum ersten Mal trug ich ihn vor zwei Jahren, in Verneuil! Er hat mir gute Dienste geleistet. Gott sei Dank hat Mama viele Strumpfpaare in der gleichen Farbe, und wenn ich ihr einen davon wegnehme, wird sie es nicht merken!

Ich habe das Glas Marmelade aufgegessen.

Triumphierend ziehe ich meine Söckchen wieder an.

Mittwoch, 22. *Januar* 1941

Ein Klassenkamerad Yvettes ist ins Gefängnis gesteckt worden. Er ist 16 Jahre alt. Er hatte ein Plakat zerrissen. Man hat ihn drei Monate in eine Zelle gesteckt, und als sein Vater kam, um ihn abzuholen, musste er ihn im Krankenwagen mitnehmen, weil er nicht mehr aufstehen konnte. Jetzt ist er sehr krank. Man hatte ihm nichts als Steckrüben zu essen gegeben.

Wir fragen uns voller Angst, wie wir den Monat überstehen sollen. Steckrüben essend wahrscheinlich.

Freitag, 24. *Januar* 1941

»Gott nährt die Vogelkinder, und seine Güte verbreitet sich über die gesamte Natur.« Die Güte Gottes kommt zu uns in Form eines Bratens für 65 Francs ohne Lebensmittelkarte[67] und in Form von Lebensmittelkarten für Boche-Brot, die uns das Fräulein geben

---

67 Im Original »65 francs S.T«: sans ticket – ohne Lebensmittelmarken; d.h. auf dem Schwarzmarkt

wird, das als Übersetzerin bei Potin arbeitet und sehr nett ist. (Sie trägt eine herzförmige Brosche mit dem Wappen Englands).

Morgen ist Papas Geburtstag. Ich weiß nicht, was ich ihm schenken soll, ich habe Lust, ihm Fruchtgelee zu schenken – so haben wir auch etwas davon.

Samstag, 25. Januar 1941

Eine alte Vorhersage: »Wenn es schön wird, ist der Winter vorbei. Wenn es windig wird, gibt es Krieg.« Es ist sehr, sehr windig, und es ist schönes Wetter.

Mit der Hitze (nun ja, mit dem milden Wetter) können wir unsere alten Gewohnheiten wieder aufnehmen. Wir machen kein Feuer mehr im Herd und müssen nicht mehr den ganzen Tag in der Küche verbringen.

Was für ein herrliches Wetter! Aber ich bekomme Heimweh nach Verneuil.

Ach, ich kann wohl sagen, dass ich Verneuil und meine englischen Soldaten vermisse, ich vermisse unsere verrückten Spiele, die reine Luft, die Insel, den Baum, den Bach, ich vermisse Verneuil und meine große Liebe, die wunderbare Zeit meines ersten Romans, meine Freiheit, das Schuleschwänzen, das Land, die Blumen und die Vögel.

Trotz aller Streitereien mit Mama war ich glücklich und wusste es nicht. Ich wäre gerne zwanzig. Oder wenigstens drei Jahre älter. Heute Abend ist mein Herz voller seltsamer Empfindungen … Es ist sehr schwer, und ich habe einen Knoten im Hals. Ich würde gerne aus diesem Leben ausbrechen, nicht mehr zur Schule gehen, weit wegfahren, sehr weit weg … sterben … Es ist so feige, sich den Tod zu wünschen! Aber es ist ein solcher Trost … der Tod ist eine glücklichere Sache als die Liebe, da er kein Ende hat … und er muss so herrlich und so friedlich sein.

Morgen, glaube ich, werde ich nicht mehr daran denken – oder ich werde mich dazu zwingen, nicht mehr daran zu denken. Welch seltsam schwieriges Ding ist eine vierzehnjährige Seele.

Niemand kann sie verstehen, und sie versteht sich selbst nicht. Wenn ich sehr ehrlich bin, bin ich nicht nur deshalb vom Leben angewidert, weil ich 4 Punkte in Englisch hatte? Weil ich meine Boche-Aufgaben nicht konnte und weil meine Klassenkameraden das Portrait, das ich von Hubert gemacht habe, so sehr kritisierten?

Wie man sich auf meine Kosten täuscht! Noch nie hat jemand, glaube ich, die Tiefe meiner Gedanken ermessen – außer Yvette vielleicht. Ein »großes Baby«, so behandelt man mich! Ich habe aber die Seele einer Frau. Ich weiß, dass ich hübsch bin, sehr große Augen habe und einen hinreißenden Mund. Ich liebe es, die gewölbte Linie meiner Augenbrauen anzusehen, und ich weiß, es gibt Tage, an denen ich besonders anziehend bin; ich fühle an diesen Tagen magnetische Kräfte in mir fließen. An einem solchen Tag traf ich Bill, und wenn ich nicht diese Hakennase hätte und zwei schiefe Zähne, *I'd be all right* … Ich kann es nicht ausstehen, mich hässlich zu fühlen oder schlecht angezogen, zuallererst für mich selbst; und wenn irgendetwas nicht stimmt, bin ich ganz unruhig. Sind das die Gedanken eines großen Babys? Ein Baby, das weiß, dass man sich nach ihm umdreht und zu dem man sagt: »Sie sind hübsch, Mademoiselle.«

Schon halb elf, ich mache das Licht aus und auf Wiedersehen.

Doch noch eine kleine Sache. Seit gestern habe ich 50 Francs für Bonbons ausgegeben, aber das macht nichts, der Franc wird nichts mehr wert sein.

Sonntag, 26. *Januar* 1941

Die letzte Seite meines Heftes. Ich hatte gehofft, dass es den Sieg erlebt … Ich bin sehr glücklich heute Abend, ganz anders als gestern. Mein Herz ist aber immer noch ein wenig schwer, und ich werde niemals vollständig glücklich sein, bevor ich ihn erlebe (den Sieg).

Auf Wiedersehen, mein geliebtes Tagebuch, du warst mein innigster Vertrauter, mein geliebter Freund, und ich hoffe, dass du nie geschändet wirst. Ich habe dir alles in großer Offenheit anvertraut. Ich habe dir meine größten Schmerzen anvertraut, meine größte Liebe, meine größte Hoffnung, meine Freuden und meine Leiden. Du bist eine verrückte Seite meines Lebens …

Eine historische Seite.

Wenn ich diese letzten Worte geschrieben habe, werde ich ein hübsches Band suchen, einen Siegellackstift, und ich werde dich versiegeln, dann werde ich dich Yvette anvertrauen, meiner liebsten Freundin. Ich weiß, sie wird nie versuchen, dich zu öffnen, und niemand im Haus wird dich nehmen können.

THAT IS NOT THE END

II
Rosa Heft

Mein Tagebuch
1941
Ich hoffe, sie sehen dich nicht ...

Montag, 27. *Januar* 1941

Nun habe ich dich angefangen, hübsches Heft, das ich schon vor so langer Zeit gekauft habe! Mögest du in deinen Seiten glücklichere Tage bergen als dein Vorgänger. Mögest du den Sieg geschrieben sehen.

Seit dem 1. September 1939 haben wir 503 Kriegstage gehabt und nach den Prophezeiungen des Nostradamus werden wir noch 835 haben. 835 Tage, bevor die Erlösung kommt? Aber meine Großmutter Lélé hat in ihrer Bibel den Satz gefunden: »Du wirst nicht mehr lange warten, und alles, was du verloren hast, wird wieder gefunden.«

Gerade eben (es ist 8 Uhr) ist ein englisches Flugzeug am Himmel und ich höre sein Brummen. Meiner Meinung nach ist ein Flugzeug das Schönste, was es gibt auf der Welt. Und das schönste Flugzeug ist die Spitfire. Ich liebe ihren langen schmalen Rumpf, ihre perfekten Linien und vor allem ihre riesigen Tragflächen. Nie habe ich ein anderes Flugzeug gesehen, das eine solche Sicherheit, Wendigkeit und Leichtigkeit ausstrahlt.

10 Uhr: Ich habe schon erzählt, dass wir unsere Englischlehrerin bitten wollten, uns *Beloved England* beizubringen. Und jetzt behandeln wir es im Unterricht! Das zeigt deutlich die Einstellung der Lehrerin, auch wenn sie uns ausdrücklich gesagt hat:

– Wir machen Geschichte und nicht Politik.

Als sie den Stoff erklärte, ließ sie sich hinreißen von ihrem Enthusiasmus, und sie erzählte uns von diesem herrlichen England, dieser freien Erde, diesem Paradies. Dann auf einmal:

– Aber nicht ich bin es, die das sagt, das ist Shakespeare!

Wir sagten alle gleichzeitig, dass nie eine Dichtung besser verstanden würde als diese.

Es ist unerhört, was die Deutschen für Geld machen. Für 10 000 Francs bekommt man einen Passierschein für die Freie Zone; für 1 500 Francs lassen sie die jungen Leute ziehen, die nach England gehen; für viel Geld verkaufen sie Benzin, Lebensmittelkarten usw. Für eine Summe zwischen 10 000 und 50 000 Francs kann man die Gefangenen frei bekommen. In Deutschland soll es an allem fehlen, die Sachen, die man uns stiehlt, gehen alle nach Schweden, als Gegenleistung für Stahl. Umso besser! Das wird ihnen eine Lehre sein.

Ich habe *Der Speicher von Marigny* beendet. Ich bin sehr zufrieden damit. Als ich zum Schluss kam, war ich sehr überschwänglich und dachte nur noch daran. Wenn Nicole mit mir sprach, so hörte ich das gar nicht. Jetzt geht es darum, ein Versteck dafür zu finden …

Diese lieben Boches haben von Dunkerque aus einen Angriff gegen England versucht. Wie schon bei den vorigen Malen stand das Meer in Flammen. Es ist unglaublich, wie viele Boche-Leichen zurückgekommen sind … an die Strände … *This fortress built by nature …*

Langeron (der Polizeipräfekt)[1] ist verhaftet worden. Angeblich wegen Waffendepots und Informationen an die Engländer. In Wirklichkeit wollen sie uns wohl einen *Gauleiter* vor die Nase setzen, und sie hatten Angst, dass Langeron sich mit seinen Polizisten dagegen wehren würde.

Samstag, 1. *Februar* 1941

Wie schlecht sie heute in der Zeitung über Pétain sprechen! Nachdem sie ihn vorher aufs Podest gehoben haben, ist das komisch …

1 Roger Langeron (1882–1966), ab 1934 Polizeipräfekt in Paris, war bereits am 23. Juni 1940 von den Deutschen verhaftet und ins Gefängnis gesperrt worden, danach wieder freigelassen und am 26. Februar 1941 von der Vichy-Regierung wieder abgesetzt worden.

Eine neue Geschichte: Nach einem Luftangriff auf London kommen die getöteten deutschen Piloten in den Himmel. Petrus lässt nur sieben herein. Die anderen schlagen Krach.

- Wie, sagt Petrus, aber ihr seid gar nicht tot!
- Nicht tot?
- Nein, hier liegt ein Irrtum vor … hier, lest den offiziellen Bericht.

Montag, 3. *Februar* 1941

Mein Gott, wie unangenehm es ist, ein neues Heft zu haben! Das nächste Mal werde ich eins mit 1 000 Seiten kaufen! Wie viele Ausrufezeichen am Anfang dieses Hefts. Dabei mag ich sie überhaupt nicht, weil die Boches überall Ausrufezeichen setzen! Auf die Flugblätter, auf die Wände, in den Zeitungen. Ich habe sogar den Eindruck, sie setzen welche, wenn sie sprechen …

Die Englischlehrerin hat Angst bekommen und nicht gewagt, uns »Beloved England« aufsagen zu lassen. *Beloved* …sehr geliebt … an dieses Wort werde ich mich erinnern.

Dienstag, 4. *Februar* 1941

In meinem Zimmer habe ich ein Foto von Hitler an die Wand gehängt, das ich aus *Le Matin* ausgeschnitten habe. Ich habe es aufgehängt, weil ich jedes Mal, wenn ich es anschaue, unwillkürlich in Lachen ausbreche. Dieses neue Foto zeigt, dass er fett geworden ist; er hat ein Doppelkinn und sieht zusammengesunken und selbstzufrieden aus. Außerdem könnte man denken, er rieche an seinen Fingern, mit erleuchtetem träumerischen Blick und … irgendwie ein bisschen angeekelt!

Und er hat eine lange und sehr feine Nadel im Herzen stecken …

Es ist höllisch kalt.

Samstag, 8. *Februar* 1941

Ich bin furchtbar müde und entmutigt, weil ich trotz all meiner Anstrengungen nur einen Durchschnitt von 5,43 habe, und nächste Woche bekomme ich sicher noch einmal schlechte Noten. Und da die erste Monatshälfte am Mittwochmorgen um ist, werde ich sicher nicht mehr die Zeit haben, das aufzuholen.

Den ganzen Tag habe ich pausenlos gehustet; ich habe schon Halsschmerzen davon.

Nie zuvor hatte ich solche Lust, mich umzubringen. Es ist so einfach, wenn man daran denkt: Man tötet oder verletzt einen Deutschen, man wird erschossen, man hat eine verdienstvolle Tat vollbracht und ist eine Märtyrerin für die Nachwelt. Mit meinem Messer wäre das einfach…

Montag, 10. *Februar* 1941

Ich lese gerade *Colette Baudoche* von Maurice Barrès.[2] Das Buch enthält tiefe Wahrheiten. Es heißt, heute seien es nicht mehr die Preußen von 70[3], aber ich glaube, da täuscht man sich. Von ihren Vorfahren erbten sie die Liebe zu allem, was grün ist, die Liebe zum schönen Marschieren im Gleichschritt, bei dem man das Hämmern der Stiefel auf dem Pflaster hört, die Liebe zu den *Liedern*, die von herrlichen Chören aus voller Kehle geschmettert werden, begleitet von alten Akkordeons. Von ihnen erbten sie den derben, brutalen Geist, ihr teutonisches Unverständnis, ihre große Dummheit.

Trotz Hitler, Rassismus, Antisemitismus, Nationalsozialismus: Sie werden immer die *Schwob* sein, die dicken, verschlafenen *Schwob*, schwerfällig wie Rinder. Sie haben immer noch nicht ihre alte Gewohnheit abgelegt, dem Fräulein im Tabakladen, der Frau im Lebensmittelgeschäft oder der Marktfrau das Foto ihrer Frau, ihrer Verlobten oder ihrer Sprösslinge zu zeigen. Ihre Frau oder ihre Verlobte ist immer eine dicke Dampfwalze, die keine schmalen Fesseln hat, mit Waden wie Telegrafenmasten, breiten Hüften,

---

2 Colette Baudoche (1909): Geschichten mit nationalistisch-antideutscher Tendenz von Maurice Barrès (1862–1923), Schriftsteller, Journalist und Politiker der nationalen Rechten

3 Micheline Bood macht hier eine Anspielung auf den deutsch-französischen Krieg von 1870/71, der mit dem Sieg Preußens endete.

drallen Brüsten und gönnerhaftem Doppelkinn. Was die Männer selbst betrifft: Es kommt sicher von ihrem schwerfälligen Geist, aber sie sind lächerlich kindlich. In Marigny sahen wir sie so alberne Spiele spielen, die wir selbst »zu babyhaft« fanden. Sie haben auch immer noch nicht ihre dumme Gewohnheit abgelegt, die Hacken zusammenzuschlagen. Alles an ihnen ist lächerlich, und ich zitiere diesen Satz von Maurice Barrès: »Nichts entfacht unsere Ironie mehr als ein Herr und Gebieter, bei dem wir wahrhaftige Unterlegenheit erkennen.« Ich freue mich sehr, dass Colette Baudoche dem Preußen einen Korb gab.

Mittwoch, 12. *Februar* 1941

Mein Gott, ich bin so unruhig! Ich habe wieder einmal schreckliche Angst, vom Lycée geworfen zu werden, und wenn das geschieht, so bin ich selbst schuld, weil ich mich schrecklich und ekelhaft benommen habe: Ich habe 3 Punkte in Turnen bekommen; ich hatte mir sehr Mühe gegeben und eine bessere Note verdient, aber der Lehrer kann mich nicht leiden. Um eine Note überm Strich zu haben, habe ich eine 8 daraus gemacht. Und man sieht es ganz deutlich. Wenn es bloß keiner merkt! Das würde mir gerade noch fehlen!

In Verneuil habe ich das schon einmal ungestraft gemacht, und deswegen habe ich es noch einmal versucht. Wenn es nicht bemerkt wird, werde ich das nie wieder tun. Ich finde, es war feige, und letztendlich wären mir 3 Punkte lieber als die Note überm Strich. Das ist alles passiert, weil Mama sagte, ich solle unbedingt die Ehrung für gute Schulleistungen bekommen, und in Verneuil habe ich mir schlechte Gewohnheiten zugelegt. Wirklich, ich glaube, das Jahr dort hat mein ganzes Leben auf die schiefe Bahn gebracht und mich eine grässliche Person werden lassen. Ich bin eine Schummlerin, Heuchlerin, hochnäsige und unverschämte Person geworden, die gelernt hat, die Schule zu schwänzen, und ich glaube, ich habe alle Charakterfehler angenommen, die es gibt. Und überhaupt keine guten Eigenschaften.

Donnerstag, 13. *Juni* 1941

Uns wurde der Sieg für August prophezeit. Wenn das nur wahr werden könnte! Ich habe gerade ein wenig Zeit und werde sie nutzen, um zu versuchen, die augenblickliche Situation aus der Sicht einer Fünfzehnjährigen zu beschreiben (ich kann das wohl so sagen, ich werde in zwei Monaten fünfzehn).

Zuerst einmal: ich überquere die Straße *nie* auf dem Zebrastreifen, weil die Deutschen gesagt haben, dass man das muss. Wenn es nicht anders geht, laufe ich direkt neben dem Zebrastreifen.[4]

Ich nehme Darak *nie* an die Leine, weil die Deutschen gesagt haben, dass man die Hunde anleinen muss.

Ich halte *nie* an, um ein Boche-Auto vorbeifahren zu lassen. (Übrigens bin ich schon einige Male fast überfahren worden, aber das zählt nicht).

Sonntag, 16. *Februar* 1941

Wir haben zu Mittag gegessen, aber welches Drama! Kein Gas, unmöglich, das Fleisch zu braten! Also haben wir den Braten um halb fünf gegessen!

Dienstag, 18. *Februar* 1941

Letzte Woche hat Italien England wieder um Waffenstillstand gebeten, und die Situation zwischen Amerika und Japan ist sehr angespannt.

Großes Drama! Während der Turnstunde hat man mir mein Pausenbrot gestohlen. Nun, an dem Ort, an dem es lag, kann es nur eine Schülerin aus meiner Klasse gewesen sein. Ich machte ein Riesentheater und beschwerte mich beim Turnlehrer, das half mir aber nicht, es wiederzufinden. Ich bin wütend. Wütend! Von heute

---

4 Die französische Historikerin Claire Andrieu in einem Interview mit Rainer Berthold Schossig im Deutschlandfunk vom 20.06.2010: »Es gab öffentliche Aushänge, dass Fußgänger den Bürgersteig zu verlassen hätten, wenn ihnen deutsche Offiziere entgegenkamen. Dies zu verweigern, wurde schon als Widerstand betrachtet. Auch kleine Gesten, wie das Beschädigen von Plakaten, Eigensinn gegen die Besatzer.«

an werde ich es gleich essen, wenn ich ankomme, oder ich werde es mir um den Hals binden.

Henry de Molenes ist ein junger Freund von uns. Er war mir sehr sympathisch, weil er es geschafft hatte, fast von allen Collèges in Frankreich zu fliegen. Aber er ist mir noch sympathischer geworden, seit er Pilot geworden ist. Seit der Flucht haben wir nichts mehr von ihm gehört. Nun hat General de Gaulle verkündet, dass Henry in Dakar gefangen genommen worden sei und dass er anbietet, ihn und vier andere Piloten freizukaufen gegen die Freilassung von gefangen genommenen deutschen Offizieren. Seine Familie hat allen Grund, stolz zu sein!

Diese Schweine von Boches haben das Denkmal für Edith Cavell[5] am Jeu de Paume[6] in die Luft gesprengt. Sie haben es mit Dynamit in Staub und Asche gelegt, diese Dreckskerle, und dabei riskiert, das Jeu de Paume gleich mit in die Luft zu sprengen. Das hat ein Gärtner Mama erklärt mit vor Wut tränenerstickter Stimme. Oh, diese Rinder!

Es gibt einen tollen Film über das Leben dieses wunderbaren Mädchens, das im Dienst Englands arbeitete. Sie wurde 1914[7] von den Deutschen erschossen, und jetzt bewundere ich sie mehr denn je.

Wenn ich daran denke, dass ich das Mädchen war, das zu englischen Soldaten in Verneuil sagte: »*The news are bad, but the sky is blue*«, so widere ich mich selbst an. Trotzdem sehe ich, was sich im Lycée abspielt, und ich finde, nichts hat sich geändert, trotz der so genannten »Wiederherstellung der Moral«. Wir machen die gleichen Dinge wie vorher, nur scheinheiliger. Aber ich habe mich verändert! Seit dem 10. Juni bin ich sehr gealtert. Die anderen

---

5 Edith Cavell war eine britische Krankenschwester, die 1915 von Deutschen im besetzten Brüssel hingerichtet worden war, weil sie alliierten Kriegsgefangenen zur Flucht verholfen hatte. Gottfried Benn war in seiner Funktion als Arzt Zeuge der Hinrichtung. Ihre Hinrichtung wird unter anderem von Thomas Mann und Gottfried Benn geschildert.

6 Jeu de Paume: Kunstmuseum in Paris an der Place de la Concorde

7 Das tatsächliche Datum der Hinrichtung ist der 12. Oktober 1915.

Mädchen meines Alters haben nicht so ein Leben geführt wie ich und sie haben keinen Bruder in England. Das vor allem hat mich sehr verändert, weil ich sehr stolz darauf bin. Es ist, glaube ich, das einzige, worauf ich stolz sein kann, und es ist so gefährlich, dass ich umso stolzer bin (er verdient diesen Stolz, mein geliebter Bruder).

Im Kino ging es bei den Nachrichten um die ›Rassemblement national populaire‹[8], und Monsieur de Châteaubriant[9] hielt eine Rede. Alle im Saal husteten natürlich, schnäuzten sich die Nase und machten Lärm. Der einzige Bochophile im Raum schrie: »Es lebe Monsieur de Châteaubriant, es lebe Monsieur de Châteaubriant!« Sofort führten ihn die Polizisten ab, Demonstrationen sind ja verboten!

Dienstag, 25. *Februar* 1941

Auf unserer Hintertreppe spielen sich faszinierende Dinge ab! Gestern, als ich Darak ausführte, ging ich mit ihm die Hintertreppe hoch. Ich höre ein Radio, das sehr laut gedreht ist, und höre: »Die Kollaboration ist ein leeres Wort.« Ich bleibe stehen: es war das englische Radio, und ich erkannte General de Gaulle, der eine Rede hielt. Ich blieb lange stehen, um zuzuhören, und hörte sehr interessante Dinge. Heute ging ich wieder da vorbei, aber es gab nichts.

Mama sagte, es sei zu kalt, um ins Schwimmbad zu gehen, und ich hatte große Lust zu gehen. Also bat ich Nicole, ihr zu sagen, es sei so warm, damit sie es mir erlaubt. Gewonnen! Ich komme zu

---

8 Die Partei »Rassemblement national populaire (RNP)«: »Partei der nationalen Volksvereinigung« (1941–1944), von Déat gegründet, war eine der Kollaborationsparteien.

9 Alphonse Van Bredenbeck de Châteaubriant, französischer Schriftsteller (1877–1951), der sich während der deutschen Besatzung in Frankreich für die Kollaboration mit den Deutschen einsetzte. Er floh 1944 nach Deutschland, als sich die alliierten Truppen Paris näherten, und später nach Österreich, wo er als Dr. Alfred Wolf lebte und 1951 starb. Er wurde in Frankreich in Abwesenheit zum Tode verurteilt.

Yvette, und wir gehen ins Schwimmbad Neptuna, ungefähr gegenüber dem Rex *(Soldatenkino)*[10].

Vor der Tür fragt uns ein Herr:

– Sagen Sie, Fräulein, wissen Sie, ob dieses Schwimmbad beschlagnahmt ist? Ich sehe nämlich ganze Bataillone von Boches herauskommen.

Wir fragen die Kassiererin, und sie verneint. Und wir gehen hinein. Hinter uns kommen zwei kleine N… [11]. Eine der beiden schaut sich im Schwimmbad um, kommt zurück und sagt:

– Chic, dort sind viele!

Nach dem Umziehen gehen wir hinunter und stürzen uns sofort ins Wasser. Um uns herum sehen wir: zwei Frauen, die nur einen Slip und ein vollkommen durchsichtiges Taschentuch als Büstenhalter tragen, in den Armen zweier Boches … wenn es nicht drei sind. Zwei andere Gestalten küssen sich am Beckenrand.

Neben ihnen liegt eine andere Frau, als Zebra verkleidet, zärtlich in den Armen eines anderen Boche, der sie plötzlich ins Wasser fallen lässt, zum Vergnügen der Bademeister. Ein roter Badeanzug mit einem Affenkopf »sitzt« neben einem jungen Boche, der sehr gut aussieht, besser als sie auf jeden Fall. Sie flüstert ihm ganz nah etwas zu und plötzlich drückt sie ihm einen langen Kuss auf den Mund. Er macht ein etwas angewidertes Gesicht, der Boche. Also macht sie sich an einen anderen ran, neben ihm. Hinter dem Rücken des ersten küsst sie ihn. Und niemand scheint diese Manieren komisch zu finden! Ich sage zu Yvette:

– Das ist kein Schwimmbad, das ist ein … (es ist wohl klar, was ich meine, aber ich achte mein Tagebuch).

Na, uns lässt man in Ruhe, und nach und nach kommen auch Franzosen. Da bekomme ich einen Krampf und ruhe mich in einem der Becken nebendran aus. Unter dem Vorwand, mich beschützen zu wollen, schnappt mich ein Boche und presst mich an

---

10 Die deutschen Besatzer hatten das Kino Rex als Soldatenkino für die deutschen Soldaten requiriert.

11 Im Original: *»petites p…«*. Gemeint sind »putes«: Nutten

sein Herz. Ich wehre mich und gleite aus seinen Fingern wie ein Aal, um gleich in den Armen eines anderen zu landen. Der erste zieht ein anderes Mädchen an sich, das sich nicht wehrt, und setzt es auf seine Knie, wo es Freudenschreie ausstößt. Danach macht er sich an Yvette und mich ran und legt mir seinen Arm um die Schulter. Ich versetze ihm einen ordentlichen Faustschlag (so wie der Schlag, der Denis drei Zähne gekostet hat).

Dann sind wir gegangen … ohne Schaden genommen zu haben.

Freitag, 28. *Februar* 1941

Wie schade! Die Schule hat wieder begonnen. Ich höre jeden Tag auf der Hintertreppe englisches Radio, und heute war es sehr interessant. Tripolis ist eingenommen! Die Hauptstadt Somalias ist eingenommen! Ganz Somalia[12] ergibt sich! Köln wird heftig bombardiert! Erster Zusammenstoß deutscher und britischer Truppen in Libyen! Er endet mit einer deutschen Niederlage.[13] Bestätigung des anglo-türkischen Pakts. Die Deutschen werden nicht in die Freie Zone eindringen, weil sie Angst vor den Freischärlern haben.

Am Donnerstagnachmittag habe ich *Gone with the wind*[14] angefangen. Es ist toll, aber ich bin auf Seite 561 und habe immer noch nicht die »Zärtlichkeit« dieses »Liebes«-Romans gefunden, von der der Übersetzer in den Anmerkungen spricht. Vor allem die Schilderung der Flucht ist ein Meisterwerk. Margret Mitchell hat sehr genau die Atmosphäre des Zusammenbruchs und der Invasion geschildert. Es sind 828 Seiten, in einigen Ausgaben sind es 1 000. Das Buch erinnert mich an ein lateinisches Wörterbuch!

---

12 Britische Truppen griffen im Februar 1941 Italienisch-Somaliland in Ostafrika an

13 Dies entspricht nicht den historischen Tatsachen. Libyen blieb weiterhin umkämpft, nachdem deutsche Truppen am 11. Februar 1941 in Tripolis gelandet waren.

14 Gone with the wind (1936), deutsch: Vom Winde verweht: Roman der amerikanischen Autorin Margret Mitchell (1900–1949)

Dienstag, 4. *März* 1941

Ich wurde geehrt für meine guten Schulleistungen. Zum ersten Mal seit Beginn des Schuljahres. Wenn man bedenkt, dass es wegen dieser Note ist, die ich gefälscht habe!

Morgen kommen die Brunetiers zum Mittagessen zu uns. Aber nun hat dieses Mistvieh von Darak das Fleisch geklaut und gefressen! Wir sind verzweifelt, weil wir nicht wissen, was wir ihnen zum Essen anbieten können. Wir werden morgen versuchen, Wurst aufzutreiben, aber was? Es gibt so wenig Wurst im Augenblick!

Mittwoch, 5. *März* 1941

Es ist wunderbar! Nicole stand eineinhalb Stunden Schlange, aber sie hat Zunge bekommen (ohne Lebensmittelkarte), Pastete, Wurst, durchwachsenen Speck (auch wenn es noch so ungewöhnlich erscheint), eine Scheibe Schinken (nur für Kinder unter 7 Jahre). Vollkommen verblüffend! Das in Silberplatten servierte Mittagessen hatte nicht den Anschein einer Kriegsmahlzeit! Madame Brunetier schlief am Ende des Essens ein wenig ein und erzählte uns dann eine lange Geschichte über den Apotheker, der ins Gefängnis kam, weil er kleine Mädchen liebte. Sie setzt eine fromme Miene auf und sagt:

– Aber wisst ihr, seine Frau ist bewundernswert, sie hat ihn nicht verlassen; sie besucht ihn jeden Tag im Gefängnis und bringt ihm … …

Da ihr das richtige Wort nicht einfiel, beendete Nicole fröhlich ihren Satz: »kleine Mädchen!«

Wir lachten wie verrückt, Mama und ich, aber Madame Brunetier sah eher geschockt aus.

Samstag, 8. *März* 1941

Heute Morgen fuhr Mama nach Verneuil. Sie weiß, wie gerne ich hinfahren möchte, und sie sagte, sie würde schauen, ob Madame Brunetier einverstanden ist, dass ich komme. Wenn ja, wird sie mir ein Telegramm schicken, und ich werde ganz allein hinfahren. Wenn Madame Brunetier einverstanden ist, werde ich ihr mein ganzes Leben lang dankbar sein! Aber das wäre viel zu schön! Umso mehr, als wir nächsten Mittwoch eine Übersetzung schreiben, und ich muss dann unbedingt fehlen. Wenn ich in Paris bleibe, werde ich Papa sagen, ich sei krank. Und das wird nicht gelogen sein, denn seit einigen Tagen spüre ich etwas im Hals und in der Brust, das mir sehr weh tut. Ich sage es nur nicht, weil ich fahren will.

Wir sind heute ganz gut zurechtgekommen, aber ich finde, ohne Mama hat das Haus seine Seele verloren. Es fehlt etwas, und das Haus ist wie leer. Ich habe eine schreckliche Dummheit gemacht: Ich habe Seidenstrümpfe angezogen, die Mama gehören, und sie haben beide von oben bis unten eine Laufmasche. Ich habe sie zum Kunststopfen gebracht, aber ich bekomme sie erst nächsten Samstag wieder zurück. Mama wird aber Mittwoch wiederkommen. Wenn sie es nur vorher nicht merkt! Ich ärgere mich zu Tode über alle Seidenstrümpfe der Welt.

Die Definition von *Kollaboration:* »Gib mir deine Uhr, damit ich dir sagen kann, wie spät es ist.«

Sonntag, 9. März 1941

Es ist 4 Uhr, ich habe kein Telegramm bekommen. Ich glaube, ich kann alle Hoffnung gänzlich begraben: Entweder wollte Madame Brunetier nicht, oder Mama hat es vergessen. Wie traurig! Ich bin zu mutlos, um irgendetwas zu tun. Das wird die größte Enttäuschung meines Lebens sein.

5 Uhr 30: Je mehr die Zeit vergeht, desto bedrückter und mutloser werde ich. Das geringste Geräusch lässt mich aufhorchen, aber ich habe keine Hoffnung mehr. Ich kann nur noch alle Tränen weinen, die in meinem Körper sind. Ich fühle mich schrecklich schlaff, als trüge ich eine schwere Last, als wäre ich plötzlich sehr alt geworden; ich habe schreckliche Halsschmerzen, und ein lebhafter Schmerz durchzuckt meine Brust. Ich tauge zu nichts anderem mehr, als mich auf dem Boden zusammenzurollen und zu weinen.

Montag, 10. *März* 1941

Als ich in der Schule ankam, brach ich in Tränen aus und weinte während des ganzen Naturwissenschaftsunterrichts. Monique hatte die Geistesgegenwart, all denen, die fragten, zu antworten, ich weine, weil Mama weggefahren ist. In Wahrheit ist es, glaube ich, die Aussicht darauf, mich zwei Tage zuhause zu langweilen und Papa eine Komödie vorzuspielen, wenn ich mich dazu entschließe, die Übersetzung nicht mitzuschreiben. Aber so langsam sage ich mir: »Warum soll ich sie eigentlich nicht mitschreiben?« Indem ich mir die Frage stellte, entschied ich plötzlich: »Ich werde hingehen!« Ich werde in die Schule gehen, weil es feige ist, sich einer schwierigen Aufgabe zu entziehen, noch feiger, als Angst zu haben. Und ich habe ja tief im Innern immer ein Stück Optimismus, der allem trotzt. Ich nahm mich also zusammen und fühlte eine große Erleichterung darüber, endlich etwas *entschieden* zu haben.

Wir waren bei Armand, Papas anderem Cousin, um englisches Radio und Radio-Boston zu hören (ich vergaß zu sagen, dass unser Radio nicht mehr geht). Die Engländer sind auf den Lofoten gelandet, haben Munition mitgenommen, 150 deutsche Kriegsgefangene hingebracht und alle Norweger, die frei sein wollten. Das alles, ohne im Geringsten beunruhigt zu sein. Und in Ostende taten sie das gleiche. Amerika schickt England Schiffe und U-Boot-Zerstörer: Der entsprechende Gesetzesvorschlag wurde angenommen.

Das Wort »boche« bedeutet wohl leer!

Mittwoch, 12. *März* 1941

Es hat offensichtlich einen Luftkampf über Verneuil gegeben. Hier in Paris kommen wir einigermaßen zurecht, aber ich lebe mit einem Kochbuch in der Hand. Hier eine Aufzählung dessen, was wir gegessen haben, seit Mama weggefahren ist:

Samstag. – morgens:Bohnen, 2 Scheiben Wurst, Käse
abends:Suppe, Maronen, Frischkäse

Sonntag. – morgens:Bohnensalat mit gekochtem Rindfleisch, Nachtisch: von mir

erfundene Kreation (mit Maronen)

abends:Suppe, Bohnen, Marmelade

Montag. – morgens:Jeder ein Ei, Nudelsuppe, Marmelade

abends:Bohnen, Bohnensuppe, Marmelade

Dienstag. – morgens:Bohnen, zwei Eier, Vanillecreme

abends:Crêpes, ein Ei für Papa, Marmelade

Mittwoch. – morgens:Nudelsuppe, Pastete ohne Lebensmittelkarte, Marmelade

abends:Crêpes, Nudeln, Frischkäse

Es bleibt festzuhalten, auch wenn wir ein Dutzend Eier bekommen haben (zu 2 Francs 50 pro Stück), Bohnen und Marmelade sind doch oft im Programm. Donnerstagmorgen werde ich versuchen, einen anderen Nachtisch zu finden, der mal eine Abwechslung von der Marmelade ist. Und Donnerstagabend ist Mama wieder da.

Die Übersetzung war ein Alptraum, und ich habe sicher alles verhauen …

Donnerstag, 13. *März* 1941

Die liebe Nounou, der ich geschrieben hatte, dass mir meine Lebensmittelkarte für Brot gestohlen wurde, hat mir Brotkarten für 6 400 Gramm Brot geschickt.

Mamas Rückkehr – wir haben sie vom Bahnhof abgeholt – hat meine Verzweiflung wieder geweckt, weil ich nicht in Verneuil war. Sie brachte eine Menge Sachen mit, die wir aus dem Bahnhof schaffen konnten, ohne Zoll zu bezahlen (denn seit die Deutschen da sind, ist der Zoll am Bahnhofsausgang wieder eingeführt worden).

Bei dem Luftangriff (auf Verneuil) sollen schreckliche Dinge passiert sein. Es gab 148 Tote. Ein englischer Soldat lag drei Tage eingeklemmt unter dem Zug und rang mit dem Tode, und man musste ihm schließlich eine Spritze geben, weil man einen riesigen

Kran benötigt hätte, um den Waggon zu heben, unter dem er eingeklemmt war. Eine in zwei Teile zerschnittene Frau wurde auf das Dach der Kantine geschleudert, und ihr Mann kam und verlangte ihren Leichnam. Man zeigte ihm den Berg mit den Toten und sagte, seine Frau sei nicht dabei, und sie hatten eine fürchterliche Angst, dass er bloß nicht nach oben schaute. Einer schwangeren Frau wurde der Bauch aufgeschlitzt; eine Bahnschiene hat sich gehoben und ist auf ein Pferd gefallen, das darunter begraben wurde, und noch vieles mehr ... Ah, diese Dreckskerle, diese Dreckskerle! Wenn ich daran denke, dass es Schweine und Dummköpfe gibt, die diese Menschen mögen! Oh, aber wenn die Engländer gesiegt haben, wenn die Mädchen in meiner Klasse, die *bochophil* sind, ihre Meinung bis dahin nicht geändert haben, dann wird es mir ein Vergnügen sein, ihnen eine Tracht Prügel zu verpassen, wie sie noch nie eine bekommen haben. Es gibt einige, die sagen, es seien die Engländer, die abgehauen sind, es sind aber die Franzosen, die Aufschneider, großspurige Angeber, Weltverbesserer, aber feige und verweichlicht! Ich sehne mich leidenschaftlich danach, Verneuil wieder zu sehen.

Das Collège dient jetzt als Kaserne für die Deutschen. Es ist das *Soldatenheim*, und die Riesenlettern BIER*!* BIER*!* BIER*!* prangen mit ihren unzertrennlichen Ausrufezeichen auf der Fassade. Die Schüler müssen dieses Jahr in zehn oder elf unterschiedlichen Häusern zur Schule gehen.

Sonntag, 23. *März* 1941

In der langen Zeit, in der ich nicht mehr Tagebuch geschrieben habe, habe ich interessante Dinge gelernt; wenn man das gelesen hat, weiß man sich zu helfen:

Lasst uns lieben und bewundernReichskanzler Hitler

Das ewige Englandist des Lebens nicht würdig

Lasst uns verfluchen und vernichtendiese Menschen jenseits der See

Die Nazis auf der Weltwerden als einzige überleben

Unsere Unterstützung gebührtdem deutschen Führer
Diesen Matrosendas heißt der verfluchten Rasse
Ihnen allein gehörtdiese gerechte Strafe
Die Siegespalmegehört, wem sie wahrlich gebührt.[15]

Ich habe eine neue Möglichkeit gefunden, englisches Radio zu hören, ohne mich dieses Mal rühren zu müssen: durch die Kaminklappe. Mein Gott, wie satt ich den Unterricht und die »nationale Aufrichtung« habe.

Ein Flugblatt wurde verteilt, in dem wir aufgefordert werden, die Nickelmünzen zu behalten, damit Hitler sie nicht bekommt. Also behalten wir sie alle, die Ein-Sou-Münzen, die Zwei-Sous-Münzen, die Fünf-Sous-Münzen, und wenn die Deutschen anordnen, sie abzugeben, werde ich sie in die Seine werfen, aber sie bekommen sie nicht.

Wieder haben wir keine Lebensmittelkarten für Brot. Und im nächsten Monat wird es nur 200 Gramm pro Tag geben. Was sollen wir tun? Die einzige Lösung: Zum Frühstück Weizenflocken essen (die findet man immer noch) und dann auf den Nachmittagskaffee verzichten. Bis jetzt hat es uns an nichts gefehlt, aber ich glaube, jetzt wird es schrecklich. Dann ist es eben so, mit Gottes Gnaden!

Die Mauern von Paris sind jetzt voll mit V, und ich habe mich gefragt, warum. Das englische Radio hat gefordert, V zu schreiben für Victoire[16], und jetzt findet man sie überall, sogar in den Schaufenstern der Läden. Man findet sie an der Tafel, auf den Tischen, überall. Außerdem trägt man ein neues Abzeichen: ein von zwei im Knopfloch gekreuzten Nadeln gebildetes v. In fünf Minuten zählten Yvette und ich 75 Abzeichen.

---

15 Micheline Bood schreibt hier ein Sprachspiel auf: je nachdem, ob man die Verse vertikal oder horizontal liest, ergibt sich ein anderer Sinn. So kann man den Text als Protest gegen die Deutschen lesen oder als deutschenfreundlicher Text; man kann also gegen die Deutschen protestieren und sich im Notfall auf die zweite Lesart berufen.

16 Victoire: Sieg

Freitag, 28. *März* 1941

Madame Pontabry hat auf die Tafel ein großes V gezeichnet, während sie sagte:

– Da, ihr wollt ein V, na gut, hier habt ihr es!

Danach hat sie uns von Georg I. erzählt und sagte:

– Das war ein perfekter Deutscher, beschränkt und versoffen.

Ich glaube, unser Geschrei und unser Beifall (zwei Mal) hat das Lycée zum Wanken gebracht.

Als wir nach Hause gingen, regnete es, und überall, wo wir stehen blieben, um uns unterzustellen, säten wir zahlreiche V auf unserem Weg.

In der Rue d'Astorg schrieb ich ein V auf ein deutsches Auto. Ich höre den Lärm von Stiefeln hinter mir, ich gehe »eilenden Schrittes« davon, wie Yvette es ausdrückte. Der Boche kam näher, sah das Zeichen auf dem Auto, dann drehte er sich zu Yvette um und schickte ihr ein strahlendes Lächeln. Mein Gott! Wir schrieben Hunderte von V! Ich hätte nie gedacht, dass das am hellen Tag so leicht geht.

Montag, 31. *März* 1941

Yvette und ich holten in der Rue de la Ville-L'Evêque deutsche Propagandaflugblätter bei einer Kurzwarenhändlerin ab, der man befohlen hatte, sie zu verteilen. Sie drückte uns alles, was sie noch hatte, in die Hand und sagte: »Hier habt ihr sie, und danke, dass ich sie so loswerde.« Wir warfen sie feierlich in den Gully, gegenüber standen Boches. Ich schrieb noch ein V auf ein deutsches Auto. Wenn sie alles wüssten, wäre ich schon lange festgenommen worden.

Heute ist ein Festtag für die Engländer, der Tag, an dem sie den Untergang der fünf schönsten Einheiten der italienischen Flotte feiern, der Tag, ab dem sie das Mittelmeer beherrschen.

Freitag, 4. April 1941

Ich bin verrückt vor Freude! Zum ersten Mal seit zehn Monaten haben wir Nachricht von Hubert. Der Brief wurde vom Schweizer Roten Kreuz geschickt und kommt von seiner alten Freundin Betty Heslop, die uns schreibt: »*Glad to hear all are well. Hubert was with us and looks very fit. We all send fondest love.*« Er ist datiert vom 24. Februar und antwortet sicher auf einen der zahlreichen Briefe, die Freunde in die freie Zone mitgenommen hatten, um sie von dort nach England zu schicken.

Gestern im Théâtre de Paris »L'Avare«[17] gesehen. Charles Dullin spielt toll.

Samstag, 5. April 1941

Es leben die Ferien und die Freiheit! Papa hat mir eine Menge sehr guter Dinge beigebracht, die man einem Boche sagen kann, der einen nervt: »*Halt's Maul! Geh zum Teufel! Leck mich am Arsch*« (unter anderen Ausdrücken).

Nach reiflicher Überlegung sagte er: »Es ist besser, ihnen das nicht zu sagen, sie könnten das wörtlich nehmen.« Ich habe noch nicht verstanden, warum.

Heute Abend waren wir spazieren; zwei Piloten fragten uns nach dem Weg, da stieß ich hervor: »*Geh! Geh …*«, aber ich erinnerte mich nicht mehr an den Rest.

Sonntag, 6. April 1941

Die Deutschen sind im Krieg mit den Griechen und den Jugoslawen. Ah! Ah! Ihr Herren Deutschen! Vor einer Woche habt ihr noch mit eurer weisen Politik geprahlt, einen Freundschaftspakt mit Jugoslawien zu schließen! Natürlich hat Radio-Paris, das heißt das deutsche Radio,[18] verkündet, dass Belgrad bombardiert wor-

---

17 L'Avare: Der Geizige. Komödie von Molière (1668)

18 Vom 18. Juli 1940 bis zum August 1944 unterstand Radio-Paris der deutschen Propaganda-Abteilung Frankreich und war entsprechend geprägt von Propaganda-Sendungen.

den ist, und der Radiosprecher wiederholte mehrmals mit schleppender Stimme: »Der Radiosender … Radio … Belgrad …großes B e l g r a d, ist vernichtet … vernichtet von der Reichsluftwaffe … der … Reichs … luftwaffe!« Das ist intelligent! Das stinkt nach Boche und ist nur Gerede, ein Haufen Dummköpfe! Sie können es wiederholen, so oft sie wollen, es bleiben trotzdem Lügen.

Montag, 7. April 1941

Die Boches verkünden, dass sie in Griechenland und in Jugoslawien[19] eingedrungen sind; aber weil wir das nur aus den Zeitungen wissen und kein englisches Radio hören konnten, und da sie Belgrad nicht eingenommen haben, das an der Grenze liegt, glauben wir es nicht.

Ich habe ein entzückendes Bild gemacht, das »Amor, von einer Honigbiene gestochen« von Ronsard[20] darstellt, und habe es mitgenommen, um es Monique Léger zu zeigen, mit der ich mich angefreundet habe; aber ich war zuerst bei Denise, und wir haben so gelacht, dass ich mich aus Versehen auf das Bild setzte. Kaputt! (Glas ist etwas, das man im Augenblick nur sehr schwer findet.) Zum Glück hatte ich es von einem Haushaltswarenhändler bekommen, der nicht einmal Geld dafür haben wollte.

Dienstag, 8. April 1941

Ich war zum ersten Mal ganz allein im Schwimmbad. Ich habe mit den Deutschen Ball gespielt, sehr nett, muss ich sagen. Sie sind viel witziger als die Franzosen, man kann nämlich keine fünf Minuten mit einem Franzosen spielen, ohne dass er dir den Hof machen will, und ich hasse das. Wenn man sich aber mit den Boches amüsiert, hat man wirklich Spaß und denkt gar nicht an etwas anderes.

---

19 Die Deutschen griffen tatsächlich am 6. April 1941 im Balkanfeldzug Jugoslawien und Griechenland an.

20 Amour piqué d'une mouche à miel: Ode von Ronsard (1524–1585)

Mittwoch, 9. April 1941

Die Boches haben Thessaloniki eingenommen, und eine griechische Armee hat kapituliert.[21] Mein Gott, rette sie, rette uns, rette die Welt! Lass uns nicht unter dem Joch von Barbaren und habe Mitleid mit Frankreich, im Gedenken daran, was es einst war. Aber die Engländer kommen in Afrika immer noch voran …

Die deutsche Flugabwehr hat heute über Longchamp ein Flugzeug abgeschossen, ein … deutsches!

Donnerstag, 10. April 1941

Wir waren im Schwimmbad, Nicole und ich. Ein Boche hat mich am Arm festgehalten und hatte seinen Spaß dabei, den toten Mann zu machen und sich dabei an mir festzuhalten. Ich tauchte ihn unter, um ihn loszuwerden, und »er gluckerte«. Dann schnappte ich einen am Kopf, der im Wasser hockte, um auf den Ball zu warten, und tauchte ihn von hinten richtig unter. Aber das war nicht die Hauptsache. Die Hauptsache? … Ich weiß nicht so recht, was ich wirklich davon halten soll, auch wenn Mama sagte, ich hätte nichts Schlimmes getan. Soll ich es bereuen? Ich weiß es nicht. Nun gut: wir spielten Ball, und ein Boche nahm ihn uns ab. Er wollte ihn nicht zurückgeben, und ich traute mich nicht, ihn auf Deutsch zurückzufordern. Auf einmal fragt er:

– Sprechen Sie Englisch?

– Ja. Und Sie?

Eine Unterhaltung entsteht; er sagt, seine Schwester sei Englischlehrerin in Deutschland, und er habe Englisch *at school* gelernt. Folgender Dialog entstand:

– Glauben Sie, dass Sie England einnehmen werden? (Das war ich.)

– Na sicher … in diesem Sommer.

---

21 Tatsächlich wurde Thessaloniki am 9. April 1941 besetzt, und die eingeschlossene 2. griechische Armee hatte kapituliert.

– Die Engländer sind sehr gute Soldaten, und ich hoffe, euch gelingt das niemals.

– *Every French hopes it. But I hope we'll take England, because the Germans like the French very much, but detest the English.*

– *I have been in England and I love England, and I think the English are very nice. The French don't like the Germans.*

In diesem Augenblick kommt Nicole und fordert hartnäckig den Ball. Er fährt ihr mit der Hand über das Gesicht und sagt: »*You are a fool.*« Dann fragt er, ob ich mit ihm eine Tasse Kaffee trinken gehe; ich habe natürlich energisch abgelehnt. Plötzlich erklärte er, er esse zum Abendessen Makkaroni, und ich fing wie verrückt an zu lachen. Er lachte auch, und als ich ihn fragte: »*Do you know who are Macaronis in french?*«, unterbrach mich und sagte: »*The Italians?*«

Ich fragte ihn dann, ob er die Italiener mag, er verneinte und zog eine Grimasse dabei:

– Weil die Italiener keine guten Soldaten sind und wir ihnen niemals verzeihen, dass sie sich 14–18 auf die Seite der Alliierten geschlagen haben. Die Franzosen sind sehr gute Soldaten, die Engländer nicht.

– Oh doch, die Engländer sind gute Soldaten und vor allem gute Piloten.

– Aber die deutschen Piloten sind die besten.

– Ich hasse die deutschen Piloten, weil sie mein Haus in der Normandie bombardiert haben, weil sie Frauen und Kinder auf den Straßen getötet haben und sich widerlich benommen haben.

Er sah betrübt aus, aber er antwortete nichts. Ich sagte dann, es gebe in unserem Deutschbuch eine Lektion mit der Überschrift: *Wo fließt das Blut?* Er lachte und sagte, er finde das lächerlich. Dann erklärte ich, er werde nie in England ankommen, es sei unbesiegbar, und alle, die es je angegriffen hätten, seien besiegt worden. Als Beispiel nannte ich Napoleon und sagte, das Gleiche werde mit Hitler passieren.

Und jetzt kommt das Schlimmste: Er wartete, bis wir angezogen waren, nahm meinen Kamm und kämmte sich mit meinem Kamm! Dann ging er mit uns hinaus auf die Straße (ich habe mich geschämt darüber, wie die Leute uns anschauten). Er fuhr mit der Metro in die gleiche Richtung (die Boches bezahlen nicht), und stieg mit uns in den gleichen Wagen. Kurz darauf fragt er, ob ich irgendwann »*take a walk with him*«.

Ich antworte:

– *No, it is really impossible!*
– *Why impossible?*
– *For … convenience.*

Er schaute beleidigt und fragte mich:

– *Do you think a German soldier is not a gentleman?*
– *Oh no, it's only for French people.*
– Gehen Sie morgen ins Schwimmbad?
– Nein, weil morgen Karfreitag ist.
– *Then, can I see you on Saturday?*

Da Nicole gesagt hat, dass sie Samstag hingeht, gehe ich auch. Wenn Papa das wüsste! Er würde fürchterlich zornig werden, aber hätte er unrecht? Ich nehme an, die Leute denken das Gleiche von mir, was ich auch von den Frauen denke, die mit den Boches gehen … Was mich in meinen Augen rehabilitiert, ich habe ihm meine volle Meinung gesagt! (Er ist blond, 25 Jahre alt, er ist sehr groß, er findet, dass Paris die schönste Stadt der Welt ist.)

Die Berliner Oper ist vollständig zerstört, ihr Museum ebenso! Sie haben es zugegeben, als sie die Engländer Barbaren genannt haben!

Samstag, 12. *April* 1941

MY BIRTHDAY! MEIN GEBURTSTAG!

Ich bin 15 Jahre alt! Ein Alter, das im Leben eine große Bedeutung hat. Jetzt bin ich kein kleines Mädchen mehr und … am Tag meines 15. Geburtstags habe ich ein Rendezvous mit einem Boche!

Er kam, aber heute habe ich eine Freundin gefunden, Janine. (Ihren Familiennamen kenne ich nicht.) Die Freundschaft ist einen Tag alt, sie war im Schwimmbad und ist wirklich reizend. Es ist unglaublich, was wir dem Boche zu zweit erzählen konnten. Er wollte zuerst Janine ins Wasser werfen, und ich sagte:

– *If you do it, I say you are a Macaroni!*

Er ließ sie sofort los, um nicht als Makkaroni bezeichnet zu werden! Dann fragte er mich, ob ich rauchen wollte; ich hasse das, aber ich antwortete:

– *I smoke only English cigarettes.*
– *German are better …*
– *Oh no! English are the best of all.*
– *German cigarettes are …*
– *German cigarettes «stink"!*

Und dabei lachte ich, so dass er nicht böse sein konnte. Er schenkte uns Bonbons, Orangen und Kekse. Da wir die Kekse nicht sehr gut fanden, sagte er, ich solle sie doch Darak mitnehmen (Papa sagten wir, wir hätten sie in der Kabine gefunden). Danach ging Janine nach oben, um sich umzuziehen, und ich erklärte Walter, ich könne nicht mit ihm ausgehen, »weil die Franzosen das nicht mögen«. Er verstand und sagte traurig:

– *Enemy.*
– Es ist auch, weil … mein Bruder in England ist, in der … in der Royal Air Force.
– *It's wonderful!* Ich hoffe, dass ich ihn treffe, wenn wir in England sind.
– Ihr werdet nie nach England gehen!
– Sicher noch in diesem Sommer … oder vielleicht nächstes Jahr …
– Ihr werdet England nicht einnehmen, weil es nie besiegt worden ist, es ist *uneinnehmbar.*
– Wir haben Frankreich erobert, wir sind dabei, Jugoslawien zu erobern und Griechenland (das ist leider wahr!) und wir werden England einnehmen.

– Die Engländer haben immer gesiegt …

In diesem Moment kam Janine aus der Kabine und sagte: »Ihr werdet gluckgluck im Ärmelkanal machen, gluckgluck, gluckgluck!«

Sonntag, 13. *April* 1941

Ich habe gestern nur eins vergessen; Walter wünschte mir alles Gute zu meinem *birthday.* Ist das Leben nicht seltsam!

Die Boches haben Belgrad und Bardia[22] eingenommen. Wann werden diese Menschen aufhören? Aber nach all dem, was ich Walter gestern sagte, glaube ich an den Sieg! Ich bin übrigens in meiner eigenen Hochachtung vor mir gestiegen, weil ich ihm das alles gesagt habe! Und wie es aussieht, in seiner auch. Auf jeden Fall bin ich mir jetzt einer Sache gewiss: Ich spreche fließend Englisch.

So ärgerliche Ereignisse heute, an Ostern!

Diese Geschichte ist ziemlich unangenehm zu erzählen, aber meinem Tagebuch erzähle ich alles. Der Bäcker hielt mir große Reden über Darak und seine Schönheit, und dann, als seine Frau und das Dienstmädchen gegangen waren, sagte:

– Meine Puppe! Sag mal, ich möchte dich unbedingt alleine sehen, kannst du am Dienstag, nur eine Viertelstunde?

Ich habe natürlich nein gesagt, ich unterhalte keine Beziehungen zu Bäckern und ich mag seine Art nicht. Er nahm eine Handvoll Bonbons und steckte sie mir mit Gewalt in meine Hosentasche, und da das Dienstmädchen gerade hereinkam, musste ich sie behalten. Er wechselte sofort den Ton und sagte:

– Also, Sie möchten 2 Kilo Brot, Mademoiselle? Ich gebe es Ihnen gleich.

Und dann wollte er mich das Brot unter keinen Umständen bezahlen lassen, und ich war fast gezwungen, mich mit ihm zu schlagen.

---

22 Bardia: Hafenstadt in Ostlibyen

Ich habe ihm natürlich nicht meine Lebensmittelkarten gegeben. So ein widerlicher Kerl! Hässlich, schmutzig, verrückt, er sieht aus wie ein schrecklicher Gnom und ist vollkommen bekloppt!

Dienstag, 15. April 1941

Im Schwimmbad haben wir Walter und Janine wieder getroffen. Walter ist Musiker, er hatte heute ein Konzert, aber er gab vor, Zahnschmerzen zu haben, und sagte, er müsse zum Zahnarzt, um uns treffen zu können! Wenn die Besatzungsbehörden wüssten, dass wir einen deutschen Soldaten von seiner Pflicht ablenken!

Ich ließ meine Boche-Hausaufgaben von Walter korrigieren. Ich hoffe, ich bekomme eine gute Note. Er hat zwanzig Fehler gefunden.

Bevor wir gingen, bat Janine ihn um einen Stift, und vor seinen Augen, in seiner Kabine, schrieben wir. VIVE DE GAULLE! Er beschränkte sich darauf, zu antworten: »*Nicht compris.*« Er sah so aus, als wüsste er wirklich nicht, wer General de Gaulle ist, oder vielleicht will er kein Theater machen, weil er weiß, gegen uns beide hat er niemals Recht (er hat sogar darauf verzichtet, seinen Namen deutsch auszusprechen!).

Sonntag, 27. April 1941

Jugoslawien ist besiegt, und die Deutschen sind vor den Toren Athens.[23] Was soll ich sagen? Ich habe niemals meinen Glauben verloren, *my just hope is in England, she'll never be overcome; Germans are strong, Germans are terribly strong, they look like devils, but God is with England, and they'll win* … England ist nicht Jugoslawien oder Griechenland; es ist nicht möglich, dass dieses wunderbare Volk besiegt wird und wir unterworfen bleiben, unter der Knechtschaft des Barbaren!

---

23 Die jugoslawischen Streitkräfte haben am 17. April 1941 bedingungslos kapituliert. Am 27. April 1941 fuhr eine deutsche Panzerdivision in Athen ein. In den Tagen vorher hatte Griechenland kapituliert.

Ich habe Walter nicht wieder gesehen, aber er bereitet mir Ärger. Monique, Yvette, Nicole und Mama beschuldigen mich, ihn zu lieben. Ich, einen Boche lieben! Welch ein Horror! Er ist mir sehr sympathisch, aber er ist und bleibt immer nur ein Boche. Ich sagte Mama, dass ich nie irgendjemand von Walter hätte erzählen dürfen, sie antwortete:

– Vor allem hättest du nicht mit Walter sprechen dürfen.

Sie hat Recht. Seit meiner zartesten Kindheit habe ich gelernt, den Boche als Barbaren zu sehen. Er ist der Feind. Man hat mir immer beigebracht, den Boche zu verabscheuen, der hinterhältig und grausam ist, der stark ist, weil er weder Ehre noch Gesetz kennt, weil er ein Verräter ist. Meine Lieblingsberichte sind die vom Krieg 14–18, in dem die Boches zu Tausenden sterben.

Ich hasste den Deutschen, ohne zu wissen, wer er ist, wegen seiner Verbrechen. Und jetzt, da mein Land unter der Gewaltherrschaft des Unterdrückers ist, da mein Land bis zum Tod gegen ihn kämpft, hätte ich nie mit einem Boche sprechen dürfen, aus Respekt vor der Vergangenheit … Das Schlimmste ist, dass Denise Guérin sagte:

– Wenn die Engländer da sind, liebst du die Engländer, und wenn die Boches da sind und sie dir von Nutzen sein können, dann nutzt du sie aus (man hat mir meine Boche-Hausaufgabe nicht verziehen).

Was gibt es dagegen zu sagen?

Und wenn Monique sagt: »Du weißt, es ist nichts Unehrenhaftes daran, einen Deutschen zu lieben, und deswegen entziehe ich dir nicht meine Wertschätzung«, was soll ich da antworten? Was für ein Problem! Also kann ich nichts anderes tun, als so weiterzumachen wie bisher.

Nachdem ich vom Lycée nach Hause geschickt worden war, weil ich »Es lebe de Gaulle« geschrieben hatte, habe ich versprochen, es nicht noch einmal zu tun. Aber ich habe es vor Walter getan, und ich habe V auf deutsche Autos geritzt … Und solange ich lebe, wird mich keine Macht der Welt daran hindern können, es wieder zu tun.

Und wenn ich Walter von einer englischen Bombe getötet sähe, würde ich nur sagen: »Umso besser, einer weniger.« Wir sind im übrigen mittlerweile bei einem solchen Grad von Grausamkeit gegenüber dem Unterdrücker angelangt, dass es uns eine grimmige Freude bereitet, zu wissen, dass unsere Margarine und unsere Wurst mit dem Fett von deutschen Leichen gemacht ist, die in den Pariser Friedhöfen eingeäschert werden.

Samstag, 10. *Mai* 1941

Ich bin die Beste im französischen Aufsatz. Die Beste! Die BESTE! Zum ersten Mal seit Beginn des Jahres. Das Thema war: Die Poesie der Brücken. Das war wirklich spannend.

Neulich aßen wir Tintenfisch. Er schmeckte nicht schlecht, aber wenn man sieht, wie er geputzt wird, wird es einem schlecht für den Rest seines Lebens. Seit zwei Wochen haben wir kein Fleisch gegessen.

Ich glaube, es ist nicht zu viel, zwei Seiten zu reservieren für die Aufzählung dessen, was die Deutschen uns nehmen. Ich nehme mir vor, es nach und nach aufzuschreiben:

1. Nickel (Münzen, Nadeln, Stecknadeln, Töpfe, die man nicht mehr findet);
2. Kupfer (wenn eine Glühbirne kaputt geht, soll man die Fassung abgeben);
3. Glas (es ist nicht erlaubt, ein Tintenfläschchen zu haben);
4. Gold (Füllfedern und alle Dinge aus Gold, Stahl, Eisen);
5. Stoffe aus Wolle, Segeltuch, Baumwolle; sie erlauben nur Kunstseide und Seide;
6. Leder (für die Taschen dieser Herren);
7. Garn (vor allem weiß, rot, schwarz), Baumwolle (vor allem weiß), Wolle;
8. Gummi (es gibt nichts mehr aus Gummi, nicht mal Bälle);
9. Eisen (es ist verboten, Konservendosen herzustellen);
10. Fleisch (alle Sorten);
11. Weizenmehl (wurde ersetzt durch ein gräuliches Produkt);

12. die Kunstseide und die Seide sind jetzt rationiert;
13. Milch (wir haben Milch, die »fettarm« genannt wird; und außerdem …);
14. Rationierte Dinge: Brot (sie konnten nicht alles nehmen);
15. Butter;
16. Käse;
17. Batterien;
18. Wurst (vor allem Schwein);
19. Kartoffeln;
20. getrocknetes Gemüse;
21. Dinge, die vollkommen verschwunden sind: Hühnchen und alles Geflügel;
22. Kaninchen und Wild;
23. Süßigkeiten – Schokolade vor allem;
24. Schuhe;
25. Kohle;
26. Holz;
27. Gas;
28. Strom (etwas ganz Außergewöhnliches, es gibt wohl fast gar keinen mehr);
29. Wasser;
30. Rum;
31. Wein;
32. Topinambur;
33. alle Konserven;
34. Fisch;
35. Orangen;
36. Mandarinen;
37. Datteln;
38. Feigen;
39. Honig;
40. Eier (die vor allem).

Und ich höre hier auf, nicht, weil es nichts mehr zu sagen gäbe, sondern weil der Platz nicht ausreicht. Jetzt kann man sich ausrechnen, was uns noch bleibt! Wir haben noch Steine und die Luft, die wir atmen. Wunderbar!

Dienstag, 13. *Mai* 1941

Was für eine Nachricht! Der Kollaborateur und Nachfolger, die rechte Hand des ›Führers‹, ist in das Spielzeug gestiegen, obwohl man es ihm verboten hatte: Man hatte ihm verboten, mit dem Flugzeug zu fliegen. Er hat die schönste Messerschmitt genommen und ist abgehauen … nach England, mit allen deutschen Plänen und Geheimpapieren und seinen Fotos, die ihn selbst zeigen, als er noch jung war, damit man ihn erkennt. (Das Gesicht der Engländer, die ihn gefunden haben und zu denen er sagte: »Ich bin Rudolf Heß!« musste zum Schießen gewesen sein.) Er sprang mit dem Fallschirm ab und landete in Glasgow. Er hat sich ein Bein gebrochen. (Das ist natürlich ein deutscher Sieg, die Deutschen beginnen, in England einzufallen.) Das Boche-Radio sagte dazu, er sei verrückt geworden. Es ist praktisch, das so zu sagen!

Wir konnten Hubert einen langen Brief schreiben.

Ich habe ihm so viele Dinge geschrieben, dass Mama den Brief nicht abgeben wollte, aber endlich wird er mit dem portugiesischen Diplomatenkoffer geschickt. Es war eine große Freude, ihm zu schreiben.

Montag, 19. *Mai* 1941

Fontenoy, der Chef der Partei der *Rassemblement national populaire*[24] (die Vereinigung der Kollaborateure und Schweine), ist vor einiger Zeit nach England gegangen, mit der Kasse und den Na-

---

24 Jean Fontenoy (1899–1945); zunächst Mitglied der Parti populaire français von Jacques Doriot, später überzeugter Kollaborateur und Mitglied der *Rassemblement national populaire* (Nationale Volksvereinigung). Er beging im April 1945 in Berlin Selbstmord angesichts der Niederlage der Deutschen.

men aller Mitglieder. Das wird zur Krankheit! Ich möchte das auch gerne so machen.

Neulich haben wir im Schwimmbad einen Boche *Rindvieh* genannt. Er war völlig verblüfft und zeigte leichte Bewunderung. Ich kenne noch andere Ausdrücke: *Sau* und *blöder Hund* – was so viel heißt wie dreckiger Idiot.

Ich bin die Beste in Englisch, mit 16,5 Punkten. Wenn der Brief an Hubert nicht schon weg wäre, hätte ich ihm das geschrieben.

Sonntag, 25. *Mai* 1941

Der größte englische Kreuzer, die *Hood*, ist von der *Bismarck*[25] versenkt worden. Er ist sehr schnell gesunken, und 1 300 Menschen sind ertrunken.

Dienstag, 27. *Mai* 1941

Das größte deutsche Schiff, die *Bismarck*,[26] ist von den Engländern 800 km von Brest entfernt versenkt worden, in deutschen Gewässern.

Donnerstag, 5. *Juni* 1941

Es ist schlimm, das zu sagen, aber ich bin an dem Punkt angekommen, an dem ich denke, die Franzosen sind keine Männer: Ich sage mich von meinem Land los, ich will nicht mehr französisch sein! Wenn man jetzt all die sieht, die Kollaborateure werden, die den Deutschen aus Angst, aus Feigheit die Stiefel lecken, sogar in meiner Familie! Ich bin schrecklich angewidert von diesem schmutzigen Land.

Bernard, einer meiner Cousins, der schon immer unerträglich war, hatte im Kino auf der Champs-Elysées einen deutschen Film gesehen. Weil die Schauspielerin, die die Hauptrolle spielte, ihm

---

25 Das britische Schlachtschiff Hood wurde im Mai 1941 von der Bismarck, das als stärkstes Schlachtschiff der deutschen Kriegsmarine galt, versenkt.

26 Tatsächlich sank die Bismarck im Mai 1941, drei Tage, nachdem sie die Hood versenkt hatte, bei einem Gefecht mit der englischen Marine.

nicht gefiel, spuckte er auf ihr Foto, als er das Kino verließ. Ein Deutscher hat ihn gesehen, ihn aufgefordert, sich zu entschuldigen, er weigerte sich, wurde verhaftet und ins Gefängnis von Fresnes[27] gesteckt. Jetzt kommt er aus dem Gefängnis in Fresnes und ist … durch und durch germanophil! Seine Eltern sind sehr bedrückt und versuchen, ihn nach England zu bringen, um ihn loszuwerden.

Montag, 9. *Juni* 1941

Ich schreibe natürlich abends, weil ich es am Tag nicht wage, diese Dinge zu sagen. Schon seit fast fünf Monaten streite ich mich mit mir selbst darüber, ob ich das schreiben werde. Warum habe ich so lange gezögert? Ich glaube, es war aus Respekt vor meinem Tagebuch, das ich als etwas Heiliges betrachte.

Als ich Yvette erzählte, dass ich einem Boche die Hand gegeben hatte, stieß sie schrille Schreie aus, wurde fast ohnmächtig und sagte, das bringe sie um! Ich habe »den Boche« mit seinen Gräueltaten immer verabscheut. Aber kann man jemanden hassen, den man nicht kennt? Oder den man nur aus den Erzählungen kennt, die schon so alt sind? Das frage ich mich. Ich verabscheue und werde immer »den Boche« verabscheuen, der seit Jahrhunderten unser Feind ist, aber es gibt einen großen Unterschied zwischen der Masse der Menschen und einem Einzelnen in dieser Masse. Die Deutschen, individuell gesehen, sind sehr freundlich, im Allgemeinen gut erzogen und korrekt.

Das ist es, was ich sagen will. Was interessiert schon die Meinung eines Franzosen über mich, wenn er mich mit einem Deutschen sprechen sieht. Er wird laut schreien, viel reden, *aber er wird das Gegenteil von dem sagen, was er denkt,* weil im Augenblick fast alle Franzosen Deutsche kennenlernen wollen. Jetzt stellt sich die

27 Fresnes: eines der größten Gefängnisse in der Région Parisienne. Es wurde während der deutschen Besatzung von den Deutschen genutzt. Dort wurden Widerstandskämpfer und Mitglieder des englischen Geheimdienstes interniert und gefoltert.

Frage der Engländer. Ich liebe sie mehr denn je und habe unerschütterliches Vertrauen in sie.

Indem ich den Gedanken, mit den Boches zu sprechen, akzeptiere, wollte ich gerecht sein mir selbst gegenüber. Trotzdem bin ich immer noch genauso in der Lage, die Engländer mit großem Eifer zu verteidigen, gegen alle Welt, wenn es sein muss, weil sie die Menschen bleiben, die mir am teuersten sind und die ich am meisten schätze. Sie kämpfen gegen die Deutschen, das versteht sich, und meine Lage ist ziemlich seltsam.

Ich wollte mir eine eigene Meinung bilden und nicht wie die anderen Mädchen die Meinung meiner Eltern übernehmen. Also, hier ist sie: ich liebe die Engländer sehr und werde sie immer lieben, was sie auch tun. Ich finde, die Deutschen sind Menschen und achtenswert. Es gibt Feiglinge, Verräter, unbarmherzige Wesen unter ihnen, aber sie können nicht feiger sein als die Franzosen, die ihr Vaterland verraten haben.

Jetzt verstehe ich Annie v., ohne jedoch wie sie germanophil zu sein; und ich denke nicht mehr, dass es ein Verbrechen ist, mit einem Deutschen zu sprechen.

Ich habe mich mit Monique und Annie gestritten, weil die Truppen de Gaulles in Syrien eingedrungen sind. Sie erzählten, die Engländer seien widerlich, sie töteten wieder Franzosen … nun, alle Dummheiten, die Mädchen von sich geben können, deren Eltern spezielle Gründe haben, das Ende des Kriegs und die Niederlage Englands zu wünschen.

Mittwoch, 11. *Juni* 1941

Alle syrischen Truppen ergeben sich General de Gaulle, der von Erfolg zu Erfolg marschiert Richtung Damaskus[28] und Beirut. Ich denke, das wird den Fräulein Monique und Kompanie zu denken geben!

---

28 Die französischen Generäle de Gaulle und Catroux waren im Juni 1941 in Damaskus. General de Gaulle versprach Syrien die Unabhängigkeit. Syrien erhielt im Jahr 1946 die Unabhängigkeit.

Samstag, 14 Juni 1941

Jahrestag des Einmarschs der Deutschen in Paris. Ich bin von diesem Land immer mehr angewidert. Niemand hat demonstriert. Es gab einen Aufruf, die jungen Mädchen sollten ein schwarzes Band im Haar tragen und die Jungen eine schwarze Krawatte. Und in den Klassen trug die große Mehrheit das nicht, aus Faulheit, aus Feigheit oder einfach, um nicht das zu tun, worum man sie gebeten hatte.

Yvette und ich gingen bis zum Arc de Triomphe, um ganz sicher zu gehen, dass es keine Demonstration gab. Es gab nichts! Nichts! Dafür wurden wir fast von einem deutschen Lastwagen überfahren, der mit hoher Geschwindigkeit angerast kam und uns gestreift hat. Er fuhr direkt auf uns zu … Ich habe immer noch nicht verstanden, durch welches Wunder wir davonkommen konnten.

Freitag, 20. *Juni* 1941

Seit Montag ist es hier unerträglich heiß.

Wir lesen nicht mal mehr die deutschen Zeitungen, die nur Lügen verbreiten – wir verlieren das Interesse an den Ereignissen. Und da man folglich ja nichts weiß, sagt man sich: Was tun? Wie kommen wir da heraus? Die Deutschen werden England nie einnehmen, und den Engländern wird es nicht gelingen, die Deutschen aufzureiben … Es gibt immer noch Leute, die sagen: In vierzehn Tagen oder in einem Monat werden die Engländer in Frankreich sein. Diese Leute sind verrückt. Aber ich bewundere ihr Vertrauen.

Ich war auch so … Das ist lange, lange her. Jetzt habe ich kein Vertrauen mehr in England; ich habe nur noch Vertrauen in Gott, der Wunder vollbringen kann und uns nicht unter der Herrschaft der Barbaren lassen wird.

Wie kann man von der Wiederaufrichtung Frankreichs sprechen, jetzt, da es, und zwar jeden Tag mehr, allgemeine Verachtung verdient. Man kann dem »Alten«[29] verzeihen, verkalkt zu sein, aber nicht seine Feigheit und obendrein seinen Hochmut.

Sonntag, 22. *Juni* 1941

Seit 5 Uhr 5 heute Morgen ist Deutschland im Krieg mit Russland[30]. Ist das nicht wunderbar? Das ist ein Brocken, an dem sie lange kauen werden, die Boches. Die Hoffnung erwacht wieder … Aber warum haben diese Dummköpfe von Ländern den Deutschen nicht alle auf einen Schlag den Krieg erklärt, anstatt sich alle schlucken zu lassen, eins nach dem anderen, und *La Bochie*[31] reicher zu machen? Auf jeden Fall ist das ein Schritt in Richtung Sieg, *one step to victory.*

Freitag, 27. *Juni* 1941

Die Russen gehen in die Offensive und beginnen Deutschland ernsthaft zu beunruhigen. Sie haben heute Brest-Litowsk zurückerobert.[32] Es gibt dazu kein deutsches Kommuniqué.

Das deutsche Radio (Radio-Paris mit dem Verräter Ferdonnet[33]) hat für heute eine sensationelle Nachricht angekündigt, die die Situation in Russland gänzlich verändern würde. Die Menschen waren ein wenig beunruhigt und dachten, es ginge um einen Staatsstreich; niemand hätte vermutet, dass *Deutschland* über Ankara *England* den Vorschlag gemacht hat, sich mit *Deutschland* gegen Russland zu *verbünden!* Die Engländer lehnten natürlich ab. Sie tun Recht daran, denn die Boches wären ihnen in den Rücken gefallen, sobald sie sich der Russen entledigt hätten. Der englische

29 Gemeint ist Pétain

30 Am 22. Juni 1941 griffen deutsche Truppen die Sowjetunion an.

31 La Bochie *für Deutschland*

32 Das stimmt so nicht. Etwa 350 Rotarmisten hielten zwar bis zum 29. Juni 1941 aus, mussten dann aber nach schweren Luftangriffen aufgeben.

33 Paul Ferdonnet (1901–1945), französischer Journalist der extremen Rechten, vertrat bereits vor der deutschen Besatzung in Frankreich die Naziideologie und arbeitete in der Zeit der deutschen Besatzung im Dienste der deutschen Propaganda. In Frankreich wird er als der »Verräter von Stuttgart« bezeichnet und wurde am 4. August 1945 hingerichtet.

Sieg ist jetzt vielleicht nur noch eine Frage von Tagen. Wenn sie nur in Frankreich landen würden!

Samstag, 28. *Juni* 1941

Ich habe mein gesamtes Tagebuch noch einmal gelesen, um zu entscheiden, ob ich »das« hier schreiben kann. Meine Reflexionen sind tatsächlich zum Verzweifeln kindlich. Ja, zum Verzweifeln, weil es zum Verzweifeln *ist!* Ich bin trotz allem ja kein Kind mehr. Was diesen Eindruck erweckt, das sind die tausend Nichtigkeiten, die kleinen Details des Alltagslebens, die dich, wenn du nahe daran bist, sehr beeindrucken, die aber im Ganzen gesehen lächerlich sind und zutiefst uninteressant. Aber das Leben ist so eintönig …

Nun, seit einer gewissen Zeit (einige Tage höchstens) ist das Tagebuch weniger kindlich, denn ich liebe jemanden. Ich liebe ihn auf eine seltsame und etwas unfreiwillige Art (ich und einen Boche lieben! Wie furchtbar!). Übrigens weiß ich noch nicht einmal, ob ich ihn wirklich liebe. Ich denke ununterbrochen daran, weil es mir Unvorhergesehenes bringt, dieses Unvorhergesehene ist so kostbar in meinem Leben. Und wenn ich ihn liebe, ist das eine seltsame Liebe, denn ich habe es so entschieden. Ich weiß absolut gar nichts von ihm, außer dass er jemand anderem ähnelt …

Ich habe keine Lust, mehr darüber zu schreiben. Ich nenne ihn Baby, weil er sehr jung aussieht.

Montag, 30. *Juni* 1941

Wenn ich daran denke, dass ich zwei Tage verbracht habe, ohne ihn zu sehen – außer hinter seinem Vorhang, während er sich wusch. Er wohnt im Hotel gegenüber. Heute sah er blendend aus: er trug einen hellgrauen Anzug, in der Sonne hatten seine Haare einen wunderbar goldenen Glanz. Ich vergeude jetzt meine ganze Zeit damit, auf dem Balkon Ausschau zu halten. Jedes Mal, wenn ein Fensterladen klappert, stürze ich ans Fenster!

Ich wollte sein Portrait zeichnen, aber plötzlich sah er mich an. Ich habe Angst, dass er es bemerkt, dass ich ihn die ganze Zeit ansehe!

Donnerstag, 3. *Juli* 1941

Ich liebe ihn *nicht!* Gott sei Dank! Ich langweile mich nur schrecklich …

Heute war ich im Schwimmbad und habe mit einem sehr netten Flieger gesprochen. Er heißt Peter. Er fliegt drei Mal in der Woche, aber nur über Paris und Villacoublay[34], weil er zu jung für England ist (noch glücklich!). Ich habe mich gefreut, Deutsch zu sprechen, weil mir das Spaß macht; und ich hätte nie gedacht, dass ich so viel ausdrücken kann! Wir haben uns für Montag im Molitor[35] verabredet, und ich hoffe, Mama ist einverstanden, dass ich wieder herkomme.

Das hat mir die Gewissheit gegeben, dass ich den Boche von gegenüber nicht liebe, aber Peter liebe ich auch nicht.

Freitag, 11. *Juli* 1941

Die Russen vergiften und verbrennen alles vor den Deutschen. Sie machen gerade einen Gegenangriff nach dem anderen und haben die Deutschen 70 Kilometer zurückgedrängt. Es gibt eine Million deutsche Tote in Russland, zum Teil soll das an einer Mücke liegen, die sie dezimiert.

Es wird erzählt, dass Hitler uns gegenüber wohnt, bei Rothschild.

Pétain hat einen Waffenstillstand mit Syrien geschlossen … mit den Engländern! Also wirklich, er liebt Waffenstillstände, der Alte!

Yvette fährt nächsten Mittwoch in Ferien, und ich war bei ihr, um mein Tagebuch vom letzten Jahr abzuholen; ich habe einige Abschnitte wiedergelesen. Welch ein Unterschied zu diesem Jahr!

---

34 Vélizy-Villacoublay im Südwesten von Paris, Département Yvelines

35 Molitor: Schwimmbad im Pariser Viertel Auteuil; im späten Art Déco-Stil gebaut; es steht unter Denkmalschutz, ist aber seit 1989 nicht mehr in Betrieb.

Ich hasste alles, was deutsch ist, unterschiedslos. Hatte ich Unrecht oder Recht? Gott allein weiß es. Aber wurden die Völker geschaffen, um sich zu hassen?

Sonntag, 13. *Juli* 1941

Darak ist sehr krank und erbricht ohne Unterlass Blut. Er hat gestern eine Menge Knochen gefressen, und wir fragen uns, ob er durchlöcherte Gedärme hat. Es ist unmöglich, einen Tierarzt zu finden; sie sind alle im Wochenende.

Montag, 14. *Juli* 1941

Darak wird kränker und kränker. Er hat so viel Blut in der Küche erbrochen, dass überall Blut war. Und dieser Geruch, dieser strenge und hartnäckige Geruch, der in der Nase beißt, nicht weggehen will, den man an den Händen hat, an den Lebensmitteln, dieser Blutgeruch, der aus der Wohnung ein Krankenhaus macht oder ein Schlachtfeld.

Ich weiß nicht, wie oft wir dachten, er stirbt; wir wagten nicht, in das Zimmer zu gehen, in dem er lag, aus Angst, ihn leblos auf dem Boden zu finden. Wir weinten. Armes Tier, er war immer so intelligent und hat uns so viel Freude gemacht!

Abends nahmen wir ihn mit in Nicoles Zimmer, damit er nicht ganz allein in der Küche liegen musste, er hatte wieder einen Blutsturz. Wir brachten Darak wieder in die Küche; er schaut uns an mit bösem Blick, als wären wir schuld. Papa hat einen seiner Freunde besucht, der Tierarzt ist und ihm erklärt hat, es sei Typhus und nicht der Knochen. Es ist eine Epidemie, die gerade umgeht und die die Hunde im Juli und August erwischt.

Ich verspüre heute nicht die geringste Lust, zum Arc de Triomphe zu gehen.

Dienstag, 15. *Juli* 1941

Ich habe mich den ganzen Morgen verrückt gemacht vor Sorge. Heute Morgen kam der Tierarzt, und ich hatte Angst, dass er Darak einschläfert. Als ich nach Hause kam, ging es dem kleinen *Wauwau* sehr viel besser, und wie es aussieht, ist er gerettet und wird sich sehr schnell wieder erholen. Ein Glück! Es schien fast unmöglich, dass er wieder gesund wird, so viel Blut hat er verloren. Es ist ein wahres Wunder.

Donnerstag, 24. *oder* 25. *Juli* 1941[36]

Die Boches haben das V jetzt selbst übernommen. Auf dem Abgeordnetenhaus prangt ein riesiges V und darunter: DEUTSCHLAND SIEGT AN ALLEN FRONTEN.

Dienstag, 29. *Juli* 1941

Tag der Preisverleihung.

Das Leben ekelt mich an, das Lycée, die Ferien, alles ekelt mich an. Ich werde eine Prüfung in Mathe und Latein machen müssen. Angenehme Aussicht auf die Ferien! Und ich sagte mir noch: Drei Monate, das ist eine Ewigkeit; für mich die Freiheit, hinaus aufs Land, verrückte Radtouren, Spaziergänge im Wald, Schaukelpartien, und nun … Es ist verpfuscht! Denn die ganze Aussicht ist: Zwei Monate Paris, ohne mich zu rühren, in einem Haus, in dem man erstickt, immer die gleichen idiotischen Geschichten hört, mich abrackern mit Latein und Mathe, mir Standpauken von Mama anhören, und am Ende all dieser Freuden eine Prüfung machen, die ich sehr wahrscheinlich nicht bestehe.

Die Deutschen bekommen eine riesige Abreibung in Russland. Bravo! Gut gemacht! Ich verabscheue sie! Ich wünsche mir nur das: den Sieg! Sie widern mich an, und ich liebe nur die Engländer! Ihr V bedeutet *Verloren,* hoffnungslos verloren.

Gestern sahen wir gegen halb sieben im Himmel über Paris ein wunderbares englisches Flugzeug. Es war so schön, so weiß, dass man denken konnte, es sei eine Feengestalt. Es sah aus wie ein Engel.

---

36 Der Donnerstag war der 24. Juli 1941.

Donnerstag, 31. *Juli* 1941

Es hat den ganzen Tag geregnet. Also habe ich einen Teil meines Nachmittags auf einem Stuhl stehend verbracht und Baby durch eine Fensterscheibe in der Küche beobachtet. Er blätterte in einer Illustrierten und schaute oft in unsere Richtung. Dann verschwand er. Ich wagte es, meine Nase aus dem Fenster zu strecken, um zu sehen, wo er geblieben war, da sah ich ihn unten stehen und mich mit einem großen Lächeln anschauen. Ich musste auch lachen; er sah aus wie ein Lausbub, den man bei etwas erwischt hatte … Und er lief durch den Regen davon. Endlich etwas Lustiges und Unerwartetes im Leben!

Freitag, 1. *August* 1941

Wenn ich richtig gesehen habe, hat Baby hellblaue Augen. Seine Haare sind wunderschön blond und gelockt. Er hat eine große Nase, aber die steht ihm gut. Heute Abend ging ich auf den Balkon, und er kam, wie ich gehofft hatte. Mama hat ihn gesehen, aber da ich mich ja zuerst auf dem Balkon befand, hätte niemand auch nur irgendetwas sagen können.

Als ich meine Fensterläden schloss, schloss er seine auch.

Samstag, 2. *August* 1941

Baby hat mir guten Tag gesagt! Ich konnte nicht anders, als sein Lächeln zu erwidern. Jedes Mal übrigens, wenn wir uns im gleichen Augenblick ansehen, lächeln wir. Ich würde ihn gern auf der Straße treffen; dieses Spiel wird langsam dumm. Nach dem Abendessen fingen wir wieder an, wie gestern. Wir sind wirklich dumm; zwei Babys würden es nicht besser machen. Wir sehen uns an, wir lächeln uns an … Wir sehen uns an, wir lächeln uns an … Ist das nicht trotz allem lächerlich?

Auf jeden Fall macht es Spaß, und es ist mein gutes Recht, da ich ja nicht in Ferien fahre! Und es wird bestimmt sehr schnell zu Ende sein. Wahrscheinlich habe ich keine Zeit, ihn kennenzulernen.

Montag, 4. August 1941

Ich habe heute Morgen eins meiner Söckchen nicht gefunden und ging ohne Strümpfe in den Schuhen aus dem Haus. Als ich nach Hause kam, zog sich Baby gerade an, zeigte mir seine Strümpfe und sagte guten Tag. So eine Frechheit! Die Boches haben eine gewisse Dreistigkeit. Unter dem Vorwand, Darak auszuführen, folgte ich ihm, ich lief ihm sogar hinterher, wie man sagt. Ich fragte mich, wohin er mich führen würde: ganz einfach ins *Soldatenheim* auf der Champs-Elysées. Wahrscheinlich verbringt er seine Tage dort.

Abends war ich auf dem Balkon. Plötzlich sah ich, wie er mit einem dicken Boche wegging. Ich weiß nicht, was mich gepackt hat, aber ich winkte ihm zum Abschied zu. Er antwortete natürlich, und der andere fragte ihn, was er da tue. Ich ging schnell in die Wohnung. Ich frage mich wirklich, warum ich das tat. Ich habe mich wirklich wie ein ungezogenes Kind aufgeführt; ich kenne ihn nicht einmal!

Man sagt, die Jugend muss sich austoben, aber ich glaube, je älter ich werde, umso unerträglicher werde ich. Wenn Mama das wüsste, würde sie mir den Kopf waschen, und sie hätte verdammt Recht, ich bin die erste, die das zugibt. Warum habe ich das gemacht? Ich weiß es noch nicht. Oh, wenn man überlegen würde, bevor man handelt!

Mittwoch, 6. August 1941

Immer noch Baby, immer er.

Samstag, 9. August 1941

Jetzt etwas, worauf ich stolz bin: Ich habe meine ersten deutschen Lebensmittelmarken nach Hause gebracht. Sie waren zu sechst: vier Flieger und zwei Marinesoldaten. Sie fragten mich, ob ich morgen mit ihnen ausgehe. Also antwortete ich, ich wollte, dass sie mir etwas geben. Sie berieten sich, schlugen mir Geld vor, Revolverkugeln, ein Abzeichen! Ich sagte, dass ich *Marken* wollte. Sofort holten sie alle ihre Lebensmittelkarten heraus (sie hatten eine Menge), aber einer der Marinesoldaten (diese dreckigen Marinesoldaten) schlug vor: »Es ist besser, sie ihr erst morgen zu geben.« Sie steckten also alle ihre Lebensmittelkarten wieder ein, und ich war verzweifelt. Wenn es in Französisch gewesen wäre, hätte ich mir schon zu helfen gewusst, aber in Deutsch war das schwierig … Ich erklärte trotzdem, dass ich morgen nicht käme, wenn sie mir heute keine gäben. Einer von ihnen ließ sich dazu bewegen und gab mir welche. So eine Rüpelbande! Ich hoffe, ich sehe sie nicht mehr, denn zu sechst sind diese Rohlinge imstande, mir eine Tracht Prügel zu verpassen.

Freitag, 15. *August* 1941

Mama ahnt etwas wegen Baby; sie sagte, dass ich mit ihm flirte usw. Ich muss meine Vorsichtsmaßnahmen verdoppeln.

Heute Abend gegen halb 9 (die Zeit, zu der er normalerweise zurückkommt), ging ich mit Darak spazieren. Ich wollte mit ihm sprechen. Als ich rausging, kam er gerade ins Hotel zurück. Er kam, um mir guten Tag zu sagen, ganz normal. Ärgerlich ist, dass er kaum Französisch spricht und nur ein wenig Englisch. So eine Arbeit für mich, Deutsch sprechen zu müssen! Er hat mich begleitet, als ich Darak ausführte. Ich erfuhr, dass er Robert heißt (seinen Familiennamen habe ich nicht behalten) und Ingenieur beim Fernsehen ist. Er arbeitet im Grand Palais. Er hat sehr schöne blaugrüne Augen und wunderschöne Haare; aber ich werde ihn nie lieben.

Nun zu etwas anderem: Jeder, der einen englischen Flieger bei sich beherbergt, wird sofort erschossen. Jeder, der antideutsche Flugblätter bei sich zuhause hat, muss sie in die Kommandantur bringen. Wird man erwischt, wenn man antideutsche Flugblätter bei sich trägt, wird man zu fünfzehn Jahren Zwangsarbeit verurteilt. So steht es also um mich! Wenn sie dieses Heft fänden, wäre das eine Katastrophe.

Samstag, 16. August 1941

Ah, Kinder! Ich habe mich beklagt, dass es mir an Unerwartetem in diesem Leben mangelt, dieser Tag heute war wunderschön, aber ich glaube, das werde ich teuer bezahlen: Meine Ruhe ist hin. Es macht nichts, ich beklage mich nicht. Und das ist passiert: Als ich traurig Hefte kaufen gehe, um für Latein und Mathe zu arbeiten, gehe ich – zufällig, denn seit langem habe ich jede Hoffnung verloren, ihn wieder zu sehen – vor dem Hotel Bedfort vorbei, wo er wohnt, und dort … treffe ich Peter, meinen Flieger aus dem Schwimmbad.

Peter … Er ist wirklich der einzige, für den ich je irgendein Gefühl empfunden habe, und im Grunde habe ich Baby beachtet, weil er ihm ein wenig ähnlich ist. Er sieht so jung aus, und ich finde ihn so schön mit seinen goldblonden Haaren, seinen haselnussbraunen Augen mit den goldenen Pünktchen darin, seiner gebräunten Haut und vor allem seiner süßen kleinen Nase, um die ihn jeder Star beneiden würde. Und außerdem, mit ihm *kann* ich Deutsch sprechen. Es ist seltsam, aber ich verstehe alles, was er sagt; er auch. Ich habe also den ganzen Tag mit Peter verbracht. Heute Morgen waren wir zuerst spazieren (mit einem seiner Kameraden, der Harry heißt). Wir setzten uns einen Augenblick auf die Place Louis XVI. Darak, der völlig entrüstet war, mich mit einem Deutschen zu sehen, sprang über den Zaun und lief davon. Und wir gingen ihn suchen. Vergeblich … Wir fanden ihn an der Place des Saussaies. Oder vielmehr, Peter fand ihn. Ich hätte sie beide umarmen können (Darak und Peter).

Wir verbrachten einen *wunderschönen* Nachmittag im Molitor. Peter überredete mich ein wenig dazu, hinzugehen, denn es ist sehr weit, aber dieses Schwimmbad ist wirklich wunderbar, sauber und groß und im Freien. Harry erzählte, sein »Liebling« heiße Jacqueline und wohne am Château-Rouge[37]. Er glaubt sicher, ich

37 Place du Château Rouge, 18. Arrondissement in Paris

sei Peters »Liebling«. Als der mir Lebensmittelmarken gab (Fleisch, Fett und Käse), sagte Harry:

– Wenn ich Jacqueline Lebensmittelmarken gebe, küsst sie mich für die Mühe.

Peter fragte ihn dann, warum er sich einmische. Ich sagte, dafür sei ich zu jung.

Peter heißt Reinhardt (ich weiß nicht, ob das so richtig geschrieben ist) und ist 19 Jahre alt. Aber er sieht nicht älter aus als ich. Ich habe mich für Montag um 3 Uhr mit ihm vor der Madeleine verabredet.

Montag, 18. *August* 1941

Da meine Uhr eine Viertelstunde vorging, kam ich um viertel vor 3 an und irrte etwas in der Nähe der Madeleine herum, ich war ratlos und wusste nicht, was ich tun sollte, die Zeit wurde mir sehr lang. Fast wäre ich mit Papa und Darak zusammengestoßen; Gott sei Dank konnte ich mich noch verbergen. Dann kam Peter, und ich vergaß sofort, dass es auch hätte sein können, dass er nicht kommt. Harry war auch dabei mit seiner Jacqueline. Wir waren im Bois de Boulogne, und Peter wollte unbedingt meine Métrokarte bezahlen. Das sah doof aus, denn er braucht ja selbst keine Fahrkarte.

Meine Meinung über diese Jacqueline: Sie ist ganz offensichtlich ein einfaches Mädchen ohne Erziehung. Sie ist ganz klein und dünn, geschminkt und hat einen so banalen Gesichtsausdruck, dass man sich nie an sie erinnern würde. Wenn ich sie auf der Straße treffen würde, würde ich sie, glaube ich, nicht wiedererkennen. Sie hat Pickel im Gesicht, ist 17 Jahre alt und sieht aus wie 15. Sie trug ein hübsches kleines marineblaues Kostüm. Sie ist dumm und beschränkt. Sie schien eifersüchtig auf mich zu sein, vor allem, weil ich ihrem Verehrer auf Deutsch Dinge sagen konnte, die sie nicht verstand. Sie ist verrückt nach ihm. Ihm ist das ziemlich egal, und für ihn ist sie nur eine Notlösung. Ich frage mich übrigens, wie er ein Mädchen lieben kann, das nicht einmal seine Sprache spricht.

Sie hat keine Meinung, keine Religion; sie ist nur eine Puppe (die Friseurin werden will).

Wir hätten sicher viel Spaß gehabt, wenn sie nicht dabei gewesen wäre und (vor allem), wenn ich nicht so angewidert gewesen wäre von mir selbst, dass ich »mit den Boches gehe«. Es ist nicht so sehr die Tatsache, dass ich mit Peter spazierengehe, als vielmehr, dass ich es vor Mama verheimlicht habe. Aber insgesamt ist es eine Erfahrung für mich, und ich freue mich ziemlich. Aber wenn ich Mama um Erlaubnis gebeten hätte, hätte es mir mehr Spaß gemacht. Jetzt bin ich sicher, ich werde nie einen Deutschen lieben, weil es in mir immer etwas geben wird, die Erziehung wahrscheinlich und meine Liebe zu England, die mich davor bewahren werden. Also kann ich Peter ohne Bedenken wiedersehen.

Ich trug natürlich, als ich mit ihnen ausging, mein Abzeichen mit dem Wappen von England.

Mittwoch, 24. August 1941[38]

Ein junger Mann mit Namen Paul Collette[39], 21 Jahre alt, hatte sich als Legionär verpflichtet. Heute hat Laval die freiwilligen Legionäre in Versailles besucht. Dieser junge Mann schoss auf ihn und

38 Das Datum ist eventuell falsch, da das Attentat, über das Micheline Bood berichtet, am Mittwoch, 27. August 1941 stattgefunden hat.

39 Paul Collette, französischer Widerstandskämpfer, der 1940 versuchte, nach England zu gelangen, um sich de Gaulle anzuschließen. Das misslang. Er verpflichtet sich dann in der L.V.F. (Légion des volontaires français contre le bolchévisme: Legion französischer Freiwilliger gegen den Bolschewismus), in der sich französische Freiwillige in Wehrmachtsuniformen im Krieg gegen die Sowjetunion beteiligten. Er soll dies getan haben, weil er eine Gelegenheit suchte, von da aus ein Attentat gegen Verantwortliche des Vichy-Regimes zu planen. Am 27. August 1941 schoss er während eines Truppenbesuchs auf Laval und seine Begleiter. Keiner der Schüsse war tödlich. Collette wurde zum Tode verurteilt, später wurde das Urteil in Zwangsarbeit umgewandelt; er wurde nach Deutschland deportiert. 1985 erhielt er als Résistancekämpfer den Orden der Ehrenlegion Frankreichs. Jean Anouilh inspirierte der Fall Paul Collette zu seinem Theaterstück Antigone (1944). Paul Collette schrieb eine Autobiografie: J'ai tiré sur Laval (Ich schoss auf Laval), Caen 1946

die Menschen, die um ihn standen. Laval ist verletzt, Déat[40] auch, ebenso der Colonel Duruy[41] und ein Legionär. Es geht ihnen wohl sehr schlecht. Daran gibt es nichts zu deuteln, es war ein schöner Schlag! Ich kann nicht sagen, dass ich diese Typen sehr bedaure! Dummköpfe, die kollaborieren wollen. Was ist die Kollaboration? *Die Kollaboration ist ein leeres Wort.* Werden die Deutschen, die die Franzosen immer verabscheut haben, auf einmal anfangen, mit den Franzosen zu kollaborieren, weil die Franzosen die Besiegten sind und sie die Sieger?

1918, als die Deutschen besiegt waren, haben sie sich viel besser verhalten als die Franzosen: Sie akzeptierten »die Kollaboration« nicht, sie krochen nicht vor den Franzosen, demütigten sich nicht so weit, die Füße ihrer Sieger zu lecken. Sie benahmen sich wie Besiegte, und das war's. Es stimmt, sie wurden besiegt, indem sie sich erbittert verteidigten, und folglich ehrenhaft geschlagen, während die Franzosen besiegt wurden, weil sie weggelaufen sind.

Was ist also die Kollaboration? Sie ist das Steckenbleiben im Morast, die zu erwartende Folge einer schmachvollen Niederlage, die diese Niederlage nur noch erniedrigender macht.

Dienstag, 2. September 1941

Offensichtlich geht es Laval und Déat sehr gut! Wie schade! Alle Juden wurden verpflichtet, ihre Radios ins Polizeikommissariat zu bringen. In vierzehn Tagen soll es keinen einzigen Juden mehr in den Departements Seine, Seine-et-Oise und Seine-et-Marne geben.[42]

40 Marcel Déat, Kollaborateur, Gründer der L.V.F.

41 Colonel Duruy war Verantwortlicher des Waffendepots der L.V.F.

42 Am 3. Oktober 1940 erließ die Vichy-Regierung das »loi portant statut des juifs« (Gesetz zum Judenstatut), das am 2. Juni 1941 verschärft wurde. Die französische Polizei und die französische Miliz beteiligten sich an den Registrierungen der französischen und ausländischen Juden in Frankreich, den Razzien, den Transporten in Sammellager und den Deportationen in die Vernichtungslager.

Viele Menschen wurden in diesen Tagen erschossen wegen »Spionage« oder »Kommunismus«, und das System der Denunziationen und des Terrors beginnt.

Ansonsten: Was das Brot betrifft, es gibt noch genügend, aber wir essen seit einem Monat nichts als grüne Bohnen, dazu gibt es alle vierzehn Tage ein winziges Stückchen Fleisch. Heute habe ich nach einer Stunde Schlangestehen einen Kohlkopf bekommen, und das erweitert unser Menu ein wenig.

Freitag, 19. *September* 1941

Die Morde an Deutschen nehmen in diesen Tagen zu. Ich finde das wirklich widerlich, weil es danach schreckliche Repressalien gibt, und es werden viele Geiseln erschossen.[43] Ab morgen Abend bis zum 23. müssen alle um 9 Uhr abends zuhause sein, und alle, die danach noch auf der Straße festgenommen werden, werden als Geiseln angesehen. Alle Theater und Restaurants werden geschlossen. Uns stört das nicht!

Samstag, 11. *Oktober* 1941

Als ich um 4 Uhr rausging, kam ich durch die Rue de l'Arcade und sah Peter. Ich sagte: »*Guten Tag*«. (Er stand Wache.) Er lächelte mir leicht zu und wurde sehr rot.

Als ich nach Hause kam, traf ich auf der Treppe den Juwelier, der gekommen war, um mir sozusagen meine Uhr zu bringen. In Wirklichkeit … Nein, das ist keine Geschichte, die man aufschreiben kann. Gott sei Dank war Mama da. Ich verstehe, warum er so liebenswürdig war.

---

43 Tatsächlich ließ der deutsche Militärbefehlshaber Otto von Stülpnagel am 23. August 1941, 2 Tage nach einem Anschlag in Paris auf die deutsche Besatzungsmacht, verkünden, dass von deutschen Behörden festgenommene Franzosen als Geisel betrachtet und dass nach Anschlägen Geiseln erschossen würden. Am 29. August 1941 wurden erste Erschießungen bekannt gegeben; in der Folge gab es weitere Erschießungen.

Mittwoch, 5. *November* 1941

Neue Glanzleistung der Deutschen: Die Verhaftung von Mr. Spurgeon, dem Botschafter Englands. Das hat es noch nie gegeben, nicht einmal während der roten Revolution, die Verhaftung eines Mitglieds des Diplomatencorps! Aber die Deutschen führen neue Sitten ein. Und dieser alte Waschlappen von Pétain ist nicht einmal in der Lage zu protestieren, zu reagieren! ... Das ist ungeheuerlich! Nie in der Geschichte hat es Vergleichbares gegeben. Nie zuvor hat es das gegeben, dass ein freies Land, ein Land mit einer glorreichen Geschichte, ein Land, das mit seinem Kolonialreich Millionen Seelen hat, so vollkommen unterworfen wurde; so unterworfen wie ein wilder Volksstamm der Antike, wenn er vernichtend geschlagen war. Und man spricht von nationaler Wiederaufrichtung! Ich habe Mrs. Spurgeon getroffen, die Frau des Botschafters, die eine gute Freundin von uns ist. Sie weinte, was nicht verwundert. Sie ist Französin und wurde nicht verhaftet; aber es ist entsetzlich, wenn man sich vorstellt, dass sie in diesem riesigen Haus der Botschaft von England allein bleiben muss, mit der Verantwortung über die Reichtümer, die darin sind. Denn alle Salons sind heute bis unter die Decke voll mit Möbeln, die britischen Staatsbürgern in Frankreich gehören (die Botschaft steht unter dem Schutz der Vereinigten Staaten). Ihr Mann hat Krebs; jedenfalls glaubt man das. Mr. Spurgeon wurde nach Saint-Denis gebracht, genau wie Christie, der Concierge, der auch Engländer ist.

Letzten Freitag hielten wir die fünf Schweigeminuten ein, wie es General de Gaulle angeordnet hatte, von 4 Uhr bis 4 Uhr 5, für die Erschossenen. (Ich glaube, das habe ich nicht erzählt: Für jeden getöteten deutschen Offizier erschießt man nämlich 50 oder 100 Franzosen, die man beliebig irgendwo als Geiseln nimmt. Chile und einige andere Länder haben protestiert; aber natürlich gab der Alte[44] nur den Franzosen die Schuld und nicht den Deutschen.)

44 Gemeint ist Pétain, der ›*le Vieux*‹ – der Alte, genannt wird

Dienstag, 11. *November* 1941

Tag der Nationalen Besinnung, zwei Stunden moralische Unterweisung …

Wenigstens hatte jemand: RÄCHT UNS! auf die Statue der Jeanne d'Arc geschrieben, die gegenüber dem Offiziersklub steht. Toll! Am helllichten Tag! Wunderbar! Und zwölf Polizisten standen darum herum, um die Leute daran zu hindern, sich zu nähern. Hinter ihnen kratzten und kratzten Arbeiter, aber es gelang ihnen nicht, den Schriftzug zu entfernen.

Mr. Spurgeon wurde nach achtundvierzig Stunden freigelassen. Sie sagten, er sei irrtümlich verhaftet worden. Ich ging zur Botschaft, um seine Rückkehr zu feiern; wir haben viel gelacht.

Sonntag, 23. *November* 1941

Le Harcourt, ein Treffpunkt für die Studenten, ist geschlossen und in eine deutsche Buchhandlung umgewandelt worden, mit einem Dutzend Polizisten davor, wie immer. Neulich geht also eine Gruppe Studenten vorbei; sie werfen einen Pflasterstein ins Schaufenster. Dann laufen sie weg, und alle Polizisten sind ihnen auf den Fersen. Es blieben also keine Polizisten mehr vor der Buchhandlung. Dann kommt eine andere Studentengruppe, die zwei Bomben legen … Die Polizisten haben keinen geschnappt, und die deutsche Buchhandlung ist zertrümmert. Aber die Stadt Paris wurde dazu verurteilt, 1 Million Strafe zu zahlen.

Mittwoch, 26. *November* 1941

Mamas Juwelier ist also wirklich in mich verliebt (er hat es mir übrigens oft genug signalisiert). Er widert mich auf jeden Fall zutiefst an, er ist:

1. hässlich;
2. verheiratet;
3. er hat Kinder und könnte mein Vater sein.

Um die Gelegenheit zu nutzen, dass Silber im Augenblick einen großen Wert hat, hat Mama entschieden, alle alten Silbersachen, die kaputt sind, zu verkaufen (2500 Francs pro Kilo und 2000 Francs für 800/1000er Silber). Wir brachten sie ihm also. Es gab zwei oder drei kleine Dinge aus 800/1000er Silber, und alles andere war massiv Silber. Alles zusammen 2,070 Kilo.

Er hat:

1. insgesamt 2000 Francs gerechnet, was Diebstahl ist!
2. 2 Kilo netto gerechnet, um »abzurunden«.

Samstag, 29. November 1941

Wir kamen um 5 Uhr 20 aus der Schule anstatt um viertel nach 6, damit die Schülerinnen des XVIII. Arrondissements genügend Zeit hatten, um nach Hause zu kommen: Über das XVIII. Arrondissement wurde für unbegrenzte Zeit eine Ausgangssperre verhängt.

1. Jeder muss um 6 Uhr zuhause sein.
2. Es ist unter Strafe, als Geisel genommen zu werden, verboten, aus dem Fenster zu schauen.

Es war die französische Polizei, die die großen Verwaltungsbehörden angerufen und sie benachrichtigt hat, dass sie ihre Angestellten früh genug gehen lassen, und die das XVIII. Arrondissement mit einem Ring von Polizisten umstellt hat, um die Leute daran zu hindern, in das Arrondissement zu gehen und festgenommen zu werden. Warum? Weil schon wieder eine Einrichtung der Deutschen in die Luft gesprengt worden war. Die Hotels, Restaurants, *Soldatenheime* werden alle in die Luft gesprengt. Außerdem wurden 84 Denkmäler von den Herren Deutschen abmontiert, und die Zeitungen erzählen, dass man Paris von einigem »Schund« befreie. Dazu haben die Pariser den Spruch gefunden: »Definition von Schund: Statue aus Metall«.

Mittwoch, 3. Dezember 1941

Ich bin die Beste im französischen Aufsatz! Das Thema war: Sie haben einen Fehler begangen. Finden Sie, dass man Ihnen verzeihen soll? Ich habe die »Geschichte« vom letzten Jahr erzählt (»Es lebe de Gaulle« usw.); um das zu erzählen, musste ich

1. mir der Ansichten meines Lehrers sicher sein;
2. es war wichtig, dass die Direktorin nicht mehr am Lycée war. Ich vergaß zu sagen, dass Madame Hattinguais versetzt wurde. Die neue Direktorin ist unbedeutend. Wir vermissen alle diese wunderbare Frau.

Ein neues Arrondissement unter Ausgangssperre: das x. Wann kommt das nächste? Je verrückter es wird, umso mehr amüsieren wir uns!

Samstag, 6. Dezember 1941

Wir haben Nachricht von Hubert über eine Freundin von Mama, die in der freien Zone lebt. Er ist gesund. Ich freue mich.

Ich freue mich auch, weil Papa und Mama morgen Abend auswärts essen, dann können wir uns amüsieren.

Montag, 8. Dezember 1941

BEKANNTMACHUNG

*Am 6. Dezember 1941 um 19 Uhr 30 wurde ein neues Attentat gegen einen deutschen Offizier verübt, der von einem Pistolenschuss in den Rücken schwer verletzt wurde, Ecke Rue Rennequin und Boulevard Pereire (*XVII. *Arrondissement). Ein Attentat mit Dynamit wurde außerdem verübt am 7. Dezember um 13 Uhr 30, in einem deutschen Offiziersklub in der Rue de la Convention.*

Infolge dieser Attentate ordne ich Folgendes an:

1. *Ab 8. Dezember müssen alle Restaurants, Vergnügungsstätten, Kinos und Theater ab 17 Uhr geschlossen sein.*
2. *Ab 8. Dezember ist es den Einwohnern des Departements Seine verboten, sich zwischen 18 und 5 Uhr auf den Straßen, Plätzen und anderen Orten des öffentlichen Lebens aufzuhalten. Von dieser Maßnahme ausgenommen sind alle Inhaber des speziellen roten Passierscheins und des Passierscheins der Eisenbahn. Während der Sperrstunde müssen alle Fenster geschlossen gehalten werden.*

3. *Während der Dauer der Sperrstunde ist es ohne Ausnahme für alle verboten, mit dem Fahrrad zu fahren.*
4. *Ab 8. Dezember werden die Metro und die anderen öffentlichen Transportmittel des Departements Seine, mit Ausnahme der Fernzüge, zwischen 18 Uhr 30 und 5 Uhr nicht verkehren.*
5. *Jeder, der gegen diese Anordnungen verstößt, wird strengstens bestraft. Die Wachposten und die deutschen Patrouillen werden von ihren Waffen Gebrauch machen, wenn es notwendig ist.*
6. *Diese Anordnung, die die vorangegangenen Maßnahmen außer Kraft setzt, ist gültig bis zu einer neuen Anordnung für das gesamte Departement Seine.*

Paris, den 7. Dezember 1941
Der Kommandant von Groß-Paris
Gezeichnet: SCHAUMBURG.[45]

Alle sind hocherfreut, weil wir zwei Stunden Unterricht weniger haben. Wir verlassen die Schule um Viertel nach 4 anstatt um Viertel nach 6, bis eine neue Anordnung erfolgt.

Dienstag, 9. *Dezember* 1941

Die Leute waren vollkommen panisch, die letzten Metros noch zu erreichen, und drängelten fürchterlich. Jeder wollte der Erste sein. Aber um 6 Uhr waren noch so viele Menschen auf der Straße, und weder die Deutschen noch die französische Polizei sagten irgendetwas. Nur die Patrouillen sind zu fürchten.

Einer der getöteten Deutschen wurde von einer deutschen Krankenschwester ermordet, die schwanger von ihm war, als er aus einem zwielichtigen Etablissement kam, in dem er sich amüsiert hatte. Sie hat anschließend alles erzählt und sich der Polizei gestellt, aber man hat sie nicht festgenommen; man fand sicherlich, dass sie Recht hatte, das zu tun.

45 Ernst Schaumburg (1880–1967): ab März 1941 Kommandant von Groß-Paris

Übrigens habe ich gestern vergessen zu sagen, dass die Amerikaner Japan den Krieg erklärt haben, oder genauer, dass Japan ohne Vorankündigung amerikanisches Territorium überfallen hat.[46]

Donnerstag, 11. *Dezember* 1941

Die Schweine von Japanern haben – mit ihren menschlichen Torpedos – zwei der größten Einheiten der englischen Flotte versenkt: die *Repulse* und die *Prince of Wales*.[47]

Sonntag, 14. *Dezember* 1941

Die Sperrstunde ist aufgehoben. Wie schade!

Die Situation der Lebensmittelkarten für Brot war noch nie so bedrückend wie jetzt. Der Rest geht so einigermaßen im Augenblick. Wir hatten Schweinefleisch, was wir seit mehr als einem Jahr nicht mehr gekostet haben.

Wir waren im Palais de Chaillot, um *Là-haut*[48] zu sehen. Es gefiel mir nicht, aus mehreren Gründen:

1. Wir verstanden nichts von dem, was gesagt wurde;
2. die Schauspieler waren nicht besonders;
3. alle Frauen waren fürchterlich;
4. die Kostüme und das Bühnenbild waren misslungen.

Freitag, 19. *Dezember* 1941

Gestern waren wir im Schwimmbad, wo Monique ihren Geliebten wieder getroffen hat. Jetzt kann ich gut: »ihr Geliebter« sagen! Nach allem, was passiert ist …

Sie erzählte heute, dass Ludwig sie gestern Abend in der Avenue Gabriel geküsst hat. Das musste eines Tages passieren, aber es ist

---

46 Es geht um den Angriff auf Pearl Harbor am 7. Dezember 1941, den Angriff der japanischen Streitkräfte auf die amerikanische Pazifikflotte, die in Pearl Harbor auf Hawaii vor Anker lag.

47 Am 10. Dezember 1941 wurden die Repulse und die Prince of Wales von einem japanischen Marinefliegergeschwader versenkt.

48 Là-Haut: Operette von Maurice Yvain, Erstaufführung 1923

trotzdem eine schmutzige Geschichte. Monique ist fünfzehn Jahre alt, und es ist wirklich widerlich von ihr, dass sie sich von diesem Boche küssen ließ, der der Feind in einem eroberten Land ist, der sie völlig fallen gelassen hatte und dem sie einen Brief nach dem anderen geschrieben hat, um ihn wiederzusehen. Es ist eine Schande, aber sie hat es »im Blut«, absolut, und man kann ihr nichts sagen. Ich weiß nicht, was ich tun soll.

Sonntag, 21. *Dezember* 1941

Ich bin ganz verzweifelt wegen Monique und Ludwig und frage mich, was jetzt passieren wird, denn ich trage einen Teil der Verantwortung in dieser Geschichte. Außerdem mag ich Monique sehr, sie ist meine liebste Freundin. Wenn ihr etwas passierte, wäre ich untröstlich.

Es ist meine Verantwortung, weil ich es war, über die sie Ludwig kennengelernt hat, und diese Geschichte quält mich so, dass sie mich nachts nicht schlafen lässt.

Heute geht es mir sehr schlecht, und ich fühle mich grippig; morgen werde ich nicht zur Schule gehen, aber ich schiebe es auf den Herzschmerz. Mama wäre sehr zufrieden, wenn sie es wieder einmal aufs Schwimmbad schieben könnte!

Monique und Ludwig haben sich gestern wiedergesehen. Er hat sie offensichtlich wieder ein Dutzend Mal geküsst. Ich muss mich wohl damit abfinden …

Alles in Allem gibt mir diese Geschichte zu denken. Was mich persönlich betrifft, so bin ich entschlossen, mich niemals von einem Boche küssen zu lassen. Einen Boche kann man noch so sehr lieben, und in unserem Alter ist es nie etwas Ernsthaftes (vor allem in meinem Fall), es bleibt trotzdem ein Boche, und ich hätte danach zu viele Gewissensbisse, meinen ersten Kuss einem Mann gegeben zu haben, den ich nicht kenne und der ein Feind ist. Auch wenn Monique auf alle meine Einwände, die den Patriotismus betreffen, geantwortet hat, dass ihr das egal sei, was kann sie antworten, wenn ich ihr sage, dass sie Ludwig nicht kennt? Nichts.

Sie hat ihn genau vier Mal gesehen, sie weiß nichts von ihm und seiner Familie und sieht ihn dennoch als ihren Geliebten.

Wenn man wirklich »ein anständiges Mädchen« sein will, handelt man nicht wie ein Mädchen von der Straße und wirft sich nicht einem Besatzungssoldaten an den Hals. Was sollen sie von den Französinnen denken, die Deutschen?

Dienstag, 23. Dezember 1941

Im Augenblick suche ich ein Buch, das unmöglich zu finden ist: *Der Krieg der Frauen,* mit der Geschichte der Louise de Bettignies[49]. Immer wenn ich einen Buchhändler sehe, frage ich ihn, ob er es hat; aber das Buch ist verboten. Nun, ich gebe es nicht auf.

Donnerstag, 25. Dezember 1941

Wir hatten tolle Weihnachten, mit einem wunderschönen Tannenbaum, und wir haben gegessen ... aber wahrlich gegessen! Es ist einfach: Wir konnten nicht mehr. Ich werde das alles nicht erzählen, ich bin zu faul. Wenn Hubert nur dabei gewesen wäre!

Montag, 28. Dezember 1941

Monique und Ludwig hatten sich um 5 Uhr am Bahnhof Saint-Lazare verabredet (vor den Toiletten), und ich wollte sie sehen. Aber ich habe sie nicht gefunden. Sicher sind sie beide eine Viertelstunde vorher dagewesen und haben sich getroffen.

Ich wusste nicht, was ich tun sollte, und war bei dem besagten Juwelier, um zu schauen, ob er verhaftet worden war, denn er ist

---

49 La guerre des femmes. Histoire de Louise de Bettignies et de ses compagnes von Antoine Redier. Les éditions de la vraie France. Paris 1924

Louise de Bettignies (1880 -1918) wurde die Jeanne d'Arc des Nordens genannt. Sie übermittelte im 1. Weltkrieg Dokumente an die Briten. Sie geriet in eine Falle und wurde von den Deutschen zum Tode verurteilt, das Urteil wurde in lebenslängliche Zwangsarbeit umgewandelt. Sie starb 1918 in der Haft. Die Engländer nannten sie nach ihrem Tod: »queen of the spies« – die Königin der Spione. Im ersten Weltkrieg war das Wort Widerstandskämpfer noch nicht gebräuchlich; man nannte die Menschen, die gegen die Besatzung kämpften, Spione.

Argentinier (Jude), und es wurden ja eine Menge Juden verhaftet. Er ging mir fürchterlich auf die Nerven … Er führte mich in den Raum hinter dem Laden und wollte mich küssen usw. Ich werde das nicht erzählen; ich denke, Szenen dieser Art sind immer die gleichen. Er wollte mir unbedingt eine Perlenkette schenken; ich wollte sie nicht, denn ich hasse Perlenketten - vor allem, weil er eine ganze Handvoll Perlen herausholte unter dem Vorwand, die Farbe der Perlen passend zu meiner Haut aussuchen zu wollen, und sie wie zufällig in meinen Büstenhalter fallen ließ. Ich sagte, ich hätte lieber ein Fahrrad. Aber das ist nicht aufzutreiben in diesem begnadeten Jahr, und er sagte, wenn es mir gelänge, eins zu finden, würde er es mir schenken. Dann ging ich. Es müsste ein Fahrrad aus einer alten Produktion sein, denn die, die man heute macht, taugen nichts.

Eine gute Nachricht am Jahresende: ein Brief von Mamas Freundin aus der Freien Zone, in dem sie schreibt, sie habe den Brief eines Engländers bekommen, des Direktors der Central Hanover Bank, der Hubert gesehen hat. Hubert bat ihn, Mama auszurichten, »dass es ihm in jeder Hinsicht gut geht und dass sie allen Grund hat, stolz auf ihn zu sein«. Er ist wahrscheinlich immer noch in Croydon.

Donnerstag, 1. *Januar* 1942

Ich habe eine Christmas-Card von den Spurgeons bekommen. Mrs. Spurgeon hat mir Knöpfe einer englischen Fliegeruniform geschickt, aus denen ich mir Ohrclips machen lassen werde.

Freitag, 2. *Januar* 1942

Was für ein Glück, ich habe das Buch: *Der Krieg der Frauen!* Endlich habe ich es gefunden. Das ist Ausdauer! Es ist richtig toll, aber fürchterlich traurig. Ich verstehe, dass es verboten ist.

Sonntag, 25. Januar 1942

Schon lange habe ich nicht mehr Tagebuch geschrieben; ich weiß, ich war schrecklich faul, aber die Zeit hat mir gefehlt, und es war sehr kalt. Seit Weihnachten ist es tatsächlich eisig, aber vor allem diese Woche war es zuhause beschwerlich, weil nur die Küche geheizt ist, und es ist nervtötend, die ganze Zeit zusammen zu sein.

Und unablässig dieser graue Himmel und der eisige Wind … Am Donnerstag war, glaube ich, der kälteste Tag. Draußen war die Kälte absolut beißend. Es waren wohl 10 Grad minus. Der Verlobte von J. Ducastel hat ihr geschrieben, dass sie in Russland 35 Grad minus haben. Sie hat nämlich auch einen Verlobten in Russland! Übrigens, es steht dort sehr schlecht für die Deutschen! Sie ziehen sich zurück … im Laufschritt.

Am Freitag starben wir vor Kälte in der Schule, die nicht geheizt ist, und abends, als wir nach Hause gingen, fiel dichter Schnee. Wir trugen dicke Schuhe und fanden es sehr lustig, durch die Straßen zu gehen, den Schnee ins Gesicht zu kriegen und zu schlittern. Zum Schluss schwitzten wir vor Hitze.

Die ganze letzte Nacht fiel ein lauer Regen, der die Luft wunderbar erwärmt und den Schnee zum Schmelzen bringt. Das Thermometer stieg auf 11 Grad über Null.

Heute wunderbares Wetter und fröhliche Sonne, und so weiter und so fort! Das gibt einem richtig Auftrieb; man fühlt sich wie im Frühling. Ich habe mein Zimmer sauber gemacht, es glänzt vor Sauberkeit. Und eine weitere Freude: der Vormittagsunterricht fällt aus, weil nicht geheizt ist.

Ich ließ mir Dauerwellen machen. Es ist wirklich eine nützliche Erfindung. Wie praktisch das ist! Übrigens ließ sich zur gleichen Zeit neben mir ein deutscher Flieger ebenfalls Dauerwellen machen. Das Schlimmste war, er schien sich überhaupt nicht zu genieren; er gab sehr *präzise* Anweisungen, wie seine Stirnlocke zu ondulieren sei, die leicht aufgehellt war, und zum Schluss ließ er sich die Fingernägel maniküren.

Donnerstag, 29. Januar 1942

Wir haben (mit Claudine und Monique) den Film *Mademoiselle Bonaparte*[50] im Kino Normandie gesehen. Ein wirklich wunderbarer Film. Wir heulten alle drei wie die Schlosshunde. Ich kann sagen, ich habe wirklich einen wunderschönen Tag verbracht. Denn bei der Wochenschau lachten wir sehr: ein Kriegsschiff, auf dem ein deutscher Marinesoldat seine Granate ins Meer fallen lässt, als er sie in die Kanone stecken will, ist doch wohl zum Lachen. Es ist erstaunlich, dass sie das durchgelassen haben … Als Propaganda!

Freitag, 30. Januar 1942

Für heute musste ich ungefähr zwanzig Verse von Vergil lernen, was ich nicht getan habe. Also schwänzten wir die Schule, Claudine, Monique und ich. Wir sind ins Kino gegangen und haben: *Die Flagge brennt*[51] gesehen, ein Film, der uns nicht sehr begeistert hat. Und dann gingen wir, weil uns kalt war, in die Wiener Konditorei in der Rue du Colisée und dann zu Charon. Wir hatten immer noch Hunger! Dann fuhren wir mit der Metro kreuz und quer durch Paris, nur nicht dorthin, wo Claudine Angst hatte, jemanden aus ihrer Familie zu treffen.

Sonntag, 15. Februar 1942

Es ist schon zwei Wochen her, dass ich mein Heft das letzte Mal in der Hand hielt. Es war ziemlich kalt, ich stand jeden Morgen sehr spät auf (9 Uhr 30 oder 10 Uhr) und musste viel arbeiten.

Tauwetter.

Ich habe einen neuen Mantel. Monique hat mir viele Komplimente gemacht.

---

50 Mam'zelle Bonaparte: Film von Maurice Tourneur, der am 16. Januar 1942 in die französischen Kinos kam.

51 Im Original: Le pavillon brûle, von Jacques de Baroncelli (1941), mit Pierre Renoir und Jean Marais.

Ich habe ein tolles Buch gelesen, aber schrecklich traurig und deprimierend: *Tessa* von Margaret Kennedy.[52] Ich glaube nicht so sehr an den Einfluss der Bücher auf die intellektuelle Bildung. Manche Bücher, die als abstoßend bezeichnet werden, hinterlassen bei mir überhaupt keinen Eindruck (ich glaube, 1941 habe ich nur ein solches Buch gelesen), einfach deswegen, weil ich sie sofort wieder vergesse, wenn ich sie gelesen habe. Ich war nicht so, als ich klein war, aber jetzt bringe ich alle unverdauten Lektürebrocken durcheinander, und sie bilden ein einziges Chaos von vagen Erinnerungen.

Sicher ist jedoch, dass die Bücher langfristig unsere Urteilskraft verändern. Aber abgesehen von den obszönen Büchern (die mich überhaupt nicht anziehen), wenn Mama wüsste, was ich lese, gäbe es Ärger, das weiß ich genau. Einige sind absolut unmoralisch. Zum Beispiel *Der Regenbogen* von Lawrence.[53] Aber das Leben selbst ist ein Beispiel unablässiger Unmoral. Ich glaube nicht mehr an die Reinheit.

Wir alle haben uns in diesen beiden Kriegsjahren sehr verändert. Und das Essen scheint der Hauptgedanke zu sein. Papa stiehlt alles, was er sieht, in ungeheuren Mengen. Mama nimmt sich das Recht heraus, beim Frühstück Butter zu nehmen, mit der Ausrede, dass sie weniger Brot isst als wir, ebenso einen großen Teil unserer Schokolade. Nicole klaubt von allen Lebensmitteln kleine Mengen, und ich, ich klaue Gläser mit Marmelade.

LAST NEWS 1942

Kostüm: viel weniger streng als im letzten Jahr.

Kleid oder Mantel: weite Ärmel als Kontrast zur betont schmalen Taille.

Große Handtaschen aus bordeauxfarbenem Krokodilleder sind sehr in Mode.

---

52 Tessa, la nymphe au cœur fidèle; deutsch: Die Nymphe mit dem treuen Herz (1924; neu aufgelegt 2006), von Margaret Kennedy (1896–1967)

53 Der Regenbogen (1915): Roman von D.H. Lawrence

Frisuren: Haarknoten, den man sehr weit unten am Nacken trägt. Kämme im Haar. Die Pariserinnen waren noch nie so elegant und noch nie so hübsch wie in diesem Jahr.

Die letzte Seite dieses Hefts! Ich glaubte, wenn ich auf der letzten Seite angekommen wäre, wären *Alii* weg und *Alia* wären hier (die einen … und die anderen, das ist lateinisch). Leider ist es nicht so; aber ich habe die Hoffnung nicht verloren. Es ist nicht mehr die gleiche Art von Hoffnung wie im letzten Jahr, aber es ist trotzdem eine mächtige Hoffnung. Mein Gott, wie ich mich seit einem Jahr verändert habe! Und du, Tagebuch, mein lieber Vertrauter, du, den ich nie angelogen habe, auch wenn ich sehr verlogen bin, du warst Zeuge dieser Veränderung. Aber meine Meinung habe ich nicht geändert; ich bin nicht abtrünnig geworden, und meine Liebe zu dem großen England, dem königlichen, bleibt unerschütterlich.

III
ROTES HEFT

Dieses Heft beginnt abrupt nach einer Lücke von zwei Monaten – etwa zehn Seiten fehlen, die herausgerissen und verschwunden sind. Es war die Zeit der schweren Krise, auf die sich die Autorin am Ende des Hefts bezieht – nach dem Selbsttötungsversuch. (»… Diese Seiten, die ich nie wieder lesen wollte …«)[1]

März 1942

Man muss die Welt mit ihren eigenen Waffen schlagen: mit Ungerechtigkeit und Heimtücke. »Selig, die reinen Herzens sind, selig die Armen im Geiste.«[2] Ich frage mich, was das ist, die Reinheit und die Unschuld. Ich fühle mich so verdorben. Nichts wundert mich mehr. Es gibt nichts mehr zu lernen. Manchmal lastet das Gewicht meiner Schwächen auf mir. Ich möchte diesen Gedanken entfliehen, diesen Gewissensbissen, die mich quälen. Und wenn ich mich einen Tag amüsiere, bin ich danach eine Woche krank vor Erschöpfung. Wenn ich achtzehn bin, kann ich Gott sei Dank machen, was ich will; und nichts mehr wird schändlich sein.

Es ist mir sehr unangenehm, Geld von Mama zu nehmen, und dennoch, Gott weiß, dass sie es verdient. Letztes Jahr habe ich zufällig entdeckt, dass Monique das auch macht – das war eine weitere Gemeinsamkeit zwischen uns. Dieses Jahr habe ich Claudine entlarvt. Aber die ist noch schlimmer als ich – und Chantrellus.

Mama hatte mir in Verneuil erzählt (in jener Zeit wagte ich es nicht, solche Dinge in mein Tagebuch zu schreiben, aber Mama hat mich herausgefordert, als sie sagte, sie sei sicher, ich wäre nicht so offen wie J.-J. Rousseau), dass sie ihrer Mutter nie einen Sou genommen habe. Na klar! Sie hatte die Taschen voller Geld und war gekleidet wie eine Prinzessin.

Etwas Wahres kann ich sagen; mein Tagebuch ist vor allem der Spiegel meiner Seele, und ihm sage ich nichts als die Wahrheit.

---

1 Diese Zeilen hat Micheline Bood später ergänzt, um die Lücke in ihrem Tagebuch zu erklären.

2 Bibelzitat aus der Bergpredigt (Matthäus 5)

Ihm, ihm allein wage ich mich anzuvertrauen, auch wenn ich mich noch so schäme.

Montag, 27. April 1942

Weißt du, sagt mir Jeanine Vidal, eine meiner Freundinnen hat gesehen, wie das englische Flugzeug in Marly-le-Roi abstürzte. Sie waren fünf, und vier starben. Einer von ihnen wurde richtig in den Boden gedrückt; seine Handschuhe waren innen voller Fleischfetzen, und sein Helm voll mit Gehirnmasse. Er war ganz jung … Fast ganz verkohlt. Er war sehr groß, aber er hatte Schuhgröße 37. Das Flugzeug war in neun Stücke zerbrochen.

Ich frage sie, warum sie mir diese schreckliche Geschichte erzählt. Sie antwortet:

– Weil ich an deinen Bruder dachte …

Fünf Minuten später, während der Geschichtsstunde, sagte Claudine, ich sei *bochophil*. Ich war schon gereizt von Jeanines Geschichte und fackelte nicht lange, ich sagte ihr:

– Wenn du das nicht sofort zurücknimmst, dann haue ich dir eine in die Fresse!

Da sie mit einem herausfordernden Blick antwortete: »Mach doch!«, fingen wir an, uns zu prügeln. Ich war so wütend, ich glaube, ich wäre in der Lage gewesen, sie zu erwürgen. Pompon, der Geschichtslehrer, ließ uns Gott sei Dank in Ruhe. Daraufhin schreit Chantrellus, die sich natürlich immer in das einmischt, was sie nichts angeht, und überall Unfrieden stiftet:

– Ganz genau, du bist *bochophil, bochophil* und bolschewistisch!

Da sie ständig von adeligen Familien redet, habe ich sie als *Ancien Régime* beschimpft.

Dieses Mädchen widert mich zutiefst an. Wenn die Engländer eine Niederlage erleiden, ist sie gegen die Engländer. Wenn sie Erfolg haben, schreit sie laut ihre Liebe zu England heraus. Nie werde ich den Tag im letzten Jahr vergessen, als sie während des Naturwissenschaftsunterrichts zu mir kam und sagte: »Siehst du, deine dreckigen Engländer…« Und die ganze Klasse tat es ihr nach. Und ich war allein gegen alle anderen. Aber ich wurde nicht schwach; ich verteidigte England, wie ich das immer tun werde. Ich drehe meine Fahne nicht nach dem Wind! Ich habe meine Meinung, und dabei bleibe ich. Und jetzt, nachdem fast alle anglophil sind und die Dinge besser stehen für die Engländer, wirft man mir vor, bochophil zu sein. Wenn in mir etwas rein und edel geblieben ist, so ist es meine Liebe zu England, die nie aufhört.

Mittwoch, 29. *April* 1942

Morgen werden wir auf dem Sportplatz in Colombes[3] unser Sportabzeichen machen.

Donnerstag, 30. *April* 1942

Heute Nacht gab es Alarm. Ich wollte nicht aufstehen, weil ich mich in meinem Bett gut fühlte. Im Halbschlaf hörte ich eine nahe Sirene, die lauter heulte als die anderen, und eine Granate der Flugabwehr, die näher als die anderen einschlug. Das ist alles. Der Alarm dauerte wohl zwei Stunden, aber das Ende hörte ich nicht. Am nächsten Morgen hatte ich alles vergessen. Mama erinnerte mich daran.

Wir kommen in Colombes an, und als wir zum Sportplatz gehen, treffen wir ein kleines Mädchen, das sagt:

– Ihr geht zum Sportplatz? Das ist zwecklos. Er ist durch die Bombardierung heute Nacht zum Teil beschädigt; die Sportprüfung fällt aus.

Wir rannten natürlich los, um den Schaden zu sehen. Eine Bombe ist in das Haus des Platzwarts eingeschlagen, und es gab zwei Opfer: ein Kaninchen, dem es vollständig die Haut abgezogen hat, und noch ein Kaninchen. Auf dem Sportplatz riesige Bombentrichter, Stellen, an denen es noch brannte, überall Rauch. Insgesamt zwölf Bomben waren nicht explodiert.

---

3 Colombes: französische Stadt im Großraum von Paris.

Es ging kein Zug vor 11 Uhr 35, wir liefen in der Stadt herum, um uns die Schäden anzusehen. Es gibt seltsame Dinge. Sehr wenig Opfer. Es ist komisch, das alles ließ mich unberührt. Ich fühle mich so weit weg von diesem französischen Volk. Das einzige, was mich berührt, ist die Tatsache, dass zwei englische Flugzeuge abgeschossen wurden. Es gibt keine einzige Fensterscheibe mehr in Colombes, die intakt ist.

Papa wird versuchen, nach England zu kommen. Sein Cousin Louis hat ihm versprochen, ihm zu helfen; er arbeitet mit den Engländern. Aber Papa weiß nicht, ob man ihn in seinem Alter will. Er wartet auf Nachricht und hat sich für die Zwischenzeit mit Louis in Lyon verabredet. Er fährt morgen.

Freitag, 1. Mai 1942

Papa ist heute Morgen mit dem Zug um 11 Uhr weggefahren. Es ist seltsam, aber im Augenblick bekümmert mich das nicht. Es ist besser, dass er gefahren ist, denn dort ist er sein eigener Herr und streitet nicht mehr mit uns. Und an dem Tag, an dem wir uns wiedersehen, werden wir sehr glücklich sein. Hoffentlich kommt er durch bis Lyon! Aber ich bin deswegen nicht beunruhigt, ich habe Vertrauen in Gott.

Montag, 4. Mai 1942

Wir haben ein Telegramm mit der Nachricht bekommen, dass Papa es geschafft hat. Wir haben es nicht nach Hause bekommen; wir wollten nicht, dass die Concierges, die eher deutschfreundlich sind, wissen, dass er in die Freie Zone gegangen ist. Wir haben ihnen nur gesagt, er sei in einem Sanatorium, weil es ihm nicht gut gehe. Im Augenblick schreibt er an Moniques Adresse.

Dienstag, 5. Mai 1942

Wir haben sensationelle Nachrichten von Hubert bekommen. Er wird im Juni ein reizendes junges Mädchen heiraten, hübsch, aus gutem Haus, 21 Jahre alt. Das hat mir einen eigenartigen Schock versetzt. Ich glaube, ich bin glücklich, aber im Augenblick ist es mir unmöglich, die Art meiner Gefühle zu analysieren.

Heute Nachmittag haben wir die Schule geschwänzt, Monique, Claudine und ich, und wir waren im Bois de Boulogne. Nicole, die keinen Unterricht hatte, kam mit Darak dazu. Was für ein Abenteuer!

Auf dem See kreuzten wir ein Boot mit zwei Deutschen mit einem Magnolienstrauß am Bug. Claudine nimmt den Strauß. Die Deutschen manövrieren ihr Boot dicht an unser Boot und binden es an ihr Boot. Einer der beiden sagt:

- Ihr habt meine »Bluhume« genommen, das ist unsere Refanche[4]; jetzt müsst ihr für uns arbeiten.

Claudine antwortet energisch:

- Oh nein! Da können Sie lange warten, mein Alter, Sie werden es machen wie Charles!

(Warum? Wir verstanden nichts.) Und er antwortet:

- Charles? So heiße ich!

Große Verwirrung: Wir mussten lachen. In diesem Augenblick kam der Kontrolleur, ein kleiner Alter, der uns eine Ansprache hielt, dass ihm schlecht wird, wenn er all die Mädchen sieht, die sich mit den Deutschen amüsieren, und wenn seine eigene Tochter das täte, würde er sich auch in der Öffentlichkeit zu Gesten hinreißen lassen, »die nicht sehr schön sind.« Ich würdige ihn hiermit, den kleinen Alten; ich finde, er hat vollkommen recht, und später werde ich mich an ihn erinnern.

Danach waren wir schrecklich müde, und als wir uns auf den Rückweg machten, kurz vor der Metrostation Dauphine, löste sich die Sohle an Nicoles Schuh und beschrieb einen schönen Bogen in der Luft. Wir versuchten, Darak mit in die Metro zu schmuggeln, indem wir ihn in einen Mantel wickelten und unter den Arm nahmen; aber er ist ja trotzdem sehr schwer, ein bretonischer Spaniel,

4 Micheline Bood schreibt »refanche« anstatt »revanche«, um den deutschen Akzent zu betonen.

und dieser Idiot rutschte genau in dem Augenblick heraus, als der Kontrolleur Nicole die Fahrkarte zurückgab, nachdem er sie gelocht hatte.

Mittwoch, 6. *Mai* 1942

Wir gingen wieder zum Bois de Boulogne, aber dort waren so viele Leute, dass man unmöglich ein Boot zu bekam. Wir setzten uns ins Gras, und während ich ging, um zu schauen, wann wir an der Reihe sind, schlossen Monique und Claudine Bekanntschaft mit drei deutschen Soldaten.

Der eine heißt Erwin, und die anderen zwei heißen Fritz. Sie sehen wirklich nicht gut aus, vor allem die beiden Fritz nicht, aber sie scheinen gut erzogen zu sein. Wir gingen zusammen zurück und trennten uns an der Place de la Concorde.

Wir sind morgen mit ihnen verabredet, Claudine und ich.

Donnerstag, 7. *Mai* 1942

Fritz (der bessere von beiden) ist Wiener. Er spricht sehr gut Französisch mit einem hübschen Akzent. Und er hasst den Krieg. »In dieser Uniform«, sagte er, »bin ich ein Sklave.« Er erzählte uns unglaubliche Dinge gegen Hitler, für die er teuer bezahlen müsste, wenn er denunziert würde. Er ist sehr bewandert in Latein und Mathematik. Vor allem in Mathematik. Ich verstehe nicht, dass so gebildete Jungen nur einfache Soldaten sind.

Samstag, 30. *Mai* 1942

Seit einer Ewigkeit habe ich nicht mehr Tagebuch geschrieben und ich bin untröstlich, weil ich meinen Füller kaputt gemacht habe. Er schrieb so gut. Jetzt schreibt er so schlecht.

Mit Mama geht es besser, wem ist das zu verdanken? Ich kann mit Recht sagen, mir, weil ich ihr nie freche Antworten gegeben habe, ich bin ziemlich oft mit ihr rausgegangen und alles in allem habe ich ihr nicht wenig geholfen. Ich glaube auch, dass es besser geht, weil ich etwas benommen bin und vor meinen Gedanken fliehe.

Während der Osterferien war ich ganz müde; ich blieb die ganze Zeit zuhause und strickte. Ich strickte rasend schnell, um eine grüne Weste fertig zu stricken, die ich letztes Jahr begonnen hatte. Wenn man strickt, denkt man nach. Ich habe zu viel nachgedacht. Ich kann wirklich sagen, dass ich mich in dieser Zeit gut selbst kennengelernt habe.

Man sollte sich nicht zu gut selbst kennen; ich habe Fehler in mir entdeckt, Fehler … So viele, dass ich entsetzt war! Dagegen nur eine einzige gute Eigenschaft: ich bin *ehrlich* mir selbst gegenüber, ja schrecklich ehrlich!

Als die Krise vorüber war, floh ich aus dem Haus und vor meiner Einsamkeit wie vor der Pest, ich ging so oft wie möglich raus. Jetzt habe ich alle meine Fehler nahezu vergessen; ich wäre genau so unbekümmert wie vorher, wenn ich nicht so sehr gealtert wäre, und das so schnell. Es ist erschreckend, die Geschwindigkeit, mit der man alt wird …

Es ist erstaunlich, wenn man feststellt, wie gut man sich versteht, nach so einer langen Zeit der ungebrochenen Freundschaft. Monique und ich müssen nur ein Wort sagen, um einen ganzen Satz auszudrücken. Wir haben nicht die gleichen Ansichten über die Engländer, aber die gleichen über die Deutschen.

Ich habe das *Tagebuch eines halbwüchsigen Mädchens*[5] noch einmal gelesen. Es ist wirklich sehr lebendig und interessant. Ich muss sagen, ich war wie Grete Lainer, was die »Doppeldeutigkeit von Wörtern« angeht, besonders von über, unter … und *hineinstecken* – an die anderen erinnere ich mich nicht mehr. Aber ich habe diesbezüglich nie Neugier entwickelt; im Gegenteil, ich hasste es,

5 Es handelt sich um die Wiener Kinderpsychoanalytikerin Hermine von Hug-Hellmuth (1871–1924), die unter dem Pseudonym Grete Lainer 1919 das »Tagebuch eines halbwüchsigen Mädchens« veröffentlichte. Hermine von Hug-Hellmuth gilt als eine der ersten Vertreterinnen der Kinderpsychoanalyse. Ihr Buch enthält ein Geleitwort Sigmund Freuds. Die Authentizität des Tagebuchs war umstritten. Charlotte Bühlers Mitarbeiter am Wiener Psychologischen Institut sollen nachgewiesen haben, dass es sich um eine Fälschung handelt. Der französische Titel lautet: Journal d'une petite fille.

darüber zu reden, und lange Zeit verübelte ich es diesem Mädchen, das mir in Lancy erklärt hat, »wie man Kinder bekommt.« Ich habe nie versucht, mich darüber kundig zu machen, und es ekelt mich zutiefst. Ich fasse es nicht, dass ein Mann und eine Frau im normalen Zustand so etwas tun können. Ich verstehe die Prostituierten nicht und ich verstehe vor allem nicht, warum die Männer sich so etwas wünschen. Es musste schrecklich sein für die jungen Mädchen, als sie gezwungen wurden zu heiraten, ohne zu lieben! Das war absolut unmoralisch.

Ich war zu dieser Zeit auch wütend auf Mama, weil sie allen ihren Freundinnen und sogar den Leuten, die sie kaum kannte, erzählte, wann sie und ich unsere Tage hatten; jetzt ist mir das egal.

Ich war mit Claudine und Monique im Molitor. In der wie immer vergeblichen Hoffnung, etwas braun zu werden, saß ich auf einer Bank, als ein dicker Deutscher kommt, äußerst »boche«, der eine ich weiß nicht mehr welche Bemerkung machte. Wir wechselten zuerst einige Worte in Deutsch, dann sprachen wir Englisch. Claudine, die nicht weit entfernt auf dem Boden lag, schreit mir plötzlich zu:

– Du hast einen ausgezeichneten Geschmack!

Ich antworte:

– Exquisiter als deiner auf jeden Fall!

Zu unserer großen Überraschung sagt der dicke Deutsche in ausgezeichnetem Französisch:

– Ich verstehe sehr gut, dass es um mich geht.

Wir spielten Ball mit ihm und redeten mit ihm; und da er uns gesagt hatte, er sei Flieger bei der Luftwaffe und Berufssoldat, haben wir entschieden, es müsse ein Offizier sein. Da wir ja einmal einen Offizier kennenlernen wollten, um zu sehen, wie sich dessen Mentalität von der der Soldaten unterscheidet, entschieden wir, zu warten, bis wir ihn angezogen sehen konnten.

Wir ziehen uns also geschwind an und hängen uns über die Brüstung (die Frauenkabinen sind über den Männerkabinen). Ich entdecke ihn im wunderbar weißen Hemd, einem besonders feinen, während er sich eine schwarze Krawatte um den Hals bindet.

Ich sage zu Claudine: »Das ist's; es ist ein Offizier!« Aber wir sind noch nicht sicher. Ich kämme mich vor dem Spiegel, und wir schauen noch einmal, Claudine und ich … Ich kann den Eindruck nicht beschreiben, den das auf uns machte. Wir blieben beide mit offenen Mündern stehen. In der Zwischenzeit war Monique zu uns gekommen. Wir schauten uns alle drei an und brachen in irres Lachen aus! Wirklich, wir lachten so schallend, dass wir gar nicht mehr aufhören konnten: Er stand da ganz in weiß, wie Lohengrin, ein Jackett aus weißem Tuch, blitzblanker Adler, Kommandeur des Eisernen Kreuzes, weiße Mütze und weiße Handschuhe.

– »Na gut«, sagte Claudine, »hier kommen wir nicht unbemerkt durch.«

Seltsam war, dass er angezogen weniger dick war als in der Badehose.

Und so verließen wir das Schwimmbad alle zusammen. Es war das erste Mal, dass wir mit einem Offizier gingen, und es war wirklich toll: Alle Soldaten salutierten uns, und die grauen Mäuse, die *Blitzweiber*[6], schauten uns mit wütenden Blicken an. Tatsächlich ist er nur Unterleutnant; er hat nur eine Doppelschwinge[7], aber man könnte denken, es sei Göring.

Montag, 1. *Juni* 1942

Neues Gesetz für die Juden. Ab dem 7. müssen sie einen gelben Stern tragen.[8] Es gibt Schülerinnen in der Klasse, die sagen, sie werden einen Stern tragen, wenn sie können, obwohl sie nicht Juden sind. Ich finde das übertrieben und unnötig.

---

6 Micheline Bood schreibt: » les souris gris, les Blitzweiben«. »Graue Mäuse« wurden die deutschen Helferinnen genannt, die in den besetzten Ländern für die Deutschen arbeiteten. Sie trugen immer graue Kostüme und eine Schiffchenmütze mit einem Adler. Die deutschen Wehrmachtshelferinnen wurden auch »Blitzweiber« oder »Blitzmädchen« genannt: Der Name bezieht sich auf das Emblem am Uniformärmel oder an der Krawatte, das einen Blitz zeigt.

7 Das militärische Rangabzeichen.

8 Ab dem 7. Juni 1942 mussten alle Juden in der besetzten Zone, die älter als 6 Jahre waren, den gelben Stern tragen.

Sonntag, 21. Juni 1942

Mama und ich waren in Saint-Germain. Nicole ist jetzt Pfadfinderin und hat einen Ausflug gemacht. Ich verstehe mich sehr gut mit Mama. Seit Papa weg ist, haben wir viel weniger zu tun und wir haben es so viel ruhiger! Ich werde nicht heuchlerisch sein: Papa hat mir nicht ein einziges Mal gefehlt; ich brauchte ihn kein einziges Mal. Ich muss sagen, jedes Mal, wenn er uns schreibt (und er schreibt oft), tut er das, um uns zu bitten, für ihn Besorgungen zu machen. Er arbeitet im Augenblick mit Louis. Ich halte diese Geschichten von »Familienbande« für einen Witz, ich halte nicht viel von meiner ganzen Familie, angefangen bei meinen Eltern.

Das Einzige, was ich im Augenblick liebe und was mir Vergnügen macht, ist mein Leben im Lycée (es ist immer angenehm, nichts zu tun und glänzende Noten zu bekommen – oder zu arbeiten, wann man Lust hat und was einem gefällt, und den Rest zu schwänzen). Im Lycée habe ich meine Freundinnen und ich liebe es, sie zu analysieren und zu verstehen. Es ist so einfach, den Charakter der Leute zu entdecken. Alle sind sie merkwürdig und von außerordentlich unterschiedlicher Mentalität …

Die Deutschen interessieren mich als Kameraden, denn mit ihnen kann ich diskutieren wie mit den Mädchen; aber es ist noch angenehmer, weil sie dich respektieren, während deine Freundinnen dir natürlich keinerlei Achtung schenken. So sehr ich den Flirt hasse, so sehr mag ich die Kameradschaft, und die, die mich zu sehr anmachen, sehe ich nicht wieder.

Montag, 29. Juni 1942

In der Schule bekamen wir Vitaminkekse. Ich habe mich nur zwei Mal in die Schlange gestellt, anders als andere, die sich drei Mal anstellten. Wir sollten acht Kekse bekommen und man gab uns nur vier, weil die Lehrer und die Aufseher den ganzen Tag Kekse futtern.

Sonntag, 5. Juli 1942

Heute habe ich im Molitor einen *Ausweis* (einen Passierschein) eines Soldaten oder Unteroffiziers gefunden, *befristet.* Er ist schon lange nicht mehr gültig, aber ich werde ihn benutzen für die Metro. Wird es klappen, wird es nicht klappen? Ich möchte es gern wissen!

Montag, 6. Juli 1942

Mein Gott, welche Angst ich hatte heute Morgen, als ich am Kontrolleur vorbei ging! Aber er warf mir einen dunklen Blick zu und sagte nichts. Drei Mal habe ich ihn heute benutzt. Es ist sehr lustig, wenn ich daran denke, dass man mich für eine Deutsche hält und niemand misstrauisch wird, weil der Ausweis nicht mehr gültig ist und auf jeden Fall für einen Zivilisten nie gewesen ist.

Dienstag, 7. Juli 1942

Ich habe Mama von dem *Ausweis* erzählt. Ich sagte, ein Freund hätte ihn mir gegeben. Sie verbot mir, ihn zu benutzen, und malte mir so die Gefahren aus, dass ich jetzt Angst habe. Ich wollte schon lange einen haben, und jetzt, da ich einen habe, bin ich beunruhigt. Ich weiß, das Klügste wäre, ihn zu verbrennen; aber ich werde es nicht tun. Ich werde ihr sagen, ich hätte ihn weggegeben.

Chantrellus findet, dass ich mich nicht beeinflussen lasse; das stimmt; denn Mama ist es gelungen, mir Angst zu machen; aber fünf Minuten später bin ich gar nicht mehr beeindruckt und vergesse es. (Gott sei Dank übrigens; wenn ich es wie Mama machen würde, brächte ich die Zeit damit zu, Angst zu haben.)

Samstag, 11. Juli 1942

Adieu also, mein geliebtes Lycée! Werde ich dich eines Tages wiedersehen! Nie habe ich so sehr gespürt wie gestern und heute, wie sehr ich dich liebe.

Ich habe einen Makakenschädel als Souvenir mitgenommen. Es ist komisch, den anderen tut es nicht so leid, unser gutes altes

Lycée Racine zu verlassen. Oh, dieser Saftladen! Wie oft haben wir ihn verflucht! Und trotzdem, auch wenn Kleinigkeiten eintönig waren, in diesem Schuljahr war das Leben wunderbar. Und eins habe ich gelernt: um die Schule wirklich wertzuschätzen, muss man sie schwänzen.

Freitag, 31. *Juli* 1942

Letzten Samstag um 9 Uhr bin ich zu Monique Léger ins Chevreusetal[9] gefahren. Ich schreibe erst heute Tagebuch, weil ich es natürlich nicht mitgenommen hatte.

Am Sonntag regnete es, wir waren im Dorfkino und sahen einen Film mit Zarah Leander, völlig idiotisch: *Zu neuen Ufern.* [10] Wir sind vor dem Ende eingeschlafen. (Ich habe bisher nie erzählt, dass Moniques Vater Gefangener ist.) Montag und Dienstag war das Wetter nicht gut; wir fuhren mit dem Fahrrad durch die Gegend. Vor allem gab es ein sehr grünes Tal, in dem die Kühe Glocken mit einem wunderbaren Klang trugen. Ich habe akrobatische Übungen am Trapez gelernt, ich kann mich ganz allein überschlagen.

Aber das Beste begann am Mittwoch: An diesem Tag musste Monique nach Paris zurückkehren, um einzukaufen und ihren Cousin abzuholen. Also entschlossen wir uns, zusammen zu fahren und die folgenden zwei Tage allein in Paris zu bleiben. Madame Léger sagte ich, ich würde nach Hause gehen, und Mama schickte ich einen Brief, dass ich erst Freitagabend zurückkommen würde. So waren wir beide vollkommen frei.

Bevor wir in den Zug stiegen, gingen wir durch die Stadt und kauften zarte Stangenbohnen (ich habe sie Mama erst Freitag mitgebracht; sie waren trotzdem köstlich). Deshalb verpassten wir unseren Zug. Es war 6 Uhr 35, und der nächste Zug ging um 41. Wir ließen unser Gepäck bei der Zeitungsverkäuferin und drehten

---

9 La vallée de Chevreuse: in der Region Ile-de-France südwestlich von Versailles

10 Deutscher Spielfilm von Detlef Sierk (später Douglas Sirk) (1937); französischer Titel: Paramatta, bagne des femmes; deutsch: Frauenstraflager Paramatta

noch eine Runde. In der Zwischenzeit hat sie zugemacht! Panik. Schließlich fanden wir unser Gepäck bei der Gepäckaufbewahrung. Wir holten unsere Fahrkarten, und ein hilfsbereiter Angestellter machte uns darauf aufmerksam, dass wir uns im Bahnsteig geirrt hatten: zum Glück, denn wir wussten nicht, was »41« bedeutete: Der Zug kam im gleichen Augenblick wie wir! Wir haben ihn gerade noch erwischt.

Donnerstagnachmittag waren wir im Molitor; aber für uns war das kein Tag wie die anderen, denn es war unser erster Tag in Freiheit. Wir spielten Ball mit zwei deutschen Marinesoldaten; einer von ihnen war absolut riesig, und er gab uns wunderbare Schinkensandwiches mit zwei Zentimeter Butter drauf. Er kocht für den Admiral. Da wir abends nichts vorhatten, weder wir noch die anderen, verabredeten wir uns für 8 Uhr an der Place de l'Etoile.

Nachdem Monique und ich vier Gnocchi mit Johannisbeerkompott (das habe ich gemacht) gegessen hatten, gingen wir los zu unserer Verabredung. Wir suchten ein Lokal, das »Wiener Grinzing« heißt, in der Nähe der Börse. Und wir hatten riesige Probleme, es zu finden. Wir gingen eine kleine, sehr steile Treppe hinab, die zu einer Art Bar führte. Zu allem Überfluss voll mit Deutschen. Das erste Mal in meinem Leben war ich in einem Nachtclub.

Es war ein Keller, ein wenig hergerichtet, aber sehr einfach, mit einfachen Bildern an der Wand, die die Liebe, den Wein und den Tabak priesen. Ein deutscher Sänger, der ziemlich gut sang, ging durch den Raum, er wurde begleitet von einem Pianisten und seiner eigenen Geige. Es gab übrigens nur anständige Lieder; ich weiß nicht, warum, aber ich hatte mir »Paris by night« wilder vorgestellt, mehr *shocking*. Ich hatte trotzdem Angst. Ich glaube übrigens, dass ein Typ von der Polizei im Saal war, auf jeden Fall ein Mann, der nichts getrunken hat und die ganze Zeit mit verdrießlichem Gesicht dasaß. Aber alle haben sich korrekt benommen.

Wir tranken ein Glas Weißwein, dann ein Glas Malaga (wunderbar) und aßen Gebäck. Und ich spürte, dass ich ein wenig betrunken war; also aß ich, um »durchzuhalten«, große Eisstücke. Aber wir waren beide ziemlich blau, die beiden Marinesoldaten hingegen waren ein wenig sentimental. Vor allem der Riese. Er schüttete uns sein Herz aus. Er sagte zum Beispiel, dass er mit anständigen Mädchen auch anständig sei. Wir wussten am Ende nicht einmal ihre Namen!

Es war unser Glück, dass wir anständige Jungs getroffen haben; ich frage mich, was passiert wäre, wenn das nicht so gewesen wäre. Mit Deutschen trinken! So weit sind wir gekommen! Aber ich mache mir keine Vorwürfe, denn außer zwei Glas Wein, die wir getrunken haben, haben wir absolut nichts Schlechtes gemacht.

Ich muss sagen, Trinken macht mich nicht lustig, denn ich sehe die Dinge mit zu großer Klarheit und bin mir zu sehr bewusst, dass ich betrunken bin. Das zur Moral! Aber körperlich ist das eine köstliche Empfindung; ich spürte, wie ich schmolz! Gegen 11 Uhr sind wir gegangen, und der große Marinesoldat, dem Monique so gut gefiel, blieb auf der Straße mit ihr hinter uns zurück. Wir mussten eine ganze Zeit auf sie warten, und dann kamen sie schließlich angerannt.

Wir fuhren mit der Metro und stiegen an der Champs-Elysées aus. Bis dahin ging es noch. Aber Monique brach plötzlich in irres Lachen aus, und ich war ein wenig beunruhigt. Ich verstand erst, als sie mir eine getrocknete Wurst unter die Nase hielt. Die hatte er ihr gegeben, als sie so lange stehen geblieben waren!

Auf dem Heimweg gingen wir gar nicht mehr gerade, und es war besonders schwierig, die Treppen hochzusteigen. Aber wir aßen noch Johannisbeeren und Wurst, und das brachte uns wieder auf die Beine. Auf dem Bett liegend, quatschten wir noch bis 6 Uhr morgens und tranken Unmengen Wasser, weil wir sehr durstig waren.

Beim Einschlafen dachte ich, es gibt ja doch komische Dinge im Leben. Dieser Marinesoldat war im zivilen Leben Küchenchef im

Hotel Adlon.[11] Was der Krieg doch anrichten kann! Vorher hätten wir niemals den Koch des Hotels Adlon wie unseresgleichen behandelt.

Mittags kehrte ich mit meinen Bohnen nach Hause zurück.

Dienstag, 4. August 1942

Heute Nachmittag ging ich mit Mama in die Stadt. Wir nahmen die Metro an der Place de la Concorde, und sie bat den Fahrkartenkontrolleur um eine Auskunft. Der saß in seinem kleinen Schalterhäuschen, und zufällig, weil ich mich langweilte, schaute ich an seinem Kopf vorbei. Was sah ich zu meinem großen Schrecken? Zwei Exemplare *gültige* Ausweise. Alles, was ich sehen konnte, war, dass der eine von oben bis unten mit geometrischen Formen verziert war: das ist der unbefristete; der andere, wie der, den ich gefunden hatte, der *befristete,* hatte diagonal angeordnete Zeichnungen. Auf jeden Fall sind die Zeichnungen jetzt rot, und meiner ist grün. Das versetzte mir einen Schlag. Ich kann ihn wohl nicht mehr benutzen. Es war aber so praktisch, vor allem, um Darak in die Metro zu kriegen, denn die Deutschen dürfen mit einem Hund Metro fahren.

Jetzt verstehe ich, warum ich ihn instinktiv nie an der Concorde oder der Etoile benutzte, Orte, an denen zwangsläufig viele Deutsche waren, und wo ich riskiert hätte, von ihrer Polizei bemerkt zu werden. Außerdem stritt ich mich obendrein mit Mama. Was für ein schrecklicher Tag, mein Gott!

Ich habe Monique besucht. Sie ist eine reizende Freundin und hat viele gute Eigenschaften, aber sie ist wirklich zu lahm. Ich mag Leute mit viel Energie, die Trägheit bringt mich zur Verzweiflung, und ich bin umgeben von lahmen, lustlosen und unentschlossenen Leuten.

---

11 Hotel Adlon in Berlin

Sonntag, 9. August 1942

Im Augenblick haben wir nichts, was wir aufs Brot legen können. Ich habe für Nicole und mich ein Glas Honig mit 960 Gramm gekauft: 160 Francs. Das ist geschenkt! Wir schämen uns ein wenig, es Mama nicht zu sagen, aber sie bringt mich zur Verzweiflung. Sie bringt mir zu wenig auf den Tisch.

Freitag, 14. August 1942

In der Rue Miromesnil traf ich eine alte Dame mit einem sehr schweren Paket und ich bot ihr an, es zu tragen. Sie wohnt in der Faubourg Saint-Honoré 88. Ich habe sie bis zu ihrem Haus begleitet, und da sie vier Etagen hochsteigen musste, trug ich ihr das Paket bis zu ihrer Tür. Ich muss sagen, ich war ein wenig erschrocken, als sie mir Geld anbot, aber ich habe sie umarmt und bin abgehauen. Danach fühlte ich mich sehr gut. In ihrem Haus, das eher ärmlich ist, traf ich ein *Blitzweib.* Ich frage mich, was sie da zu suchen hatte.

Samstag, 15. August 1942

Ich sah das gleiche *Blitzweib* wieder, das ins gleiche Haus ging, seltsam! Es ist übrigens entzückend, dieses Mädchen.

Endlich habe ich das Problem mit dem Ausweis gelöst. Ich hatte mich mit Monique an der Metrostation Concorde verabredet, neben der Fahrkartenkontrolleurin, wo die Ausweisformulare liegen. Ich war früher da, und während ich so tat, als wartete ich, schaute ich mir den unbefristeten Ausweis genau an und zeichnete ihn zuhause ganz einfach nach. Was den Stempel betrifft, habe ich einfach den Stempel des richtigen Ausweises kopiert, der rosa ist, indem ich ein wenig Wasser in die Flasche mit roter Tinte zufügte, dann feilte ich daran herum mit Temperafarbe. Dann bat mich Monique, ihr auch einen zu machen. Als ich ihn zum ersten Mal benutzte, hatte ich natürlich ein wenig Angst. Weil ich mit Nicole unterwegs war, bat ich sie zu warten, bis ich durchgegangen wäre, und es klappte. Es sah sogar so aus, als hätte mir die Metroangestellte die Zunge herausgestreckt, weil sie mich für eine Deutsche hielt. Wir lachten sehr.

Dienstag, 18. *August* 1942

Heute ist mir etwas Ungewöhnliches passiert. Ich habe Mama erzählt, dass mich ein Freund zum Mittagessen ins Schwimmbad eingeladen hat, und bin um 11 Uhr ins Molitor gegangen. Es war ganz toll. Ich konnte so viel Kopfsprung üben, wie ich wollte. Es war fast niemand sonst da. Das Wasser war wunderbar, fast zu warm, und das Wetter war herrlich.

Ich hatte gerade so etwas wie ein Wettkraulen gemacht – mit einem Typ, der auch gesprungen ist – denn ich wollte mich nicht überholen lassen, und er fragte mich plötzlich:

– Wird in diesem Schwimmbad manchmal das Wasser gewechselt, Mademoiselle?

Ich hatte den seltsamsten Kauz meines Lebens getroffen! Er sprach unglaublich gut Französisch, aber mit einem Akzent, den ich keiner Sprache zuordnen konnte, sehr hübsch und singend. Ich fragte ihn, ob er Franzose sei.

Er. – Nein, ich bin Chinese.

Ich. – Das sieht man, so sehen Sie genau aus.

Er. – Und Sie, sind sie Französin?

Ich. – Gemischt. Meine Großeltern väterlicherseits waren Österreicher … Wiener.

Er. – Arbeiten Sie im Büro?

Ich. – Oh nein! Ich gehe ins Gymnasium. Ich lerne Latein, Deutsch, Englisch.

Er. – Ah! … Ich spreche Griechisch, Türkisch und Chinesisch … und auch ein kleines bisschen Deutsch.

Ich. – Sie gehen mir auf den Wecker, Sie sagen nichts als dummes Zeug. Ich werde versuchen, rückwärts zu springen.

Er. – Wenn ich aus dem Wasser komme und abgetrocknet und gekämmt bin, sage ich Ihnen die Wahrheit.

Ich mache einen Sprung rückwärts, der nicht gut ist, und er sagt:

– Man kann sicher nicht behaupten, dass er gut war, aber na ja, er war auch nicht so schlecht!

Wir steigen aus dem Wasser, er kämmt sich, dann leiht er mir seinen Kamm und sagt:

– Die Hälfte der Zinken fehlt, aber er ist sauber, das ist die Hauptsache.

Dann setzten wir uns an einen Tisch. Er wollte mich unbedingt zum Mittagessen einladen, ich lehnte strikt ab und sagte, ich könne das nicht akzeptieren von jemandem, den ich erst seit einer halben Stunde kenne. Ich weiß nicht, wie er das auffasste, weil er mit einem Ton des Bedauerns sagte:

– Ich habe noch so viel Geld zum Ausgeben … ich weiß nicht, was ich damit machen soll.

Dann frage er mich, ob ich viele Deutsche kenne. Ich sagte: »Ja«, und er sagte, das betrübe ihn sehr. Dann zog er ein Foto aus seiner Brieftasche und fragte mich:

– Kennen Sie diesen Deutschen da?

Ich warf einen nur flüchtigen Blick auf das Foto. Es war ein deutscher Offizier, äußerst chic.

– Wieso sollte ich ihn kennen? fragte ich.

– Oh, schauen Sie ganz genau hin, antwortete er.

Ich sah genauer hin: er war es.

– Übrigens, wie heißen Sie? fragte er mich. Gertrude?

– Nein, Augustine!

– Oh, wie schade, dass Sie nicht Célestine heißen; diesen Namen liebe ich sehr, er enthält den Himmel!

Dann stellte er mir eine Menge unanständiger Fragen, fragte mich, mit wie vielen Deutschen ich am Tag spreche, wie viele Männer ich geliebt habe, und zum Schluss fragte mich dieser Dummkopf, ob ich schon einmal »intim mit einem Mann« war. Ich erzählte ihm, ich sei seit drei Jahren einer großen Liebe treu, einem Engländer. Er antwortete:

– Mein Gott, da waren Sie 13 Jahre alt! Das ist eine Kinderliebe!

Ich war wütend über seine letzte Frage und fragte ihn, ob ich etwa nicht anständig aussehe. Worauf er antwortete, immer noch mit ironischem Ton:

– Wissen Sie, man kann nie wissen.

Oh, er brachte mich zur Verzweiflung, dieser Ton! Aber dadurch war er etwas Besonderes; man wusste nicht, ob das, was er sagte, stimmte oder nicht stimmte. Dann erzählte er:

– Um die Wahrheit zu sagen, ich fahre heute Abend nach Deutschland. Ich lebe in der Bretagne und fahre in Urlaub; in Paris bin ich seit zwei Tagen. Ich wohne im Hotel Claridge. Am 4. September komme ich zurück, und ich möchte gern, dass Sie mir nach Rennes schreiben. Ich möchte unbedingt einen Brief von Ihnen vorfinden, wenn ich zurückkomme; kann ich Ihnen meine Adresse geben?

Hier ist seine Adresse:

Rolf OELSCHIGK

9, place Hoche – RENNES (1. Stock)

Ich gab ihm auch meine Adresse und sagte:

– Aber das ist eine Privatadresse?

– Ja, ich habe eine Wohnung in Rennes, und das ist meine Privatadresse. Ich habe auch eine Wohnung in Saint-Brieuc. Nein, legen Sie die Adresse nicht in Ihr Buch, ich möchte nicht, dass sie jeder sieht. Verlieren Sie sie vor allem nicht! Wenn sie einmal nach Rennes kommen, dann kommen Sie bei mir vorbei. Es tut mir so leid, dass ich heute Abend in Urlaub fahre. Mein Herz bleibt in Paris, nahe bei Ihnen …

– Ich kann nicht sagen, dass mein Herz mit Ihnen gehen wird …

– Ich habe keine Lust, wegzufahren … aber ich muss meinen Koffer noch packen und meine Uniform anziehen. Sie können es nicht erwarten, dass ich gehe, nicht wahr? Sie werden andere Bekanntschaften machen …

Als er angezogen war, trug er Zivilkleidung, sehr chic, mit einer grauen Hose und einer weißen Jacke. Er verabschiedete sich drei Mal von mir und bat mich dabei, ihm treu zu bleiben. Ich versprach es ihm! Aber er ist wirklich ein seltsamer Typ, es kommt mir vor, als würde ich ihn seit Jahren kennen. Er sieht nicht schlecht aus, vor allem, wenn er richtig gekämmt ist!

Donnerstag, 20. *August* 1942

Die Engländer sind am Dienstag in Dieppe gelandet (Engländer, Amerikaner, Franzosen). Sie sind fünf Stunden geblieben, wie sie es angekündigt hatten. Sie haben Panzer an Land gebracht. Die Zahlen sind nicht zuverlässig. Nach einer blutigen Schlacht sollen sie Gefangene gemacht haben, es soll 3000 Tote und 1500 Verletzte (?) gegeben haben. Das englische Radio hat von 98 abgeschossenen Flugzeugen berichtet; die Deutschen von 91.[12] Aber alle freuen sich und fassen wieder Mut. Das, was auf den Franzosen lastet, ist die Untätigkeit. Sie behaupten viel, sie reden und machen nichts.

Die Deutschen lassen das Wasser der Seine ab, um Munition, Waffen und Kupfer herauszuholen, die die Leute lieber in die Seine geworfen hatten, als sie abzugeben. Diese Boches haben wirklich teuflische Ideen.

Ich glaube, ich habe noch nicht erzählt, dass Blanche, die Frau des Cousins Louis, festgenommen wurde, als sie in die Freie Zone wollte, um nach Chamonix zu fahren und dort Ferien zu machen. Sie blieb zehn Tage im Gefängnis und zahlte, ich weiß nicht, wie viel, um wieder rauszukommen (1500 Francs, glaube ich). Man ging wohl sehr korrekt mit ihr um. (Außer dass sie Kartoffeln schälen musste. Das muss komisch gewesen sein, ich hätte es gern gesehen.) Aber sie sollen schrecklich mit den Juden umgehen, die

12 Es handelt sich um die sogenannte »Operation Jubilee«. Am 18. und 19. August 1942 landeten alliierte Truppen (kanadische, britische, amerikanische und einige französische Soldaten, die sich in England freiwillig gemeldet hatten) bei Dieppe. Diese Operation sollte den Deutschen eine Invasion vortäuschen und als Übung für eine spätere Invasion dienen; die Truppen sollten sich nach erfolgter Landung wieder zurückziehen. Das Unternehmen endete in einem Desaster. Tatsächlich ist die Zahl der bei dieser Operation getöteten Soldaten noch größer als bei Micheline Bood angegeben, nämlich um die 5000.

sie bei dem Versuch erwischen, in die Freie Zone zu kommen. Louis lebt wohl mit seiner Geliebten in Lyon. Auf jeden Fall hat sie ihn nicht einmal besucht. Papa arbeitet immer noch mit ihm.

Donnerstag, 3. *September* 1942

Ich habe die große Hoffnung, nach Brest zu fahren; Mama hat Nounou geschrieben, um sie zu fragen, ob ich zu ihr kommen kann. Sie hat ja gesagt! Jetzt muss sich nur noch Mama entscheiden.

Samstag, 5. *September* 1942

Dieses Mal steht meine Reise fest. Ich habe meine Fahrkarte gekauft. Ich konnte keinen Platz reservieren; es macht nichts, ich werde im Stehen reisen. Ich freue mich sehr, denn mit Mama weiß man nie bis zum letzten Moment, und sie nimmt fast immer zurück, was sie versprochen hat.

Ich werde am 10. fahren.

Donnerstag, 10. *September* 1942

Ich hatte vergessen, zu fragen, wann der Zug fährt. Also ging ich Montag zum Bahnhof Saint-Lazare; der Zug geht um 8 Uhr 40. Für diesen Zug wurden keine Bahnsteigkarten ausgegeben, man musste zwei Stunden früher da sein. Ich kam um zehn vor 7 am Bahnhof an. Das war vollkommen unnötig, man ließ alle durch. Der Zug fährt ab. Ich sehe einen freien Platz und lasse mich nieder: ein Fensterplatz in Fahrtrichtung. Perfekt! Nach einer gewissen Zeit frage ich, wem der Platz gehört; man antwortet: »Niemand.« Ich habe also die ganze Reise im Sitzen gemacht. Am Bahnhof traf ich Nounou, die auf mich wartete, und anders, als man es mir in Paris gesagt hatte, fragte niemand nach meinem Passierschein.

Nounou hat sich kaum verändert; sie hat nur ein wenig abgenommen; es ist toll, sie altert nicht. Brest hat eine seltsame Wirkung auf mich. Ich hätte es mir überhaupt nicht so vorgestellt. Die

Luft ist hier sehr gut: im Verhältnis gibt es hier weniger Deutsche als in Paris, vor allem Marineinfanterie und Leute von der Organisation Todt.[13]

In Saint-Brieuc gibt es viele Elitetruppen. Alle Leute sind sich einig, dass viele Deutsche angekommen sind; aber wie viele? Die Zahl variiert zwischen 10 000 und 150 000. Das Haus nebenan, das sehr beschädigt ist durch eine Bombe, die nicht detoniert war und die die Deutschen mitten auf der Straße zur Explosion gebracht hatten, ist von ganz jungen Marinesoldaten besetzt.

Freitag, 11. *September* 1942

Nounou zwingt mich, mich mit ihr zu streiten. Sie möchte, dass ich jede Menge Essen verschlinge, und glaubt immer, dass ich nicht genug gegessen habe. Sie würde alles hergeben, wenn ich sie machen ließe. Sie ist von einer unglaublichen Freundlichkeit, Selbstlosigkeit, von einem Tatendrang und sagt nie etwas Schlechtes über andere; sie gibt denen, die weniger haben als sie. Welche Großzügigkeit! Sie ist eine wahre Heilige.

Brest ist recht hässlich, die Leute haben einen komischen singenden Akzent, der bei einigen Silben ein wenig schleppt. Am Anfang fand ich das hübsch; jetzt geht es mir auf die Nerven.

Die Leute hier haben unheimlich viel Angst vor den Deutschen; das ist seltsam. Was die Deutschen selbst betrifft, sie sehen ein wenig doof aus: Kein Mädchen will mit ihnen tagsüber ausgehen, und nur ganz wenige abends oder nachts. Das spräche sich zu schnell herum! Die Einwohner sind sehr anglophil, viel mehr als in Paris. Sie haben keine Angst voreinander, gegen die Deutschen zu sein oder englisches Radio zu hören; aber komisch ist, dass sie vor den Soldaten Angst haben. Gott weiß, dass von den Soldaten nichts zu befürchten ist, nur wenn man sie nicht kennt, schreibt

---

13 Die Organisation Todt, die ab 1942 von Albert Speer geleitet wurde, führte in Deutschland und den besetzten Gebieten kriegswichtige Bauvorhaben durch. Sie errichtete zum Beispiel den Atlantikwall an der französischen Atlantikküste. Die Mitglieder trugen Uniform.

man ihnen eine unbegrenzte Macht zu. Sie sind längst nicht so sauber wie in Paris und eher schlampig.

Nounou hat mich sehr überrascht, sie ist ganz und gar nicht engstirnig, und wir verstehen uns sehr gut, zumal sie mich tun lässt, was ich will. Die Versorgung ist schrecklich; ich will ein wenig davon sprechen, nicht zu viel. Hier gibt es also kein Fleisch oder 30 Gramm pro Woche; keine Butter, keinen Käse, ein paar Kartoffeln mehr als in Paris, keine Eier; Gemüse und Obst sind unglaublich teuer. Fast alle Einwohner haben aber Familie auf dem Land, von denen sie alles bekommen, was sie brauchen. Es gibt auch Pferdefleisch ohne Lebensmittelmarken; was das Brot betrifft, es ist scheußlich, und man muss in den Bäckereien angemeldet sein.

Heute habe ich mit Josèphe, der Nachbarstochter, den größten Teil von Brest besichtigt. Wir haben einen Laden gesehen, der von einer Bombe aufgerissen war und an dem geschrieben stand: »Geschlossen wegen Öffnung.«

Die Stadt ist offensichtlich stark beschädigt, aber nach dem, was man mir gesagt hat, habe ich mit noch mehr Schäden gerechnet. Nach dem Abendessen haben wir eine Dame besucht, die Josèphes Eltern kennen. Das Haus ist zu einem Drittel von einer englischen Bombe zerstört, die fünf Meter entfernt gefallen war. Trotzdem habe ich selten jemanden erlebt, der so engländerfreundlich ist. Die Wohnzimmerwand steht im Freien, die Decken hängen herunter, und die Vorderfront hat einen Riss von oben bis unten. Alle Fensterscheiben sind zerbrochen und zwei Türen herausgerissen. Und sie liebt die Engländer! Das ist doch bewundernswert!

Dienstag, 15. *September* 1942

Heute waren wir in der 8 Uhr-Messe. Es ist fürchterlich, wie zerstreut ich in der Kirche bin; ich denke immer an etwas anderes, an die Engländer, an die Deutschen … Hier sagt man immer noch Boche, in Paris dagegen sagt man es jetzt seltener. Um Jacqueline Ducastel zu ärgern, habe ich ein deutsches Abzeichen gekauft: den

Luftwaffenadler. Ich habe 45 Francs dafür bezahlt. Er ist handgestickt mit Silberfäden. Toll! Das Gesicht der Verkäuferin hat mich belustigt; ihre Augen warfen Flammen!

Nach dem Mittagessen gingen wir zu Bauernhöfen, um Kartoffeln zu suchen. Wir sind ungefähr zwanzig Kilometer gelaufen, aber überall wurden wir abgewiesen. Beim vorletzten war ich am Ende meiner Geduld, entmutigt; ich glaube, die Bäuerin hat Glück gehabt, dass sie uns 10 Kilo verkauft hat. Sonst hätte ich ihr dummes Zeug erzählt. Als wir zurückkamen, waren wir völlig erschöpft. Später hörten wir sieben Revolverschüsse. Vor kurzem sollen so sieben Personen getötet worden sein. Drei oder vier andere wurden am Strand von einer Mine zerfetzt, als sie explodierte. In der Straße nebenan starb ein 5 oder 6 Jahre alter Junge, nachdem er aus dem Fenster gefallen war.

Mittwoch, 16. *September* 1942

Jojo Mirry, der Nachbarssohn, ist nicht unangenehm, aber er macht den Mund nur auf, um über Radfahren, Fußball oder vor allem Bombardierungen und abstürzende Flugzeuge zu sprechen.

– Und zwei Flugzeuge wurden abgeschossen, und wir sahen den Piloten aus dem einen Flugzeug, der sprang, und er fuchtelte mit den Armen in der Luft, aber er konnte seinen Fallschirm nicht öffnen und wurde auf dem Boden zerschmettert. Ich habe ihn gesehen! Und das Flugzeug war in zwei Teile geteilt, und der hintere Teil lag 500 Meter vom vorderen entfernt, und der Maschinengewehrschütze lag auf dem Boden, er hielt das Maschinengewehr noch, der Bauch war offen; ich habe ihn gesehen, ich sag's euch! Seht ihr die Stelle, an der die Mauer gegenüber diesem bombardierten Haus wieder verputzt worden ist?

Hier wurden eine Frau und ihr Kind gegen die Wand geschleudert. Sie blieben dort einige Tage kleben, ich habe es gesehen! Ich habe alles gesehen!

Ich werde nicht alles erzählen; es ist interessanter als Radfahren, aber eher makaber. Es tut mir vor allem wegen der Engländer leid.

Nach Jojos Berichten gab es Dramen mit überlebenden Fliegern. Ein junges Mädchen stürzt sich auf einen Engländer, um ihn zu umarmen; ein deutscher Soldat stößt sie weg. Sie stößt den Deutschen weg und umarmt den Flieger. Der Deutsche wird wütend und tritt ihr in den Hintern, aber die Mutter des jungen Mädchens, die genau dahinter stand, tritt dem Deutschen in den Hintern. Das endete auf der Kommandantur!

Freitag, 18. *September* 1942

Welch wunderbarer Tag heute, mein Gott! Alleine dafür hätte ich die Reise gemacht. Ich glaube, ich habe noch nicht erzählt, dass ich im Zug mit einer Dame gereist bin, die ich heute Morgen in Brest besucht habe. Ich habe lange mit ihr gesprochen; sie hat mich übrigens für Dienstag zum Tee eingeladen.

Ich war noch auf dem großen Platz in Brest, als die Sirenen plötzlich heulten, und war besorgt, weil ich nicht wusste, ob das Ausnahmezustand bedeutete, denn Ausnahmezustand heißt, dass es strikt verboten ist, das Haus zu verlassen, oder dass man sofort in den nächsten Luftschutzraum flüchten muss. Absolutes Verbot, ans Fenster zu gehen; Anweisung, die Fensterläden zu schließen, die Haustüren verschlossen zu halten usw. Da alle Leute weiter ihren Beschäftigungen nachgingen, machte ich es schließlich wie sie und konnte nach Hause zurückkehren zu Nounou. Ich hatte mich beeilt und war schweißgebadet. Es war nur eine Übung; kurz danach kam die Entwarnungssirene.

Nachmittags waren wir am Strand. Wie wunderbar das Meer ist, mein Gott! Es war herrliches Wetter, und das Wasser war lauwarm. So lange hatte ich das Meer schon nicht mehr gesehen (seit England im Jahr 1937), ich hatte sogar vergessen, dass es salzig ist. Ich bin dann einen Kilometer in zwanzig Minuten geschwommen, ohne auch nur im Geringsten müde zu werden. Mein Herz weitete sich richtig vor Freude, ich kann es nicht anders ausdrücken. Ich schwamm mit einem Typ – aus Vorsicht, für den Fall, dass ich einen Krampf bekäme – fast bis zu einem Kriegsschiff, das auf der

Reede lag. Als ich zurückkam, war Nounou wütend, und sie hielt mir eine dieser Strafpredigten! … Aber das Merkwürdigste war, dass mir nichts passiert ist, während Josèphe Mirry, die nahe am Strand plantschte, plötzlich die Leichen von zwei Deutschen vor sich hatte, die an Ketten gebunden waren. Offensichtlich kamen viele von ihnen so zurück, als sie versuchten, England zu überfallen. Die arme Josèphe, sie war noch ganz erschüttert davon.

Als Nounou sich beruhigt hatte, streckte ich mich in der Sonne aus. Das Wasser trocknete auf meiner Haut, ich war ganz weiß vom Salz, es war wunderbar.

Sonntag, 20. *September* 1942

Heute Nacht um 0 Uhr 35 wurden wir von einer gewaltigen Explosion geweckt. Nounou behauptete, es sei ein Gewehrschuss, aber ich hatte recht: es war das *Gasthaus der See Kommandantur* (der Klub der Kommandantur der Marine), das in die Luft geflogen war.

Übrigens fängt Nounou an, mir auf die Nerven zu gehen. In kleinen Dosen geht's, aber ich war mir nicht bewusst, wie sehr sie in manchen Dingen rückständig ist. Heute zum Beispiel wollte sie mich unbedingt zur Abendmesse mitnehmen. Und ich kann die Abendmesse nicht ausstehen. Neben uns war eine Frau, die mit einer schrecklich schrillen Stimme sang.

Das Attentat hat dazu geführt, dass die Sperrstunde um halb 9 beginnt. Was für eine Bande von Dummköpfen, die das gemacht haben! Sie sind nicht einmal in der Lage, ihr Land zu verteidigen, wenn man es von ihnen verlangt, und jetzt greifen sie Steine an, weil ein deutscher Name darauf steht. Ich habe genug von dieser Stadt. Ich bin in einem Zustand unbeschreiblicher Wut. Heute soll es in Paris ab 3 Uhr eine Ausgangssperre geben.

Montag, 21. *September* 1942

Ich habe im Briefkasten einen Brief von Mama und einen von Monique gefunden; sie waren seit Samstag im Briefkasten, aber wir hatten nicht daran gedacht, nachzuschauen. Ich antwortete ihnen sofort. Mama hatte mir auf die Rückseite des Briefs von Rolf, meinem chinesischen Sonderling, geschrieben, der mich fragte, wann er mich wiedersehen könne. Ich antwortete ihm und schrieb, dass ich am 29. nach Paris zurückfahre und dass er zum Zug kommen kann, wenn er in Rennes hält. Aber ich glaube nicht, dass er das macht, weil er erst am 1. Oktober nach Paris zurückkommen soll.

Ich hatte einen schrecklichen Streit mit Nounou, die es sich erlaubte, die Art zu kritisieren, wie Mama uns erzieht. Es fing auf eine idiotische Weise an, wie alle Streitereien. Sie sagte zum Beispiel, wenn man mit einem Jungen spreche, so sei man ein verlorenes Mädchen. Jetzt kann ich darüber lachen, aber in diesem Augenblick machte mich das wütend. Ich war so zornig, dass ich nicht einmal mehr daran dachte, dass ich bei ihr bin; ich sagte, dass ich nie in Brest leben möchte, dass es eine schreckliche Stadt in der hinterwäldlerischen Provinz ist, in der alle Menschen dumm sind, dass sie selbst engstirnig sei, dass sie nicht ganz klar im Kopf sei, dass ich um nichts auf der Welt ihre Tochter sein wollte, dass es ihr nicht zustehe, Mama zu kritisieren, und wenn sie Christin sei, wie sie vorgebe, würde sie die anderen nicht kritisieren. Was sagte ich noch alles? Ich weiß es nicht mehr, aber ich weiß, dass ich alle Bosheiten, die mir durch den Kopf gingen, von mir gab. Dann ging sie weg … Als sie zurückkam, war sie sehr liebenswürdig, aber mich brachte das zum Weinen. Ich weine immer, wenn ich mich mit jemandem streite.

Nach dem Mittagessen gingen wir in die Stadt und suchten nach Schuhen; wir haben Marken für »Holzpantinen«, die zum Kauf einer bestimmten Art von Schuhen mit Holzsohlen berechtigen, sie sind schrecklich, aber bequem. In Paris findet man so etwas überhaupt nicht.

Dienstag, 22. September 1942

Alle U-Boote, die im Stützpunkt Cherbourg waren und nicht zerstört wurden (der Stützpunkt ist bombardiert worden), sind in

Brest, und es gibt hier zwei japanische U-Boote. Gott sei Dank weiß Mama das nicht, sie hätte sonst Angst um mich wegen der Bombardierungen.

In Paris sollen 5000 Personen verhaftet worden sein, ich weiß nicht, warum. Ich hätte gerne neue Nachrichten von Mama.

Soeben gingen drei betrunkene Marinesoldaten vorbei. Einer von ihnen schoss mit einem Revolver einmal in die Luft. Zum ersten Mal sehe ich, dass so nah geschossen wird. Diese Stadt ist nicht sehr ruhig, auch wenn sie für meinen Geschmack immer noch zu ruhig ist.

Samstag, 26. *September* 1942

Jojo Mirry erzählt fürchterliche Geschichten. Ein englisches Flugzeug, sagte er, sei getroffen worden, und der Pilot sei mit einem Fallschirm abgesprungen; sein Kopf sei vom Propeller abgetrennt worden. Der deutsche Pilot, der ihn abgeschossen habe, habe den Kopf des Engländers bei den Haaren gepackt, dann habe er ihn lachend seinen Kameraden gezeigt. Ein deutscher Offizier habe seinen Hund das Hirn eines Engländers fressen lassen; ein französischer Gendarm habe ihn geschnappt und ihm gesagt:

– Bei uns, Monsieur, respektiert man die Toten.

Und er sagt, er habe das gesehen! Er sagt auch, dass die Deutschen die Finger der toten Engländer absägen, um an ihre Ringe zu kommen. Wenn das wahr ist, verstehe ich, dass die Einwohner von Brest die Deutschen hassen.

Montag, 28. *September* 1942

Ich habe die ganze Nacht geweint; es war mir unmöglich zu schlafen. Tag und Nacht denke ich an diese grauenhaften Geschichten. Ich habe langsam die Nase voll von Brest und ich kann es so wenig erwarten, wegzufahren, wie ich es nicht erwarten konnte, hier anzukommen. Es ist eine schreckliche Kälte, und dieser Regen, dieser Sturzregen, ununterbrochen! … Ich habe den Tag damit zugebracht, meinen Koffer zu packen und das Hühnchen zu rupfen, das ich mitnehmen werde. Ich sollte zwei davon bekommen, aber …

Dienstag, 29. September 1942

Jojo und Josèphe waren so gütig und haben mich bis zum Bahnhof begleitet. Jojo trug meinen schweren Koffer. Ab Saint-Brieuc regnete es nicht mehr, und das Wetter war schön in dem ganzen Teil Frankreichs, den wir durchquerten. Aber ebenfalls ab Saint-Brieuc wurde der Zug regelrecht gestürmt. In jedem Bahnhof blieben viele Menschen zurück, die nicht mehr einsteigen oder durch die Fenster steigen konnten. Es gab nicht einmal mehr Platz in der ersten Klasse, und in der dritten musste es schrecklich sein. Schlimmer als während der Massenflucht. Als ich ankam, war ich erschöpft, obwohl diese Waggons sehr komfortabel sind. Zu allem Überfluss hatte sich Mama auch noch in der Uhrzeit geirrt und mich nicht am Bahnhof abgeholt. Ich musste also ganz allein nach Hause fahren. Nicole kam nach mir nach Hause; sie hat vierzehn Tage bei ihrer Pfadfinderfreundin Liliane verbracht. Auch Darak hat sich sehr gefreut, mich wiederzusehen. Er hat mir gefehlt.

Donnerstag, 1. Oktober 1942

Das Leben fängt wieder an. Ich habe Monique besucht, mein Zimmer aufgeräumt, meinen Koffer ausgepackt und Rolf am Zug abgeholt. Ich habe ihn dank eines großen Zufalls getroffen. Er trug Uniform. Oberstleutnant! Das hatte ich nicht erwartet. Er sagte:

– Guten Tag, wie geht es Ihnen?

Als wäre es die natürlichste Sache der Welt, mich hier zu treffen. Ich hatte seinen köstlichen Akzent vergessen; er sieht die ganze Zeit aus, als mache er sich über die Leute lustig, wenn er spricht. Und der Kofferträger, der nicht ahnte, dass ich Französin bin, sagte:

– Ich viel laufen, viel heiß.

Es fiel mir schwer, ernst zu bleiben.

Ich habe Rolf nur kurz gesehen. Wir sind für morgen vor dem Claridge[14] verabredet. Zuerst sagte er halb 6, dann 5 Uhr. Ich weiß nicht, welche Uhrzeit jetzt die richtige ist.

---

14 Hotel in Paris im 8. Arrondissement

Mama hat mich in der Ecole nationale supérieure des arts décoratifs[15] eingeschrieben; sie findet, ich sei da besser aufgehoben als am Lycée. Ich auch, wenn ich daran denke, dass ich in Mathe eine Null bin …

Eine Sache ist ärgerlich: der Ausweis hat sich wieder geändert, ich werde einen anderen machen müssen.

Freitag, 2. *Oktober* 1942

Ich kam um 5 vor 5 zu meiner Verabredung; zum Glück hielt ich mich versteckt, denn Rolf kam in aller Ruhe um halb 6. Er hat mich nicht gesehen, ich habe mich erst danach blicken lassen. Er hatte nicht viel Zeit, und wir gingen in der Rue La Boétie spazieren, die wir drei Mal hoch und runter liefen. Dann begleitete er mich nach Hause, und ich begleitete ihn bis zur Champs-Elysées.

Ich habe überhaupt keine Lust, dass er denkt, ich liefe ihm hinterher; ich sagte, ich hätte ihm nur aus Brest geschrieben, weil ich mich langweilte. Er machte ein trauriges Gesicht und sagte:

– Das dachte ich mir schon.

Er war in Rennes nicht zum Zug gekommen, weil er eine Inspektionstour mit dem Auto machen musste. Ich fragte ihn, ob er Uniform trage, wenn er auf Inspektionstournee sei; er bejahte es.

Wir haben uns für Sonntag zur 10 Uhr-Messe verabredet. Ich war so dumm, ihm zu sagen, dass es die deutsche Messe sei, und er antwortete, es sei abscheulich, da hinzugehen. Und dann fügte er hinzu:

– Wenn die Chinesen oder die Russen hier wären und nicht die Deutschen, würdet ihr mit den Chinesen oder Russen gehen; wenn die Engländer oder Amerikaner hier wären, würdet ihr mit den Engländern oder Amerikanern gehen …

Ich war total wütend und nahm kein Blatt vor den Mund:

– Na klar, ich werde mit den Engländern gehen! Und ich hoffe sehr, dass sie kommen. Ich mag die Engländer viel lieber als die

15 Staatliche Hochschule für Kunstgewerbe

Deutschen; sie sind besser erzogen! Ein Engländer hätte mir das nie gesagt, was Sie gerade gesagt haben.

Darauf erwiderte er:

- Ärgern Sie sich ein bisschen, Sie sind reizend, wenn Sie wütend sind!

Was soll ich tun? Ich bin wütend; alles, was er sagt, ist immer so unerwartet, dass ich fast nie weiß, was ich darauf sagen kann.

Sonntag, 4. *Oktober* 1942

Ich rief Rolf von Moniques Wohnung aus an, und wir verabredeten uns um viertel vor 11. Ich kam zu spät, was mich sehr gefreut hat.

Er machte natürlich wieder exzentrische Sprüche. Ich erfuhr zum Beispiel, wenn ich später mit ihm leben will, wird er eine große Stadtvilla kaufen, und ich werde zu Hause bleiben, um »Essen zu machen« (wörtlich), während er ins Café geht. Ich fragte, woher er die verschiedenen Narben hat, die sein Gesicht zieren, auch wenn ich sehr wohl weiß, dass sie normalerweise vom Duellieren unter Studenten kommen.

- Ich war eines Tages im Speisewagen eines Zuges; es gab eine Kurve, und das Messer und die Gabel zerschnitten mir das Gesicht … Und die anderen, da hat mich eine Tahitianerin gebissen, die sehr eifersüchtig war.

Ich erinnere mich nicht mehr an alles. Ich sagte, er müsse unbedingt *Vom Winde verweht* lesen, weil eine der Figuren genau seinen Charakter habe. Er antwortete:

- Rhett Butler, nicht wahr? Das sagte man mir schon einmal. Es ist sehr seltsam; ich hoffe, Rhett Butler war nicht zu schrecklich …

Ich sagte natürlich viel Schlechtes über Rhett Butler, auch wenn ich ihn wie Scarlett *awfully* sympathisch finde.

Ich muss Rolf unbedingt meiner Mutter vorstellen, wenn er das nächste Mal in Paris ist. Mama will; aber er will nicht.

Morgen ist Aufnahmeprüfung für die Kunstgewerbehochschule.

Montag, 5. *Oktober* 1942

Gestern Abend machte ich mir in aller Schnelle einen gültigen *Ausweis,* indem ich die roten Rechtecke des alten Ausweises durch grüne Quadrate des neuen ersetzte. Es ist schrecklich, aber ich habe ihn ausprobiert; es klappt … solange ich nichts Besseres habe.

Die Prüfung: Wir haben mit der Gipsarbeit begonnen und haben insgesamt neun Stunden, um sie fertig zu machen. Es ist der Kopf Agrippas. Es gibt kaum Chancen, dass ich angenommen werde. Die Studie war meine erste Kohlezeichnung, und ich fand meine Zeichnung entsetzlich.

Mittwoch, 7. *Oktober* 1942

Wir haben die Gipsbüste fertig, und ich habe Mist gemacht mit dem Fixiermittel; ich war zu dicht dran, als ich es aufbrachte. Ich habe es satt. Die Geometrieprüfung heute Nachmittag lief nicht schlecht. Jedenfalls werden wir alle die gleiche Note haben, da wir alle voneinander abgeschrieben haben.

Es sieht so aus, als würde ich wieder zu mir selbst kommen, weit weg von Rolf. Welcher Friede, welche Ausgeglichenheit! Er hat mich wirklich auseinandergenommen!

Donnerstag, 8. *Oktober*1942

Wir aßen in der Schule zu Mittag und gingen danach noch einen Kaffee bei Dumont trinken. Es war sehr nett; ich finde die Kunstgewerbeschule sehr sympathisch. Meine Studie über Blumen gefällt mir sehr gut; mein Dekorationsthema weniger. Die Aufnahmeprüfung ist jetzt endlich fertig. Da ich sicher nicht aufgenommen werde, werde ich morgen zum Unterricht ins Lycée gehen.

Freitag, 9. *Oktober* 1942

Erster Schultag. Es ist klasse, wir arbeiten insgesamt 16 Stunden. Nur eineinhalb Stunden Mathe! Viel Sport. Und Monique und ich sind in derselben Klasse; das ist das Beste.

Ich habe den neuen *Ausweis* fertig. Er ist toll! Wirklich nicht zu sehen, dass er falsch ist. Und ich habe auch einen für Monique gemacht. Wir haben die ältesten historischen deutschen Namen darauf geschrieben. Wennschon – dennschon!

Samstag, 10. *Oktober* 1942

Chantrellus hat in einer Schule für Sekretärinnen angefangen, aber wir bleiben Freundinnen. Ich war mit ihr in der Kunstgewerbehochschule, um nach den Prüfungsergebnissen zu schauen. Ich bin natürlich nicht angenommen. Es wurden nur 28 Schüler von den 105 genommen, die zur Prüfung kamen, aber ich muss sagen, es gab keine einzige Gipsbüste, die schlechter war als meine.

Mama hat eine neuen Tick: Sie glaubt, dass Nicole und ich an Blutarmut leiden; jetzt müssen wir zum Mittagessen ein Glas Wein (der Keller ist voller Rotwein) mit Jodtinktur trinken. Sie sagt, das sei zur Stärkung, aber wir hassen den Weingeschmack.

Samstag, 31. *Oktober* 1942

Fangen wir mit dem Wichtigsten an. Wir sind verrückt vor Freude: nach vier Monaten haben wir endlich neue Nachrichten von Hubert. Und was für Nachrichten! Mademoiselle Dubet schreibt sie uns auf Interzonenkarten.[16] Sie hat die Nachrichten vom Direktor der Westminster Bank, Mr. Llewellyn, bekommen:

Ich habe gerade mit Hubert und seiner jungen Frau zu Mittag gegessen. Wir sprachen über die großen Stunden und dachten an die Menschen, die nicht hier sind. Seine Frau ist reizend, sehr hübsch, wirklich. Sie hat blaue Augen. Sie ist groß (ein wenig kleiner als er) und recht mollig, was ihrer Schönheit keinen Abbruch tut. Sie ist aufgeweckt und sehr angenehm. Sie wurde hier erzogen, geboren ist sie aber in Buenos Aires. Sie war ein Jahr lang in der

---

16 »Cartes Interzones« dienten der Postverbindung zwischen der Freien Zone und der besetzten Zone. Sie hatten vorgedruckte Formulierungen, die ergänzt werden konnten, und dienten dem Austausch von Informationen zwischen den beiden Zonen. Sie wurden auch »cartes familiales« genannt.

Schweiz in der Schule und macht einen gebildeten Eindruck. Hubert geht es ausgezeichnet. Er ist immer noch derselbe und außergewöhnlich sympathisch. Er gefällt mir sehr, dieser Junge. Er wurde in eine höhere Funktion berufen, und ich kann Ihnen versichern, er ist stolz darauf. Ich glaube, er hat guten Grund dazu, denn in seinem Alter ist es fast ein Rekord, eine so hohe Position erreicht zu haben. Sie haben ihre Ferien hier in der Nähe verbracht, auf dem Anwesen des Vaters der jungen Frau. Die jungen Leute freuten sich sehr, mir ein freudiges Ereignis im nächsten April anzukündigen. Sie waren ganz besonders glücklich darüber, und Huberts Mutter wird sich sicher freuen, dass sie bald Großmutter wird. Sie hätten Ihnen gern einige Fotos von ihren Flitterwochen geschickt, aber sie hatten es vergessen usw.

Mama hat meinen *Ausweis* gefunden, und es gab Theater. Sie sagte, wenn sie noch einmal einen findet, würde ich ernsthaft bestraft, und sie hat ihn zerrissen. Natürlich habe ich wieder einen gemacht. Ich werde langsam Expertin darin: in einer Viertelstunde war er gemacht. Zwischen Mama und mir läuft es übrigens sehr schlecht im Augenblick.

Davon abgesehen, ich suche *Drei Kameraden*[17] von Remarque – es ist verboten, na klar. Es gab einige kleine Bombardierungen, aber ich habe nicht erfahren, wo. Fast alle gesunden Männer sind verpflichtet worden, nach Deutschland zu gehen, um dort zu arbeiten[18]; wir finden das hart.

---

17 Drei Kameraden: Roman von Erich Maria Remarque. Französischer Titel: Les camarades

18 Im Rahmen des STO (service du travail obligatoire: Arbeitsdienst) wurden hunderttausende französische Männer zum Arbeitsdienst in Deutschland gezwungen. Zwischen Juni 1942 und Juli 1944 wurden dafür ca. 600 000 bis 650 000 Männer nach Deutschland gebracht.

Sonntag, 8. November 1942

Die Amerikaner sind in Algier gelandet, während man sie in Dakar erwartete. Alle Frauen und Kinder wurden von Dakar nach Algier und Oran gebracht![19]

»Die Fabrik der Rechenaufgaben«, der Sohn von Papas Offiziersburschen im Krieg, der sehr gut in Mathe ist und mir meine Aufgaben macht, kam heute mit seinen Eltern zum Nachmittagskaffee zu uns. Ich musste einen Plakatentwurf für das das französische Rote Kreuz für morgen Vormittag fertig machen; der arme Junge musste mir den ganzen Tag beim Malen zusehen. Aber wir servierten ihnen einen guten Imbiss; das ist viel heutzutage.

Ich spreche nie über das Essen in meinem Tagebuch, weil mich das ganz besonders wahnsinnig macht; aber die Franzosen sprechen jetzt von nichts anderem als von Fressen, Heizen, Kleidung. Vor allem Schuhe sind schwer zu finden. Es ist fast unmöglich, dafür Karten im Bürgermeisteramt zu bekommen, und es gibt sozusagen gar keine Schuhe mehr mit Ledersohlen. Ich habe ein Paar mit Holzsohlen; das ist ziemlich angenehm, außer dass sie enorm viel Krach machen. Aber erzählen wir ein wenig vom Essen. Wir J3[20] haben Anrecht auf 350 Gramm Brot und einen Viertelliter entrahmte Milch. Die A[21] (Erwachsenen): 275 Gramm Brot, keine Milch. Wir haben Anrecht auf ein bisschen mehr Fleisch, auf Lebensmittelkarten für Eier (ich sage »Lebensmittelkarten«, weil wir uns für die Eier eintragen müssen, und man gibt sie uns nie). Seit die Deutschen da sind, bekamen wir 500 Gramm getrocknete Bananen, Vitaminkekse in der Schule, 250 Gramm Schokolade pro Monat, manchmal Marmelade. Aber die A be-

19 Am 8. November 1942 landeten britisch-amerikanische Truppen in Nordafrika (Operation Torch)

20 *J3:* Die Lebensmittelrationierung erfolgte ab 1940. Es gab 8 verschiedene Kategorien für Personen; je nach Kategorie erhielten die Menschen unterschiedliche Mengen und unterschiedliche Lebensmittel. J3 bedeutete: Jugendliche zwischen 13 und 21 Jahren und schwangere Frauen.

21 Im Original: »*Les A*« (adultes); Kategorie der Personen bis 70 Jahre, die nicht körperlich hart arbeiten müssen.

kommen davon gar nichts und haben manchmal nur 50 Gramm Käse pro Woche, 500 Gramm Nudeln oder getrocknetes Gemüse, 350 Gramm Butter und 100 Gramm Öl pro Monat, und in diesem Monat nur 200 Gramm pro Person. Aber wir bekommen unseren Käse nie.

Montag, 9. *November* 1942

Die Zeitungen schreiben, dass wir wegen »der amerikanischen Aggression« keinen Weizen mehr bekommen, keinen Kaffee, keine Schokolade, keinen Wein (mir ist das wurscht, ich trinke nie, außer wenn ich mich betrinke) usw. Fürs Erste greifen die Deutschen härter bei uns durch, diese Woche haben wir Anrecht auf 72 Gramm Fleisch.

Unterdessen hat Algier um Waffenstillstand gebeten, und der prächtige General Rommel, der zwischen die Engländer und die Amerikaner geraten ist, ist schon 150 Kilometer zurückgewichen. Ich frage mich, was da passiert sein kann! Auf jeden Fall ist es eine Offensive, und zwar eine durchschlagende Offensive. Alle sind unheimlich erregt; die Leute hängen am englischen Radio. Trotz der Tonstörungen versteht man immer noch etwas.

Dienstag, 10. *November* 1942

Algier hat den Frieden unterzeichnet.[22] Das ging schnell. Oran ist auch gefallen. Casablanca kämpft noch ein wenig. Admiral Darlan[23] ist mit der Flotte übergelaufen; aber die Deutschen, das heißt Vichy, haben es noch nicht offiziell zugegeben. Dafür verbreiten sie ihren giftigen Geifer gegen General Giraud[24], der vor einiger

---

22 Alliierte Truppen landeten im November 1942 in Algerien und Marokko, in dem sich Vichy-treue französische Truppen aufhielten. Diese leisteten zunächst Gegenwehr, diese Gegenwehr brach aber schnell zusammen.

23 Admiral François Darlan (1881–1942) war 1942 Oberkommandierender der dem Vichy-Regime unterstehenden französischen Streitkräfte. In Algier kapitulierte er schnell.

24 Henri Honoré Giraud (1879–1949), französischer General, war von der deutschen Wehrmacht am 19. Mai 1940 gefangen genommen worden. Giraud gelang es im

Zeit aus Deutschland geflüchtet und ebenfalls übergelaufen ist. Er wurde natürlich zum Tode verurteilt; ihm ist es egal; das Urteil erging in Abwesenheit.

Wir waren im Schwimmbad. Jetzt ist es sehr praktisch: wenn ich weggehen will, sage ich Mama, dass ich mit Peter weggehe. Da sie ihn sehr sympathisch findet, sagt sie nichts. In Wirklichkeit habe ich ihn schon seit Ewigkeiten nicht mehr gesehen; er soll gar nicht mehr in Paris sein.

Mittwoch, 11. *November* 1942

Heute sollten wir von 9 Uhr bis 6 Uhr Unterricht haben, um uns am Demonstrieren zu hindern.[25] Es gibt einen tollen Ordnungsdienst in der Avenue des Champs-Elysées und in der Nähe des Place de l'Etoile. Die R.N.P. (Rassemblement National Populaire von Marcel Déat)[26] oder die Doriotisten[27] wollten ihrerseits Unruhen gegen England anstiften … und die Polizei. Es ist ihnen nicht gelungen; einer ihrer Männer wurde getötet, und die anderen sind alle geflüchtet. Ich bin nicht zur Schule gegangen.

Samstag, 14. *November* 1942

Monique und ich haben den Unterricht geschwänzt und sind ins Molitor gegangen. Ich habe noch nicht erzählt, dass ich mir die Haare schneiden ließ, damit Mama nicht sieht, wenn sie nass waren. Helmuth (der Koch des Admirals) war da, und Monique

---

April 1942, in die Freie Zone zu fliehen. Nach Admiral Darlans Tod wurde er dessen Nachfolger als Hochkommissar von Französisch Nord- und Westafrika.

25 Der 11. November ist der Jahrestag des Waffenstillstands nach dem 1. Weltkrieg, seit 1922 Feiertag in Frankreich, der Feiertag wurde unter der deutschen Besatzung abgeschafft.

26 Die Partei »Rassemblement National Populaire (RNP): Nationale Volksversammlung: (1941–1944) war eine der Kollaborationsparteien. Marcel Déat: Kollaborateur, Gründer der L.V.F. (Legion französischer Freiwilliger gegen den Bolschewismus)

27 Die Doriotisten: Anhänger der Doktrin des Kollaborateurs Jacques Doriot (1898–1944); eine der Hauptfiguren der französischen Kollaboration. Er war zunächst Mitglied der kommunistischen Partei und gründete dann die Parti Populaire Français, eine der beiden wichtigsten Parteien der französischen Kollaborationspolitik.

freute sich sehr, ihn zu sehen. Ich auch, denn er ist ein anständiger Kerl. Seit dem Abend, bevor ich nach Brest fuhr, habe ich ihn nicht mehr gesehen. Er spendierte uns zwei Gläser Cognac in der Schwimmbadbar; das war viel für mich. Er wird mir Zigaretten verkaufen. Das ist toll, denn mit Zigaretten kann man alles kaufen, was man möchte – Bücher auf dem Schwarzmarkt, *Drei Kameraden* von Remarque zum Beispiel. Sie sind nicht teuer: 20 Francs, die französischen Zigaretten kosten 80 Francs.

Er hat mir meine Deutsch-Hausaufgaben verbessert, aber wir haben so gelacht, dass er mir sicher einige Fehler stehen ließ.

Dienstag, 24. *November* 1942

Ich bin sehr genervt; ich habe einen Brief von Rolf bekommen oder vielmehr eine Depesche, in der er mich bittet, morgen um 10 Uhr vor das Hotel Ambassador zu kommen, und er fügte hinzu: »Schreiben Sie mir vor allem nicht mehr nach Rennes; ich werde es Ihnen erklären.« Und ich habe ihm gerade geschrieben! Ich frage mich, worum es geht.

Mittwoch, 25. *November* 1942

Ich habe für Rolf Latein und Englisch geschwänzt; ich kam eine Viertelstunde zu spät, und ich habe mich natürlich wieder mit ihm gestritten. Er sagte:

– Finden Sie nicht, dass es nett von mir ist, dass ich an Sie gedacht habe?

Ich antwortete, dass ich darauf gut hätte verzichten können. Er nahm mich in eine schreckliche Straße mit, dort ging er in die Fabrik F. Potin (Rue de l'Ourcq). Er machte mich wahnsinnig. Schließlich fragte er, warum ich glaube, dass die Engländer den Krieg gewinnen:

– 1. Weil sie das Recht auf ihrer Seite haben; 2. Weil sie die Stärkeren sind; 3. Oh! Hören Sie, weil ich sie liebe, ich wünsche mir ihren Sieg und halte ihn für sicher.

Er sagte kurz darauf:

– Dann werdet ihr all eure Juden wieder haben.
– Mit den Juden haben wir aber keine Lebensmittelkarten gebraucht!

Er versuchte mich zu überzeugen; wir haben uns ziemlich unversöhnlich getrennt. Ich würde ihn gern loswerden. Ich hätte ihm nicht mehr schreiben sollen. Außerdem ist es verboten, ihm mit der französischen Post Briefe an eine zivile Adresse zu schicken; die Post zwischen der Bretagne und dem restlichen Frankreich wird stark zensiert. Er hat mir trotzdem eine Adresse gegeben, aber das kümmert mich wenig, denn ich habe überhaupt nicht mehr vor, ihm zu schreiben.

Samstag, 28. *November* 1942

Die Deutschen (ich habe übrigens noch nicht gesagt, dass sie in die Freie Zone eingedrungen sind)[28] wollten sich die französische Flotte unter den Nagel reißen, die ein Befehl des Marschalls Pétain in Toulon festhielt. Also hat sich die französische Marine, da sie nicht fliehen konnte, weil die Deutschen die Hafenausfahrt vermint hatten, selbst versenkt![29] Ergebnis: Die Marine ist aufgelöst, die Offiziere wurden zu Verrätern und Treubrüchigen erklärt, aber die anderen Nationen (Deutschland natürlich nicht) haben jetzt eine viel bessere Meinung von den Franzosen. Die Engländer sagen sogar: »*Now, France can hold up her head in front of the world.*" Das zeigt auch, dass nicht die ganze Welt den Deutschen die Stiefel leckt und dass fast ganz Frankreich englandfreundlich ist oder zumindest die Deutschen hasst.

---

28 Nachdem die Alliierten in Nordafrika gelandet waren, besetzten deutsche und italienische Truppen am 11. November 1942 die sogenannte Freie Zone. Die Freie Zone unterstand bis dahin nach dem Waffenstillstand vom 22. Juni 1940 dem Vichy-Regime unter Pétain. Ab November 1942 wurde sie von der Wehrmacht kontrolliert.

29 Nach der Besetzung der Freien Zone wollten deutsche Truppen den Hafen von Toulon und den dort stationierten Teil der französischen Flotte besetzen. Daraufhin zerstörten und versenkten die Franzosen am 27. November 1942 den größten Teil der Vichy-Flotte im Hafen von Toulon.

Am Lycée Racine soll es eine schreckliche Geschichte gegeben haben wegen der Schädel, die Chantrellus und ich als Andenken an die Schule mitgenommen hatten. Die Lehrerin für Naturwissenschaften musste sie bezahlen (ich bedaure sie nicht, sie ist eine alte Hexe), und seit Monaten spricht sie von nichts anderem. 85 Francs der Kaninchenschädel (Chantrellus) und 250 mein Makakenschädel.

Sonntag, 29. November 1942

Ich war bei Alex. Er ist sehr krank, er hatte 40 Grad Fieber und delirierte. Er hat eine Zellgewebsentzündung im Hals, und es besteht die Gefahr einer allgemeinen Sepsis. Er bekommt Spritzen, aber es ist fast sicher, dass er Dienstag operiert wird.

Dienstag, 1. Dezember 1942

Ich habe mit Madame Desmarais telefoniert; Alex geht es ein bisschen besser, sie hoffen, dass er nicht operiert werden muss, aber er ist völlig erschöpft von den Spritzen und den Blutabnahmen und dem ganzen Rest. Er hat zwei oder drei eitrige Stellen, die sich geschlossen haben, und man wird ihn flicken, d.h. Kupferdraht legen müssen.

Dienstag, 8. Dezember 1942

Die Brunetiers haben Mama und mich nach Verneuil eingeladen. Nicole blieb mit Darak zuhause. Sie lädt eine Freundin ein und hofft, sich mit ihr zu amüsieren. Ich hätte das auch gemacht, wenn ich geblieben wäre.

Kurz nachdem wir angekommen waren, spazierte ich wahllos durch die Stadt. Mir war zum Weinen zumute, so bewegt war ich, diese kleine Stadt wiederzusehen, in der ich so schöne Augenblicke verbrachte und in der meine Kindheit zum Teil geblieben ist. In der Rue Notre-Dame traf ich ein Mädchen aus der Schule; sie ging zu Dominique Poirier, und ich ging mit ihr. Domino bot mir köstliche Toasts an; ich muss sagen, ich starb fast vor Hunger, weil wir sozusagen seit dem Morgen nichts gegessen hatten. Sie kann mir ein Pfund Butter für ein Päckchen Zigaretten besorgen. Ich muss die Zigaretten unbedingt haben, aber Helmuth ist im Augenblick nicht in Paris.

Es gab ein köstliches Abendessen bei den Brunetiers, und wir gingen schrecklich spät schlafen.

Mittwoch, 9. Dezember 1942

Verneuil ist von der ss besetzt. Die Armen, ich bedaure sie. Sie stehen jeden Morgen um halb 6 auf und müssen ihre Runde durch die Stadt drehen, in der Unterhose und rennend … und all ihre *unaufhörlichen* Übungen sind dieser Art. Es ist sehr mild; trotzdem haben wir Dezember.

Danach war ich in Fryleuse, bei Thérèse. Die Jungfrau Maria, für die wir im Wald von Fryleuse eine kleine Kapelle gebaut hatten (in der übrigens ein Eichhörnchen wohnt), soll nicht mehr da sein. Jemand hat Thérèse gesagt, man habe sie weggebracht.

Dann war ich in Breteuil, um Madame Bissell zu besuchen, die mich eingeladen hatte. Ihre Mutter hatte mir freundlicherweise ihr Fahrrad geliehen. Ich war ziemlich müde, als ich ankam. Es waren immerhin 17 Kilometer, und ich hatte natürlich meine Tage! Bei jeder Fahrt ist das so. Während der Flucht aus Paris war es genauso.

Ich habe die ganze Familie gesehen, aber am interessantesten ist der deutsche Offizier, der bei ihnen wohnt. Ich habe ihn nicht gesehen; allerdings kam ein Soldat, fragte, ob er schliefe und beteuerte:

– Es ist besser für uns, wenn er schläft.

Die Bissells wollten, dass ich bleibe; sie luden mich ein, und ich hoffe, dass sich Mama entschließt, mich noch ein paar Tage hier zu lassen. Das muss *thrilling* sein, mit einem Deutschen zu wohnen; es ist komisch, wirklich!

Donnerstag, 10. *Dezember* 1942

Ich bin bis ans Ende der Route de Mortagne gelaufen; von dort habe ich »den« Baum betrachtet. Es ist seltsam, ich war überhaupt nicht berührt davon, ihn wieder zu sehen, diesen Baum, an dem ich so schöne Augenblicke verbracht habe! (Der Baum, auf dem ich saß, als ich die Schule schwänzte und an dem Loiseau, der eines Tages dorthin nachkam, fast gestorben wäre, weil er sich mit seinem Schal fast erwürgt hätte. Wenn ich nicht dabei gewesen wäre und ihn befreit hätte …!)

Wir brachten Mama zum Zug um 6 Uhr 40. Sie hat sich schließlich entschieden, mich hier zu lassen. Dann fuhren wir mit dem Auto nach Breteuil; ich war hinten im Kofferraum. Sie hatten Angst, dass ich friere, aber ich hatte starke Kopfschmerzen und bin eingeschlafen!

Als wir ankamen, sah ich im Esszimmer, in dem sich alle aufhalten, »den Boche«, diesen besagten Offizier, der meine Phantasie so angeregt hat. Er saß in einem Sessel und hatte eine Puppe auf den Knien, die er liebevoll anschaute. Madeleine sagte nur:

– Eine Freundin!

Er stand auf, gab mir die Hand und fragte mich:

– Finden Sie sie hübsch, die Puppe?

Sie war furchtbar hässlich!

Beim Abendessen sah ich ihn wieder, nicht sehr lange, weil er zu seinem *Kommandanten* gehen musste, und er ging vor dem Nachtisch. Da Monsieur Bissell Deutsch spricht, diskutierten wir zu dritt. Er fand, dass ich erstaunlich gut spreche, dass ich in der Schule besser aufgepasst haben musste als er, weil er im Französischunterricht geschlafen habe. Ich sagte ihm mit tugendhaftem Blick, ich verstünde nicht, dass man im Unterricht schläft … Schuleschwänzen bilde doch viel mehr.

Er heißt Kurt Rehm, kommt aus Karlsruhe, ist 23 Jahre alt und hat zwei Brüder, einer der beiden, der Pilot war, wurde getötet. Es ist sehr schwer, sich ein Urteil über ihn zu bilden; obwohl ich ihm gegenüber saß und ihn lange beobachtete.

Ich zähle ihn zu den Leuten, die nicht unsympathisch sind, aber auch nicht sympathisch. Er sieht sehr gut aus. Sehr braune Haare, sehr große blaue Augen; der Rest ist nicht besonders. Er ist groß und gut gebaut, sehr schmal, mit dünnen Beinen. Ich habe mir fest vorgenommen, mit ihm zu flirten; das erweitert meinen Freundeskreis.

Freitag, 11. *Dezember* 1942

Gestern war ich krank und habe kaum etwas gegessen. Heute habe ich mich wieder ganz gut aufgerafft. Komisch, ich stelle fest, dass ich immer krank werde, wenn ich irgendwo ankomme.

Abends wollte Madeleine meinen deutschen Adler (den aus Brest) mit dem von Rehm vergleichen. Er fragte, woher ich ihn habe, ich antwortete, ein Deutscher habe ihn mir gegeben. Seine erste Frage war: »Welcher Dienstgrad?« Darüber mussten wir lachen. Ich antwortete: »Hauptmann«, um ihn zu ärgern, weil er nur Unterleutnant ist.

Dann fing ich an, sein Portrait zu zeichnen. Ich muss sagen, es ist gelungen, und ich wollte es behalten, um es Mama zu zeigen; aber auch er wollte es seiner Mutter zeigen. Er ging zu einem Festessen, das die Unteroffiziere zum Abschluss ihrer Ausbildung gaben. (Er sah wunderbar aus, im Galaanzug). Als er gerade gehen wollte, sagte Claude, die Tochter des Hauses:

– Hier, wollen Sie Ihr Foto, Herr Offizier?

Er nahm das Portrait, und ich stürzte hinzu, um es wieder an mich zu nehmen, aber er hielt es hoch über seinen Kopf, und ich stolperte. Ich weiß wirklich nicht, wie das passiert ist, aber ich fiel in seine Arme … Er warnte mich, dass er vorhabe, mich betrunken zu machen, und ich sagte, dass ich *nicht* trinken *wolle.* Er fragte, warum, ich antwortete:

– *Weil ich Angst habe, Geheimnisse zu sagen.*

Ich weiß nicht mehr, warum, ich erzählte ihm von meinem Tagebuch. Ich sagte, dass ich alle meine Geheimnisse hineinschreibe.

Er. – *Sie haben schon Geheimnisse!*

Ich. – Es ist albern: Für meine Eltern ist Schuleschwänzen ein Geheimnis.

Samstag, 12. Dezember 1942

Rehm kam um 6 Uhr zurück. Ich las gerade, und Monsieur Bissell hörte Radio. Er zeigte Rehm ein Buch mit satirischen deutschen Versen, das die Unteroffiziere gemacht hatten, um sich über die Offiziere lustig zu machen. Ich begann noch einmal, ihn zu porträtieren. Er sah mich nicht ein einziges Mal an. Nach einer Weile ging M. B. in die Küche, um nach dem Hasen zu schauen, der im Ofen war, den Rehm vor einigen Tagen getötet hatte und den er heute Abend mit uns essen wollte.

In diesem Augenblick begann es … Er kam zu mir, um sich sein Portrait anzuschauen, und sagte (auf Deutsch): »Es sieht mir ähnlich, aber meine Augen sind nicht so klein.«

Er legte seine Hand auf meine Schulter. Oh, diese Hand … Er streichelte meinen Angorapullover und sagte: »Das ist weich.« Ich weiß nicht, wie es passiert ist, aber ich hatte das Gefühl, vollkommen zu brennen, und ich hörte mein Herz laut schlagen.

Er ging auf die andere Seite des Tisches, und M. B. kam zurück. Ich war schrecklich rot.

Nach dem Essen zwangen sie mich, Unmengen von Cognac zu trinken. Das amüsierte sie offensichtlich. Aber ich! … Und Rehm zwang mich zu trinken – ich wollte nicht, dass etwas auf meinen blassblauen Pullover tropfte, und trank das Glas in einem Schluck aus. Ich verlor das genaue Gefühl für die Dinge. Ich machte jedoch nicht zu viele Dummheiten. Alle waren übrigens da. Ich legte einen wilden Tanz hin, weil ich ihnen beweisen wollte, dass ich nicht betrunken war. Ich stieg auf einen Stuhl und stelle mich auf ein Bein, als Rehm mich am anderen Bein zog. Ich fiel … in seine Arme. Aber das machte keinen Eindruck auf mich, weil ich zu sehr Angst hatte.

Dann ging er für einige Minuten hinaus, und ich hatte die komische Idee, mich unter dem Tisch zu verstecken. Er zog mich unsanft hervor, und das gleiche Gefühl durchzuckte mich noch einmal …

Ich redete nicht zu viel dummes Zeug. Ich deklamierte (ich zittere, wenn ich an seinen Blick denke) die Verse der *Mignon:* »*Dahin! Dahin*... möcht' ich mit dir, O mein Geliebter, ziehn ...«[30]

Es ist mir unmöglich zu schlafen. Ich denke an zu vieles, und das ist schrecklich. Ein Wirbelwind, eher ein Tornado ... Madeleine sagte gestern: »Es ist das erste Mal, dass Rehm so lange mit uns zusammen bleibt.« Und ihr Mann antwortete: »Du siehst wohl nicht, dass es wegen Micheline ist!« Aus lauter Verzweiflung, dass ich nicht einschlafen kann, lese ich *Sparkenbroke,*[31] es ist genau das Buch, das meinem augenblicklichen Gefühlszustand entspricht, das heißt, es ist genau das Buch, das ich im Augenblick besser nicht lesen sollte. Dann schlafe ich ungefähr eine Stunde und träume, dass ich ganz verzweifelt bin, weil Rehm wegfahren muss und mich nicht umarmt hat. Schlafen ist noch schlimmer als wach zu liegen. Ich lese noch, dann kommt Dressel – sein Offiziersbursche – der einen schrecklichen Krach macht. Ich stehe auf.

Sonntag, 13. *Dezember* 1942

Ich hatte Rehm gesagt, ich würde Montag abreisen, aber Madeleine wollte mich nach Evreux begleiten und kann erst Dienstag. Ich schickte Mama ein Telegramm, dass ich erst Dienstag käme. Rehm, der zuerst Dienstag in Urlaub fahren sollte, hatte es so eingerichtet, dass er Montag fährt. Es ist doof, aber es ist vielleicht besser so. Wenn er weg ist, wird es mir besser gehen. Er war wunderbar heute; er ist so rank und schlank ... und so gelenkig. Man denkt wirklich an einen jungen Gott.

Nach dem Mittagessen habe ich mich hingelegt und wollte versuchen, ein wenig zu schlafen, aber es war natürlich unmöglich. Diese neue Heftigkeit ist entsetzlich. Es brennt wie Feuer in mei-

---

30 Micheline Bood schreibt: »Dahin, dahin ...« und setzt dann in Französisch fort. Es handelt sich um das Lied der Mignon aus Goethes: Wilhelm Meisters Lehrjahre (1795)

31 Sparkenbroke (1936): Roman des englischen Schriftstellers Charles Langbridge Morgan

nen Adern, wenn ich an ihn denke. Ja, ich habe das deutliche Gefühl, einen Feuerball mitten in der Brust oder im Bauch zu haben. Zum ersten Mal habe ich dieses Gefühl. Und ich weiß, ich liebe ihn nicht, ich kann ihn nicht lieben, er ist nur ein Soldat und ein Chef, er hat keine Bildung. Es ist nur physisch, aber ich kann nichts dagegen tun. Ich bin wütend. Ich kann nicht anders, als es zuzulassen, und ich quäle mich, es ist ausweglos. In manchen Momenten ist es noch viel stärker, und danach fühle ich mich sehr schwach …

Ich frage mich, ob die stumpfsinnige Erziehung der jungen Mädchen früher nicht doch die richtige Methode war. Sie waren dumm und nichtssagend, aber sie wussten von nichts und konnten glücklich sein. Wir wissen zu viel zu gut. Ich beobachte mich immer wie ein Zuschauer; das ist ein eigenartiges Phänomen von Persönlichkeitsspaltung, dieses Ich, das immer Theater spielt, bei allen Gelegenheiten – und trotzdem findet man mich natürlich, ich spiele hervorragend – und dieses andere Ich, das ständig die Gefühle analysiert, um sie aufzuschreiben. Mein Tagebuch, nur vor dir bin ich ich selbst und offen und ehrlich. Aber es ist schrecklich, sich ständig so zu analysieren und zu wissen, was man hat, wer man ist. Ich glaube, ich bin zu alt; ich habe zu viel gelesen, zu viel von den Erfahrungen der anderen profitiert. Ich bin richtig trübsinnig. Als ich nach unten ging, war ich ganz überrascht, dass alles genau so ruhig war wie an den Tagen zuvor und dass die Familie unter der Lampe zusammensaß. Ich hatte Angst vor ihren Blicken. Ich finde, ich sehe ein wenig wie eine Verrückte aus. Und dieses Nichtstun lastet auf mir.

Heute Nachmittag passierte Folgendes: zwei Soldaten kamen; sie glaubten, das Dienstmädchen sei alleine, und wollten: 1. Ein Fahrrad, 2. Tabak, 3. Rehms Zimmer, der weggegangen war, um sich von seinen Kameraden zu verabschieden. Dann kam Madeleine dazu; sie taten so, als sprächen sie kein Französisch, und gingen. Der eine mit Brille war schon einmal da. Das Dienstmädchen war sehr witzig, als sie die Geschichte erzählte:

– Vor einigen Tagen bat er mich, ihm das Zimmer des Leutnants zu zeigen; er hat dann gesagt, ich soll die Tür öffnen, dann hat er mich ins Zimmer geschoben und gesagt: »Kommen Sie ein wenig aufs Bett, fünf Minuten.« (Sie bog sich vor Lachen, als sie das erzählte, sie ist wirklich entwaffnend naiv.) »Dann fuhr er mir mit der Hand über den Rücken, und »Prima, Prima!« hat er dann gesagt!«

Sie erzählte das Monsieur Bissell, der sagte, er werde es Rehm berichten.

Ich lachte sehr, als Monsieur Bissell die Geschichte Rehm erzählte. Monsieur Bissell fragte:

– Was ist das für ein Typ, der mit der Brille?

Rehm antwortete:

– Ein Student.

– Na gut, aber trotzdem … Er wollte Ihr Bett mit dem Dienstmädchen ausprobieren.

Rehm war wütend. Er sagte, er werde sich sofort darum kümmern, der Studentensoldat werde drei Tage Arrest bekommen. Er tat den Mund während des ganzen Abendessens nicht auf. Es ist schon ungewöhnlich, wie sehr ihn diese Geschichte beschäftigt. Die Deutschen stellen sich schrecklich an mit ihrer Disziplin.

Ich war fest entschlossen, so viel wie möglich zu trinken, und er hatte die feste Absicht, mir so viel wie möglich zu trinken zu geben … Ich habe eine Flasche Sauternes[32] und ich weiß nicht wie viel Cognac mit Grand Marnier getrunken. Ich erinnere mich nicht mehr daran, was ich tat, ich weiß nur noch, dass ich die Flasche Grand Marnier angesetzt und ausgetrunken habe und dass ich aus Rehms Glas getrunken habe.

Dann gingen wir nach oben … Ich muss sagen, ich wusste *ganz genau,* was passieren würde. Es kann sein, dass man eine hellseherische Gabe hat, wenn man betrunken ist, aber ich *wusste es* und erwartete es! Im Flur blieb ich nahe am Fenster vor meiner Zim-

32 Süßer Weißwein aus dem Anbaugebiet Bordeaux

mertür stehen und betrachtete die riesigen Bäume im Park, die sich vor dem weißen Himmel ganz schwarz abzeichneten. Da kam Rehm, ganz so, wie es sein musste, aus seinem Zimmer und stellte sich zu mir. Ich habe vergessen, was wir am Anfang sagten; ich erinnere mich nur noch, dass er meine Haare streichelte. Dann öffnete ich die Tür und drückte auf den Lichtschalter, aber ich erinnere mich daran wie an einen Traum. Ich glaube, ich habe gesagt: »Ich habe von Ihnen geträumt.« Er nahm meine Hand und küsste sie – ganz zärtlich. In diesem Augenblick dachte ich, dass sich meine Hand neigte, als wäre es nicht das erste Mal, dass man mir die Hand küsste. Wer hat das schon einmal getan? Ich weiß es nicht mehr. Ich hielt den Kopf gesenkt, ich hob ihn, und er küsste mich. Ich fragte mich, warum nicht auf die Lippen, aber dann fand ich, es sei besser so – er ist verlobt! Es ist lächerlich, was ich erzählen will, aber es muss sein, um die ganze Szene zu rekonstruieren: In dem Moment, in dem sich zu mir neigte, knurrte sein Magen. Ich war froh, dass es nicht meiner war!

Danach, ich weiß nicht, warum, hatte ich eine innere Ruhe. Ich schlief bis 3 Uhr und wachte schweißgebadet auf. Ich trank drei Glas eiskaltes Wasser, dann hielt ich mir den Kopf unter Wasser und blieb eine halbe Stunde am Fenster stehen. Dann las ich, bis Dressel kam in seinen Stiefeln und mit seinem üblichen Krach.

Montag, 14. *Dezember* 1942

Ich sah Kurt wieder, als er ins Zimmer der Bissells kam, um sich zu verabschieden. Wir wagten nicht, uns anzusehen. Gottseidank sprach Monsieur Bissell viel. Er drückte mir die Hand, und ich sagte: »Haben Sie einen schönen Urlaub«, aber ich weiß nicht, wie das aus meiner Kehle gekommen ist.

Nachdem er weg war, erinnerte sich Madeleine daran, dass sie ihm ein Foto mit den Kindern versprochen und es vergessen hatte. Er war in der Kommandantur und sollte jeden Augenblick fahren. Es eilte sehr. Wir berieten uns kurz, und sie sagte:

- Es ist unangenehm, Micheline zu schicken, aber sie findet sich besser zurecht als das Dienstmädchen.

Also ging ich. Ich sprach am Fenster mit ihm; ich weiß nicht, was er sagte, aber ich muss ein komisches Gesicht gemacht und erschrocken ausgesehen haben. Er gab mir gute Ratschläge; ich sagte: »*Ja*« und rannte davon wie eine Verrückte. Es war trotzdem komisch, was er mir sagte, als ich ging: »Benehmen Sie sich gut und schreiben Sie kein Tagebuch mehr«, im Tonfall eines Pfarrer, der die Absolution erteilt.

Dann brach ich in aller Eile nach Verneuil auf. In der Nähe des Bahnhofs traf ich Alain Le Nédélec, einen Schulfreund. Ich erkannte ihn nicht wieder, so sehr hatte er sich verändert. Er ist sehr gewachsen. Meine einzige Erinnerung an ihn ist, dass er mir das Wort »Bordell« beibrachte zu einer Zeit, als ich noch nicht einmal wusste, dass es solche Etablissements gab. Seine Mutter war Huberts Lehrerin. Ich fuhr die zehn Kilometer in einer Viertelstunde – und Gott weiß, dass die Straße ansteigt – aber das vertrieb meine Gefühle und das Unwohlsein, das mich noch von gestern quälte. Als ich zurückkam, war ich erschöpft und dachte an gar nichts mehr.

Madeleine sagte, dass ich mich gestern sehr schlecht benommen hätte mit Rehm und mich aufgeführt hätte wie eine, »die herumflirtet und anmacht«. Sie sagte das so, um nicht zu sagen: »wie eine Nutte«. Sie erzählte mir auch, dass Monsieur Bissell gesagt hatte: »Es ist seltsam, diese wohlerzogenen Mädchen verhalten sich wie ordinäre Nutten.« Na toll!

Es ist das erste Mal, dass mir so etwas passiert. Ich weiß nicht, wie das kam. Bestimmt, weil ich getrunken habe, denn ich habe seit Jahren Freunde, und nie hat es so etwas zwischen uns gegeben. Ich verstehe überhaupt nicht, was passiert ist. Mir erscheint es wie ein Albtraum. Was das wohlerzogene Mädchen betrifft, das ich sein soll, so hat es vielleicht diesen Anschein, aber ich weiß, dass ich das nicht mehr bin und es nie war. Zu oft habe ich gesagt: »Es ist so langweilig, ein wohlerzogenes Mädchen zu sein.«

Madeleine schloss mit den Worten:

– Zum Glück waren wir da! Rehm ist ein gut erzogener Junge, und mehr war ja auch nicht.

Das beruhigte mich, denn ich hatte Angst, sie hätten uns vom Garten aus gesehen. Es amüsierte mich nicht schlecht, dass sie glaubte: »und mehr war ja auch nicht«. Übrigens fiel mir plötzlich ein, dass ich Rehm gesagt hatte, es sei das erste Mal, dass ich geküsst werde. Die Lüge kam ganz natürlich über meine Lippen. In Wahrheit war es das fünfte Mal.

Später sprach ich mit Madeleine noch einmal darüber, um mich zu entschuldigen. Sie redete mit ihrem Mann darüber. Zum Glück scheinen sie diese Geschichte als Kinderei anzusehen und machen sich ein wenig Vorwürfe, mir zu trinken gegeben zu haben. Sie werden auf jeden Fall Mama nichts erzählen; immerhin. Er sagte, ich müsse meinen guten Ruf wieder herstellen. Es ist schrecklich demütigend, aber wozu soll ich mich quälen? Was passiert ist, ist passiert, und es hilft nichts, es jetzt zu bedauern. So ist es! Auf jeden Fall wird es mir eine Lehre sein. Ich nehme mir vor, mich in Zukunft besser zu benehmen. Die Moral hilft mir nicht dabei, aber die Demütigung ist heilsam.

Dienstag, 15. *Dezember* 1942

Das nehme ich mit: ein Paar Schuhe, ganz aus Leder, die Madeleine mir besorgt hat. Sie hat sie mit einem Gutschein für schwangere Frauen bekommen, denn die sind jetzt die einzigen, die ein Anrecht auf Gutscheine für gute Straßenschuhe haben, das heißt, Schuhe mit Gummisohlen. Sie kosten 550 Francs, was wirklich nicht teuer ist, wenn man bedenkt, dass sie in Paris 3 000 kosten. Steaks, Sülze, eine Wurst, das Kaninchen, ein Pfund Fett, das die Bissells mir gegeben haben (das ist das Kostbarste), eine 100 Watt-Lampe (das findet man in Paris nicht), ein Hefeweißbrot (mit Lebensmittelmarken, aber Weißbrot). Das Brot kam erst im letzten Moment, und ich musste meinen ganzen Koffer umpacken. Danach ging er nicht mehr zu. Wir flitzten zum Bus und erreichten ihn gerade noch so; wir hatten zwanzig Minuten Verspätung!

Madeleine Bissell ist ein sehr liebes Mädchen, aber in gewisser Hinsicht eher dumm. Ich habe mich nicht in die politischen Diskussionen eingemischt, dieses Mal habe ich sie reden lassen. Ich finde, die meisten ihrer Ansichten sind dumm. Sie sind durch und durch deutschfreundlich und überzeugt vom Sieg Deutschlands. Aber schließlich war ich bei ihnen und wollte mich nicht streiten. Es ist offensichtlich, dass sie nie aus ihrem Loch herauskommen. Dennoch finde ich, dass man Leute wie die Bissells schätzen kann, die schon immer gegen England und mehr oder weniger für die Deutschen waren, aber die, die ihr Fähnchen nach dem Wind hängen, sind absolut verachtenswert.

Madeleine und ich haben Evreux besichtigt, das heißt das, was davon übrig geblieben ist: nicht viel. Ich hatte mir die Stadt nicht so vorgestellt. Wir blieben ungefähr zwei Stunden. Ich habe einen Ring mit einem Totenkopf gekauft. Ich liebe Totenköpfe.

Fast hätte ich meinen Zug verpasst. Mein Koffer wog gut 30 Kilo. Ich musste in Mantes umsteigen. Niemand hatte mir das vorher gesagt. Der Zug, der dann kam, hatte fast nur Waggons, die für Deutsche reserviert waren. Man sagte mir:

– Sie müssen einfach einsteigen.

Und ich stieg ein. Die Deutschen regten sich gerade mächtig auf über die Franzosen, die das Abteil gestürmt hatten. Ich war ein wenig unentschlossen und blieb stehen, aber ein Typ der Organisation Todt und ein Flieger rückten ein wenig und sagten auf Deutsch:

– Setzen Sie sich zwischen uns zwei, Mademoiselle.

Ich erklärte ihnen, mein Koffer sei sehr schwer, und ich hätte Angst, dass ich nicht mehr genug Zeit hätte, um in ein anderes Abteil zu gehen. Wir plauderten. Was mir bei den Deutschen gefällt, ist diese Sympathiewelle, die sich sofort einstellt; sie erzählen dir ihr ganzes Leben. Der Todt hatte lange in Dublin gelebt, der Flieger sechs Jahre in Chicago. Wir begannen, Deutsch zu sprechen, dann sprachen wir Englisch, und die drei Franzosen uns gegenüber schauten uns mit großen Augen an. Sie hatten beide die gleiche Meinung: Der Flieger wünschte sehnlichst das Ende des Kriegs herbei, um wieder nach Amerika zurückzukehren, und der Todt sagte wörtlich:

– Man hat uns gelehrt, die Franzosen zu hassen, die Engländer, die Schotten, die Iren, und jetzt lehrt man uns, die Amerikaner zu hassen, aber ich höre nicht zu. Ich höre nur auf mein Herz.

Ich sagte, dass ich unruhig wegen meines Koffers sei, weil es Kontrollen in den Bahnhöfen geben solle, und er antwortete:

– Ich trage Ihnen den Koffer.

Am Bahnhof Saint-Lazare holten mich Mama und Nicole ab, die natürlich sehr erstaunt waren. Mama gab zum ersten Mal in ihrem Leben einem Deutschen die Hand. Er trug dann den Koffer bis nach Hause, und Gott weiß, wie schwer er war. Als wir schließlich ankamen, sagte er schüchtern:

– Warum sind wir nicht mit der Metro gefahren?

Wir mussten ihm erklären, dass das mit dem geänderten Plan noch länger gedauert hätte. Und wir bedauerten, dass wir ihn nicht einladen konnten, etwas bei uns zu trinken, nachdem er sich solche Mühe gegeben hatte. Er schaute uns mit so traurigen Augen an. Aber er verstand uns, sagte er.

Mama und Nicole freuten sich über das mitgebrachte Essen. Mich hat es nicht so beeindruckt, weil ich in Verneuil zu gut gegessen hatte. Wenn man gut isst, achtet man nicht mehr aufs Essen. In Verneuil waren die Deutschen das Hauptgesprächsthema. Hier ist es das Essen.

Das erste Thema ist unterhaltsamer.

Samstag, 19. *Dezember* 1942

Wir haben den Geschichtsaufsatz geschrieben: Michelangelo und Leonardo da Vinci. Madame Giraud, unsere neue Geschichtslehrerin, verbreitet wirklich Furcht und Schrecken. Ich konnte kaum schreiben. Ich erinnerte mich an nichts mehr. Ich konnte trotzdem schummeln, aber ich hatte Probleme dabei.

Es kommt mir vor, als sei es ein Albtraum gewesen, trotzdem vermisse ich Breteuil. Ich habe unglaublich viel Arbeit, weil ich so viel nachholen muss. Aber endlich Ferien! Ich habe null Punkte in Chemie, weil ich meinen Stoff nicht gelernt hatte, aber das ist mir ganz egal.

Wir haben Helmuth gesehen, und ich erinnerte ihn an meine Zigaretten, die er völlig vergessen hatte. Heute habe ich ihm das Geld gegeben, er soll sie mir am Montag ins Molitor mitbringen.

Montag, 21. *Dezember* 1942

Helmuth hat mir zehn Päckchen Zigaretten mitgebracht. Eins habe ich Alex geschenkt und die anderen habe ich zu 60 Francs verkauft. Das bringt mir etwas Taschengeld ein.

Ich habe ein Flugblatt auf Deutsch gefunden und es übersetzt, weil der Anfang interessant war. Es ist ein bolschewistisches Flugblatt; einem Soldaten sagt man nicht: »Sich ergeben, sich gefangen nehmen lassen, heißt, der Familie erhalten zu bleiben, dem Leben und dem Vaterland erhalten zu bleiben.« Aber es ist trotzdem interessant, weil darin steht, dass die Deutschen in Stalingrad besiegt werden (das ist übrigens der Titel des Flugblatts, es ist illustriert mit einem rosa Hakenkreuz, das wie ein Käse zerläuft). Ich trug das Flugblatt in meiner Tasche, als ich am Abgeordnetenhaus vorbeiging, an dem immer noch ihr Spruchband: »*Deutschland siegt an allen Fronten*« hängt.

Darlan[33] ist ermordet worden.

---

33 François Darlan (1881–1942), Oberkommandierender der Streitkräfte unter der Vichy-Regierung; er fiel am 24. Dezember 1942 in Algier einem Attentat zum Opfer; der Attentäter Bonnier de la Chapelle wurde später rehabilitiert mit der Begründung, das Attentat sei im Interesse der Befreiung Frankreichs geschehen. Micheline Bood berichtet von seinem Tod schon im Tagebucheintrag vom 21. Dezember 1942. Vermutlich hat sie diesen Satz später eingefügt.

Freitag, 25. Dezember 1942

Gestern war ich bei Pompon, die uns etwas Fleisch besorgen sollte. Sie wohnt in Aulnay-sous-Bois[34] in einem reizenden Haus mit einem großen Garten. Es ist sehr nett bei ihr, ein bisschen Bohème.

Als ich zurückkam, hatten wir ein köstliches Weihnachtsessen. Danach hatte ich solche Kopfschmerzen, dass ich mich gleich ins Bett legte. Ich träumte von Rehm.

Sonntag, 27. Dezember 1942

Ich war mit Alex verabredet, aber es klappte nicht. Ich freute mich sehr darüber, denn ich war voller Inspiration: Ich malte Harolds Portrait. Wenn es getrocknet ist, fotografiere ich es, es sieht dann authentischer aus. Harold, das ist die schönste »Geschichte«, die ich je erfunden habe (ich war immer zu faul, in meinem Tagebuch davon zu erzählen), und niemand weiß, dass es ein Scherz ist, nicht einmal Monique. Das ist die einzige Lüge ihr gegenüber, aber eine riesengroße! Harold gehört mir ganz allein, denn er ist mein Geschöpf:

Ich lernte ihn diesen Sommer im Molitor kennen. Er wohnte uns gegenüber, bei den Rothschilds, was sehr praktisch war. Er sprach perfekt Englisch. Natürlich sah er blendend aus: blond, blaue Augen und sehr groß. Als Monique aus den Ferien zurückkam, ließ ich ihn nach Norwegen abreisen, sonst hätte ich ihn ja vorstellen müssen. Dann hatte er genug und floh nach England.

Eines Tages fand ich einen alten Ring bei einem Antiquar, der mir sehr gefiel, mit Perlen und kleinen Smaragden. Ich kaufte ihn und erzählte Mama, Harold habe ihn mir gegeben, als er abreiste. Sie war ein wenig schockiert, aber sie schimpfte nicht mit mir und konnte jedenfalls nicht sagen, ich solle ihn zurückgeben.

Ich erinnere mich nicht mehr genau, warum ich diese Geschichte erfunden habe. Ich glaube, ich tat es hauptsächlich, um Monique zu ärgern, die mir immer die wunderbarsten Abenteuer

---

34 Aulnay-sous-Bois: rund 20 km nordöstlich von Paris

erzählte, die sie erlebt hatte. Ich machte weiter, weil ich nichts zu tun hatte und weil mir das Spaß machte, aber ich wollte mir ein wenig vorstellen, welchen Kopf Harold hätte, deshalb habe ich sein Portrait gemalt. Es ist sehr gelungen. Es ist ihm wie aus dem Gesicht geschnitten. Und er ist sehr schön!

Sonntag, 24. *Januar* 1943

Seit Ewigkeiten schon habe ich nicht mehr geschrieben. Letzten Sonntag bin ich mit Jacqueline Ducastel weggegangen. Sie ist völlig verrückt. Wir waren im Café Haussmann. Es gibt dort Mädchen, die sind so widerlich, dass es witzig ist, sie zu betrachten. Ich kam erst um halb 8 nach Hause, und Mama schimpfte fürchterlich. Sie sagte, dass ich nach Rauch stinke und den ganzen Tag in einem »Soldatencafé« gewesen sein muss. Ich war vollkommen, aber ich wagte nicht zu lügen und antwortete nichts.

Striktes Verbot, wenn ich weggehe, nach 6 Uhr nach Hause zu kommen. Zum Glück fahre ich am Mittwoch nach Breteuil, wohin mich die Bissells wieder eingeladen haben. Ich soll Nahrungsmittel mitbringen. Danach wird es besser werden.

Donnerstag, 4. *Februar* 1943

Als ich letzten Mittwoch in Verneuil ankam, war die ganze Stadt in heller Aufregung, denn in der Nacht hatte die ss die Glocken geläutet, die Kirche verwüstet, die Kirchenfenster mit dem Bajonett zerschlagen und die Telefonleitungen durchgeschnitten.

Die Deutschen weichen vor der russischen Offensive stark zurück, und die Bissells haben fürchterliche Angst vor dem russischen Sieg und dem Bolschewismus. Ich glaube, man muss die Russen nicht so fürchten, selbst wenn sie siegen; sie haben zu viel gelitten. Monsieur Bissell macht sich solche Sorgen, dass er abnimmt! Das fand ich lustig.

Bei der Rückfahrt nach Paris reiste ich in einem reservierten Abteil. In Mantes sprach ich mit deutschen Luftwaffensoldaten, denen ich erzählte, ich sei Wienerin. Sie haben mir geglaubt!

Als der Zug kam, war es nicht so wie beim letzten Mal; die Deutschen hinderten die Franzosen daran, in die reservierten Abteile zu steigen. Ich sagte:

– *Darf ich hinein?*

Und dann stieg ich ein. Unterwegs fragte ich sie:

– *Wie steht es für uns in Russland?*

Ich glaube, sie waren nicht sehr vorsichtig, weil sie mich für eine Landsmännin hielten, und sagten, es liefe sehr schlecht. Ich sagte natürlich, dass es schrecklich für unsere armen Soldaten sei, die in so großer Zahl sterben müssten. Und dann konnte ich mich nicht zurückhalten und bemerkte:

– Ganz Amerika ist gegen uns; es schickt dauernd neue Truppen, und unsere Soldaten sind müde. Wir haben schon so viele Tote …

Sie waren der gleichen Meinung.

Als ich ankam, hatte ich fürchterliche Kopfschmerzen, und Monique, die mich am Bahnhof abholen sollte, war nicht da. Zum Glück war Nicole da, denn ich hätte es allein nicht bis nach Hause geschafft; ich war zu krank.

Letzten Sonntag in Breteuil waren wir in einem Bauernhof bei Leuten, die durch und durch deutschfreundlich waren. Mit den Bissells waren es vierzehn, und ich war die einzige Anglophile. Ich hatte den Entschluss gefasst zu schweigen, aber sie sagten solche Dummheiten, dass ich mich nicht zurückhalten konnte, und diskutierte mit ihnen. Allein gegen vierzehn! Immer, wenn ich wütend werde und mich erbittert streite, fange ich an zu weinen, und ich hatte schreckliche Angst, in Tränen auszubrechen. Zum Glück habe ich mich ehrenhaft gehalten; ich sagte wirklich sehr gute Sachen. Die Bissells sind ganz betrübt darüber, dass alle Franzosen anglophil sind!

Monique und ich waren heute mit Nicole und Lélé im Louvre, um dort die ausgestellten Skizzen für ein Plakat des Roten Kreuzes anzuschauen, und mein Entwurf ist ausgestellt. Ich war sehr stolz, als ich das hörte, aber als ich ihn sah, nicht mehr, denn er ist einer der schlechtesten.

Monique ist seit Montag nicht mehr am Gymnasium, sie lernt Stenographie bei Pigier.[35] Sie will unbedingt mit den Deutschen arbeiten. Das hat sie sich in den Kopf gesetzt. Sie widert mich im Augenblick an. Sie ist zu deutschfreundlich, und man sieht sie nur noch mit Deutschen.

Freitag, 5. Februar 1943

Ich habe heute Nacht nicht geschlafen und dachte, ich werde verrückt, so schnell drehten sich die Gedanken in meinem Kopf – wie in der ersten Nacht in Breteuil, als ich betrunken war, aber schlimmer! Die Klassenarbeit klappte sehr gut.

Samstag, 13. Februar 1943

Wenn ich mir vorstelle, dass das alles nur acht Tage her ist! Ich bin zweite in Geographie mit 11,5 Punkten, »weil ich zu viel geschrieben habe.«

Ich glaube, Mama hat wirklich eine Gebärmutterabsenkung. Der Arzt sagte, sie habe auf jeden Fall eine Geschwulst. Heute haben wir beide die Grippe, aber da Mama im Bett liegt (mit 38,2 Grad), muss ich aufbleiben, um sie zu pflegen.

Samstag, 13. März 1943

Nicole ist gestern 15 Jahre alt geworden, und ich habe ihr noch nichts zum Geburtstag geschenkt. Wenn ich bedenke, dass es zwei Jahre her ist, dass ich fünfzehn war. Es kommt mir vor, als wäre es gestern gewesen.

Heute Morgen bin ich wieder zur Schule gegangen. Wie mutig! Ich tat das nur, damit ich hinterher nicht den ganzen Stoff abschreiben muss.

Eine Geschichte:

---

35 Pigier: eine private Handelsschule in Paris

Im Jahr 1943 ist der Krieg noch nicht beendet, drei Personen treffen sich:

Die erste: – Ich stand acht Tage lang Schlange und habe 25 Gramm Butter bekommen.

Die zweite: – Ich stand nur vier Tage lang Schlange und habe einen Zweig Petersilie bekommen.

Die dritte: – Ich stand viel länger Schlange, aber ich habe zehn Minuten Strom bekommen.

– Und was haben Sie mit den zehn Minuten Strom gemacht?

– Ich habe englisches Radio gehört. Die Engländer sagten: »Geduld, wir kommen.«

Eine andere schon alte Geschichte:

Hitler, völlig am Ende, will den Ärmelkanal trockenlegen. Er versammelt 3 Millionen Menschen entlang der französischen Küste und befiehlt: *1, 2, 3, trinken.* Das Meer sinkt ab. Ein zweites Mal: *1, 2, 3, trinken.*

Das Meer ist fast trockengelegt … Dann steigt es plötzlich wieder, sie können trinken, soviel sie wollen, das Wasser steigt. Hitler schaut durch sein Fernglas und sieht auf der anderen Seite des Ärmelkanals Churchill, der drei Millionen Engländern befiehlt: *One, two, three, Pipi!*

Bevor ich ging, las ich die *Confessions*[36] von J.-J. Rousseau. »*I think it was not worth the fuss they make about it.*" – diesen Satz fand ich in *Theatre* von S. Maugham[37]. Es gibt wirklich nichts Besonderes darin. Er kann sich so lange vorstellen, wie er will, dass er ein besonderes Wesen sei, er ist trotzdem wie alle anderen und führt ein Leben, das seinen Prinzipien vollkommen widerspricht. Er ist weder bösartig noch sympathisch. Ich kann nicht glauben, dass er offen und ehrlich ist. Ich bin ehrlich, denn ich schreibe nur für mich und nicht für zukünftige Generationen. Er sucht die

36 Jean-Jacques Rousseau: Les Confessions (Genf 1782 und 1789); deutscher Titel: Die Bekenntnisse

37 William S. Maugham: Theatre (1937); deutscher Titel: Theater. Auch bekannt unter dem Titel: Julia, du bist zauberhaft

ganze Zeit nach Entschuldigungen für sich. Ich nicht. Ich habe mehr Hochmut als er und bin stolz darauf. Ich suche nicht nach Entschuldigungen, weder vor den Menschen noch vor mir selbst, und ich benenne die Dinge, wie sie sind. Das einzig Bemerkenswerte ist die Ähnlichkeit im Stil mit dem der Romantiker.

Ich finde mein Tagebuch insgesamt besser als das von J.-J. Rousseau, von den Beschreibungen abgesehen.

Mittwoch, 31. *März* 1943

Ich war mit Yvette beim Bankett der ehemaligen Schüler in Verneuil. Am Anfang fühlten wir uns etwas verloren, weil nur wir beide aus der ehemaligen 5ième anwesend waren; die anderen waren alle aus der Philosophieklasse, der letzten oder vorletzten Klasse. Aber wir lernten uns alle schnell kennen.

Es war gelungen aus mehreren Gründen:

Erstens, weil 9 Mädchen und 52 Jungen da waren. Zweitens, weil es zu warm und zu voll war! (Ich habe festgestellt, dass man sich immer besser amüsiert, wenn es zu voll ist.) Es gab Unmengen Vorspeisen, aber an unserem Tisch gab es nur Radieschen. Dann gab es Spinat mit einem Ei, dann ein gutes Stück Fleisch (Kalb) und Blumenkohl. Blumenkohl! Oh, Kinder! Und wie viel! Dann gab es Käse, der schmeckte, als sei er aus Leichen gemacht. Aber es fehlte der Nachtisch!

Ich habe zum ersten Mal in meinem Leben getanzt. Und das ist wirklich schmeichelhaft für mich: während des gesamten ersten Tanzes blieb ich als Mauerblümchen sitzen, bei 9 Mädchen für 52 Jungen! Ich verstehe wirklich nicht, warum! Yvette tanzte die ganze Zeit, und ich sehe immerhin besser aus als sie! Nicht, dass ich zu dick wäre, aber sie ist dicker als ich! Übrigens versuche ich gerade abzunehmen, ich nehme Antigrès.[38]

Ich bin schon bei der zweiten Flasche, aber ich merke noch nichts; im Gegenteil, ich habe 700 Gramm zugenommen. Im Au-

38 Antigrès ist ein Schlankheitsmittel aus den 30er Jahren des 20. Jahrhunderts.

genblick bin ich nur rundlich, aber ich habe schreckliche Angst, dass ich kugelrund werde. Man sagt, man solle nicht versuchen, abzunehmen, vor allem im Augenblick, wo es nichts zu essen gibt. Noch etwas in Klammern: ich muss sagen, seit die Deutschen die Lebensmittelversorgung übernommen haben, haben wir überhaupt nichts mehr zu essen! Aber was heißt nichts! Im Augenblick leben wir von unseren Reserven. Ich frage mich, wie lange sie halten. Also man sagt, man könne sich eine Tuberkulose einfangen, wenn man versucht, abzunehmen; es ist mir egal. Ich habe lieber Tuberkulose und bin schlank. Ich muss unbedingt abnehmen. Tanzen ist wunderbar. Das hätte ich nicht gedacht.

Ich habe mich mit Monique Flerck gestritten. Sie war von einem englischen Flugzeug beschossen worden, als sie mit Deutschen auf der Straße von La Ferté-Vidame nach Verneuil spazierte. Sie hat eine Kugel ins Bein gekriegt, aber sie hinkt noch nicht einmal und besaß die Frechheit zu sagen:

– Schau, was deine dreckigen Engländer mir angetan haben.

Niemand hat mich verteidigt!

Donnerstag, 1. *April* 1943

Mama war bei einem Chirurgen, der sagte, sie habe tatsächlich eine Organabsenkung, aber man müsse nicht operieren. Wir sind sehr froh darüber.

Freitag, 2. *April* 1943

Die Schüler führen in der Schule *Les femmes savantes* auf. Sie haben mich gebeten, zwei Plakate zu machen, eins für die Sorbonne und eins für die Schule. Das Plakat für die Schule ist fertig und sehr gut geworden, muss ich sagen. Mama und Nicole haben dafür Modell gesessen, und heute Morgen habe ich es mitgenommen. Ariane hat es der Kunstlehrerin gezeigt, und sie hatte nur Kritik dafür übrig. Dann im Unterricht malte ich mit einem Ölfarbenpinsel, und sie fragte mich, warum ich das täte. Ich antwortete höflich, dass ich keinen Pinsel für Temperafarben hätte, der groß genug sei. Da sagte sie:

– Sie haben wohl immer recht. Sie wollen die Künstlerin spielen, weil Ihre Zeichnung im Louvre ausgestellt ist, und Sie glauben, Gott weiß wer zu sein …

Sie hat mich wirklich beleidigt! Es war offensichtlich, dass dieser Pinsel nur ein Vorwand war. Ich erinnere mich nicht mehr an alles, was sie sagte. Aber ich werde ihre schrille Stimme, ihre abgehackten Worte, ihre wütenden Augen nie vergessen. Es war da ein Frauenhass, und die ganze Klasse hat es gesehen, denn die Schülerinnen sagten:

– Sie ist eifersüchtig auf dich.

Und Ariane:

Das ist der Tribut an den Ruhm.

Ich konnte nicht anders und zuckte mit den Schultern. Das war es, worauf die Lehrerin gewartet hatte, und sie gab mir prompt null Punkte für Betragen. Ich konnte das Weinen nicht zurückhalten, und es machte mich wütend, dass ich vor ihr weinte; das muss für sie ein großes Vergnügen gewesen sein, aber ich sah zum ersten Mal jemanden, der mich so hasst, und ich konnte das nicht verstehen.

Sonntag, 11. *April* 1943 *(*17 *Jahre)*

Ich bekam zwei Geburtstagskuchen. Wir mussten sie heute kaufen, weil morgen ein Tag ohne Pâtisserie ist. Meine Stimmung ist schrecklich. Und ich habe mich *doch so* darauf gefreut, *17 Jahre* alt zu sein.

Heute Nacht gab es ein wunderbares Flakfeuer. Ich vergaß zu erwähnen, dass es am letzten Sonntag um 2 Uhr nachmittags ein neues Bombardement gegeben hat, es ging so schnell, dass niemand es richtig mitkriegen konnte: Billancourt, Pont de Sèvres, Marcel-Sembat und Longchamp. Nicole war an diesem Tag mit den Pfadfinderinnen zu einem Pfadfinderspiel unterwegs, und sie hätten eigentlich mit dieser Metro fahren sollen, die in Marcel-

Sembat bombardiert wurde (mehr als 300 Tote). Aber ihr Picknickkorb hatte sich geöffnet, als sie die Treppe hinunterging, und sie waren schon sehr spät und so verpassten sie ausgerechnet diese Metro. Die anderen Mädchen halfen ihr, alles einzusammeln. Als sie schließlich zu den anderen kamen, waren sie ganz erstaunt, weil diese sich auf sie stürzten und sie umarmten – sie hatten natürlich geglaubt, sie seien tot. Es gab auch Bomben auf die Pferderennbahn, und ein Freund von »Irrlicht« (das ist René Judic, ein Kriegskamerad von Papa) hatte solche Angst, dass er seinen Zylinder tief über die Ohren zog. Als die Bombardierung aufhörte, war er fast erstickt; die Leute zogen an seinem Zylinder, und es gelang ihnen nicht, ihn abzuziehen. Vor allem, weil er nicht wollte, dass man ihn aufschnitt, denn er hatte Angst, keinen anderen mehr zu finden.

Ich lese *Das Leben des Lord Byron* von Maurois.[39] Es ist spannend. Ich lese nur ernsthafte Bücher; den *Molière* von Dussane[40] (sehr gut – nicht sehr ernsthaft); *Tite-Live* von Taine.[41] *Histoire de la Société Française sous la Révolution* der Brüder Goncourt,[42] der *Montaigne* von Guizot[43] sind Beispiele. Ich glaube, ich werde dieses Jahr versuchen, mein Abitur zu machen. Ich falle sicher durch, aber es kann mir ja nichts passieren.

Montag, 12. April 1943

Es macht mich traurig, wenn ich daran denke, dass Monique und ich uns voneinander entfernen, nachdem wir uns so sehr gemocht

---

39 André Maurois: Don Juan ou la vie de Byron (1930); deutscher Titel: Don Juan oder das Leben Lord Byrons

40 Béatrix Dussane (1888–1969): Un comédien nommé Molière, Paris 1936. Deutscher Titel: Ein Komödiant, genannt Molière. Roman eines Lebens. München 1936

41 Hyppolite Taine (1828–1893): Essai sur Tite-Live (1856)

42 Edmond & Jules de Goncourt: Histoire de la société française pendant la Révolution (1854); deutscher Titel: Geschichte der französischen Gesellschaft zur Zeit der Revolution

43 Guillaume Guizot (1833–1892): Montaigne. Etudes et Fragments. Paris 1899. Posthum veröffentlicht

haben. Es ist so dumm, wenn man zulässt, dass schäbige Kleinigkeiten eine wunderbare Freundschaft zerstören.

Freitag, 16. *April* 1943

Ich habe Mama ein Telegramm geschrieben, dass ich noch ein wenig länger in Verneuil bleibe, und mir das Fahrrad von Madame Garnier, Madame Bissells Mutter, ausgeliehen. Die Brunetiers waren sehr erstaunt, mich zu sehen.

Das Leben der Poiriers ist etwas ganz Ungewöhnliches, sie machen alles im Rennen, beim Singen oder beim Geigespielen. Sie kommen alle immer zu spät. Wir hatten ein seltsames Mittagessen. Es gab Pastete und Kartoffeln. Marie, ein Pensionsgast Madame Poiriers, ging diskret in ihr Zimmer und holte für sich und ihren Bruder einige Scheiben Schweinefleisch (zu 250 Francs).

Marie-Claire, ein anderer Pensionsgast, schüttete einen Becher Sahne in ihren Teller, und Domino sagte zu ihrem Vater:

– Nein, Papa, nimm keine Pastete, die ist nicht gut für dich, wir holen dir Schinken.

Und sie holen Schinken für ihn, Domino, Henriette und mich, was Marie-Claire sich mit wütendem Blick anschaut. Als weitere Pensionsgäste gibt es Lucie, die wie eine Nutte aussieht und Lehrerin in der Mädchenschule ist, Francine, die in der 5ième ist und von den Poiriers versteckt wird, weil sie Jüdin ist. Und dann ist da noch Jacqueline, die Buchhaltungsgehilfin, die sehr nett zu sein scheint.

Schließlich gibt es das Dienstmädchen Nicole, das den ganzen Tag nichts tut, eine Diebin ist, die ganze Zeit isst und unverschämt ist. Madame Poirier hat sie aufgenommen, weil sie an ihrer ersten Arbeitsstelle 100 Francs gestohlen hatte. Sie hatte es geleugnet, aber sie wurde erwischt, als sie den Geldschein wechselte, und konnte keine andere Stelle mehr finden. Die Poiriers hatten Mitleid mit ihr, weil ihre Familie ihr ein schlechtes Vorbild und sie tuberkulös war. Es wurde ihnen nicht gedankt.

Ich habe die Bissells mit dem Fahrrad besucht, es war wunderbar. Fast kein Wind, eine herrliche Landschaft, ganz grün und weiß unter einem wunderbaren Himmel. Ich stritt mich mit Madeleine, wieder über Politik, aber dieses Mal, weil ich ja nicht bei ihnen wohnte, sagte ich ihr ganz offen, was ich denke. Sie war wütend, weil ich das letzte Wort hatte. Sie hätte ja nicht davon anfangen und sagen müssen, dass die Engländer Dreckskerle seien

Ich habe Backpulver gekauft, weil es das in Paris nicht gibt. Die Deutschen wollen nicht, dass wir backen.

Samstag, 17. April 1943

Madame Brunetier hat mir ein Kaninchen für 175 Francs besorgt, ein Weibchen übrigens. Madame Poirier hat es zu einem Männchen gesteckt, und ich werde es lebend mitnehmen. Wir haben mit Henriette Gras und Stroh besorgt.

Es ist verrückt, wie mich der Wind gestern gebräunt hat. Ich war bei der Schneiderin, um mir einen Blazer machen zu lassen; sie soll sehr gut arbeiten.

Nach dem Abendessen haben Henriette und ich einen Spaziergang gemacht, und weil das Gartentürchen abgeschlossen war, sind wir darüber gestiegen. Wir gingen bis zum Fluss und dann zurück. Wir gingen zu Bett und redeten noch lange. Wir sprachen über Homosexualität, und ich sagte Domino, sie solle besser aufpassen, wie sie sich mit ihrer Freundin Monique s. benimmt; ich hätte zwar gewusst, dass sie am Tag, als wir Picknick machten, nur spielten, aber sie hätten andere schockieren können und sich in dieser liebenswerten Stadt einen schrecklichen Ruf einhandeln können.

Lucie, die Lehrerin aus der Mädchenschule, die bei den Poiriers wohnt, soll eine Nutte sein; das habe ich mir schon gedacht. Sie war die Geliebte des Schulleiters und des Apothekers und des Buchdruckers. Kurzum, sie hat mit halb Verneuil geschlafen. Im Augenblick sucht sie einen alten und reichen Mann, der sie aushält. Sie hat schon mehrmals abgetrieben. Davon abgesehen ist sie sehr nett. Es ist faszinierend, mit einer Nutte zu leben. Madame Poirier weiß natürlich von nichts. Lucie überschwemmt das Haus mit Kosmetik; überall findet man was!

Wir sprachen gerade noch, als Verneuil plötzlich bombardiert wurde. Und es gab eine weitere Bombardierung, nicht weit entfernt. Das war sehr komisch.

Sonntag, 18. *April* 1943

Ich habe den Tag zum Teil mit den Brunetiers verbracht und dort zu Mittag gegessen. Danach besichtigten wir das bombardierte Haus. Es waren 22 Bomben und eine einzige ist explodiert. Das Opfer hat eine gebrochene Klaue; ein heimlich gehaltenes Schwein, und dem Besitzer ist das sehr peinlich. La Loupe wurde auch bombardiert, wahrscheinlich schwer, denn der Schnellzug aus Brest fährt jetzt über Verneuil.

Donnerstag, 22. *April* 1943

Wir sind zum Steinbruch gegangen. Er ist ungefähr zwei Kilometer von Verneuil entfernt. Es gibt Loren, die auf Gleisen rollen, die den Hang hinab führen und einen scharfen Knick im rechten Winkel machen. Wir wollten Spaß haben und fuhren mit den Loren hinab. Beim ersten Mal hat es geklappt und es war lustig, beim zweiten Mal wurde ich bei dem Knick aus der Lore geschleudert und tat mir sehr weh. Mein Hintern war ganz aufgeschürft, ich blutete, und meine Unterhose war voller Schottersteinchen. Noch abends kamen welche aus meiner Unterhose. Dann kamen die Steinbruchwächter, und um ihnen zu entwischen, krochen wir durch das hohe Gras. Auch das war sehr lustig. Dann pflückten wir Ginster und Zweige vom wilden Apfel, aus denen wir Blumenkränze und riesige Sträuße flochten, und so kehrten wir nach Verneuil zurück. Alle Leute waren am Fenster und schauten zu, wie wir vorbeigingen.

Freitag, 23. *April* 1943

Zum Abendessen machte Madame Poirier Pommes Frites, und danach habe ich die blinde Dame besucht. Auf dem Rückweg wurde ich von zwei deutschen Patrouillen angehalten. Der erste sagte:

– Machen Sie keinen Lärm, und wenn ein Offizier kommt, die Patrouille hat nichts gesehen.

Und der zweite:

– Gehen Sie schnell schlafen, die jungen Mädchen sollten zu dieser Stunde nicht draußen sein.

Die Dame hat mir drei antiquarische Bücher geschenkt, sehr schöne.

Samstag, 24. *April* 1943

Im Zug habe ich ein komisches Abenteuer erlebt. Es gab keinen Platz mehr, und ein Deutscher war im Flur, vor der Tür eines Abteils, er lehnte sich an die Wand und sprach mit zwei französischen Zivilisten, die ich für Arbeiter hielt, die für die Deutschen arbeiten. Im Abteil war nur ein einziger anderer Deutscher. Da das Abteil nicht beschlagnahmt war, wollte ich hineingehen, aber einer der Franzosen sagte:

– Hier ist reserviert, Mademoiselle.

Ich wandte mich an den Deutschen, der mich fragte, wie weit ich fahren würde, und als ich »Paris« sagte, durfte ich mich setzen. Die zwei Franzosen kamen ins Abteil und sagten:

– Sie haben Glück, dass Sie sich hinsetzen dürfen, denn uns wurde streng verboten, mit anderen zu sprechen; wir sind politische Gefangene.

Sie waren verhaftet worden, weil sie Propaganda gemacht hatten, und haben noch zehn Monate Gefängnis vor sich. Sie hatten Fotos von de Gaulle vervielfältigt und andere Dinge dieser Art gemacht. Sie sind natürlich von einem Franzosen denunziert worden, und fünf wurden verhaftet. Einer von ihnen ist erschossen worden … Wir redeten die ganze Zeit. Der eine Deutsche sprach ein wenig Französisch, der andere nicht. Der, den ich angesprochen hatte, war Preuße und noch dazu von der Feldgendarmerie! Erstaunlich, dass er so nett war! Der eine der beiden Franzosen war sehr jung, der andere ziemlich alt und verheiratet. Sie sagten, für sie sei es am schlimmsten, dass ihre Familien keine Nachricht bekommen hätten, seitdem sie vor vierzehn Monaten verhaftet worden waren. Ich antwortete, sie könnten mir doch ihre Adresse geben und ich würde schreiben. Der eine schrieb sie auf ein Stück Papier, aber sie mussten es mir geben, ohne dass die Deutschen es bemerkten. Ich war sehr nett zu den Deutschen, und in dem Augenblick, als mir derjenige, mit dem ich gesprochen hatte, zärtlich (!) die Hand gab, hörte ich: »Geschafft!« Später fand ich das Papier in meiner Tasche.

Ich war so aufgedreht, dass ich sagte:

- Ich wette mit Ihnen, ich werde die beiden Deutschen in den Flur locken, und sie werden vergessen, ihre Revolver mitzunehmen.

Es gelang mir, sie nach draußen zu locken, und sie ließen ihre Waffen im Abteil. Ich dachte, die Franzosen würden sie nehmen, aber sie rührten sich nicht. Als wir wieder alle zusammen im Abteil waren, war ich enttäuscht, aber sie sagten:

- Was soll das für einen Sinn haben! Wenn wir flüchten, erschießen sie unsere Familien.

Ich schrieb dann ihren Familien an die Adressen, die sie mir zugesteckt hatten, und will ihnen nach dem Krieg wieder schreiben.[44]

Die zwei französischen Gefangenen sollten einige Tage in Fresnes[45] bleiben und dann ins Ruhrgebiet gebracht werden.

Mit Müh und Not brachte ich mein lebendes Kaninchen nach Hause. Die Deutschen wollten unbedingt, dass wir alle zu fünft spazieren gingen, sie, die gefangenen Franzosen und ich. Sie woll-

---

44 *Nachdem dieser Auszug des Tagebuchs als Vorabdruck in der Zeitschrift:* En ce temps-là de Gaulle *erschienen war, bekam Micheline Bood einen Dankesbrief von Madame Sabouret, der Ehefrau eines der beiden Gefangenen. Diese hatte erst durch die Veröffentlichung erfahren, wer sie im Krieg benachrichtigt hatte.*

45 Gefängnis in Paris

ten sich »auf die Terrasse eines Pariser Cafés« setzen. Ich sagte, ich könne nicht, und das stimmte ja wegen des Kaninchens.

Montag, 26. April 1943

Henriette Poirier ist gekommen, ohne ein Gramm Lebensmittel, ohne Mantel, nur mit einem leichten Rock bekleidet und der Jacke ihrer Schwester, kurzum, mit nichts außer Schönheitscreme, Lippenstift, Haarpomade, Rouge und Puder, alles eben, was man zum Schminken braucht. Wir werden diese Woche nichts zu essen haben, und Mama ist wütend.

Freitag, 30. April 1943

Henriettes Bruder sollte ihr die Reise nach Paris schenken, aber da er aus unerfindlichen Gründen verschwunden ist, müssen wir jetzt all ihre Vergnügungen finanzieren. Sie erklärte, sie wolle sich amüsieren. Wir haben nichts zu essen! Sie tat nichts, um zu helfen; im Gegenteil; sie kam ausgehungert nach Hause, zu unmöglichen Zeiten, und trug unsere Sachen, Nicoles und meine. Und trotz ihrer Unverfrorenheit ist sie ein richtiger Tollpatsch, es ist erschreckend!

Endlich ist sie gefahren. Am Dienstag waren wir zu zweit in der Oper und sahen *Thais*[46] (zum Glück hatten mir die Zigaretten etwas Taschengeld eingebracht). Nachdem wir alle freien Plätze ausprobiert und allen Platzanweiserinnen Trinkgeld gegeben hatten, fanden wir schließlich einen Platz, von dem aus wir gut sahen im Stehen. Vor allem das Ende in *Thais* ist wunderbar. Ich kam begeistert nach Hause und möchte noch einmal reingehen.

Dienstag, 8. Juni 1943

Als ich dieses Mal nach Verneuil gefahren bin, wollte ich ein kleines Heft mitnehmen, um meine Tagebucheintragungen zu ma-

---

46 Thais: Oper von Jules Massenet (1894)

chen, aber das half nichts; ich komme wieder zu meinem alten System zurück, das heißt, ich erzähle alles, wenn ich zurück bin.

Während ich das heute schreibe, bin ich unheimlich unruhig und überwache dabei die Mürbeplätzchen im Backofen, die ich versucht habe zu machen (ich schreibe nicht: gemacht habe) und die absolut schrecklich aussehen. Zum Glück ist Mama nicht da, aber ich glaube, wenn sie zurückkommt, sterbe ich vor Scham.

Zunächst einmal: Es ist Ewigkeiten her, dass ich geschrieben habe, und in der Zwischenzeit habe ich meinen Füller verloren, was mich sehr ärgert. Es ist auch einiges passiert: Die Deutschen haben in Tunesien bedingungslos kapituliert,[47] und die Engländer haben zwei Staudämme in Deutschland bombardiert.[48] Die Deutschen beginnen sich ernsthaft einzugestehen, dass sie den Krieg verloren haben. *Deutschland siegt an allen Fronten*! Gott hat sie für diese Kampfansage bestraft. Anstatt zu siegen, begnügen sie sich damit, der alliierten Offensive standzuhalten, und das mit Mühe und Not!

Am 23. Mai hatten wir ein Fest in der Schule, das Zoé (Mathe) und die Französischlehrerin organisiert hatten. Ich war verantwortlich für das Buffet, deswegen stand ich mich mit allen gut, besonders mit Zoé. Mama hatte mir ein wunderbares Kleid genäht, das mir viele Komplimente einbrachte. Es ist aus violettem Stoff und hat einen kleinen Kragen aus weißer Spitze, rot und weiß bestickte Taschen und einen roten Gürtel. Mama hat mir die Haare geschnitten, und die Frisur sieht viel besser aus! Ich habe mir auch ein Paar sehr hübsche Schuhe gemacht mit einer Korksohle und einem ungefähr 10 Zentimeter hohen Absatz und mit blauem Leder, das ich zuhause hatte; das ist im Augenblick sehr in Mode.

---

47 Am 13. Mai 1943 kapitulierten die deutschen Truppen des Afrikafeldzugs bei Tunis.

48 In der Nacht zum 17. Mai 1943 bombardierten englische Bomber fünf Staudämme in Deutschland. Im Ruhrgebiet sollte damit die Wasser- und Stromversorgung unterbrochen werden. Der Möhnestaudamm im Ruhrgebiet und der Ederstaudamm wurden stark beschädigt. Es gab Überflutungen und etwa 1600 Todesopfer. Das Ziel, die Rüstungsindustrie im Ruhrgebiet lahmzulegen, wurde nicht erreicht.

Ich unterbreche hier, um mitzuteilen, dass mein Mürbegebäck endlich fertig ist und sehr gut schmeckt. Das ist auch richtig so; ich habe mir ziemlich Mühe gegeben. Es stimmt, man wird kaum jemanden finden, der so dumm ist wie ich, wenn es ums Kochen geht.

Ich habe den ersten Preis in Englisch und Deutsch und war zu meiner großen Verblüffung dritte in Geographie. Wie kommt das? Ich habe immerhin jedes Mal abgeschrieben.

Am Montag, den 31., fuhr ich mit dem Zug um 6 Uhr nach Verneuil.

Dienstag, 1. *Juni* 1943 – *Verneuil*

Alle finden mein Kleid wunderschön. Übrigens sagte Mama, dass ich spätestens Freitag wieder nach Hause kommen soll, und es gab eine Menge Reibereien, bis ich endlich fahren durfte! Sie sagte sogar, wenn ich nichts mitbringe und mich wieder nur amüsieren will wie beim letzten Mal, würde sie meine Reise nicht bezahlen. Dieses Mal kümmere ich mich auch ernsthaft um Lebensmittel. Am Nachmittag war ich in Breteuil, mit Rollschuhen, was ich sehr bedauert habe, denn ich bin fast gestorben vor Langeweile, und ich schwor mir, nicht mehr hinzufahren. Monique hat mir ihren Geliebten Erwin vorgestellt. Er hat keinerlei Eindruck bei mir hinterlassen, außer dass er alt ist, dick, eine Brille trägt und zwanzig Jahre älter ist als sie, wenn nicht dreißig. Und den liebt sie! Stimmt, er ist Offizier und sehr großzügig.

Mittwoch, 2. *Juni* 1943

Der Schuster von Verneuil, der wirklich nichts Beängstigendes hat, hat versucht, mir zu helfen, etwas zu essen zu finden. Wir fuhren ungefähr 25 Kilometer mit dem Fahrrad, trotz seines Klumpfußes (er ist bucklig und sieht aus wie Quasimodo[49]), ohne dass es uns

49 Romanfigur in Victor Hugos Roman: Notre-Dame de Paris (1831), Deutsch: Der Glöckner von Notre-Dame

gelungen wäre, mehr zu finden als sechs Eier und eine Menge Wind! Ich war recht müde, als ich zurückkam. Ich bin auf einem Pflasterstein in der Rue de la Madeleine ungeschickt aufgetreten, und oh Schreck! Da lagen meine Korksohlen, und alle Nägel guckten raus! Zum Glück war der Schuster da. Er nahm sie mit, er will sie reparieren und eine Ledersohle draufmachen; er hat es mir versprochen. Ich bin also barfuß mit dem Fahrrad zurückgefahren.

Donnerstag, 3. *Juni* 1943 – *Christi Himmelfahrt*

Ich habe noch einmal sechs Eier in einem Bauernhof bekommen, aber ich muss ihnen eine Landschaft in Gouache dafür bringen, sonst geben sie mir nichts mehr. Domino hat einen neuen Geliebten, furchtbar nett, wie es scheint. Er ist jedenfalls sehr reich und, jeder sagt das, sieht sehr gut aus. Er wohnt in einem sehr schönen Anwesen nicht weit von der Ecole des Roches. Er heißt Roger. Er versteckt sich, um nicht zum Zwangsarbeitsdienst eingezogen zu werden.

Freitag, 4. *Juni* 1943

Der Schuster hat meine Schuhe gemacht, sie sind toll; aber es ist ein wenig schade, so viel Leder für Schuhe zu verbrauchen mit einer so ungewissen Zukunft. Er gab mir ein Flugblatt: *Le Courrier de l'air.*[50] Da wir ihm gesagt haben, ich sei Deutsche, ist er ein wenig misstrauisch mir gegenüber, aber nicht sehr.

Die Konditorin gab mir ein Pfund Butter gegen zwei Päckchen von Helmuths Zigaretten. In einem Bauernhof bei Fryleuse habe ich Blaumänner, die wir zuhause gefunden hatten, gegen ein Kilo Butter und zwölf Eier eingetauscht. Ich weiß, das ist nicht viel, aber die Blaumänner waren so eng, dass der Dünnste der Familie

---

50 Le Courrier de l'air; deutsch: Die Luftpost: meist vierseitige Zeitung, die von der Psychological Warfare Division (PWD) in England verfasst und von englischen Flugzeugen abgeworfen wurde, mit Informationen zum Kriegsverlauf, die der deutschen Propaganda etwas entgegensetzen sollten.

kaum reinpasste. Es ist sehr schwer, Lebensmittel zu bekommen. Die Bauern geben sie lieber den Deutschen.

Sonntag, 6. *Juni* 1943

Madame Bissell hat mir ein Dutzend Eier, vier herrliche Koteletts und ein halbes Pfund Butter gegeben. So bin ich sicher, dass ich nicht geschimpft werde, wenn ich zu spät nach Paris zurückkomme!

Meine Schwester Nicole hat mich abgeholt, und wir waren bei Madame Fernier. Ich vergaß zu erwähnen, dass sie und Pompon (Geschichte und Geographie) aus der Schule entlassen worden sind (Pompon allerdings nur bis Oktober), weil sie angeblich etwas gegen die Kollaboration gesagt haben. Sie sind von einer Schülerin denunziert worden, und die ganze Schule will jetzt herausfinden, wer das war. Ein Grund für Pompons Entlassung soll gewesen sein, dass sie gesagt habe, sie hasse Napoleon und Jeanne d'Arc, weil sie die Engländer bekämpft haben! Und so etwas glaubt man im Ministerium! Pompon ist das eher egal, aber die arme Madame Fernier hat ernsthafte Geldprobleme.

Donnerstag, 17. *Juni* 1943

Morgen sind Abiprüfungen.[51] Ich kann sagen, dass ich in der letzten Zeit gut gearbeitet habe – seit letztem Sonntag, *I mean.* Heute habe ich nichts gemacht; wir sind nur nach Meudon[52] gefahren, mit Monique und Darak. Ich möchte sie gerne hinter mir haben, die Abiprüfungen.

Freitag, 18. *Juni* 1943

Heute Morgen französischer Aufsatz. Ich habe nicht geschwänzt und bin sogar zufrieden mit dem, was ich geschrieben habe, außer dass ich nur etwa die Hälfte des Themas behandelt habe. Es ging

51 Der erste Teil der Abiturprüfungen wird in Frankreich schon im vorletzten Schuljahr geschrieben. Es geht hier also um den 1. Teil der Prüfungen.

52 Meudon: Stadt 12 km südwestlich von Paris

um den aufgeklärten Despotismus. Nun ist es aber so: Ich habe das Thema historisch behandelt, ohne dass ich mir dessen bewusst war, deshalb glaube ich, dass ich es zu oberflächlich bearbeitet habe.

Heute Nachmittag lateinische Übersetzung, mit meinem geliebten kleinen Plinius, aber aus dem *Panegyricus.*[53] Ziemlich schwer; ich habe kleine Übersetzungsfehler gemacht, aber auch nicht mehr als die anderen. Nun, ich habe Hoffnung!

Samstag, 19. *Juni* 1943

Heute Englisch und Deutsch. Das hat toll geklappt. Es war leicht, und das hätte ich schon letztes Jahr schaffen können. Ich habe meinem Nachbarn eine Menge Wörter gesagt, der mir dafür die Antwort für einen Satz zugeflüstert hat, der mir zu schaffen machte. Es hat sogar Spaß gemacht, das Abi zu machen. Die Mühe hat sich gelohnt, aber ich hätte gerne die Ergebnisse. Noch zehn Tage warten! Das ist so lang! Mama ist sehr nett und pflegt mich »wie ein Rennpferd« (Nicoles Ausdruck). Ich denke, ich bestehe das Abitur. Wenn ich bestehe, habe ich geschworen, zwei Wochen nicht wegzugehen (mit Freundinnen), und ich werde eine Novene[54] machen.

Sonntag, 20. *Juni* 1943

Ich vergaß zu erwähnen, dass ich vor ungefähr einer Woche eine kleine Wienerin kennen gelernt habe, die sehr nett ist. Heute waren wir im Schwimmbad; sie ist wirklich reizend. Sie heißt Antonia und arbeitet mit dem *General der Luftwaffe* als *Stabshelferin.* Sie ist 24 Jahre alt. Sie ist nicht sehr hübsch, hat aber einen liebenswerten Charakter. Sie findet Hitler toll, aber das kann ich ihr nicht vorwerfen. Umso besser für sie … Davon abgesehen ist sie intelli-

53 Panegyricus (Lobrede) von Plinius dem Jüngeren

54 Novene: neuntägige katholische Andacht für ein besonderes Anliegen

gent, ehrlich und offen. Sie sagt, sie sei sicher, dass ich bestehe. Da ist sie sicherer als ich, denn ich fange an, meine Zweifel zu haben!

Mittwoch, 30. *Juni* 1943

Seit diesen Abiprüfungen habe ich zehn schreckliche Tage fiebernder Ungeduld hinter mir. Ich wusste wirklich nicht mehr, was ich tat und wie ich heiße! Ich räumte etwas weg, was ich zwei Minuten später wieder wie besessen suchte. *»If you can't wait and not be tired of waiting!"*

Heute kam Antonia zum Tee zu uns, ich wollte einen Obstkuchen machen und es ausnutzen, dass wir zufällig Johannisbeeren hatten – denn die Deutschen nehmen uns das ganze Obst. Und dann gab es kaum einen Hauch Gas. Ich schob meinen Obstkuchen drei Stunden lang in den Ofen, und danach war er immer noch nicht durchgebacken, aber wir haben ihn gegessen, und er schmeckte trotzdem gut. Ich hatte mir gesagt: wenn ich es nicht schaffe, ihn aus der Form zu nehmen, ohne dass er kaputt geht, werde ich das Abi nicht bestehen.

Dann gingen wir los, um im Quartier Latin *»L'Information universitaire«* zu kaufen. Ich habe erfahren, dass ich es geschafft habe, und bin sehr glücklich, aus mehreren Gründen: Erstens, je mehr Zeit verging, desto mehr dachte ich an alle Fehler, die ich gemacht habe, und sagte mir, dass ich es sicher nicht schaffe. Und dann: All die Leute, denen ich es hätte erzählen müssen! Welche Schande! Papa und Mama sind sehr glücklich. Am komischsten ist, dass ich ja erst in der vorletzten Klasse bin.

Monique Rivière hat es auch geschafft. Jacqueline (meine Freundin aus dem Molitor) hat es ebenso geschafft, aber es ist schon das siebte Mal, dass sie es probiert; das ist keine besondere Leistung mehr. Sie ist trotzdem zufrieden.

Freitag, 9. *Juli* 1943

Ich denke, ich kann jetzt erzählen, was mir mit meinem Ausweis passiert ist. Am ersten Abend des Abiturs, am Freitag, nehme ich die Metro, und die Fahrkartenkontrolleurin gibt einem schrecklichen Mann neben ihr ein Zeichen. Der ruft einen Unteroffizier, der etwas weiter hinten steht. Er kommt und nimmt mir meinen Ausweis ab. Ich dachte, ich wäre verloren. Ich wäre ja auch geflüchtet, aber in den Schuhen mit Holzsohlen ist das nicht so einfach, und man hätte mich schnell eingeholt. Außerdem hatte ich das dicke Wörterbuch von Monique für die lateinische Übersetzung dabei. Ich tat mein Bestes, um mich aufrecht zu halten und ihm zu antworten. Nie zuvor habe ich so eine schreckliche Geschichte erlebt.

Er fragte mich nach meinen Papieren. Ich antwortete, ich habe keine dabei. Zum Glück sagte ich kein einziges Wort auf Französisch, aber das war mir in diesem Augenblick nicht einmal bewusst. Er nahm den Ausweis aus der Hülle und schaute ihn seltsam an. In diesem Moment bemerkte er, dass er gefälscht war, und sagte dem Typ:

– Ich nehme sie mit auf die Kommandantur.

Wir stiegen in die Metro, und ich fing an zu weinen. Ich sagte, ich hätte das aus Spaß gemacht, meine Familie wüsste nichts davon, meine Eltern würden Ärger bekommen und sie könnten nichts dafür, ich sei zu jung, ich würde es nie wieder tun … Ich erinnere mich lieber nicht an alle Einzelheiten dieser schrecklichen Augenblicke … Die Leute waren so neugierig, dass sie rückwärts aus der Metro ausstiegen, um uns nachzusehen. Zum Glück waren keine anderen Deutschen in der Nähe. Er sprach nicht mit mir, er fragte nur, ob ich Deutsche sei. Ich verneinte. Er fragte nach meinen Papieren, und ich gab sie ihm. Ich dachte, er würde mich wirklich mitnehmen zur Kommandantur, aber ich fing an, Hoffnung zu schöpfen, als wir weder an der Concorde noch an der Madeleine noch am Saint-Lazare umstiegen.

Schließlich ließ er mich an der Notre-Dame-De-Lorette aussteigen, und auf dem Bahnsteig sagte er:

– *Ich riskiere meinen Kopf.*

Ich war ganz erstaunt, weil ich nicht wusste, dass es der gleiche Ausdruck wie im Französischen ist. Ich sagte:

– Warum bringen Sie mich hierher?

Er antwortete:

– Weil es der einzige Ort in Paris ist, den ich kenne.

Wir verließen die Metrostation, und als wir oben auf der Treppe ankamen, sagte eine Frau mit einem Witwenschleier, der bis zum Knie ging, zu mir, als sie mich mit einem Deutschen sah:

– Nutte!

Ich konnte ein Lachen nicht unterdrücken. Er fragte, warum ich lachte. Ich sagte es ihm, und er fragte mich:

– Wollen Sie, dass ich sie auch festnehme?

Von diesem Augenblick an wusste ich, dass ich gerettet war ... Er nahm mich mit in ein kleines Café an der Notre-Dame-de Lorette und gab mir einen Porto zu trinken, damit ich mich erhole. Als er sich setzte, sagte er:

– Ich konnte es nicht ertragen, zu wissen, dass Sie ins Gefängnis kommen und diese schönen roten Wangen verschwinden.

Da fing ich richtig an zu weinen, und alle Typen im Café schauten uns an. Er wurde ärgerlich und sagte:

– Aber hören Sie doch auf zu weinen; so wird man uns auf die Spur kommen.

Da kam mir eine Idee, und ich sagte:

– Vielleicht denken sie, dass ich weine, weil Sie nach Russland gehen müssen?

Schließlich sagte er:

– Wenn ich Sie laufen lasse, werden Sie alles einer Freundin erzählen, man wird es erfahren, und ich werde verhaftet. Und dann ist es nicht so einfach; ich muss vier Berichte schreiben, einen für mich, einen für meine *Dienststelle*, einen für die Kommandantur und einen für die Metro.

Nun, ich fasse mich kurz: Es ist nicht nötig, ewig lang über diese Geschichte zu schreiben, an die ich mich mein Leben lang erinnern werde (wenn ich davon wenigstens ein wenig Grips im Hirn behielte). Er nahm meinen Namen und meine Adresse auf und ließ mich gehen. Das heißt, er wollte mich nach Hause begleiten, weil ich nicht in der Lage sei, das Wörterbuch zu tragen nach allem, was mir passiert sei. Wir verließen das Café, gingen einige Schritte, und plötzlich stieß er mich in eine Hauseinfahrt. Wir liefen bis in den zweiten Stock, gefolgt von der Concierge und ihrer Tochter, die sich fragten, was hier passierte. Ich verstand es auch nicht, bis er mir erklärte, dass er gerade seinen Hauptmann gesehen habe, und wenn der uns gesehen hätte, hätte er Erklärungen abgeben müssen. Wir schauten durch das Treppenfenster und hielten den Atem an, er ging vorbei! Er hatte uns nicht gesehen. Uff! … Wir verließen das Haus mit einem kleinen idiotischen Lächeln für die Concierge und ihre Tochter. Ich habe erreicht, dass er nicht weiter mitging als bis zur Rue de Miromesnil, denn wenn ich obendrein mit einem Deutschen nach Hause gekommen wäre, das hätte mir gerade noch gefehlt!

Ich habe natürlich bei allen guten Göttern geschworen, dass ich es niemand erzählen würde, und dachte natürlich gleich daran, dass ich es Monique erzählen würde, damit ihr nicht die gleiche Geschichte passiert. Ich bin ihm unendlich dankbar, und deshalb werde ich weder seinen Namen noch seine Adresse in mein Tagebuch schreiben, auch nicht den Ort, an dem das passiert ist, denn wenn mir irgendetwas passiert, soll er nicht darunter leiden.

Ich habe ihn dann wiedergesehen, am Montag. Er hatte sich mit mir vor seinem Hotel verabredet und nahm mich mit nach oben auf sein Zimmer. Ich starb vor Scham. Das erste, was er tat, war, mir die Richtlinien für das deutsche Militär zum Lesen zu geben, die die Todesstrafe vorsehen für alle Personen, die offizielle Papiere gefälscht oder Beihilfe zur Fälschung geleistet haben. Dann nahm er alle meine Papiere, die er behalten hatte, und begann sie zu verbrennen, außer meiner Zeichnung mit »Rule Britannia«.[55]

55 Rule Britannia: englisches patriotisches Lied des Komponisten T.A. Arne (1710–1778), oft als inoffizielle Nationalhymne Englands bezeichnet

Und da auf der Rückseite stand: »God save the King!«, sagte er seufzend:

– Oh ja, God save the King!

Ich fragte, wie er das sagen könne, er, ein Deutscher. Er gestand, er sei auch nicht für Hitler und glaube nicht, dass Deutschland siegen werde. Er sagte auch, dass tagtäglich Tausende von deutschen Soldaten desertierten und versuchten, nach Spanien zu kommen, und dass die Grenze zwischen Frankreich und Spanien deswegen so eng überwacht würde.

– Für uns sind die Franzosen, die über die Grenze nach Spanien wollen, störende Elemente, die man besser passieren lassen sollte. Aber die Kontrollen gibt es, um die *deutschen Soldaten* an der Flucht zu hindern.

Er sagte auch, dass die *Wehrmachtsperre* jedes Mal, wenn sie die Papiere von Soldaten in Paris kontrolliert, Hunderte von Soldaten antrifft, die keinen Ausweis haben, und sogar Deserteure. Er habe mich nicht verhaften wollen, weil ich sehr jung sei und weil er glaubte, mein Leben wäre dann verloren. Ja, es wäre sehr wohl verloren gewesen … Ich vergaß die Hauptsache: Nachdem er lange überlegt hatte, erinnerte er sich, dass ich ja kein einziges Wort auf Französisch gesagt hatte. Da der Inspektor nicht wusste, dass der Ausweis gefälscht war, hat er ihm erzählt, meine Identität sei in der Kommandantur überprüft worden, ich sei Deutsche … und so brauchte er keinen Bericht zu schreiben.

Ich empfinde ihm gegenüber eine unendliche Dankbarkeit, wenn ich Mama, Nicole und Darak sehe, wenn ich immer wieder daran denke, dass ich ohne ihn nicht mehr zuhause wäre. Aber meine Dankbarkeit nimmt ab, wenn mich das verpflichtet, ihn zu sehen und ihm zu erlauben, mich zu küssen (zum Glück auf die Wangen, denn ich würde lieber sterben, als mich von ihm küssen zu lassen, so alt wie er ist!). Ich wage es aber nicht, ihm zu sagen, dass mich das nervt.

Ich kann nicht verstehen, dass die Männer so widerlich sind. Welches Vergnügen können sie daran finden, einen zu küssen? Vor allem bin ich gezwungen, ihn in seinem Zimmer zu sehen, und das stört mich sehr – weniger allerdings, als wenn ich gezwungen wäre, mit ihm spazieren zu gehen. Vor allem möchte ich ihn loswerden. Wenn er nur wegfahren würde!

Montag, 12. *Juli* 1943

Ich habe meinen Retter besucht. Er heißt Willi. Übrigens hat er in seinem Zimmer das Foto eines schrecklichen Weibsbildes, Viviane Romance[56] ähnlich, mit rasierten Augenbrauen und langen Wimpern. Darauf steht: »Für meinen geliebten Willi, den ich nie vergessen werde.« Ich habe nicht genau verstanden, ob er im Zivilberuf Journalist ist oder selbst eine Zeitung besitzt. Ich habe ihm ein Gouache-Bild gemalt, um ihm zu danken: zwei junge Mädchen beim Kirschenpflücken an einem Brunnen in einem Obstgarten. Ich hatte ihm erzählt, dass man in Paris kein Weiß für Ölfarben findet, und er ist durch ganz Paris gelaufen, um die Farbe zu finden. Er hat sie gefunden und hat mir eine große Tube geschenkt. Dazu auch Parfum und Bonbons.

Wenn wir zusammen sind, sprechen wir immer über Politik. Er glaubt an nichts, nicht einmal an Gott. Er hat eine Geschichte über Hitler erzählt: Ein Student kam ins Gefängnis, weil er gesagt hatte, Hitler habe eine so große Klappe, dass er einen Lauchstängel der Länge nach verschlingen könne. Aber er wollte mich wieder küssen; also sagte ich, wenn er das täte, würde ich schreien. Es ging hin und her, mindestens eine dreiviertel Stunde, und schließlich hat er mich nicht geküsst! Er fragte mich, ob ich böse sei. Nein, war ich nicht, aber ich finde das lächerlich! Welche Bedeutung messen sie alle dem Küssen bei? Ich werde es nie verstehen. Aber es ist lächerlich, sich darüber ewig zu streiten und immer wieder das Gleiche zu sagen. Jetzt weiß er genau, dass ich mich von ihm nie küssen lassen werde. Bald werde ich ihn endlich los sein; ich habe gesagt, dass ich in Ferien fahre und ihn nur noch einmal treffen kann.

---

56 Viviane Romance, französische Tänzerin und Schauspielerin (1912–1991), die von Jean Gabin entdeckt wurde und auch an seiner Seite in Filmen spielte.

Dienstag, 13. *Juli* 1943

Er ist trotz allem prima. Als er kam, fragte er, warum ich ihn weiterhin sehe, da ich ihn ja nicht küssen wolle. Ich erklärte, aus Dankbarkeit. Da zuckte er mit den Schultern und sagte:

– Oh, das … Das ist schon lange vergessen!

Wir gingen spazieren, und er wollte sich in ein Café auf den Boulevards setzen. Plötzlich kamen Typen von der Miliz; sie verteilten Flugblätter. Er bat mich, sie ihm zu übersetzen, und ich erklärte, das seien die widerlichen Typen von Doriot. Er sagte lachend:

– Also ist es gerade gut genug, um Toilettenpapier daraus zu machen!

Das erschien mir wenig zutreffend. Ich war schon etwas verlegen, und da fragte er:

– Was würden Sie sagen, wenn ich Ihnen sagte, dass ich Sie liebe?

Ich zuckte mit den Schultern und fing an zu lachen, damit er nicht sah, dass ich genervt war. Ich antwortete:

– Ich würde es Ihnen nicht glauben.

Er: Doch, ich liebe Sie und möchte Sie heiraten.

Ich: Das ist nicht möglich, ich bin viel zu jung.

Es war das erste Mal, dass mir jemand einen Heiratsantrag machte, und das hätte sich wirklich nicht so abspielen dürfen. Er hat mir alles verdorben, ich bin wütend! Und ich habe es satt, Mama jedes Mal, wenn ich mit ihm ausgehe, Geschichten zu erzählen. Wie schrecklich ist es, einem Mann gegenüber eine solche Dankesschuld zu haben!

Mama hat mir einen entzückenden roten Rock genäht, aber er ist so eng, dass ich unbedingt abnehmen muss, wenn ich ihn anziehen will. Morgen und in den nächsten Tagen werde ich nicht mehr zu Abend essen; ich werde stattdessen Darak ausführen.

Freitag, 16. *Juli* 1943

Ich fuhr mit meinem geliebten 6 Uhr-Zug nach Verneuil. Die Poiriers haben mich sehr freundlich empfangen, wie immer. Sie haben Verwandte zu Besuch, wir sind also einundzwanzig Leute im Haus. Wir haben die Matratzen aus zwei gleichen Einzelbetten quer gelegt, und so konnte man zu viert darauf schlafen. In einem anderen Bett schläft einer mit dem Kopf und einer mit den Füßen oben. Andere schlafen auf dem Boden auf Daunendecken, andere auf drei Stühlen, auf Liegen und Sofas. Mir wurde ein Sofa zugesprochen. Von den Waden abwärts hängen meine Beine in der Luft, aber das macht nichts. Das Ärgerlichste sind die Beulen im Sofa. Im gleichen Zimmer gibt es ein kleines vierjähriges Mädchen, das auf dem Boden schläft und das ich zum Pipimachen bringe: Mademoiselle Nicole.

Verneuil hat ein Schwimmbad! Welcher Luxus! Es soll die Stadt 60 000 Francs gekostet haben. Ich vergaß zu erwähnen, dass wir letzten Mittwoch um viertel vor 8 nach draußen gegangen sind. Das englische Radio hatte dazu aufgerufen. Wir waren ein bisschen zu spät dran und haben nichts Besonderes gesehen.

Samstag, 17. *Juli* 1943

Ich fuhr mit Rollschuhen bis zur Ecole des Roches, wo Domino trainierte, weil sie am Sonntag in Reims bei den französischen Meisterschaften läuft (sie ist Meisterin der Normandie). Als ich zurückfuhr, schob ich sie in einem kleinen Kinderwagen, damit sie sich schont.

Als ich zurückkam, fragten sie mich, ob ich zur Kommandantur gehen und einen Passierschein für das Auto beantragen könnte, um nach Reims zu fahren, und ich sollte, wenn möglich, auch nach Benzin fragen. Es war wohl klar, dass man einer Spitzensportlerin keinen Passierschein geben würde, wenn schon Ärzte kaum einen bekommen. Aber sie haben so sehr darauf bestanden, dass ich schließlich hingegangen bin, und zu meiner großen Überraschung traf ich Christiane, eine Ehemalige aus der Schule, die Übersetzerin ist.

Es war natürlich unmöglich, einen Passierschein zu bekommen. Der Kommandant sagte, ich hätte einen Wiener Akzent und gar keinen französischen. Er ist sehr groß, sehr braunhaarig, nicht schön, er ist ungefähr vierzig und nur Unterleutnant. Er sieht ein wenig schmutzig aus.

Christiane ist reizend; sie sieht Michèle Morgan[57] ähnlich. Der ganze Ort sagt, sie sei eine Nutte, weil sie für die Deutschen arbeitet. Aber sie sagte, sie wolle ihrer Mutter helfen, weil die Witwe ist und es schwer hat, ihre Schwester und sie großzuziehen. Auf jeden Fall bin ich sicher, dass sie den Deutschen nicht gefällt: sie ist nicht ihr Typ, sie ist zu mager. Der Schuster sagt, sie sei so dünn, weil sie in Saus und Braus lebe. Ich verstehe den Zusammenhang nicht.

Domino ist letztendlich mit dem Zug gefahren, und da sie über Paris fahren musste, hat sie Kirschen mitgenommen, die ich hier gekauft habe, um sie Mama zu geben, bevor sie faul werden.

Ich bin mit den Rollschuhen bis Grosbois gefahren, um die Nédélecs zu besuchen, und kam in der Nacht zurück. Es war wunderbar. Es war 11 Uhr, und ich hatte das Gefühl zu fliegen. Ich habe keine einzige Menschenseele getroffen.

Sonntag, 18. *Juli* 1943

Übrigens ist die kleine Nicole, die bei den Poiriers ist und von der ich dachte, sie sei jemand aus der Verwandtschaft, ein armes kleines Mädchen, deren Mutter Concierge und deren Vater in Gefangenschaft ist. Sie haben sie aufgenommen, weil sie zu dünn war und man Angst hatte, sie bekäme Tuberkulose. Es gibt auch noch Francine, das andere kleine Mädchen, das Jüdin ist. Das erfuhr ich nur ganz zufällig. Als ob Madame Poirier nicht genug zu tun hätte, sie füttert Nicole den ganzen Tag, weil sie nur ganz wenig auf einmal essen kann. Sie ist wirklich bewundernswert.

57 Michèle Morgan: berühmte französische Filmschauspielerin (geb. 1920)

Montag, 19. *Juli* 1943

Ich war den ganzen Tag auf der Suche nach Lebensmitteln und ziemlich müde. Abends ging ich um 11 Uhr weg, um in dem besagten Schwimmbad von Verneuil schwimmen zu gehen. Ich sollte dort Henriette und Marguerite treffen, aber sie kamen nicht, und ich ging ganz allein schwimmen. Es war herrlich. Das Wasser war schwarz, geheimnisvoll, und die Sterne spiegelten sich darin. Ich versuchte, sie zu greifen, und hatte meine Freude daran, zu schwimmen, ohne auch nur das geringste Geräusch zu machen. In den Hecken und Büschen waren unglaublich viele Glühwürmchen.

Als ich nach Hause ging, wurde ich von einer deutschen Patrouille angehalten, denn die Sperrstunde hatte schon lange angefangen. Sie fassten meine Haare an, um zu prüfen, ob es stimmte, dass ich schwimmen war, und wir redeten einen Augenblick. Einer der beiden war Medizinstudent, und sie waren sehr nett. Sie drohten, ich müsse im *Wachlokal* schlafen, und ich antwortete, wenn sie das täten, würde ich kein Wort mehr mit ihnen reden. Dann brachten sie mich bis zur Tür der Poiriers und halfen mir sogar, kleine Steinchen an Dominos Fenster zu werfen, damit sie herunterkommt und mir die Tür öffnet.

Ich hatte wirklich viel Spaß in der Zeit, die ich in Verneuil verbrachte. Jetzt muss ich die Ferien mit Papa verbringen. Ich treffe ihn in Lyon, und wir sollen an einen Ort fahren, der Belley heißt, im Département Ain, ein Ort, der sicher todlangweilig ist. Zum Glück werde ich so kurz wie möglich dort bleiben und danach nach Verneuil zurückfahren.

Belley, Samstag, 31. *Juli* 1943

Ich fuhr Mittwoch mit dem 8 Uhr-Zug nach Lyon. Die Reise war wirklich anstrengend; es war so heiß und staubig, dass ich mir dauernd das Gesicht abwischen musste. Die Toiletten rochen so schlecht, dass mich dieser Geruch seither die ganze Zeit verfolgt: Ich habe das Gefühl, ihm überall zu begegnen! Da ein Zug entgleist war, musste der Zug obendrein einen Umweg machen. Zum

Glück gab mir ein guter Junge etwas zu trinken, denn ich hatte vergessen, Wasser mitzunehmen. Offensichtlich hatte der Zug vor einigen Tagen sieben Stunden Verspätung, weil ein Zug entgleist war.

Abends war ich mit Papa im Restaurant. Ach ja, Papa: Ich fand, er hat sich gar nicht verändert, er sieht gut aus. Im Restaurant, wo die Leute übrigens ziemlich unangenehm waren, musste Papa das Essen, das an einem anderen Tisch servierte wurde, begutachten; er hat ein Theater veranstaltet und gesagt, das Essen dort sei reichlicher als an unserem Tisch. Ich wäre am liebsten im Erdboden versunken. Als wir schon auf der Straße waren, dachte er, die Rechnung sei zu hoch, und er kehrte ins Restaurant zurück, um sich aufzuregen.

Weil die Sperrstunde um 8 Uhr beginnt, brachte mich Papa in seine Wohnung, da wohne ich, und er hat sich ein Hotelzimmer genommen. Er wohnt in einem der schönsten Häuser Lyons. Ich ging um 8 Uhr schlafen und habe schrecklich schlecht geschlafen. Ich kämpfte die ganze Zeit mit einer Horde Mücken, die mich jede Stunde weckten, und am nächsten Morgen stellte ich fest, dass fünf oder sechs sich mit folgendem Ergebnis auf mich gestürzt haben mussten: ein Veilchen am rechten Auge, völlig unmöglich, es zu öffnen! Ich machte Ammoniak und Essig darauf und ging mit meiner Sonnenbrille raus. Zum Glück sah man es gegen Mittag nicht mehr.

Wir aßen sehr gut zu Mittag, und da Papa arbeitet, war ich im Schwimmbad. Es ist toll, besser als das Molitor, das Wasser ist sehr sauber hier. Ich bedaure nicht, Lyon nicht besichtigt zu haben, aber ich muss trotzdem zur Notre Dame de Fourvière gehen.

Abends aßen wir in einem kleinen Restaurant, in dem sie sehr unangenehm waren und in dem Papa sich herumgestritten und ein Riesentheater gemacht hat, weil eine Extraportion Wurst, für die man Lebensmittelkarten brauchte, 15 Francs kostete. Das Leben mit ihm ist wirklich reizend! Er hört nicht auf zu streiten. Ich glaube, für ihn ist das eine gewisse Lust … Er hat sich wirklich nicht geändert. Er fragte: »Du hast nicht daran gedacht, mir meine Schuhe zu putzen, nicht wahr?« in genau dem gleichen Tonfall wie vorher. Dann setzte er sich auf den Stuhl (gerade diesen), auf dem meine Kleider lagen. Ich war wütend. Ich sollte natürlich einen Haufen Besorgungen machen.

Ich ging wieder um 8 Uhr schlafen und band mir meinen BH um den Kopf, um nicht wieder auf die Augen gestochen zu werden.

Gestern Morgen zog ich los, um die Stadt zu besichtigen, aber alle Museen hatten geschlossen. Wenigstens gibt es hier Obst und Gemüse, und ich finde, das Essen ist hier reichlich, obwohl Papa ständig lamentiert. Da wir uns erst um halb eins im Restaurant verabredet hatten, in das uns Louis eingeladen hatte, war ich in verschiedenen Schmuckläden und probierte Ohrringe an.

Das Mittagessen war sehr gut, Louis und Arlette waren sehr nett. Arlette ist seine lyonesische »Ehefrau«. Er hat wohl mehrere solcher Ehen in ganz Frankreich und ist offensichtlich ein sehr guter Familienvater.

Er ist übrigens ein toller Typ, er wurde 1940 ins Gefängnis gesteckt, denn: »Als Frankreich England fallen ließ, hielten der Erzbischof von Canterbury und Winston Churchill sehr schöne Reden, die die Zeitungen veröffentlichen wollten. Nun arbeitete aber Louis bei der Zensur, und man gab ihm den Befehl, die Reden nicht zu veröffentlichen. Er fand das widerlich und nahm die Verantwortung auf sich, sie zu drucken.« Das war es. Als er aus dem Gefängnis kam, ging er sofort in die Freie Zone, wo er eine wichtige Arbeit hat. Er versteht sich gut mit Papa.

Die Lyoneser sind schrecklich: der Bus nach Belley wurde im wörtlichen Sinne gestürmt. Endlich kamen wir hier an. Das Hotel ist nicht umwerfend, aber das Essen ist reichlich, sehr einfach übrigens. Unsere Zimmer sind hässlich, hässlicher geht's nicht. Obendrein gibt es Flöhe. Heute Nacht wurde ich überall gestochen. Das kommt vielleicht von den Italienern, denn hier gibt es Italiener.[58] Sie sind zum Totlachen, absolut lächerlich mit ihren kleinen Hüten mit der Feder.

Sie stecken sogar an ihren Helm eine Feder. Sie sehen wirklich aus wie die Banditen in Operetten. Heute habe ich mich gelangweilt, aber wirklich zu Tode gelangweilt. Ich aß ein Pfund Pfirsiche und ein Pfund Pflaumen (die noch nicht reif waren), aber wir haben eine Bibliothek entdeckt. Zum Glück! Noch vierzehn Tage bleiben wir hier. Die Landschaft ist sehr hübsch, die Stadt ist nichtssagend, die Einwohner auch, ich habe so sehr das Gefühl, hier meine Zeit zu vergeuden!

Die Italiener interessieren mich nicht, genauso wenig wie die Franzosen, und es gibt nicht einmal ein Schwimmbad.

Montag, 2. *August* 1943

Heute waren wir am See Saint-Champ[59] zum Baden, das war schön. Ich sprach mit einem sehr sympathischen Italiener, der ausgezeichnet Französisch sprach (mein Wortschatz scheint sich zu reduzieren auf die Wörter unsympathisch und sympathisch). Die Offiziere sind recht schick, außer ihren lächerlichen Hüten, und die Soldaten sehen halb wie Räuber, halb wie Robin Hood aus. Ich muss unbedingt einige zeichnen. Das ist eine einmalige Gelegenheit, zumal sie bald weggehen.

Übrigens, alles läuft gut seit der Landung der Engländer in Sizilien (vor ungefähr drei Wochen).[60] Ich vergaß zu erwähnen, dass Mussolini abgedankt hat und völlig von der Bildfläche verschwunden ist.[61] Die italienische Regierung ist offenbar nichts weiter als

---

58 Der Südosten Frankreichs wurde ab dem 11. November 1942 von italienischen Truppen besetzt als Reaktion auf die Landung der Alliierten in Nordafrika.

59 Der Lac de Barterand, auch Lac de Saint-Champ genannt, bei Pollieu in der Nähe des Flusses Ain.

60 Alliierte Truppen landeten ab dem 9./10. Juli 1943 in Sizilien.

61 Mussolini wurde am 25. Juli 1943 entlassen und festgesetzt, am 12. September 1943 wurde er von deutschen Fallschirmjägern befreit und *übernahm* die Spitze der faschistischen Republik von Salò.

ein schlechter Witz. Genau wie unser Waffenstillstand »in Ehren« von 1940.

Mittwoch, 4. *August* 1943

An der fünften Süßstofftablette beim Frühstück (ich hebe sie auf) habe ich festgestellt, dass ich schon seit fünf Tagen hier bin. Um ganz ehrlich zu sein, sie gingen schnell vorbei. Das Glück liegt in einem selbst, und ich zwinge mich zu guter Laune. Papa tut ja, was er kann, aber er ist so kleinlich … Warum mussten wir heute Morgen so einen idiotischen Streit haben wegen des Brots, das ich gestern liegen ließ und das er dann gegessen hat? Warum wollte er mir weismachen, dass ich es nicht liegen gelassen hatte? Ich weiß wohl, dass ich nicht hätte streiten sollen, aber das habe ich von ihm, es ist stärker als ich, und seine vielen kleinen dummen Lügen sind so nervig. Wenn Mama nur nicht akzeptiert, nach dem Krieg wieder mit ihm zu leben.

Heute Nachmittag wollten wir zu Fuß zum See Saint-Champ laufen, um zu trainieren, aber das ist schlecht ausgegangen. Ich hatte Blasen an den Füßen, die so schmerzten, dass ich mit dem Bus zurückfahren musste. Ich war wie gerädert und konnte die Füße nicht mehr auf den Boden stellen.

Donnerstag, 5. *August* 1943

Papa und Leonetti (sein Kamerad) waren heute Nachmittag in verschiedenen Bauernhöfen, um Eier zu besorgen. Sie überraschten mich angenehm mit Spiegeleiern zum Abendessen. Sie hatten insgesamt 16 Eier und haben sie geteilt. Sie gingen um 3 Uhr weg und kamen um 8 Uhr zurück. Vielleicht wäre es schneller gegangen, sie auszubrüten.

Im Hotel gibt es ein Mädchen, das immer mit einem italienischen Soldaten zusammen ist. Wir wissen, dass sie Mado heißt, weil das auf den Blusenärmel gestickt ist. Sie ist mir ziemlich sympathisch, weil ihr die Meinung der Leute egal ist, und heute Nachmittag blieb ich im Speisesaal, um den Roman *Geschichtsheft* zu schreiben. Sie lernte Deutsch neben mir. Da sie das Beste aller Wörterbücher von Larousse hatte und da das nirgends aufzutreiben ist, fragte ich sie, woher sie das habe. Sie sagte, sie habe es von einer befreundeten Buchhändlerin bekommen, aber es wäre ihr ein Vergnügen, mir eins zu besorgen. Sie gab mir ihre Adresse in Lyon, damit ich es dort abholen könnte, und wenn sie es dann noch nicht bekommen hätte, würde sie es mir nach Paris schicken. Als ich mich bedankte, sagte sie, das sei doch ganz normal, was sie mache. Sie ist sehr sympathisch (noch mal!), aber vor allem denke ich, ich war froh, mit ihr zu reden, weil ich mich allein fühlte und ziemlich durchhing. Sie hat einen elsässischen Vater und eine italienische Mutter und sagte, sie habe ihren Italiener in Italien kennengelernt. Sie sagt, er sei ein Freund. Sie sieht nicht schlecht aus. Sie ist rothaarig und hat eine komische Stimme, ein wenig heiser, wie die Stimme von Edwige Feuillère.[62]

Freitag, 6. *August* 1943

Heute Morgen ging es mir sehr schlecht. Mir war übel und ich hatte Magenschmerzen. Ich konnte nichts essen und blieb im Bett. Ich wollte auch nichts zu Mittag essen, aber Papa brachte mir ein paar grüne Bohnen und eine gekochte Birne nach oben. Papa ist mehr als nett im Augenblick, er rührt mich mit seiner etwas unbeholfenen Fürsorglichkeit. Er wusste nicht, wie er mich glücklich machen sollte. Es ist schade, dass er so »hirnlos« ist, denn er hat wirklich ein gutmütiges Herz. Es sind seine einzigen Ferien, und immer fragt er mich, was ich will, anstatt selbst zu entscheiden.

Nachdem ich ein Buch gelesen und mit den Flöhen gekämpft hatte, ging ich nach unten – noch ein wenig schwach, aber gerade stark genug, um mein rotes Kleid auszuführen.

Ich konnte das Portrait eines Italieners zeichnen, ein wenig karikierend, muss ich zugeben. Ich habe den Hässlichsten und am schlechtesten Rasierten ausgewählt … Und dann, nicht zu fassen,

62 Edwige Feuillère, französische Schauspielerin (1907–1998)

kamen plötzlich die Deutschen. Papa und Leonetti hörten Schweizer Radio in einem Café auf dem Platz. In der Mitte ist ein Springbrunnen. Unglaubliche Mengen von Deutschen marschierten vorbei, sie waren erschöpft, schmutzig, ohne Helm, mit aufgekrempelten Ärmeln und staubigen Stiefeln ... Die Offiziere zu Pferd sahen hochnäsig und herablassend aus ... und alle Wände, vom Platz bis zur Kaserne, waren vollgeschrieben mit dem berühmten W der Italiener (sie schreiben W für *Viva Badoglio!*[63] *Viva il re d'Italia*[64]). Die Deutschen sangen natürlich *Lili Marlene* und *Heili! Heilo! Heila!* Sie kamen von links am Springbrunnen an und zogen in Richtung Kaserne. Die Italiener ihrerseits zogen an der anderen Seite des Springbrunnens vorbei; sie kamen aus der Kaserne, die sie den Deutschen überließen. Letztere mussten übrigens auf Sprungrahmen schlafen, weil die Italiener, elegant und friedlich, wie sie waren, unglaubliches Zeug wegschleppten; Matratzen, Vorräte aller Art: Hunde, Katzen, Hühner und sogar eine schwarzweiße Ziege, alles auf von Maultieren oder Eseln gezogenen Karren. Sie lachten, und als sie den Brunnen erreicht hatten, fingen sie gleichzeitig mit den Deutschen an zu singen, aber sie sangen: *La donna è mobile*[65]. Das, und dann noch: *Funiculi, Funicula*[66], *Lili Marlene*; *Heili, Heilo, Heila,* und das Schweizer Radio

---

63 Pietro Badoglio (1871–1956), italienischer Militär und Politiker, an der italienischen Kolonisierung Libyens und Äthiopiens beteiligt. Nach der Entlassung und Inhaftierung Mussolinis am 25. Juli 1943 wurde er vom *König Viktor Emmanuel III zum ersten Ministerpräsidenten nach Mussolini ernannt. Er nahm geheime Waffenstillstandsverhandlungen mit den Alliierten auf. Am 8. September 1943 wurde die Kapitulation Italiens verkündet, was einem Frontwechsel gleichkam. Nach der Befreiung Mussol*inis durch die Deutschen und seiner Einsetzung als Chef der faschistischen Repubblica di Salò am 23. September 1943 floh Badoglio mit dem König ins unbesetzte Brindisi. Nach der Befreiung Roms durch die Alliierten am 4. Juni 1944 wurde Badoglio zum Rücktritt gezwungen.

64 Viva il re d'Italia: Es lebe der König von Italien!

65 Im Original: Comme la plume au vent. Das ist die französische Version der Arie aus Verdis Rigoletto; die deutsche Version ist bekannt als: O wie so trügerisch sind Frauenherzen.

66 Funiculi Funicula: bekanntes italienisches Lied im neapolitanischen Dialekt, 1880 zur Eröffnung der Seilbahn auf den Vesuv geschrieben; Richard Strauss verarbeitete

leise im Hintergrund, das ergab eine ohrenbetäubende Kakophonie. Dieses eine Mal galt meine Sympathie ihnen.

Um 5 Uhr war ich in einem Dorf, um Eier zu besorgen. Ich kam mit 3 zurück. Aber ich glaube, ich habe die Bauern geschockt, weil ich in Shorts war. Als ich zurückkam, begannen die Deutschen, sich in der ganzen Stadt zu verbreiten. Überall waren welche; es roch nur noch nach Leder und Zigaretten. Wir hatten wirklich den Eindruck zu ersticken. Um dem zu entkommen, flüchtete ich mich in den Speisesaal des Hotels und schrieb weiter an *Geschichtsheft*, meinem neuen Roman. Übrigens stelle ich fest, dass es schade wäre, nicht weiterzuschreiben, denn die Ideen kommen mir massenweise und sind toll – nein, nicht toll, aber nicht schlecht. Ich erschrecke manchmal über meine Phantasie.

Es gibt im Hotel einen reizenden kleinen italienischen Offizier. Ich habe die ganze Nacht an ihn gedacht. Ich habe nie mit ihm gesprochen, und plötzlich sagte ich mir: »Warum nicht?« Ich dachte immer, meine erste Liebe würde ein englischer Flieger sein, aber dieser hier hätte zumindest den Vorzug des Unerwarteten und der Chance, meine Theorien durcheinander zu bringen. Er sieht so melancholisch aus und hat wunderbar blaue Augen … und ist extrem chic gekleidet. Ich habe der Kleidung immer eine riesige Bedeutung beigemessen. Ich erinnere mich, dass ich Ellès, meinen Schwarm in der Schule in Verneuil, an dem Tag, an dem er einigermaßen korrekt gekleidet war, am meisten geliebt habe. Vier Jahre ist das her! Und ich zog die Möglichkeit eines Kusses nicht einmal in Erwägung!

Meine Phantasie nahm natürlich ihren Lauf, und ich dachte an die ungewöhnlichsten Mittel, um ihn kennenzulernen.

Ich schmierte mir Essig auf meine Mückenstiche und schlief ein bisschen besser, aber mitten in der Nacht, mehr als eine Stunde lang, hörte man Flugzeuge, die nach Italien flogen. Und ich dachte an ihn … Ich hätte zu ihm gehen mögen, um ihm mein Beileid

---

die Melodie in der sinfonischen Dichtung: Aus Italien.

auszusprechen. Ich dachte auch daran, dass mein Bruder Hubert dort oben am Himmel sein könnte.

Sonntag, 8. *August* 1943

Mit der Klarheit des Morgens hatte ich alle meine Ideen vergessen … die nächtlichen. Aber ich dachte, schließlich ist *er* aus dem Land Vergils und Leonardo da Vincis.

Beim Mittagessen war er nicht da. Um ihm beim Abendessen gegenüber zu sitzen, griff ich zu dem Trick, mit Papa den Platz zu tauschen. Zum Glück ist er nicht sehr scharfsinnig.

Er sagte dennoch:

– Was hat er, dieser Italiener, dass er dich anschaut mit Augen, die dumm aus der Wäsche gucken.

Wir waren zu Fuß am See Saint-Champ. Hin und zurück: 18 Kilometer. Heute war es sehr gut, weil gerade ein Floß eingeweiht wurde, auf dem es ein Sprungbrett gibt. Eine ganze Stunde lang versuchten die jungen Leute immer wieder, es zurück zum Ufer zu bringen. Und dann hat es geklappt. Ich hatte überhaupt nicht damit gerechnet und wurde fast darunter gezogen; nun, es war unmöglich, wieder aus dem Wasser zu kommen, mit all diesen Geräten, Kabeln und Leitern. Die Franzosen sind wirklich dumm.

Ich habe mit *ihm* gesprochen, das wäre geschafft! Aber ich bin überhaupt nicht zufrieden, denn obwohl ich es gar nicht beabsichtigt hatte, war ich wirklich dumm. Er sagt etwas, ich frage ihn:

– Wie?

Er antwortet:

– Ich sprach mit einem Kameraden.

Sein Kamerad kommt und sagt zu ihm:

– Sie ist hübsch.

Aber das Kompliment kam natürlich von einem Mann, der mich überhaupt nicht beeindruckt. Er fragte, wie ich Belley finde, und ich sagte, dass ich mich hier langweile. Ich hörte, wie er dem Zimmermädchen sagte, sie solle ihn morgen früh um 6 Uhr wecken, und ich hatte Angst, er würde wegfahren. Aber ich bin wütend, und wenn ich nicht so ehrlich wäre mit meinem Tagebuch, hätte ich nichts über diese blöde Art des Kennenlernens geschrieben. Oh! Ich bin zu geschwätzig! … Anderer Grund, wütend zu sein; er hat auch den Platz getauscht, was dazu führt, dass wir uns wieder den Rücken zudrehen.

Montag, 9. August 1943

Nun, ich muss meine Eindrücke des ganzen Tages erzählen und sie ganz genau noch einmal durchgehen, weil sie sich mehrmals verändert haben.

6 Uhr 30: Ich stehe auf, um *ihn* zu sehen, und ja! Ich treffe ihn gerade in dem Moment, als er aus der Toilette kam, dem am wenigsten poetischen Ort, den man sich vorstellen kann. Enttäuschung. Ich bin gekränkt und wütend.

11 Uhr: Ich gehe malen.

6 Uhr: Ich komme vom See zurück, wo ich viel Spaß hatte. Ich bin der Länge nach durch den ganzen See geschwommen, ich habe ein schönes Sonnenbad genommen, alles ist in Ordnung, und ich habe meinen Eindruck von heute Morgen völlig vergessen. Ich quatschte mit Papa vor dem Hoteleingang, in der Hoffnung, zu sehen, wenn *er* kommt, und genau, da ist er! Unter dem Vorwand, das Fahrrad, das ich geliehen hatte, ins Hotel zu bringen, folgte ich ihm ins Hotel. Wir begrüßten uns und redeten. Weil ich Angst hatte, Papa würde kommen, gingen wir in den ersten Stock und redeten weiter. Über unser Studium, glaube ich. Nicht sehr interessant … Und wir trennten uns, nachdem uns das ganze Hotel gesehen hatte.

Beim Abendessen dachte ich nach und sagte mir, ich bin doof, dass es mir wie mit den anderen nicht gelingt, mit ihm zu flirten. Bei dem Gedanken, meinen ersten Kuss und meine erste Liebe einem Mann zu schenken, den ich nur acht Tage sehen werde, gibt es etwas, das mir widerstrebt, aber ich frage mich, ob ich immer Angst vor einem Kuss haben werde. Und doch, Gott weiß, dass es Augenblicke gibt, an denen ich mich danach sehne, sie kennenzulernen, diese erste Liebe. Ich sage mir also, es ist wirklich komisch, dass ich die Männer immer nur als Kameraden ansehe. Und dann plötzlich denke ich wieder an Rehm, den ich in Breteuil hätte küssen können, ohne zu zögern, wenn er sich nicht damit begnügt hätte, mich auf die Wange zu küssen. Es stimmt, ich war betrunken. Aber trotz allem bedaure ich es nicht, denn ich werde ihn immer als bezaubernd in Erinnerung behalten und ihn niemals für dumm halten, weil er ein junges Mädchen respektiert hat, das wie eine »Hirnlose« mit ihm geflirtet hat.

Kommen wir wieder zurück zu dem Italiener. In der Zwischenzeit und während ich das alles dachte, hatte ich ihn fast vergessen.

Ich gehe nach oben, ich treffe ihn auf dem Flur. Wir reden zwei Worte miteinander, dann kommt Papa. Ich flüchte. Nachdem Papa ins Zimmer gegangen ist, gehe ich wieder nach unten und treffe ihn. Er sagt:

– Hat Ihr Vater mit Ihnen geschimpft?

Ich sage:

– Ich weiß nicht, ob er mich gesehen hat.

Mist! Da kommt er wieder zurück. Dieses Mal wird er fuchsteufelswild, einer dieser Wutanfälle mit Schreien und Ausbrüchen, die Mama zu der Bemerkung veranlassen, man könnte denken, man sei in den Hallen[67] bei den Fischverkäufern. Er schrie:

– Ich werde dir beibringen, wie eine Nutte auf der Treppe zu reden. Du wirst schon sehen …

Ich unterdrücke mein Lachen und beruhige mich, so gut ich kann. Er fragt mich, ob ich schlafen oder spazieren gehen will. Um ihn zu besänftigen, sage ich, dass ich mit ihm spazieren gehe, aber ich schmolle die ganze Zeit. Ich hatte ja allen Grund dazu, nicht wahr! Ich komme ein bisschen früher als er zurück, ich sehe *ihn* nicht. Zum Glück, denn kaum bin ich im Zimmer, kommt Papa und sagt, dass ich auf keinen Fall mit ihm hätte sprechen dürfen, ohne ihn zu kennen, und »es ist doch merkwürdig, ich stelle fest,

---

67 Les Halles in Paris, die Markthallen, sie wurden 1971 abgerissen.

dass es genügt, dass ein Mann die Uniform eines Feindes trägt, und schon bist du freundlich zu ihm« (das stimmt).

10 Uhr 30: Jetzt höre ich auf davon, aber ich bin beleidigt und wütend, weil Papa mich überrascht hatte. Oh, ich bin wütend, dass ich mich erwischen ließ, wütend, dass das alles zu nichts führt, wütend, dass ich die Nacht verbracht habe, ohne zu schlafen, wegen IHM, und nichts ist dabei herausgekommen. Wütend, dass ich mit niemand sprechen darf bei einem solchen Zerberus wie Papa, der mich bewacht. Ich glaube, er ist fast schlimmer als Nounou.

Aber ich stelle auch fest, dass man wirklich doof ist in den Ferien und dass die Phantasie viel aktiver ist als zu normalen Zeiten.

Dienstag, 10. *August* 1943

Den ganzen Tag habe ich ihn nicht wieder gesehen. Ich gebe es auf. Nach alldem fühle ich mich völlig mutlos.

Es läuft verdammt gut für die Engländer. Sie sind zur großen Offensive übergegangen; sie bombardieren pausenlos Italien und Deutschland und jetzt sogar Rumänien. Sie haben Sizilien fast eingenommen. Toll! Und die Russen kommen auch voran; sie haben eine Stadt zurückerobert, die Bjelgorod[68] heißt. Das soll sehr wichtig sein. Ich habe das Interesse an diesen Fragen vollkommen verloren, so ödet mich alles an. Ich interessiere mich viel mehr für mein ICH, es ist sehr wichtig und sehr zu bedauern.

Es ist trotzdem interessant, von den Unruhen und Revolten in Italien zu hören. Es sieht so aus, als säßen sie richtig in der Patsche. Ich fange an, bösartig zu werden. Ich möchte, dass ganz Italien und ganz Deutschland bombardiert werden und leiden …

Wir waren am See. Das Wasser ist wunderbar, und ich komme mir vor wie eine Sirene. Ich schwimme wirklich sehr gut; ich sage das nicht, um anzugeben, sondern weil es die Wahrheit ist. Die Deutschen, die in Verneuil zu mir sagten: »Man könnte meinen,

---

68 Die russische Rote Armee eroberte am 5. August 1943 Bjelgorod, eine Stadt an der russisch-ukrainischen Grenze, von den deutschen Besatzern zurück.

Sie seien im Wasser geboren«, haben nicht gelogen. Ich kann mehr als fünf Stunden im Wasser bleiben, ohne mich auszuruhen und ohne Boden unter den Füßen zu haben. Das Wasser ist so grün … wie Jade. Mein Badeanzug ist aus einem wunderbaren Weiß, und man kann den Grund des Sees nicht sehen, was ihn geheimnisvoll und aufregend macht. Meine Haare treiben im Wasser um mich. Ringsherum gibt es Berge, so weit das Auge reicht, und der Himmel ist von einem unendlichen Blau. Genug der Poesie!

Nach dem Abendessen waren wir im Café, mit Papa und seinem Typen, und ich machte Eroberungen. Es waren zehn deutsche Offiziere dort, die mich mit Blicken ansahen, die mehr als freundlich waren, und ich konnte sie anschauen, da Papa mich gefragt hatte, welchen militärischen Rang sie hatten. Ich schenkte dem Besten von ihnen ebenfalls Blicke. Ich finde das ziemlich widerlich, aber im Augenblick habe ich überhaupt keine Moral mehr. Dieses Spiel dauerte, bis es dunkel wurde, und sogar länger, denn ich sah, dass mir der Kopf des Typen die ganze Zeit zugewandt war. Alle Deutschen, die hier sind, schauen die jungen Mädchen mit widerlichem Blick an.

Donnerstag, 12. *August* 1943

Der See ist mein einziger Trost und meine einzige Abwechslung. Er ist ein Freund, und wenn ich reingehe, bedeckt er mich mit seinen Wassern wie mit einem Mantel aus Satin. Dann vergesse ich all meinen Ärger …

Freitag, 13. *August* 1943

Heute Morgen treffe ich zufällig meinen Italiener auf der Straße. Ich hatte Papa gesagt, dass ich etwas nähen würde, doch in Wirklichkeit hatte ich gerade Pfirsiche gekauft. Da Papa noch nicht angezogen war, konnte nichts passieren, und ich begleitete ihn zur Kaserne, dann begleitete er mich zurück zum Hotel. Ich ging wieder zurück zu meinem Nähzeug und setzte mich davor, ich hatte gerade zwei Minuten angefangen, als Papa kam. Ich freute mich sehr, dass ich ihn so schön reingelegt hatte. Nach dem Mittagessen sprachen wir noch einmal zehn Minuten zusammen, und ich verabredete mich mit ihm für den Nachmittag am See. Er war da, aber die ganze Familie Fenouillard ebenfalls: die beiden Schwestern, Freunde von ihnen, junge Leute, die sie gestern Abend kennengelernt hatten, und … Papa. So konnte ich nur sehr wenig mit ihm sprechen, vor allem, weil er mir keinen Ärger verursachen wollte.

Ich sagte ihm, dass ich heute Abend wieder zu der Veranstaltung mit dem Zauberer ginge, und er sagte, er käme auch. Ich musste mich mit Papa streiten, der es blödsinnig fand, »Taschenspielerstricks zuzuschauen«. Aber ich setzte mich durch. Er ging mit seiner Nervensäge weg, um Schweizer Radio zu hören, und ich blieb im Speisesaal … Und ich sprach mit *ihm* vor allen Leuten. Als er mit dem Abendessen fertig war, redeten wir in der Halle (die eher wie ein Vorzimmer wirkt). Er sagte, er möge die Engländer nicht, aber er könne sie nicht gut beurteilen, weil er sie nicht gut genug kennen würde. Wir tauschten unsere Meinungen aus, und plötzlich sagte er:

– Ich lasse Sie jetzt allein, weil ich das Gefühl habe, dass Ihr Vater gleich kommt.

Ich antwortete:

– Ach wo, er wartet im Café auf mich.

Kaum hatten wir uns getrennt, kam Papa. Ich hatte gerade noch einmal Glück gehabt!

In der Pause ließ ich die ganze Bande stehen – und ging mit ihm spazieren. Es war ungefähr halb 12. Wir waren ganz allein, und er versuchte nicht einmal, meinen Arm zu nehmen, wofür ich ihm sehr dankbar bin.

Er ist sehr nett und ausgesprochen gut erzogen, ein wenig träge, aber sehr intelligent und sehr angenehm. Er ist wirklich ein reizender Junge und total chic. Es ist schade, dass wir uns nicht anfreunden können. Er hat die Militärmedaille mit drei Auszeichnungen. Aber Papa nervt immer mehr. Es gibt kein Essen, bei dem er nicht schreit (brüllt, müsste ich sagen) wegen irgendetwas: weil das Brot ihm nicht passt oder der Wein, oder weil er denkt, die Nachbarn würden besser bedient als er. Ich bin entzückt, dass ich ihn so schön reingelegt habe.

Samstag, 14. *August* 1943

Heute war ich um 10 Uhr mit ihm verabredet, aber wir waren beide zu spät und ich habe ihn nicht gesehen. Übrigens hatte ich angefangen zu zeichnen und sagte mir: »Nach allem, was habe ich davon? Noch einer! Mit ihm wird es nicht anders sein als mit den anderen …« Und je mehr ich mir das sagte, desto mehr dachte ich: »Wenn er bloß nicht käme.« Morgens ist er nicht gekommen, aber nachmittags habe ich ihn am See gesehen, und wir redeten ein wenig, ich lag so neben ihm, dass Papa mich nicht sehen konnte, und er beobachtete Papa. Das war nicht sehr angenehm. Danach konnten wir noch ein wenig reden, während Papa sich anzog, weil das bei ihm immer sehr lange dauert.

Das Sprungbrett war heute wieder aufgestellt, und ich konnte springen. Es ist nur 3 Meter hoch, aber es war toll. Nach dem Abendessen zeichnete ich gerade das Portrait von Jacqueline, der jüngeren Schwester, und Papa war im Café mit Leonetti, als *er* kam. Ich hatte eine glänzende Idee und schlug vor, wir könnten morgen früh zusammen Fahrrad fahren. Ich werde Papa sagen, dass ich Eier besorge. Dann wird er nicht misstrauisch sein, denn er hat mich selbst auf die Idee gebracht.

Rom ist zur offenen Stadt[69] erklärt. Die beiden Schwestern finden *ihn* sehr sympathisch.

Sonntag, 15. *August* 1943

Mein ganzes Leben lang will ich mich an diesen wunderschönen 15. August erinnern, der schönste Tag, den ich bisher erlebt habe.

69 Rom wurde am 14. August 1943 zur offenen Stadt erklärt, das heißt, sie wurde nicht mehr verteidigt. Der Status der offenen Stadt soll verhindern, dass eine Stadt weiter durch Angriffe zerstört oder bombardiert wird.

Wo soll ich anfangen? Am Ende – das heißt, dass ich bis über beide Ohren in ihn verliebt bin – oder am Anfang?

Um 10 Uhr verließen wir zusammen das Hotel und machten eine wunderschöne Spazierfahrt. Wir fuhren bis zu einem kleinen Dorf, das Arbignieu heißt, wir waren in der Kirche (er ist katholisch), und auf dem Rückweg setzten wir uns an den Straßenrand und redeten. Er heißt Giuseppe. Ein wunderbarer Name. Wir sprachen über Bücher, die wir gelesen haben, lateinische und griechische Klassiker, unser Studium. Er arbeitete viel ernsthafter als ich in der Schule, das merkt man daran, wie er redet. Er ist sehr bewandert in Geschichte und Geographie. Wir tauschten unsere Adressen aus und versprachen uns, dass wir uns schreiben. Ich habe sogar seine Adresse in Italien, wo er eine Skischule leitet. Nach dem Krieg werde ich ihn besuchen, und er wird mir das Skifahren beibringen. Ich weiß nicht, ob ich schon erwähnt habe, dass er zur Waffenstillstandskommission gehört. Er spricht erstaunlich gut Französisch, und sein Akzent ist sehr hübsch. Ich wollte gar nicht mehr zurückfahren.

Heute Nachmittag gingen wir zu Fuß zum See, Jacqueline, Maryse, Papa und ich. Wir ließen natürlich Papa mit Jacqueline hinter uns laufen, und Maryse und ich gingen vorneweg. Dabei erzählten wir uns vertrauliche Dinge und waren sehr erstaunt, als wir feststellten, dass wir heute Morgen haargenau das Gleiche gemacht hatten, das heißt, wir hatten beide die Adressen mit einem Jungen ausgetauscht und versprochen, ihm zu schreiben. Ich mit *ihm* und sie mit Marc (einer der jungen Leute). Sie nimmt die Sache jetzt richtig in die Hand; sie sagte:

– Heute Nachmittag gehen wir beide zusammen los und sagen, dass wir einen Spaziergang machen, und Marc und Giuseppe werden ins Restaurant am Ende des Sees nachkommen.

Das ging nicht problemlos! Wir erklärten Giuseppe, wie wir uns treffen wollten, als Papa im Wasser war, und wir trafen uns zu viert. Giuseppe trug Zivil mit einer kurzen Hose, einem kurzärmligen Leinenhemd und Skischuhe. Es waren viele Leute aus Belley da, die uns erstaunt und empört anschauten, weil wir zwei seltsame Paare bildeten. Wir machten uns etwas über ihn lustig, weil er sehr kurze und seidenweiche Haare hat, und weil wir gerade Barbarie-Enten sahen, sagten wir, er sehe ihnen ähnlich. Aber er war nicht sauer. Er musste um 5 Uhr mit seinem Oberst telefonieren und ging um 6 Uhr.

Er ist so anders als die Deutschen! Mit ihm habe ich überhaupt kein Gefühl von Abneigung… Mit Giuseppe war verabredet, dass wir uns zu viert vor dem Friedhof treffen: das war Maryses Idee, ein bisschen makaber übrigens. Ich sagte:

– Wir werden uns sicher nicht treffen.

Sie antwortete:

– Aber ja, er hat sehr gut verstanden.

Nach dem Abendessen, bei dem Maryse, Marc, Giuseppe und ich nicht aufhörten zu lachen und uns geheimnisvolle Blicke zuzuwerfen, gingen Maryse und ich zusammen los. Wir waren bei Maryses Tante, und dann liefen wir kleine Pfade entlang und machten eine Menge komplizierter Geschichten, um schließlich am Friedhof anzukommen, in einer Gegend, die eher unheimlich ist. Marc kam fast unmittelbar nach uns, ungefähr zehn Minuten später kam Giuseppe, der sich verlaufen hatte und auf einem anderen Friedhof auf uns gewartet hatte. Er sagte zu mir:

– Ich weiß nicht, wie wir uns gefunden haben! Zwei Friedhöfe, das ist doch ziemlich viel für ein so kleines Nest.

Ich wusste auch nicht, dass es zwei Friedhöfe gibt. Aber natürlich war das Wichtigste, dass wir uns gefunden hatten, und wir suchten die beiden anderen.

Schließlich hörten wir Stimmen, als wir an einem Feld vorbeigingen; wir blieben stehen, und Marc sagte, wir sollten kommen. Wir stiegen über einen Zaun und gingen einige Schritte, und hier erwartete uns ein wunderbarer Anblick: die ganze Stadt war im fahlen Mondlicht zu unseren Füßen ausgebreitet. Er breitete seine Jacke auf dem Gras aus, und ich setzte mich darauf. Wir rauchten eine Zigarette, legten uns ins Gras, wir sagten, dass wir so gern die

Nacht hier verbringen würden. Die Zeit verging wie im Traum. So war es: *A midsummer night's dream* – ein Sommernachtstraum. Alles machte einen unwirklichen Eindruck, alles hatte einen märchenhaften Glanz.

Giuseppe ist der schönste, der reinste Mensch, den ich kenne. Er ist ein wahrer Bergmensch. Er liebt seine Berge leidenschaftlich und beschrieb sie mir in den herrlichsten Farben. Er ist sehr natürlich und schüchtern, aber einzigartig. Vor vierzehn Tagen hätte ich nie gedacht, dass ich so einen wunderbaren Mann kennenlernen und lieben würde. Einen Italiener! Seitdem er 7 Jahre alt ist, haben sich seine Eltern nicht mehr um ihn gekümmert. Seine Mutter starb, als er eineinhalb war, und seinem Vater waren die Kinder ein bisschen egal. Sein Bruder ist in Russland, und er hat seit November nichts von ihm gehört. »Ein Mensch, der begierig ist nach Freiheit«, so hatte ich eine Heldin in einem meiner Romane beschrieben, aber das ist wirklich sein Wesen. Und alles blieb so rein zwischen uns; er hat mich nicht geküsst. Ich bin ehrlich mit dir, mein Tagebuch; wenn er es gewollt hätte, ich hätte ihn nicht daran gehindert. Aber es hat mir nicht gefehlt, weil ich ihn nur mit dem Herzen liebe und wenn ich nur seine so unglaublich elegante Gestalt sehe, genügt mir das schon.

Giuseppe! Ich werde seinen Namen endlos wiederholen. Wir betrachteten die Sterne und sprachen über Liebe, über die Freiheit und den Tod. Wie hat er es geschafft, ohne Mutter, diese außergewöhnliche Höflichkeit und Freundlichkeit zu haben, die bewirkt, dass ihn alle sympathisch finden? Ich könnte seitenlang über ihn schreiben und hätte immer noch nicht alles über ihn gesagt, was ich denke. Marc hat uns dann gesucht, ich glaube, sonst wären wir die ganze Nacht geblieben. Wir hatten den Rest der Welt vergessen. Er sagte: »Weit weg von den Menschen und ihrer Niedertracht …« Aber leider mussten wir gehen. Es ist unglaublich, die Nacht im Mondlicht zu verbringen und über die Liebe zu sprechen, über Philosophie und über den Tod! Aber es ist besser so.

Da wir uns ja verlassen müssen, wieso sollten wir diesen so reinen Abend trüben?

Ich wäre vollkommen glücklich, wenn ich verstehen würde, warum er mich nicht geküsst hat: ich bin ihm nicht gleichgültig, da er ja mir zuliebe geblieben ist und alles daransetzen wird, um mich in Lyon zu besuchen. Er hat ein so komplexes Wesen. Wir haben uns widerstrebend vor der Stadt getrennt.

Ich rechnete damit, dass Papa mich schimpft, aber er sagte nur, er wäre gern mitgekommen! Wir haben uns für Donnerstag um halb 3 am Bahnhof Lyon-Perrache verabredet, am Südausgang. Am meisten hat mich erstaunt, dass er gesehen hat, dass ich das Abzeichen der englischen Flieger trage. Er ist einer der wenigen, die das bemerkt haben.

Er ist in Australien geboren, in Perth. Er hat eine Schwester, Marie, die andere heißt Elsa. Wenn er nicht morgen früh mit dem 6 Uhr-Bus fahren würde, wäre ich überglücklich.

Montag, 16. *August* 1943

Ich mag ihn schrecklich gern. Er ist erst mittags gefahren, und ich konnte ihn noch einmal sehen. Und da Leonetti, Papas Freund, mit demselben Bus fuhr, konnten wir ihn begleiten und ihm sogar auf Wiedersehen sagen, Maryse und ich, dabei taten wir so, als gelte das Leonetti. Ich bat Papa, noch länger zu bleiben, aber es ist nichts zu machen. Zum Glück gibt es die Aussicht, ihn in Lyon wiederzusehen, aber bis Donnerstag werde ich nicht mehr leben.

Maryse und ich sprachen den ganzen Tag von gestern, und ich rief mir alle Sätze, alle Gesten Giuseppes in Erinnerung. Wenn ich daran denke, dass ich vorgestern in *Geschichtsheft* schrieb: »Das Leben ist ein ständiges Abschiednehmen.«

Dienstag, 17. *August* 1943

Wir fuhren mit dem gleichen Bus wie er, nur einen Tag später. Ich denke unablässig an ihn. Ich will mir einreden, dass es unmöglich ist, dass er am Donnerstag kommt, dass er nicht tun kann, was er will, aber es ist stärker als ich, ich bin sicher, er kommt.

Mittwoch, 18. *August* 1943

Wir haben einiges in Lyon besichtigt, aber ich dachte nur an ihn. In allen Kirchen betete ich, dass ich ihn wiedersehe. In der Notre Dame Fourvière kaufte mir Papa ein Medaillon, das ich weihen ließ und das ich ihm morgen geben will.

Donnerstag, 19. *August* 1943

Ich habe entsetzlich schlecht geschlafen, auf einer Matratze auf dem Boden. Kaum war ich wach, lief ich zu Mado und bat sie, mich bei ihr wohnen zu lassen. (Sie ist das Mädchen, das in Belley mit einem italienischen Soldaten zusammen war und das Papa und Leonetti so geschockt hat. Sie hatte mir ihre Adresse gegeben, weil sie mir das Wörterbuch besorgen wollte.) Ich hatte Recht, mich auf sie zu verlassen; sie ist ein tolles Mädchen. Als ich ihr meine Geschichte erzählte, sagte sie, es freue sie sehr, dass ich auch einen Italiener liebe, und lud mich ein. Im Augenblick wohne ich bei ihr; so könnte ich, sagte ich mir, abends mit ihm weggehen … Ja, ich hatte das gedacht, leider! Ich will mich lieber nicht zu lange über diesen Tag auslassen … Ich hatte mir zu oft gesagt, dass es nicht sein kann, dass er nicht kommt … Und er kam nicht! Ich kam ganz ratlos zurück. Niemand war da. Ich weinte eineinhalb Stunden lang auf einer Treppenstufe sitzend. Dann fing ich mich wieder. Ich sagte mir, ich muss alles tun, was in meiner Macht steht, um ihn wiederzusehen. Zuerst muss ich ihm eine Adresse in Lyon geben. Ich wollte ihn anrufen; ich hätte zwei Stunden Wartezeit gehabt; das war zu lang! Ich wäre nicht rechtzeitig zum Abendessen mit Papa zurück gewesen. Keine Möglichkeit zu schreiben, ich hatte kein Briefpapier. Ich bemühte mich, so sehr ich konnte, mich zu beruhigen, und schließlich ging es mir ein wenig besser, aber beim Abendessen ging es mir überhaupt nicht gut. Nach dem Abendessen schrieb ich Giuseppe und Maryse, und danach fühlte ich mich ruhiger. Ich habe wunderbar geschlafen, zum ersten Mal, seit ich hier bin. Ich ging allerdings erst um 1 Uhr schlafen.

Freitag, 20. *August* 1943

Ich muss unbedingt aufhören, jedes Mal, wenn ich um eine Ecke biege, zu denken, ich hätte ihn vielleicht um einige Sekunden verpasst – oder ich werde verrückt.

Ich wollte nach Annecy telefonieren, ins Hotel d'Angleterre, aber niemand hob ab. Sie müssen eine neue Telefonnummer eingerichtet haben, als sie das Hotel beschlagnahmt haben.

Ich schickte meine Briefe weg, und der Tag verging sehr schnell. Ich aß mit Papa im Militärclub an der Place Bellecour.

Ich habe bis Mitternacht mit Mado geredet. Wir haben etwas Tolles arrangiert: Wir sagen Papa, dass wir einen Ausflug machen ins Tal von – ich erinnere mich nicht mehr, wie es heißt, – und ich fahre nach Belley. Ich will ihn unbedingt sehen, bevor ich fahre.

Samstag, 21. *August* 1943

Ich habe alle Illusionen über die Deutschen verloren. Sie sind mir völlig gleichgültig geworden. Giuseppe allein hat erreicht, was meine Familie sich zwei Jahre lang wünschte. Ich werde weiter mit ihnen sprechen, weil ich gerne Deutsch spreche, aber ich habe jetzt verstanden, dass sie fast alle keinen eigenen persönlichen Standpunkt haben und dass sie sich zum Sprachrohr ihrer Propaganda machen lassen. Ich werde nie bestreiten, dass es charmante Deutsche gibt und dass ich sehr gute Momente mit ihnen verbracht habe. Aber kann ich Wiener Studenten wie Fritz oder meinen Retter Deutsche nennen?

Sonntag, 22. *August* 1943

Es hat den ganzen Tag in Strömen geregnet; so etwas habe ich noch nie gesehen. Ich bin ganz froh darüber; das reinigt Lyon und kühlt die Temperatur ab. Ich musste keine Ausflüge mit Papa machen, was mich zutiefst gelangweilt hätte, und konnte ein wenig schlafen, das hatte ich bitter nötig. Ich vergaß zu erwähnen, dass ich für das Deuxième Bureau[70] »geheime« deutsche Dokumente übersetzt habe. Das war für Papa; ich arbeite mit Foto-Negativen, und das ist sehr mühselig. Außerdem ist es nicht interessant, was ich übersetze.

Montag, 23. *August* 1943

Ich sehne mich so sehr danach, Giuseppe zu sehen, dass es unmöglich sein kann, ihn nicht zu treffen. Ich ging um halb 11 und um halb 3 zum Bahnhof; ich hatte Guiseppe geschrieben, dass ich heute und morgen käme. Ich hoffe, der Himmel belohnt meine Geduld und meine Anstrengungen!

Dienstag, 24. *August* 1943

Ich habe meine Fahrkarte nach Paris gekauft. Abfahrt: nächsten Mittwoch mit dem Zug um 8 Uhr 25. Das musste sein, sonst hätte Papa noch Verdacht geschöpft; ich entschloss mich endlich, Maryse anzurufen. Giuseppe ist noch nicht da, er wird wahrscheinlich morgen zurückkommen. Ich werde Donnerstagabend noch einmal anrufen, um Näheres zu erfahren. So habe ich etwas, woran ich mich klammern kann, ich bin ruhiger.

Ich war mit Papa einkaufen, und als ich zurückkam, war Mado nicht da und hatte auch den Schlüssel nicht beim Bäcker hinterlassen, so musste ich von viertel nach 9 bis viertel nach 11 auf sie war-

70 Le Deuxième Bureau: französischer militärischer Auslandsnachrichtendienst. Das 2. Büro wurde nach dem Waffenstillstand 1940 offiziell aufgelöst, aber in der Freien Zone im Untergrund wieder eingerichtet. Nach der Invasion der Deutschen in die Freie Zone wurden die Aktivitäten fortgesetzt. Der Leiter Rivet behauptet in seinen Memoiren, das 2. Büro habe mit der Résistance zusammengearbeitet. Das ist aber umstritten. In London wurde mit der Errichtung des Nationalkomitees Freies Frankreich nach dem Vorbild des Deuxième Bureau ein eigener Geheimdienst gegründet, der ebenfalls Deuxième Bureau genannt wurde. Lyon war ein wichtiges Zentrum der Résistance.

ten. Papa wartete bis 20 vor 11 mit mir, dann rannte er davon, denn die Sperrstunde beginnt um 11 Uhr.

Mittwoch, 25. *August* 1943

Um 11 Uhr bekam ich ein Telegramm von Maryse, sie schrieb, ich solle sie anrufen. Ich renne zur Post. Ich bekomme eine Verbindung. ER ist es! Er muss morgen Abend aus Belley abreisen. Also werde ich morgen früh hinfahren, um ihn tagsüber zu sehen. Ich bin sehr glücklich. Als ich erfuhr, dass er angekommen war, glaubte ich weinen zu müssen. Doch meine Freude ist mit so viel Unruhe gemischt, dass sie nicht vollkommen ist. Mado hat Leonetti getroffen, der sie wiedererkannt hat. Wenn er es nur nicht Papa sagt und der nicht seine Schlüsse daraus zieht. Ich mag es nicht so sehr, mein Glück auf einem Haufen Lügen zu errichten. Ich frage mich, ob ich Giuseppe liebe. Ich glaube, ich empfinde vor allem eine tiefe Zärtlichkeit und sehr viel Bewunderung für ihn. Er ist der erste Mann, den ich bewundern kann. Doch, ich liebe ihn! Und ich bin zutiefst glücklich darüber, dass ich ihn sehe. Aber meine Freude gleicht einem Schmerz.

Donnerstag, 26. *August* 1943

Giuseppe sagte: »Morgen werde ich denken, ich hätte geträumt«. Aber ich habe unablässig zu träumen geglaubt …

Ich stand um 5 Uhr auf und ging zu Fuß zum Bahnhof Perrache, ängstlich und ziemlich entmutigt, weil ich an all das dachte, was mich noch von ihm trennte, und an all die fatalen Folgen, die meine Eskapaden nach sich ziehen könnten: Leonetti hatte Mado gesehen; dass ich morgen früh in Belley nicht rechtzeitig aufwachen könnte; dass der Zug einen Unfall haben könnte; die ständigen Attentate … Aber als ich unterwegs war, war alles besser. Die Landschaft war schön im Morgentau, der wie ein Hochzeitsschleier auf dem Gras und den Büschen lag, die Vögel, die sangen …

Ich kam etwas zu früh mit dem Bus in Belley an, niemand war da. Ich ging ins Hotel: niemand; dann zu Maryse, und dann erinnerte ich mich auf einmal daran, dass sie tagsüber ja nicht da sein würde, weil sie zu ihrer Cousine gehen wollte. Da nahm ich all meinen Mut zusammen und ging zur Kaserne.

Ein Italiener, der Französisch sprach, kam, und ich erklärte ihm, was ich wollte. Niemand kannte Giuseppe. Schließlich fragte er mich, ob er sehr groß sei, ich sagte ja, und er sagte:

– Jetzt weiß ich, er ist von der Waffenstillstandskommission.

Ein Soldat lief weg, um ihn zu holen. Sie waren sehr angenehm und respektvoll; sie waren etwa zu zehnt und schauten mich an, aber als er kam, verschwanden sie wie durch ein Wunder. Giuseppe sagte, es täte ihm leid, er hätte noch gearbeitet, er habe nicht damit gerechnet, dass der Bus so früh ankommt, er hätte sich gerade fertig gemacht, um zu kommen. Aber was machte mir das schon aus, jetzt, da ich bei ihm war. Ich erzählte, mit welchen Tricks ich es geschafft hatte, zu kommen, und er sagte:

– Es war eine wunderbare Überraschung, aber bis zum letzten Augenblick dachte ich, es sei unmöglich.

Ich antwortete:

– Wenn man will, ist nichts unmöglich.

Ich wusste nicht mehr, dass er so schön ist und es mir solche Freude macht, ihn anzusehen. Welche Vornehmheit in seinem Gang, seiner Erscheinung, in der kleinsten seiner Gesten!

Wir gingen ins Café Neuf und warteten dort bis Mittag, und als uns die Wirtin bediente, lächelte sie uns freundlich zu und blickte uns ermunternd an. Auch das ist wunderbar, alle hier sind so nett zu mir und begegnen mir mit Sympathie. Ich weiß nicht mehr, was wir sagten, jetzt, da ich es aufschreiben will, und es bekümmert mich, dass es mir nicht gelingt, den Glanz dieses Tages wiederzugeben, dessen Einzelheiten entschwinden, wenn ich sie festhalten will. Giuseppe aß in der Kaserne zu Mittag und ich im Hotel, wo alle schon Bescheid wussten, als ich kam. Das Zimmermädchen fragte, ob ich ihn gesehen hätte und ob ich mich freute.

Ich fragte nach einem Zimmer, sie sagten, es sei schwierig, aber sie würden es schon schaffen, mir eins zu besorgen. Alle schauten sehr verständnisvoll und beschützten uns! Nach dem Mittagessen sagte das andere Zimmermädchen, es sei in Ordnung, was ich tue, und alle hätten Verständnis. Einige Pensionsgäste aus unserer Urlaubszeit waren noch hier, sie schauten mich überrascht an. Die Leute am Tisch neben mir, ein Herr und sein Sohn, die ich schon gesehen hatte, versuchten, mit mir ins Gespräch zu kommen, aber entgegen meiner Gewohnheit antwortete ich nur kurz angebunden. Nach dem Essen fragte mich der Vater, ob er meinen Wein trinken dürfe, und zerfloss fast vor Dankbarkeit.

Nach dem Mittagessen traf ich Giuseppe, und als sie mich mit ihm sahen, verschlug es ihnen sichtbar den Atem. Es war sehr komisch. *My love!* Er bleibt bis morgen früh, und wir reisen zusammen ab. Mein Traum war nicht so schön wie die Wirklichkeit. Er wird es sein, der mich weckt.

Wir gingen wieder ins Café Neuf und redeten. Wir sprachen über Eheringe, und Giuseppe sagte, sehr wenige Männer in Italien trügen einen. Dann sagte er:

– Ich trage keinen.

Ich kann nicht beschreiben, wie das auf mich wirkte, weil ich es nicht sofort realisiert habe. Ich blieb völlig gleichmütig und hörte mich sagen:

– Papa trägt seinen Ehering.

Bevor ich es verstand, lachte er und sagte:

– Ich trage keinen, weil ich nicht verheiratet bin.

Meine Antwort muss sehr dumm ausgefallen sein …

Wir gingen spazieren und sprachen über den Krieg. Giuseppe hat nur einen Fehler, er liebt die Deutschen zu sehr – was ihn aber nicht daran hindert, ihre Fehler zu erkennen – und er sagt, wenn Italien den Krieg beendet, wird er versuchen, in die deutsche Armee zu gehen. Ich respektiere seine Gedanken und bewundere ihn, denn er weiß, das habe ich genau gespürt, dass die Engländer siegen werden, mein Gott, im Augenblick muss man keinen großen

Scharfblick haben, um das zu erraten. Aber der arme Giuseppe, der so an seiner Freiheit hängt! Gott helfe, dass er niemals in die deutsche Armee einberufen wird, die nur Sklaven ausbildet.

Ich war nicht sicher, ob ich ein Zimmer im Hotel bekomme, aber ich hatte Glück. Sonst hätte er mir sein Zimmer gegeben und selbst in der Kaserne geschlafen. So konnten wir beide im Hotel übernachten. Das war mir viel lieber. Die Hotelchefin war sehr freundlich und sagte, es wäre richtig, dass ich gekommen sei, selbstverständlich würde niemand Papa etwas sagen. Giuseppe sagte, er habe gestern Abend mit Maryse und Jacqueline gesprochen und den Eindruck gehabt, sie seien ein wenig »pikiert«. Ich kann gar nicht verstehen, wieso er so gut Französisch spricht.

Ich legte mich ein wenig hin, weil ich mich ein bisschen müde fühlte, dachte an dieses wunderbare Abenteuer. Dann ging ich ins Café Neuf, um auf Giuseppe zu werten; er hatte ziemlich viel Arbeit. Maryse und ihre Schwester kamen, und ich bedankte mich bei Maryse.

Als er kam, sprachen wir über alles Mögliche, mir war heiß und ich war sehr aufgekratzt. Es blitzte, und Maryse begann, schreckliche Schreie auszustoßen, sie fragte:

– Haben Sie keine Angst vor Gewitter, Giuseppe?

Er antwortete:

– Aber nein, ich habe ja einen Blitzableiter!

Ich fragte unschuldig, wieso, und Giuseppe antwortete mitten ins tiefe Schweigen:

– Meine Feder!

Ich muss immer noch lachen, wenn ich an das Gesicht denke, das die Leute um uns herum machten. Es war sehr komisch. Plötzlich sagte Giuseppe zu mir:

– Ich hoffe, es regnet nicht und wir können heute Nacht auf den Hügel gehen.

– Wir gehen ins Kino, sagte Maryse.

Aus Höflichkeit sagte ich:

– Schade, dass wir uns so wenig sehen.

Und Maryse antwortete:

- Wieso? Ich nehme an, ihr beide braucht uns nicht!
- Nein, sagte Giuseppe mit solcher Überzeugung, dass wir eine Viertelstunde lang lachten.

Später hatten wir einen sensationellen Auftritt, als wir in den Speisesaal gingen. Er war so nett beim Essen. Er war immer besorgt, dass ich genügend zu essen habe, und wollte unbedingt, dass ich Wein trinke, das würde mir guttun.

Er wird wahrscheinlich nicht mehr nach Belley zurückkommen. Ich gab ihm das Medaillon aus der Notre Dame de Fourvière! Weil es regnete, gingen wir alle fünf ins Kino (denn Maryses Cousine war auch da), was Giuseppe zu der Bemerkung verleitete, dass er Direktor eines Mädchenpensionats geworden sei. Ganz Belley beobachtete uns und machte große Augen, und die wenigen Italiener im Saal erinnerten mich an ... den berühmten Satz: »Sind das nicht zu viele für Sie allein?«

Der Film *Trois Valses*[71] war richtig doof, und plötzlich fühlte ich mich ganz schwermütig. So viele Träume haben sich heute für mich erfüllt, dass mir zum Weinen zumute ist ...

Aber es gibt kein Heute ohne Morgen, das schwöre ich. Das ist der erste Schwur, den du jemals hören musstest, mein Tagebuch.

Ich habe den Beweis, dass er am 16. August wegen mir geblieben ist! Es gibt nur einen Wecker im Hotel, und wir fragten uns – vor etwa zwanzig Zeugen – wer von uns beiden den anderen wecken sollte. Er sagte:

- Ich!

Ich antwortete:

- Neulich wurden Sie nicht wach. Wenn Ihnen das jetzt wieder passiert?

Er sagte nur:

- Ja, aber neulich habe ich das extra gemacht.

---

71 Trois valses, französischer Musikfilm von Ludwig Berger (1938), nach der gleichnamigen Operette von Oscar Straus (1935); deutsche Fassung: Drei Walzer (1951)

Danach war klar, dass er den Wecker nimmt, und ich denke daran, wie wunderbar es sein wird, von ihm geweckt zu werden.

Nach dem Kino gingen wir zur Kaserne, um seinen Rucksack zu holen. Er wollte nicht, dass ich mitkomme, weil er Angst hatte, ich würde müde, aber was macht mir das schon, müde zu sein? Ich habe alle Zeit der Welt, um mich auszuruhen, und jetzt nicht mehr viel Zeit, um ihn zu sehen. Außerdem fühle ich die Müdigkeit mit ihm nicht. Ich sagte es, so wie ich ihm all das sagte, was ich ihm sagen wollte. Seine Antwort tröstete und beruhigte mich, denn ich weiß, er liebt und schätzt mich, und ich habe vollkommenes Vertrauen in ihn. Nicht einmal dir gegenüber, meinem Tagebuch, werde ich wiederholen, was wir sagten, denn nichts könnte diese wunderbare Stimmung und das Schweigen in diesen Minuten noch einmal zurückbringen … Die Sätze, die ich schreiben würde, wären nur ein blasser Schimmer meines Glücks.

Ich habe schließlich die Frage: *To be or not to be* gelöst. Ich will sein! Ich habe jetzt einen Grund zu leben, zu hoffen und zu warten; ich werde mich nicht mehr quälen, denn der Verzauberte Prinz ist endlich gekommen. Ich will das Leben so lieben, wie ich den Tod liebe.

Es war seltsam und wunderbar, als er meinen Arm nahm und wir im Nebel liefen, mit ineinander geschlungenen Fingern, die wir so fest drückten, dass es schmerzte. Ich hätte unendlich lange so gehen können.

Ich bin glücklich, weil er mir glaubte, als ich ihm sagte, er sei der Erste; ich bedaure es nicht, dass er mich nicht küsste, denn ich weiß, dass ich aus ihm die Kraft schöpfe und bis zu dem Tag, an dem wir uns wiedersehen, auf den ersten Kuss warten werde. Ich habe das Leben vor mir, ich kann warten.

Mein Gott, ich danke dir, denn meine Freude ist tief und rein, und meine Liebe ist wie ein Gebet. Ich hätte nie gedacht, dass sie so schön ist, die erste Liebe, und wie sie alles erhellt.

Freitag, 27. August 1943

Plötzlich denke ich an das, was Giuseppe sagte, und ich muss es natürlich aufschreiben. Als wir gestern vom Krieg sprachen, sagte ich:

- Ich glaube, dass die Deutschen zuerst Norwegen aufgeben, das überhaupt keinen strategischen Wert hat.

Er antwortete:

- Ja, aber es gibt dort Eisen. Ich glaube, dass sie eher Frankreich aufgeben, jetzt, nachdem sie da das Maximum herausgeholt haben, dass sie aber die Maginotlinie behalten.

Es wäre sehr angenehm, wenn die Deutschen Frankreich verließen, aber jetzt wünsche ich nur eins: das Ende des Kriegs, um ihn so schnell wie möglich wiederzusehen. Cervinia, am Fuß des Mont Blanc, wird so nah sein …

Der Wecker hat nicht geklingelt, aber wir sind beide aufgewacht, er genau zur gewünschten Zeit, das heißt um 6 Uhr, und ich um 5 Uhr. Ich konnte nicht mehr einschlafen, und es betrübte ihn, als er das erfuhr. Er hatte die ganze Zeit Sorge, ich könnte müde sein, weil ich zu wenig geschlafen hätte.

Wir kamen mit dem Bus um 7 Uhr in Virieu-le-Grand an. Ich kaufte meine Fahrkarte, und wir frühstückten in einem Café, das heißt, man gab uns trockenes Brot und schwarzen Kaffee. Aber er hatte Butter dabei, tat ein riesiges Stück Butter in den Kaffee und schmierte Butter auf mein Brot. Alle Leute zogen ein komisches Gesicht, was ja auch verständlich ist.

Es ist so gut, jemanden um dich zu haben, der dich umsorgt. Die Reise war wie ein Traum. Er sagte, den Italienern seien die Franzosen, die sich dem Arbeitsdienst in Deutschland entzögen, ziemlich egal, diese würden größtenteils von englischen Flugzeugen mit Nahrung versorgt. Wir griffen die Geschichte seiner Nationalität noch einmal auf. *Großer Gott, er ist Australier!* Mir ist das egal. Ich habe ihn als Italiener geliebt und hätte ihn trotzdem geliebt, aber für die anderen, vor allem für Mama, ist es mir viel lieber, dass er nicht Italiener ist. So kann man ihn nicht Makkaroni nennen! (Er hat Geschichten über die Italiener und Mussolini erzählt, die zum Brüllen komisch waren). Er ist aus dem ganz einfachen Grund Australier, weil er in Perth geboren ist und weil sein Vater nie daran gedacht hat, für ihn die italienische Staatsbürgerschaft zu beantragen. Ist das nicht toll? Er erklärte mir auch, wie man nach Cervinia kommt, man muss den Bus in Aosta nehmen usw. Wenn er kann, kommt er natürlich nach Paris, aber wir sagten uns, dass wir das Leben ja vor uns haben und warten können, dass wir uns wiedersehen. Der Krieg wird vielleicht nicht mehr so lange dauern. Alles geht so schnell (die Russen sind schon 150 km westlich von Charkow[72]). Giuseppe ist 26 Jahre alt. Genau das wollte ich, dass er 26 ist! Wie komisch das ist!

Ich habe ihn zornig gesehen, und das war interessant; Er fragt den Fahrkartenkontrolleur, ob der Zug in Massignieu hält. Der Typ antwortet in schroffem Ton »Ja«. Er fragt ihn: »Und in La Valbonne?« Der Kontrolleur dreht ihm den Rücken zu und macht »Brr«. Giuseppe bringt ihn mit einem einfachen Zeichen mit den Fingern dazu, dass er sich umdreht, und sagt mit einer noch sanfteren Stimme als vorher, aber mit welchem Ton!

– Wissen Sie, wenn Sie sich über mich lustig gemacht haben, werden Sie von mir hören.

Der andere geruhte sich zu entschuldigen und gab klein bei.

Als er in La Valbonne ausstieg, als wir uns verabschiedeten, neigte er sich plötzlich zu mir, dann lächelte er und richtete sich wieder auf. Er hat wunderbare blaue Augen. Ich soll ihn morgen früh in La Valbonne anrufen, um zu erfahren, ob er zufälligerweise Montag nach Lyon kommen könne. Das hatte ich vergessen: Nach der Geschichte mit dem Kontrolleur sagte er ganz leise:

– Ich bin wütend! (Er lachte und fuhr fort:) Ich würde mich freuen, wenn der Zug nicht anhielte, dann könnte ich mit Ihnen bis nach Lyon kommen.

---

72 Charkow an der russisch-ukrainischen Grenze wurde am 23. August 1943 von der Roten Armee befreit.

Ich habe Papa gesehen, alles hat wunderbar geklappt; Leonetti hat nichts gesagt, der liebe Gott hat mich wirklich beschützt.

Ich habe an einer Sitzung des Kriegsrats teilgenommen, Leonetti hatte mich eingeladen. Es lohnte sich, aber ich schlief fast ein. Abends gingen wir, Papa und ich, in *Mayerling.*[73] Er war sehr schön und sehr traurig; schade, dass es einige Ungereimtheiten gab. Ich wollte ihn schon lange sehen, vor allem, weil Graf Taaffe, der zu dieser Zeit *Ministerpräsident* war und letztendlich der Hauptverantwortliche für Rudolphs Selbstmord ist, ein Verwandter Papas ist. Danielle Darrieux[74] war wunderbar.

In der Liebe vereint bis in den Tod I.D.L.V.B.I.T. Die Buchstaben waren eingraviert in den Ring, den Rudolph Mary Vetsera gegeben hatte.

Samstag, 28. *August*1943

Ich habe angerufen. Giuseppe kann leider nicht kommen. Er hätte schon heute Morgen aus La Valbonne wegfahren müssen. Ich kann ihn Montag in Annecy wieder anrufen. Mado hat kein Telefon.

Montag, 30. *August* 19433

Unmöglich, Giuseppe im Hotel zu erreichen. Völlig verzweifelt rief ich in La Valbonne an, und er war da! Ich konnte ihm alles sagen, und er versicherte mir, er würde auf mich warten. Ich habe Vertrauen. Ich vertraue ihm und der Zukunft. Und warum sollte ich kein Vertrauen haben, jetzt, wo das Deutsche Reich überall zusammenbricht. Die Russen rücken vor. König Boris wurde getötet[75]; sie wollen keinen Krieg mehr. Deutschland wird unablässig bombardiert. Dänemark ist im Belagerungszustand, Schweden

---

73 Mayerling: französischer Film (1936) des Regisseurs Anatole Litvak, Drehbuch u.a. Joseph Kessel

74 Danielle Darrieux (geb. 1917), französische Film- und Theaterschauspielerin

75 König Boris III. von Bulgarien, der am 28. August 1943 starb. Es gab Vermutungen, er sei ermordet worden.

den Deutschen nicht wohlgesonnen. Alle sind gegen die »*Gott mit uns*«. Ich wünsche mir so sehr, so sehr, dass der Krieg aufhört …

Dienstag, 31. *August* 1943

Ich fuhr in Lyon mit dem Zug um 8 Uhr 25 ab. Unterwegs schrieb ich Giuseppe einen langen Brief und einen an Mado, um mich bei ihr zu bedanken. Ich war so verzweifelt, als ich daran dachte, dass ich mich zum zweiten Mal immer weiter von ihm entfernte, ich bereute meine so dumme wie hochmütige Devise: »Wer will, der kann.« Wenn es genügte, zu wollen, um zu können, wäre ich nicht weggefahren. Ich war so traurig … und dann schlief ich plötzlich ein. Es war das erste Mal, dass ich in einem Zug schlief, aber als ich wach wurde, ging es mir viel besser.

Es war übrigens schwer, in diesem Zug traurig zu bleiben. Er war so voll, dass Leute auf den Fluren standen. Wir waren zu zehnt in unserem Abteil, ich zählte fünf Leute, die sich in der Toilette stapelten. Es war natürlich unmöglich, auf die Toilette zu gehen. Das erste Opfer (dieser Umstände) im Abteil war eine schwangere Frau. Sie musste ganz dringend Pipi machen. Eine andere Dame bot ihr ihre Thermosflasche an, und die Herren drehten sich schamhaft um. Aber sie konnte nicht, wegen des Geräuschs, das es in der Flasche machte. Also fingen alle an, die *Marseillaise* zu singen. Sie musste mehrmals probieren, den Inhalt der Thermosflasche kippte sie natürlich nach und nach aus dem Fenster.

Danach machten wir es alle so. Was die Herren betraf, sie pinkelten durch das Fenster, nachdem es doch gelungen war, es zu öffnen, nach mehreren schrecklichen Versuchen. Eine Frau schrie ihrem Mann sogar zu:

– Schneid es (oder ihn) dir nicht ab, mein Schatz, schneid ihn dir bloß nicht ab.

Als ich nach Lyon aufbrach, war ich vollkommen desillusioniert, hatte an nichts Interesse und lästerte, was wohl passieren würde. Ich komme mit einem Bedauern zurück, aber ich fand einen Grund zu leben, zu hoffen und zu warten. Ich habe kein Recht, mich zu beklagen, und möchte über alles in der Welt jetzt Mama umarmen.

Ich komme in Paris an, da gibt es gerade einen Alarm. Da die Metro erst eine halbe Stunde nach dem Ende des Alarms wieder funktioniert, musste ich eineinhalb Stunden warten und auf meinen Koffern im Bahnhof sitzen. Und dann war die Metro natürlich unheimlich voll.

Ich komme zuhause an und sage mir: »Endlich, nun kann ich beruhigt sein.« Tatsächlich aber hatte sich Papa getäuscht, als er dachte, er hätte mir den Schlüssel für die Wohnungstür gegeben – ich konnte nicht in die Wohnung. Ich weiß nicht, ob ich erwähnt habe, dass Mama mit Nicole in Hardricourt[76] ist; dort hat ihr Gladys, eine ihrer Freundinnen, die gerade ihren Mann verloren hat, ein Haus zur Verfügung gestellt.

Da Monique auch nicht da war, hatte ich nur die angenehme Aussicht, auf dem Treppenabsatz zu schlafen. Es war nach 9 Uhr, also sinnlos, zu meiner Großmutter Lélé zu gehen, die mir nicht aufgemacht hätte. Ich rief Maryse von der Metrostation Champs-Elysées aus an. Ihre Mutter war am Telefon und sagte, dass sie und Jacqueline bei ihrer Cousine Christiane schlafen (mit der wir in Belley im Kino waren), deren Eltern nicht da waren. Sie fragte mich, ob ich Zeit hätte zu kommen. Ich sagte ja, und dass ich bei mir zuhause vor verschlossener Tür stünde. Sie sagte:

– Kommen Sie, ich fahre Sie hin, Sie können auch dort schlafen.

Ich komme in Neuilly an, entschuldige mich natürlich vielmals, sie zu stören, aber Madame Duvivier zieht einen Mantel über ihr Nachthemd und nimmt mich mit zur Villa du Roule, wo Christiane in einer Stadtvilla wohnt. Da es drei Stockwerke gibt, hat sie Angst, allein zu sein wegen der Bombardierungen und der Flugabwehr.

76 Ort im Departement Yvelines, etwa 45 km nordwestlich von Paris am nördlichen Seineufer

Wir verbrachten einen sehr netten Abend und redeten natürlich über das Thema, das uns am meisten am Herzen lag, die Liebe, nur Jacqueline nicht, die, wie es ihre Gewohnheit war, den Abend mit Essen zubrachte.

Jetzt, da ich in Paris bin, habe ich es eilig, Mama zu sehen und sie zu umarmen. Ich bin sicher, dass sie für uns ist, da ich ja Giuseppe jetzt liebe.

Natürlich wurde heute Nacht bombardiert, und Maryse befahl uns, nach unten zu gehen. Die Flugabwehr befindet sich ganz in der Nähe, aber es war trotzdem nicht nötig, uns aus dem Bett zu jagen!

Mittwoch, 1. *September* 1943

Ich fuhr zurück nach Hause, nachdem ich bei Maryse ein Mittel gegen Durchfall genommen hatte, weil ich eine Art Ruhr habe. Ich hievte mit großen Schwierigkeiten meinen Koffer in den Holzverschlag auf dem Flur, nahm meinen Schlafanzug und meine Zahnbürste und fuhr nach Hardricourt, wo Nicole am Bahnhof auf mich wartete. Sie sagte, Mama sei sehr krank. Sie liegt im Bett. Sonntag und Montag hatte sie schreckliche Blutungen, und es ist sehr schwierig, etwas für sie zu essen aufzutreiben, damit sie wieder zu Kräften kommt! Sie hat sich sehr angestrengt, als sie hierher umgezogen ist, aber der Arzt hat ihr gesagt, sie müsse jetzt so schnell wie möglich operiert werden, denn wenn sie zum zweiten Mal Blutungen bekäme, sei das nicht mehr möglich. Ich bin verzweifelt, ich weiß nicht, wie wir das schaffen sollen. Nicole, die in diesem großen Haus unendlich viel gearbeitet hat und immer Treppen steigen musste, ist sehr müde. Es gibt wohl eine Haushaltshilfe, aber sie kann nur morgens kommen. Es ist schrecklich.

Ich habe alles erzählt, sie hat mich nicht enttäuscht, sie hält ganz zu mir und sagte sogar, sie liebe Italien.

Ich schrieb Guiseppe einen langen Brief. Zum Glück ist unsere Nachbarin Krankenschwester. Ich habe große Angst um Mama, sie ist so geschwächt und so dünn. Mein Gott, beschütze uns!

Donnerstag, 2. September 1943

Mama hatte eine neue Blutung, nicht so stark wie die erste, aber wir sind schrecklich beunruhigt. Zum Glück ist diese Madame Damien, die Krankenschwester, da! Sie ist sehr geschwätzig, aber sie ist eine gute Frau und beruhigt uns ein bisschen, weil sie sich sehr gut auskennt. Es ist schrecklich kalt und feucht hier. Wie traurig es ist, die Alpen nicht mehr zu sehen und so weit weg von *ihm* zu sein.

Freitag, 3. September 1943

Ich schrieb gerade einen Brief für Mama an ihrem Bett, als wir plötzlich bombardiert wurden. Das Haus, das nicht sehr solide gebaut ist, zitterte wie Espenlaub. Ich stürzte an die Fenster und öffnete sie, und zum Glück war bei uns keine Fensterscheibe zerbrochen, aber nicht alle Leute hatten dieses Glück.

Mama, die schon sehr nervös war, wollte aus dem Bett springen. Was uns beide beruhigt hat, waren die Hühner von Madame Damien, die in aller Seelenruhe im Garten weiterpickten. Mama geht es gar nicht besser; sie verliert weniger Blut, aber immer noch zu viel.

Heute Nachmittag war ich in Paris. Auch Paris ist bombardiert worden. Es wurde erzählt, ein manövrierunfähiges Flugzeug habe seine Bomben abgeworfen. Mehrere Gebäude in der Rue de Rennes, der Avenue du Maine und der Rue du Cherche-Midi sind zerstört. Das Gebäude in der Rue de Rennes, in das das Flugzeug gestürzt ist, ging in Flammen auf. Es gibt sehr viele Opfer. Niemand geht natürlich in die Keller. Auch die Avenue de Versailles wurde getroffen und Renault[77] und Gnome et Rhône[78]. In Hardricourt

---

77 Renault war nach dem Einmarsch der Deutschen 1940 unter deutsche Zwangsverwaltung gestellt worden und musste LKWs und Panzer für die Wehrmacht reparieren und bauen. Schon im März und April 1942 waren die Renault-Werke bombardiert worden; die Bombardierungen im September 1943 brachten die Produktion quasi zum Erliegen.

78 Gnome et Rhône: französische Fabrik für Flugmotoren. Während der deutschen Besatzung musste die Firma Flugmotoren für deutsche Flugzeuge bauen.

wurden das Flugfeld von Mureaux[79], die Fabrikkantine und Villen getroffen. Viele Tote und Verletzte. Zum Glück (wenn man so sagen kann) haben sie die Flugzeugfabrik und die Werft der Schnellboote verfehlt.

Ich war bei dem Arzt, der Mama schon einmal behandelt hat. Es schien ihm ziemlich egal zu sein, was ich ihm sagte, und er erklärte, sie müsse sofort operiert und egal wie nach Paris zurückgebracht werden. Er ist verrückt. Es ist wirklich unmöglich, sie zu operieren und nach Paris zurückzubringen, während sie die Blutungen hat. Er sagte, sie zu füttern sei wie eine löchrige Vase füllen zu wollen. Wir sind völlig verzweifelt und unglücklich. Es gibt so viele Probleme, die gelöst werden müssen, und zuallererst das Essen. Wir geben Mama die ganze Butter und das ganze Fleisch, aber alles … hilft so wenig.

Montag, 6. September 1943

Ich bin nach Paris zurückgefahren, und als ich ankam, rief ich Maryse an. Sie fragte, wie es Mama gehe, und ich erzählte ihr all unsere Probleme und dass wir keinen Arzt hätten. Sie sagte: »Und mein Onkel?« Ihr Onkel, Doktor Duvivier, war der Assistenzarzt oder ich weiß nicht was von Doktor Martel. Der ist wohl ein sehr guter Chirurg und sehr nett. Auf jeden Fall war ich bei Maryse; sie telefonierte mit ihrem Onkel, der mich sehr beruhigt hat. Er würde Mama natürlich gern sehen. Ich treffe mich morgen mit ihm im Hôpital Léopold-Bellan, wo er operiert.

Maryse war wie immer liebenswürdig. Sie sagte, sie würde morgen mit mir ins Krankenhaus gehen. Sie erzählte auch, ein Attaché der italienischen Botschaft, den sie kennt, habe ihr gesagt, dass Italien in dieser Woche kapitulieren wird. Sie riet mir, Giuseppe nach Italien zu schreiben, aber das werde ich auf keinen Fall tun, denn ich will nichts unternehmen, bevor ich nicht einen Brief von ihm bekommen habe.

---

79 Les Mureaux: Am linken Seineufer gegenüber von Hardricourt

Als ich zuhause ankomme, finde ich einen Brief einer Freundin vor, die eine Karte von einer anderen Freundin bekommen hatte mit den Worten: »*Miss Heslop says Hubert is well and happy, also his wife and baby son.*« Ich freue mich sehr, dass Hubert einen Sohn hat, aber ich hätte trotzdem gern gewusst, wie er heißt. Ich sprang in den Zug. Ich rannte in zwei Minuten den steilen Weg hoch nach Hause, um Mama die Neuigkeiten sofort zu erzählen. Es ist unnötig, mehr darüber zu schreiben, denn die Gedanken sind nicht in Worte zu fassen.

Mittwoch, 8. *September* 1943

Ich schreibe nicht sehr oft, weil die Tage nichts Aufregendes haben. Gestern fuhr ich nach Paris, das hieß Kampf gegen die Flöhe, Alptraum, Angst, irgendwas zu vergessen, den Zug zu verpassen, Rückfahrt im Stehen, länger als eine Stunde lang usw. Doch ich habe Maryse gesehen, und wir besuchten zusammen ihren Onkel, der außerordentlich freundlich war. Er operiert auch im amerikanischen Krankenhaus. Mama wäre lieber in eine Klinik gegangen, aber alle sind sich einig, dass es toll wäre, wenn sie im amerikanischen Krankenhaus operiert werden könnte.

Heute bin ich zuhause geblieben, das heißt, ich muss pausenlos etwas für Mama machen, denn sie ist wirklich tyrannisch. Der Tag vergeht mit Spritzen, Frühstück, Waschen, Mittagessen, Topf ausleeren, Haushalt, Sachen wegräumen, ihr Sachen bringen, runtertragen, hochtragen, Wasser kochen, Abendessen. Die kleine Atempause, die ich hatte, verbrachte ich mit Kartoffelschälen, und ich habe ganz schwarze Finger. Ich darf mich nicht beklagen, ich weiß. Wie oft hat Mama uns gepflegt, und niemand wird erfahren, dass ich mich bei meinem Tagebuch beklagt habe. Ich bin so müde. Vor allem, weil Mama heute schreiend ungerecht war. Wir haben von Madame Brunetier ein Kaninchen bekommen, und da wir seit zwei Wochen kein Fleisch mehr gegessen hatten, haben Nicole und ich ein relativ großes Stück verschlungen: zwei Schenkel. Sie hat sich so über uns aufgeregt und mit so gemeinen Ausdrücken, dass ich schließlich sagte, sie sei es ja gewesen, die unser ganzes Fleisch gegessen habe. Es ist unglaublich, wie wenig einem bewusst ist, was man sagt, wenn man krank ist! Sie bekommt das Beste von allem, die Butter, den Zucker, das Fleisch, das Mehl, den Kakao, und wir geben ihr das bereitwillig, unter der Bedingung, dass sie uns nicht schimpft wegen so dummer Geschichten wie diese.

Und Giuseppes Brief kommt immer noch nicht. Heute Morgen war ich völlig verzweifelt. Ich weiß nicht, ob ich es heute Abend mehr oder weniger bin. Ich darf nicht egoistisch sein, aber ich beginne mich zu fragen, was mir lieber gewesen wäre, seinen Brief zu bekommen oder den von Hubert. Mir wäre sein Brief lieber gewesen. Aber Huberts Brief hat Mama so gut getan. Seither schläft sie besser.

Samstag habe ich angefangen, ein Selbstportrait zu zeichnen, um es ihm zu schicken. Ich wusste wohl, dass es nicht rechtzeitig fertig würde, vor allem, weil ich immer bei Mama sein muss, aber ich dachte nicht, dass die Engländer schon heute Abend die Kapitulation der Italiener verkünden würden. Man sieht die Dinge voraus, man weiß, dass sie unmittelbar bevorstehen, und dann, wenn sie eintreten, verschlägt es einem den Atem. Mama sagte:

– Wie schade, dass es nicht drei Wochen früher passiert ist; du hättest vor allen Leuten mit ihm sprechen und ihm sagen können: »Wir sind keine Feinde mehr.«

Ich sage, es ist schade, weil ich gar nicht erfahren werde, wo er ist und was aus ihm geworden ist.

Donnerstag, 9. September 1943

Ich kann mich natürlich nur freuen über die Kapitulation Italiens, die ein großer Schritt zum Ende hin ist. Endlich entscheidet sich ein Volk dafür, den Krieg zu beenden! Aber was wird jetzt passieren? Die Engländer bombardieren nie die deutschen Konvois, die nach Italien ziehen, und lassen sie ohne Probleme nach Italien einmarschieren. Dort werden sie wie in einer Mausefalle sein und sicher kämpfen. Und was wird aus den Italienern, die in Frankreich waren? Deutsche Kriegsgefangene? Wenn dieser verfluchte Krieg nur vorbei wäre. Ich bin sehr unglücklich und so erschöpft …

Wieder wurden wir heute Morgen bombardiert. Es war herrlich anzusehen; man konnte etwa 80 Flugzeuge zählen, die hintereinander flogen, und einige lösten sich aus der Reihe und ließen ihre Bomben fallen, man weiß nicht, worauf; wir sahen riesige Rauchfahnen hochsteigen. Im Zug sagte man mir, dass Vernouillet-Verneuil getroffen worden sei und auch Courbevoie und Bois Colombe, wo es offensichtlich sehr viele Opfer gibt. Sehr viele Eisenbahnlinien wurden bombardiert, und in Paris sind die Leute, die in der Banlieue wohnen, in Panik.

Ich kämpfe mit den Flöhen, die trotz des Puders noch sehr lebendig sind, ich habe ungefähr 200 von meinen Beinen in die Schüssel mit Ammoniakwasser geschnipst, aber es ist zum Verrücktwerden. Immer noch kein Brief.

Mittwoch, 15. *September* 1943

Giuseppe hat nicht geschrieben, oder ich habe seinen Brief nicht bekommen. Mama geht es viel besser, sie steht ein wenig auf. Leider ist sie schrecklich nervös. Ich stelle fest, dass ich schon seit acht Tagen nichts mehr notiert habe. Es ist nicht meine Schuld, ich habe zu viel zu tun. Heute bin ich drei Mal unten in Meulan gewesen.

In den Zeitungen sagten die Deutschen zunächst, dass sich alle Italiener ihnen anschließen, um den Kampf gegen den Bolschewismus fortzusetzen. Und jetzt sind sie so wütend, dass sie nicht einmal versuchen, etwas zu verschleiern, sie sagen, trotz ihrer Versuche, Widerstand zu leisten, seien die Italiener nicht schwer zu entwaffnen. Man muss schon viel Gehirnakrobatik betreiben, wenn man es schaffen soll, die aktuelle Situation in Italien mit unserer im Jahre 40 zu vergleichen; trotzdem ist das sehr lehrreich. Aber die Franzosen vergleichen nicht und beeilen sich, Steine auf die Italiener zu werfen und zu sagen, es sei ein Volk von Feiglingen, dass ihr Kriegseintritt eine Feigheit gewesen sei und dass ihre bedingungslose Kapitulation eine noch größere Feigheit sei. Im Zug hörte ich:

Wir haben einen ehrenhaften Waffenstillstand geschlossen!

Ehrenhaft! Kann man so dumm sein! Zum Zeitpunkt des Waffenstillstands war ich erst 14, aber schon im selben Augenblick, in dem der Verräter Pétain sprach, hatte ich verstanden, was das bedeutete, sein Waffenstillstand »in Ehren«. Die Italiener wollten nie kämpfen, und auch die Abkommen, die Mussolini oder andere unterzeichnet haben, haben sie nicht zu entschlossenen Kämpfern gemacht. Sie sind nicht wie die Deutschen. Sie haben ein Ideal, und das ist nicht der Krieg, und sie wissen nicht, was das Wort: »Disziplin« heißt. Kann man einem ganzen Volk übelnehmen, was ihre Staatsmänner entschieden haben? Sie haben sich aus dem Krieg zurückgezogen, wann sie nur konnten, und haben dabei den Deutschen, die sie hassen und von denen sie verachtet und gehasst werden, einen »bösen Streich« gespielt. Und die Situation ist jetzt schlimmer für sie, weil ihr Land den Deutschen und den Engländern als Schlachtfeld dient. Übrigens haben die Deutschen, um nicht gegen ihre hehren Prinzipien zu verstoßen, Rom bombardiert. Eine »offene Stadt«.[80] Und ganz Italien ist englandfreundlich. Was hätten die Franzosen gesagt, wenn die Engländer sie gefangengenommen hätten, entwaffnet, verhöhnt. Stattdessen machen sie ihnen Mut, helfen ihnen, nehmen sie auf, schonen sie, wo es möglich ist, und ließen nach Juni 1940 all diejenigen aus England zurückkehren, die wieder nach Frankreich zurück wollten.

Wenn Giuseppe vielleicht auch von einigen meiner neuen Gedanken über die Deutschen beeinflusst wurde, meine Worte über Italien wurden mir von niemand eingeflößt, und ich hoffe nur eins,

80 Rom war am 14. August 1943 zur offenen Stadt erklärt worden. Dieser Status wurde im 2.Weltkrieg einigen Städten verliehen, wenn sie sich kampflos ergaben. Er versprach ihnen Schutz vor Zerstörung. Tatsächlich wurden aber einige Städte, die zur offenen Stadt erklärt worden waren, dennoch mit Bomben angegriffen.

dass er entweder in die Schweiz gegangen ist, wo die Italiener der Haute-Savoie jetzt interniert sind, oder dass er genügend Zeit hatte, um nach Italien zurückzukehren. Wenn er sich auf die Seite der Deutschen begeben hat, wie es einige Italiener trotzdem taten, werde ich ihn niemals wiedersehen und am Tag des Sieges nicht beklagen können (dramatische Situation). Die Italiener, die zu den Deutschen übergewechselt sind, müssen verrückt oder völlig dumm sein, denn jemand, der bei Sinnen ist, kann nicht an den deutschen Sieg glauben. Ich weiß aber sehr gut, dass Guiseppe nicht daran glaubte, da er es mir ja sagte.

Welch tiefe Enttäuschung, dass ich keinen Brief von ihm bekommen habe. Ich will lieber glauben, er sei nicht angekommen, weil ich finde, ich müsste wichtiger sein als alles andere, und was auch immer geschehen ist, es wäre unverzeihlich, wenn er mir nicht geschrieben hätte.

Ich stellte mir viele Fragen. Meine alte Gewohnheit hat mich natürlich wieder gepackt; nichts zu machen: Ich konnte es nicht lassen, mich zu analysieren, zu befragen und zu sezieren. Etwas sehr Konfuses kam dabei heraus. Es gibt Augenblicke, in denen ich mir sage, dass er mir gleichgültig ist, und andere, in denen ich ihn sehr liebe. Wenn ich mir sage, er ist mir gleichgültig, bin ich sehr unglücklich, denn dann habe ich keinen Grund mehr zum Leben, jetzt, da ich meine anderen Idole verworfen und alles umgeworfen habe wegen ihm. Und wenn ich ihn liebe, bin ich auch sehr unglücklich, weil ich etwas von ihm wissen möchte, ich möchte vor allem, dass dieser verfluchte Krieg aufhört, damit alles gut wird zwischen uns. Was sehr einfach ist, ich bedaure nichts. Einmal in meinem Leben habe ich die Liebe kennengelernt. Und unsere Liebe war so etwas Großes, so Wunderbares, gerade weil sie so rein ist. Was auch immer geschieht, nie werde ich den vergessen, durch den ich zum ersten Mal verstanden habe, warum man auf der Welt ist.

Aber großer Gott! Ich hoffe so, dass ich ihn wiedersehe. Auf jeden Fall ist es nicht meine Art, mich damit zu begnügen, in meinen Erinnerungen zu leben. Mama sagte, er müsse Geld haben, wenn ich ihn heiraten will. Das ist wahr. Man muss das Geld immer berücksichtigen. Ich habe bis jetzt zu sehr unter unserer finanziellen Notlage gelitten, um zu glauben, man könnte von Luft und Liebe leben. Ich hasse den Haushalt viel zu sehr, um zu akzeptieren, mein ganzes Leben lang den Haushalt zu machen. Ich sehe mich auch nicht das ganze Jahr über im Gebirge leben. Aber wenn ich daran denke, sage ich mir, dass ich nichts von ihm weiß und nichts davon, wie er lebt. Wir haben uns so wenig kennengelernt … Das bringt mich dazu, zu denken, dass er mich vielleicht sehr schnell vergisst, und diese Hypothese ist sehr viel schrecklicher als die unbestimmten materiellen Sorgen!

Er ist Australier, darüber bin ich glücklich. Aber selbst wenn er Italiener gewesen wäre, hätte ich ihn geliebt, denn meine Liebe ist nicht berechnend und zweifelt nicht. Ich liebte ihn, als wir auf dem Bahnsteig in Virieu auf und ab gingen. Ich liebte ihn, als er sagte: »Schauen Sie, die Bienenstöcke im Gebirge.« Ich liebte ihn, als er sagte: »Wie klar der Bach ist.« Ich liebte ihn, als er sich zum letzten Mal für ein letztes Lächeln, für ein letztes Adieu umdrehte. Ich liebe ihn.

Gegen Viertel nach 8 gab es Alarm. Viele Flugzeuge am Himmel! Es war seltsam, plötzlich flogen sie auseinander und Raketen fielen. Dann stiegen dicke schwarze Rauchwolken in den Himmel. Die Leute aus Mézy sagten, es seien Flugzeuge gewesen, aber das kann nicht sein; sie fielen zu langsam vom Himmel.

Donnerstag, 16. *September* 1943

Die Raketen gestern waren tatsächlich Flugzeuge, die in Flammen aufgegangen waren, aber da es sehr weit weg war, kam uns das so langsam vor. Es ist etwas anderes, in einem Kommuniqué zu lesen: »5 Flugzeuge abgeschossen«, als selbst zu sehen, wie sie in Flammen aufgehen.

Freitag, 1. *Oktober* 1943

Vierzehn Tage habe ich schon nichts mehr geschrieben! Wie schnell die Zeit vergeht. Ich habe ein Portrait Giuseppes gezeichnet, das unheimlich gut geworden ist. Ich brachte es zu dem Fotografen zum Abfotografieren, der schon mein Bild für mich reproduziert hatte, das »Harold«, meinen imaginären Helden, darstellte. Da er nicht da war, ließ ich es im Geschäft. Vorgestern ging ich wieder hin, und er sagte:

– Das habe ich mir schon gedacht, dass Sie das waren!

Er kann ruhig lachen, wenn er will, es ist mir egal. Ich schäme mich überhaupt nicht und sage schlicht und einfach, dass ich Giuseppe liebe. Es ist so wunderbar, eine Liebe für mich zu haben. Und dass es dieses Mal ein lebendiges Wesen ist und kein Mythos.

Ich habe Gladys gesehen, Mamas Freundin, die uns das Haus überlassen hat. Sie kam mit ihrer Tochter Gisèle. Mama hatte gesagt, dass sie die Italiener liebt, aber ich hätte nicht gedacht, wie sehr. Sie kam aus Südfrankreich zurück. Wir sprachen über die Italiener, und ich sagte etwas vorsichtig:

– Die Italiener haben den Ruf, ziemlich korrekt gewesen zu sein während der Besatzung.

Sie antwortete:

– Korrekt? Sagen Sie: Liebenswürdig! Liebenswürdig! Verstehen Sie!

Sie sollen bei ihrem Rückzug die Munition in die Luft gesprengt haben, damit die Deutschen sie nicht bekommen, und alles an die Franzosen verteilt haben, was sie nicht mitnehmen konnten. Sie und Mama haben es geschafft, mir die Italiener sympathisch zu machen. Sie hat Mama wohl erzählt, sie habe mit dem italienischen Admiral in Südfrankreich geschlafen. Recht hat sie, sie ist ja Witwe.

Von diesem Haus aus konnte man das englische Radio wunderbar empfangen, aber leider haben ihre Tochter und sie den Radioapparat mitgenommen, und jetzt sind wir wieder nicht auf dem

Laufenden. Das ist sehr nervig. In Hardricourt erfährt man nicht mehr, als wenn man in der tiefsten Sahara wäre.

Was ist noch passiert? Letzten Sonntag gab es einen wunderbaren Auftritt der Engländer, die den Jahrestag der Übernahme des Luftraums feierten. Die Bomber zogen große weiße Rauchkreise, gleichzeitig flogen die Jagdbomber um sie herum und stießen kleine Rauchwölkchen aus wie Vögel. Die Russen haben Kiew und Smolensk eingenommen und sind fast an der polnischen Grenze. Die Engländer sind in Neapel oder in der Nähe. Sie haben die beiden Eisenbahnlinien bombardiert, die die Deutschen für ihren Nachschub in Norditalien genutzt hatten. Der Tunnel von Modena ist eingestürzt, und jetzt sind die Deutschen in Modena eingeschlossen und können weder Nahrungsmittel noch Munition erhalten.

Drei Tage hintereinander fuhr ich nach Paris, um mich um Mamas Armband zu kümmern. Wir müssen es unbedingt verkaufen, denn wir haben keinen einzigen Sou mehr. Man hatte ihr 80 000 Francs dafür angeboten, aber jetzt sinken die Preise für Schmuck sehr schnell, und man bietet ihr nur noch 50 000 Francs dafür. Der Goldpreis fällt auch; offensichtlich schürfen die Russen haufenweise Gold.

Vorgestern wurde ein deutsches Flugzeug aus Versehen von der deutschen Luftabwehr abgeschossen. Es ist in Flammen aufgegangen. »*Langsam, aber kräftig!*«, das ist die Devise der Flak.

Samstag, 13. November 1943

So lange schon habe ich nicht mehr Tagebuch geschrieben! Aber seit wir aus Hardricourt zurück sind, hatten wir so viel zu tun, dass ich keinen Augenblick für mich hatte.

Wir verließen Hardricourt also am 16. Oktober. Mit welcher Freude, mein Gott! Es war so gut, wieder nach Paris zu kommen, nach diesem Alptraum, den wir in diesem Nest voller Nebel, Regen und Traurigkeit erlebt haben. Nie habe ich einen Ort, an dem ich gelebt habe, verlassen, ohne dort etwas von meinem Leben, meinen Erinnerungen, meiner Liebe für Dinge zu lassen. Aber für Hardricourt empfinde ich nur Widerwillen und Hass. Es war eine

Erlösung, nach Paris zurückzukehren, auch wenn ich jetzt weiß, ich bin nicht mehr dieselbe und werde es nie mehr sein. Es gab zwei Dinge, die dazu führten, dass ich mich plötzlich verändert habe; zunächst diese Seiten aus meinem Tagebuch, die ich *nicht* noch einmal lesen möchte, die den Tag betreffen, an dem ich mich umbringen wollte. In einer Nacht bin ich um zwei Jahre gealtert und ich bin zynisch und bitter geworden.

Der Suizidversuch, auf den sie oben im Heft anspielt[81]*, ist vielleicht nur symbolisch gewesen, aber er ist nicht vergessen. Wahrscheinlich aus nichtigem Anlass, während eines Streits, reißt ihre Mutter Micheline den Füller aus der Hand, mit dem sie gerade schreibt, schmeißt ihn auf den Boden, und er zerbricht. Für Micheline aber war dieser Füller ein lebendes Wesen, ihre Seele oder zumindest ein Mittel, sich auszudrücken. In der Seele verletzt, glaubt sie, bleibe ihr nur der Tod. Sie versucht, sich mit dem Messer des englischen Soldaten die Adern zu öffnen, wie der Held in Erich Maria Remarques.* Die Kameraden. *Sie wacht mitten in der Nacht auf, vor dem Kamin in ihrem Zimmer liegend, und wirft ihrer Mutter vorwurfsvoll und herausfordernd an den Kopf: »Ich habe nicht darum gebeten, geboren zu werden.«*

Ein Sophokleszitat, das sie zu jener Zeit notiert hat, drückt ihre Sicht auf das Leben aus:

»Nicht geboren sein heißt gewinnen.
Aber einmal auf der Welt,
Ist es das Beste aller Dinge
Dorthin zurückzukehren, woher man kam,
So schnell wie möglich.« [82]

Das zweite ist meine Liebe zu Giuseppe, die in mir ein so schönes Gefühl erweckt hat, einen solchen Eindruck von Reichtum, dass es für mich wie ein Schatz ist, den ich in mir bewahre. Ich

---

81 Diese Passage ergänzt Micheline Bood 1974 für die Veröffentlichung des Tagebuchs.

82 »Nicht geboren zu werden ist das Beste, doch wenn du lebst, ist es am besten, so schnell du kannst zurückzukehren, woher du kamst.« Aus: Sophokles (496-405/6 v. Chr.): Ödipus auf Kolonos, V. 1224 f

hoffe, er wurde gefangen genommen, damit er nicht in Mussolinis Truppen dienen muss.

Mama wurde wegen ihrer Organabsenkung am 1. November 43 von Doktor Duvivier, Maryses Onkel, im amerikanischen Krankenhaus operiert, und jetzt besuchen wir sie jeden Tag.

Die ersten zwei Tage waren schrecklich traurig, wir beide ganz allein, aber jetzt, ganz klar – ich müsste mich schämen, das so zu sagen – haben wir unsere Ruhe ohne Mama. Es ist das erste Mal, dass sie es wagt, uns loszulassen, und ich meinerseits bin ganz glücklich darüber; wir werden eingeladen, wir laden Freundinnen ein und langweilen uns keinen Augenblick.

Wir sehen natürlich Maryse und Jacqueline oft. Donnerstagabend kamen sie zum Essen, und Jacqueline sagte plötzlich, sie lese *Lady Chatterley*«,[83] und das löse Gefühle in ihr aus, dass sie in der Nacht nicht schlafen könnte. Dann sprachen wir über Sinnlichkeit und Sexualität. Maryse sagte, sie wisse sehr wohl, dass sie sinnlich sei, dass es Augenblicke gibt, in denen sie sich körperlich nach einem Mann sehne, dass sie nachts nicht schlafen könne; sie schwitze und es gehe ihr sehr schlecht. Zu mir sagte sie:

– Du bist 17 und Jacqueline ist 19, aber ich bin 22 Jahre alt und kann sehr gut verstehen, dass eine Frau in meinem Alter, die nicht verheiratet ist und schon einmal einen Geliebten hatte, mit irgendeinem schläft.

Dann waren wir beide allein, sie sagte, der Kontakt und die Berührungen mit Jungen bereiteten ihr große Lust, aber danach verachte sie sie zutiefst.

Sie schienen beide davon überzeugt zu sein, dass man sinnlich sein *müsse*. Bei mir bringt das natürlich alle Gedanken und Theorien durcheinander. In gewissem Sinn haben sie Recht: man muss sinnlich sein, um im Augenblick der Liebeshandlungen nicht bei

83 Lady Chatterley's Lover; deutscher Titel: Lady Chatterleys Liebhaber: Roman von D.H. Lawrence (1928)

vollem Bewusstsein zu sein, denn es ist so lächerlich, was man da tut.

Ich verachte einen Jungen danach nicht zutiefst. Ich habe weder Rehm noch mich verachtet; ich habe meine Geschichte in Breteuil wie eine unausweichliche Sache angesehen, die unabhängig von meinem Willen war. Ja, es ist schwierig für mich, herauszubekommen, ob ich sinnlich bin. Ich stelle fest, wie sehr es mir an Offenheit meinem Tagebuch gegenüber fehlt, aber es war nicht meine Schuld; es geschah sehr viel aus Faulheit, ein wenig aus Scham, aber vor allem, weil ich aus tiefster Seele alles Unreine in mir zurückwies.

Ja, es ist sehr schwierig für mich zu begreifen, wo ich in dieser Hinsicht stehe. Ich wurde von Mama immer fertiggemacht für meine Sinnlichkeit. Aber ich erinnere mich, dass ich eines Tages, als ich mit Alex versuchte, das Feuer wieder anzuzünden, »Empfindungen« hatte. Oh! Das war sehr vage! Aber ich erinnere mich trotzdem daran. Und dennoch, Alex! … Ich machte mich immer über mich selbst lustig, wenn ich daran dachte.

Was die Philosophie betrifft, habe ich zuerst gesagt, sie sei ein riesiger Bluff, und ich akzeptiere im Grunde nur die Philosophie, die man in sich hat. Aber ich kann ihren mächtigen Einfluss nicht leugnen, denn ich denke mit viel mehr Struktur, Tiefe und Scharfsinn, seit ich damit angefangen habe. Was mich manchmal verwirrt, ist, dass man zwei völlig unterschiedliche Thesen gleichzeitig vertreten kann, dass nichts bewiesen ist, dass man immer wieder zum gleichen Punkt zurückkommt.

Mittwochabend, als ich aus dem amerikanischen Krankenhaus kam, traf ich in der Metro meinen Retter aus der Geschichte mit dem Ausweis. Ich sagte, und das war ja wahr, dass ich ihn nicht angerufen hätte, weil wir wegen Mamas Krankheit in Hardricourt geblieben sind, und dass wir im Augenblick jede freie Minute bei ihr im Krankenhaus verbringen, was nicht ganz stimmt. Er war sehr nett. Er erzählte, dass das Mietshaus in Düsseldorf, in dem seine Mutter und seine Schwester wohnten, zerstört worden sei, und dass wie durch ein Wunder nur ihre Wohnung unversehrt geblieben sei. Als ich sagte, Gott werde es ihm lohnen, was er für mich und das andere Mädchen, das er auch festgenommen hatte, getan hat, sagte er:

– Ich hätte fast Lust, an Ihren Gott zu glauben.

Sonntag, 14. *November* 1943

Ich habe noch nicht erzählt, dass ich ins Institut Allemand[84] gehe. Ich habe mich mit Clairette dort eingeschrieben.

Ich habe *Lady Chatterley* gelesen. Ich habe keinerlei »Empfindung« gespürt, aber ich musste wohl lachen! Es ist so lächerlich! Sie flechten sich zu oft Blumen in die Körperhaare. Es gibt eine Menge wohlklingender Sätze darin, aber wenn man sie untersucht, ist absolut nichts dahinter. Auf jeden Fall ist dieses Buch, um das man so viel Wirbel gemacht hat, viel weniger perfide und unmoralisch als andere. Lawrence ist zu kalt, zu konventionell, zu nüchtern, um die Leidenschaft zu zeichnen; das ist es, was das Buch so lächerlich wirken lässt.

Ich lese auch *Sodom und Gomorrha*[85], worüber ich gar nichts denke, außer dass es recht amüsant ist als Sittengemälde der »großen Welt«, und dass ich schreckliche Lust bekomme, in Cervinia in 2000 Meter Höhe zu leben. Und *Metaphysik der Sitten* von Kant, die ich von den drei Büchern am besten finde.

Die einzige Buchpassage, die jemals Empfindungen in mir ausgelöst hat … Oh! Das ist sehr lange her … Da war ich noch klein, es war die Stelle in *Un capitaine de quinze ans,*[86] in der beim Tod eines schwarzen Königs (glaube ich) die Sklaven verbrannt oder ihnen die Köpfe abgeschnitten wurden. Das war verrückt! Und ich

84 Die deutschen Besatzer eröffneten 1940 in Paris das Institut Allemand. Dort wurden Sprachkurse angeboten, und die Deutschen versuchten hier, Einfluss zu nehmen auf die Kultur in Frankreich.

85 Es handelt sich wohl um das Drama Sodome et Gomorrhe von Jean Giraudoux, das 1943 erschienen ist und im Oktober 1943 in Paris uraufgeführt wurde.

86 Un capitaine de quinze ans (1878), Roman von Jules Verne. Deutscher Titel: Ein Kapitän von fünfzehn Jahren (1879)

las es jeden Tag wieder mit der gleichen Wollust. Wenn ich am Ende ankam, war ich immer verzweifelt.

Ich bin mit Alex weggegangen. Wir sprachen über dieses Thema Sexualität. Ich bat ihn, ehrlich zu ein. Er gestand, aber mit Zögern, er sei nicht mehr unschuldig. Ich fragte mich, ob er zögerte, weil er mir das ungern sagte oder weil es nicht stimmt. Der erste Fall ist der wahrscheinlichere. Aber er erklärte mir, er glaube, dass er niemals lieben könne. Ich sagte, ich glaubte das auch. Wir sprachen auch über Homosexualität, aber darüber waren wir unterschiedlicher Meinung. Er fand es verständlicher für die Männer, ich für die Frauen. Ich bin sicher, ich habe recht, weil es sich mit den Frauen (ich müsste sagen, zwischen ihnen) nur um ein Spiel handeln kann, und es ist nicht so widerlich, weil der Körper der Frauen von perfekter Schönheit ist. Denn der Mann ist nicht schön.

Ich habe geschrieben: »Ich liebe Giuseppe nur mit meinem Herzen.« Das ist nicht ganz wahr. Als wir im Kino waren, habe ich sehr gelitten, weil ich ihn so weit weg fand und ihn nicht verstand – ich hätte ihn berühren mögen.

Welches Bekenntnis, großer Gott! Ich habe in zwei Tagen mehr über mich geschrieben als in meinem ganzen Leben …

Donnerstag, 25. *November* 1943

Ich holte die beiden Hefte ab, die bei Monique waren, weil ich nicht will, dass irgendetwas von mir bei ihr ist. Ich konnte natürlich dem Wunsch, sie zu lesen, nicht widerstehen, was mich zum Nachdenken brachte über vieles. Zunächst, ich war nie ehrlich in diesem Tagebuch, weil ich es nie gewagt habe, eine doch sehr wichtige Sache zu schreiben. Ich habe heimlich Geld von Mama genommen (und tue das immer noch). Apropos, Mama hat Nicoles Uhr mit dem goldenen Armband verkauft, und das hat mich sehr befriedigt, denn es war ein Ausgleich für meine Halskette, die auch verkauft ist.

Nachdem ich dieses Tagebuch noch einmal gelesen habe, habe ich zwei hervorragende Beschlüsse gefasst:

5. Niemals mehr Angst zu haben, etwas zu schreiben, auch nicht die schlimmsten Dinge.
6. Mich niemals zu entschuldigen, sondern lediglich die Dinge so festzustellen, wie sie sind – ich könnte zum Beispiel sagen: »Es ist schrecklich, es ist grauenhaft, es ist sehr schlecht, Geld von Mama zu stehlen«, aber es wird nicht verhindern, dass ich es wieder tue. Und ich muss sagen, ich fand es sehr überraschend und finde es immer noch, dass alle Welt das auch macht. Monique, Chantrellus (sie hat sich deswegen überhaupt nicht geschämt), Alex (»Es wird viel teurer für Mama, wenn sie mir mein Monatsgeld nicht gibt«) und sogar Maryse und so viele andere noch. Aber das ist nur ein Beispiel. Es gibt eine Menge Dinge, die ich nicht geschrieben habe, um mein Tagebuch nicht zu beschmutzen. Es gibt übrigens noch andere Gründe, Müdigkeit während der Flucht aus Paris oder Faulheit, oder weil ich es vergaß, oder weil mir nicht bewusst war, was ich dachte oder was passierte. Übrigens versteht man hinterher immer mehr.

Ich habe auch etwas Seltsames festgestellt; nämlich, dass man sich immer sehr erwachsen fühlt, während man doch nur ein Kind ist. Wie oft habe ich in meinem Tagebuch beteuert, dass ich schon groß bin? Und in Wirklichkeit bin ich bloß ein Kind. Es gibt auch, selten allerdings, Dinge, die ich zwei Mal erzähle, andere, die ich mittendrin anfange, weil ich dachte, ich hätte sie schon erzählt. Das ist sehr seltsam. Und auch Dinge, die mir sehr wichtig zu sein schienen und mich sehr beeindruckt haben, als ich sie schrieb, und die jetzt, aus der Ferne betrachtet, völlig unbedeutend sind. Ich dachte immer, man müsse Tagebuch unter dem Drang des Augenblicks schreiben, aber das ist wohl falsch. Man sollte nur alle vierzehn Tage schreiben, weil man dann die Dinge vergisst, die bedeutungslos sind, und sich nur noch an die wirklichen Ereignisse erinnert. Aber andererseits vergisst man oft die Ereignisse, und zwar die wichtigsten. Und außerdem, was soll man schreiben? Wenn ich die Beste in der Schule war, hat mir das sehr gefallen, aber aus der Ferne betrachtet ist mir das vollkommen gleichgültig. Könnte das der Beweis sein für die Nichtexistenz der Welt außerhalb von uns selbst?

Ich habe einen anderen Entschluss gefasst: Ich glaube nicht mehr blind alles, was man mir erzählt. Es ist fürchterlich, wie viele Falschmeldungen ich in meinem Tagebuch berichtet habe. Und wenn es wahr wäre, dass man die anderen immer am eigenen Maßstab misst? Aber ja, sicher, ich bin verlogen – und gleichzeitig sehr offen, denn ich fantasiere nie. Ich lüge nicht, um ein wenig zu schummeln. Meine Lügen sind immer komplizierte Geschichten, weitläufige und unwahrscheinliche, die jeder glaubt. Wenn ich unvorbereitet lügen muss, werde ich rot und komme ins Schleudern.

Ich glaube, nach der schrecklichen Krise, die ich zu Jahresbeginn hatte, als ich mich umbringen wollte, habe ich mich auf einen Schlag verändert. Diesen Abschnitt meines Tagebuchs wollte ich nie wieder lesen.

Noch etwas, bevor ich dieses Heft beende (immer am Ende bin ich mutiger): Ich bin schrecklich egoistisch (offensichtlich, da ich Mama ja beklaue, um mich zu amüsieren), aber ich bin auch schrecklich eifersüchtig. Eifersüchtig auf das, was Nicole Mama gab, und das, was Mama ihr gab, und auch eifersüchtig auf Nicole. Ich habe einen bezaubernden Charakter. Es ist komisch: Wenn ich jemanden liebe, würde ich ihm liebend gern alles geben, was ich habe, aber Mama liebe ich nicht wirklich. Ich möchte auch nicht, dass andere Leute oder andere Dinge außer mir die Person glücklich machen, die ich liebe.

Ich gebe zu, dass ich mich gut amüsiert habe, als Mama in der Klinik war. Ich bin viel ausgegangen, es war toll, zu essen, wann ich wollte, und nach Hause zu kommen, wann ich wollte, nachdem ich immer begluckt worden war.

Um das abzuschließen, Mama ist heute nach Hause gekommen, und das ist sehr ärgerlich. Schon haben wir uns gestritten. Sie wohnt in meinem Zimmer und fand es zu ihrem Empfang nicht sauber genug. Wieder komplizierte Mahlzeiten, Kräutertees, Nachttöpfe. Darak war ganz verrückt vor Freude, als sie wieder nach Hause kam. Ich nicht! Ich bin ein »MONSTRUM«! Jedenfalls kann man mir nicht vorwerfen, ich sähe den Balken in meinem Auge nicht so gut wie den im Auge meines Nächsten.

Ich muss noch etwas schreiben zum Thema Homosexualität, aber das ein anderes Mal. (Dieses Wort taucht häufig auf, seit ich mich entschlossen habe, es in meinem Tagebuch auszusprechen.) Heute ist es genug.

Ich hatte auf die letzte Seite meines Tagebuchs geschrieben: »Ich hoffe, dass ich für immer ganz glücklich bin, wenn ich die Siegel dieses Tagebuchs aufbreche.« Man ist nur im Tod für immer glücklich, mein armes Kind, merk dir das gut!

Montag, 29. *November* 1943

Mit diesem weisen Wort hätte ich aufhören sollen, aber ich muss mein Tagebuch voll schreiben. Ich habe die ganze Nacht mit dem Lesen dieses Heftes verbracht und finde es spannend. Es ist ganz anders als die anderen, was beweist, dass die Veränderung, die vor zwei Jahren passiert ist, keine Illusion war. Ich habe all das darin gefunden, was ich finden wollte. Sogar der Stil hat sich verändert. Hiermit ist auch die Frage gelöst: »Soll ich unter dem Einfluss des Ereignisses schreiben oder lieber vierzehn Tage oder einen Monat später?« Der Teil, in dem es um meine Liebe zu Giuseppe geht, den ich später noch einmal geschrieben habe, ist der am wenigsten lebendige, am wenigsten interessante Teil; obwohl ich es so intensiv erlebt habe!

Als ich das Heft begann, hoffte ich, dass der SIEG käme. Aber der Krieg dauert an .... Dauert immer noch an, mit einem Wechsel aus Hoffnung und Desinteresse ... Jetzt hoffe ich es für das nächste Heft!

Dieses Heft ist trotz allem außergewöhnlich, weil ich während dieser Zeit meine besten Stunden in der Schule, meine ersten Erfahrungen und vor allem meine erste Liebe erlebt habe.

ALEA JACTA EST

IV

BLAUES HEFT

Ein Jahr, das zu Ende geht, ein Heft, das beginnt.

Ein Krieg, der immer noch dauert.

»Man geht aus sich heraus und kehrt so schnell wie möglich zurück, aus Mangel an besseren Möglichkeiten.« (M. Valyère).[1]

Sonntag, 26. *Dezember* 1943

Ich habe einen neuen Roman geschrieben, er heißt *Arminio,* und ich habe ihn gestern um Mitternacht beendet; das ist der Grund, warum ich mein Tagebuch in letzter Zeit ein wenig vernachlässigt habe. Es ist natürlich Giuseppes Geschichte, sie spielt in Aosta und Cervinia. Außerdem haben wir Mamas Armband mit den Diamanten verkauft, und weil Lélé sich darum kümmerte, schleppte sie mich zu allen Juwelieren, um dic Preise zu vergleichen, nur natürlich nicht zu dem, auf den ich sauer bin, der mich damals ins Kino mitnehmen wollte. Danach bestellten wir eine Gans für Weihnachten. Wir haben sie gestern gegessen, sie war köstlich.

Es ist nicht wenig passiert in der letzten Zeit. Zuerst: Ich bin fünfte in Philosophie mit 12 Punkten; ich konnte mich gar nicht beruhigen. Seit Beginn des Schuljahres hatte ich nur schlechte Noten. Sicher war an diesem Tag das Maß meines Zerfalls fortgeschritten genug, und meine Ideen waren verschwommen genug, um das Niveau der Gedanken Mademoiselle Hougas', unserer Philosophielehrerin, zu erreichen. Zuerst hatte ich seit Freitag schreckliche Zahnschmerzen, was dazu führte, dass ich drei Nächte lang nicht geschlafen hatte. Dann war ich am letzten Sonntag zu einer Party bei Maryse eingeladen. Da ich mit Alex hingehen wollte, verabredeten wir uns vor der Post in Neuilly. Ich wartete eine Ewigkeit auf ihn, dann kam er schließlich mit dem Fahrrad, im Schlafanzug, mit einer Flasche Champagner, die in einer Tasche über seinem Bauch hing wie bei einer Kängurumut-

---

1 Marie Valyère: Autorin von: Heures Grises. Paris: P. Ollendorff 1887

ter. Ich weiß nicht, wie er es geschafft hat, sie unterwegs nicht zu verlieren. Er erklärte, er habe sich mit seiner Mutter gestritten, sie habe ihn in seinem Zimmer eingeschlossen und seine Kleider versteckt, damit er nicht weg könne. Er ist durch das Fenster geklettert und hat es geschafft, den Champagner aus dem Keller zu holen. Er ist also im Schlafanzug quer durch Paris gefahren, trotz des Wetters, es war nicht gerade warm.

Ich sagte, er könne doch so nicht zu Maryse kommen, er müsse jedenfalls seine Mutter um Verzeihung bitten, sonst wäre sie noch mehr böse auf ihn, wenn sie feststellt, dass er verschwunden ist. Zuerst wollte er nicht, dass ich sie anrufe, dann war er schließlich einverstanden. Ich glaube, im Grunde fing er an, ein wenig unruhig zu werden. Ich rief von der Post aus an. Zuerst war seine Mutter so wütend, dass es überhaupt keine Möglichkeit gab, auch nur ein Wort zu sagen, um ihr zu erklären, dass ich nichts dafür konnte. Als sie sich ein wenig beruhigt hatte, holte ich Alex (er wartete draußen mit meinem Eis, das schmolz), aber er wollte nicht mit ihr sprechen. Letztendlich haben sie sich beide nichts gesagt, aber sie akzeptierte, dass sie ihn, ohne Theater zu machen, wieder aufnimmt, unter der Bedingung, dass er sofort nach Hause kommt. Zum Schluss war mein Eis fast völlig geschmolzen, aber er ließ mir den Champagner (ich hatte natürlich seiner Mutter nichts davon gesagt) und ich nahm ihn mit zu Maryse.

Ich hätte mich gut amüsiert, wenn ich nicht solche Zahnschmerzen gehabt hätte. Es gab einen Jungen, der andere erstaunlich gut nachmachte, vor allem Pétain. Er imitierte seine meckernde Stimme und sagte: »Ich … mache Frankreich … das Geschenk … meiner … Tabakmarke.« Ich habe nicht getanzt, aber ich langweilte mich auch nicht, weil ich mit diesem Jungen gesprochen habe, der sehr interessant war.

Gestern kam Gladys mit ihrer Tochter zum Gänseessen, und weil wir nicht wussten, was wir nachmittags tun sollten, schlug Mama uns vor, in die Oper zu gehen. Es gab *Faust*, ich starb fast vor Sehnsucht, ihn zu sehen, aber wir waren sicher, keine Plätze mehr zu bekommen, vor allem, weil Weihnachten war. Als wir ankamen, warteten viele Leute vor dem Schalter, um zu sehen, ob jemand seine Karten zurückgibt, aber dann klingelte es schon, und alle gingen weg. Gisèle und ich entschlossen uns, noch einen Moment zu bleiben, und plötzlich kam eine Dame. Sie bot einen Platz an. Der Typ an der Einlasskontrolle gab sie uns, und bevor ich Zeit hatte, etwas zu sagen, hatte Gisèle sie schon an sich gerissen:

- Ich nehme sie. Du wurschtelst dich ja immer irgendwie durch.

Sie bezahlte sie (sehr teuer), und ich war plötzlich allein. Ich wäre gegangen, wenn ich nicht so verletzt und wütend gewesen wäre. Ich wartete eine ganze Weile und wollte gerade aufgeben, als ein deutscher Offizier aus der Oper herauskam und dem Kontrolleur sagte:

- Da, hier ist ein Platz. Der Freund, auf den ich gewartet habe, kommt jetzt nicht mehr.

Der Angestellte fragte mich, ob ich sie haben wollte, ich sagte natürlich ja, und er antwortete:

- Einigen Sie sich mit dem Herrn, ich kümmere mich nicht um die für die Deutschen reservierten Plätze.

Ich wollte sie ihm bezahlen, aber er hat das nicht akzeptiert. Er zeigte mir den Platz, weil die Platzanweiserinnen schon verschwunden waren, und ich fand mich, wie die Königin von England, in der Loge zwischen den beiden Säulen. *Faust* war toll, nur dass Margarete recht dick war; jedes Mal, wenn sie mit Faust sprach, fiel sie fast aus dem Fenster. Das zerstörte alle Poesie, aber was mir großen Spaß machte, war Gisèles Miene in der Pause, als ich sagte, ich hätte nichts bezahlt. Und obendrein hatte sie einen schlechten Platz: sie sah nichts!

Ich bin ganz verrückt vor Freude, weil ich zu Silvester bei einer Freundin von Maryse eingeladen bin, sie ist Norwegerin und sehr reich. Ich muss nichts zu essen mitbringen. Sie wohnt in Bois-Colombes.[2] Mama hat mir erlaubt, dort zu übernachten.

Sonntag, 23. *Januar* 1944

Die Engländer sind in Anzio[3] gelandet. Sie landen jetzt überall, nur nicht in Frankreich!

Nicole ist verrückt vor Freude; sie wird endlich reiten. In keiner Reitschule hatte es einen Platz gegeben, aber gestern sagte Alex in triumphierendem Ton:

– Du kannst meinen Platz am Panthéon haben, wenn du willst. Ich gehe nach England. (Bescheiden wie immer, fügte er hinzu:) Sag ihnen aber, dass du gut reiten kannst, denn ich bin in einem Reitkurs für weit Fortgeschrittene.

Dieses Mal sieht es so aus, als würde er wirklich gehen, ich beneide ihn. Er riskierte nicht viel, was den S.T.O.[4] angeht, weil er noch nicht 18 ist, aber er ist groß für sein Alter, und mit den Deutschen weiß man nie. Auf meinem Personalausweis bildet das G von George (denn ich heiße George ohne *s* wie George Sand) eine Schleife über der 6 von 1926, was dazu führt, dass es aussieht, als sei ich 28 geboren, und Mama sagte, ich solle das so lassen für den Fall, dass sie entscheiden würden, auch die jungen Mädchen ab 18 Jahren nach Deutschland zu schicken. Aber nirgends will man Mädchen, vor allem nicht zum Kämpfen. Ich würde so gern etwas tun. Ich wäre gerne Spionin im Dienste Frankreichs wie Louise de

---

2 Bois-Colombes: im Nordwesten von Paris

3 Landung der Alliierten am 22. Januar 1944 in der Nähe von Anzio, südlich von Rom, mit dem Ziel, Rom einzunehmen. Tatsächlich waren daran hauptsächlich die Amerikaner beteiligt.

4 S.T.O.: Service du Travail obligatoire: Pflichtarbeitsdienst. Viele junge Franzosen tauchten unter und gingen in den Maquis, d.h. in Organisationen des französischen Widerstands, um dem S.T.O. zu entgehen.

Bettignies[5] oder Marthe McKenna[6] oder Edith Cavell[7], die für den Intelligence Service arbeiteten, was noch besser wäre. Sterben durch Erschießen scheint mir der herrlichste Tod zu sein. Man weiß genau, wann man stirbt, und hat Zeit, sich darauf vorzubereiten.

Dienstag, 25. *Januar* 1944

Während ich auf den Tod wartete, habe ich Mittel und Wege gefunden, um die schriftliche Arbeit in Naturwissenschaften zu verpassen. Ich war ganz durcheinander, weil ich nichts dafür gelernt hatte, und ich hatte bei der Klassenarbeit im letzten Monat gefehlt. Ich schnitt mir mit meinem englischen Messer den Handrücken auf. An dieser Stelle tut es überhaupt nicht weh. Ich wartete, bis es ordentlich blutete, und sah zu, wie mir das Blut herunterfloss, damit mir schlecht würde. Als ich blass genug war, ging ich zu Mademoiselle Brennnessel (das ist der Name, den wir unserer Lehrerin in Naturwissenschaften, Physik und Chemie gegeben haben, weil sie sehr blöd ist!) und sagte, ich hätte mich mit meinem Bleistift

---

5 Louise de Bettignies (Deckname Alice Dubois) half den Briten im 1. Weltkrieg, ein Spionagenetzwerk in Frankreich aufzubauen. Sie sammelte Informationen über deutsche Munitionslager. Am 20. Oktober 1915 wurde sie von den Deutschen gefasst und zum Tode verurteilt, das Urteil wurde in lebenslängliche Zwangsarbeit umgewandelt. Sie starb am 17. September 1918 in einem Kölner Gefängnis. Ihr Leichnam wurde 1920 nach Lille überführt und dort feierlich begraben. Posthum erhielt sie das Kreuz der Ehrenlegion.

6 Marthe McKenna, geb. in Belgien, arbeitete im 1. Weltkrieg als Krankenschwester in deutschen Militärlazaretten, nachdem die Deutschen ihr Dorf zerstört und ihr Haus niedergebrannt hatten. Sie wurde Spionin für die Alliierten und überbrachte Nachrichten. Nach dem Krieg erhielt sie mehrere Auszeichnungen. 1932 erschienen ihre Memoiren: »I was a spy« mit einem Vorwort von Winston Churchill.

7 Edith Cavell: britische Krankenschwester in Brüssel. Nach der deutschen Invasion im 1. Weltkrieg trat sie einer Untergrundorganisation bei, die Fluchthilfe für alliierte Soldaten leistete. Sie wurde am 5. August 1915 von den Deutschen verhaftet, zum Tode verurteilt und am 12. Oktober 1915 erschossen. Gottfried Benn war in seiner Funktion als Arzt Zeuge der Hinrichtung. Edith Cavells Leichnam wurde 1919 nach England überführt. Sie wird in England als Heldin verehrt. Edith Piaf soll ihren Vornamen als Hommage an Edith Cavell erhalten haben, die damals in aller Munde war.

geschnitten. Sie sah mich mit einem seltsamen Blick an. Sicher glaubte sie mir nicht wirklich, aber sie musste mich wohl oder übel ins Krankenzimmer schicken. (Als ich hinging, traf ich einen Lehrer, der herauskam und genüsslich ein Stück Zucker mit Minze lutschte.) Wenn ich in ihrem Unterricht ein wenig aufpassen würde, hätte ich es nicht nötig, alle schriftlichen Tests zu schwänzen, aber sie ist so »stinklangweilig«. Ganz davon abgesehen, dass die Mädchen seit *Der Speicher von Marigny* am Ende des Unterrichts in Naturwissenschaften und Physik immer auf mich warten, um zu hören, wie mein Fortsetzungsroman weitergeht. Ich habe übrigens gerade einen neuen begonnen (Roman). Es ist immer noch die Geschichte von Giuseppes Familie; sie spielt in Aosta und Cervinia, aber auch in Frankreich. Ich muss von Proust beeinflusst sein, denn für den Anfang grub ich in meinen Kindheitserinnerungen: meine Ankunft im Kloster in Nointel und der Tag, an dem ich Sandflöhe auf dem Strand zerquetschte. Ich wollte ihm den Titel: *Der Gang über das Feuer* geben, aber Nicole sagte, das klinge ein wenig nach Bratpfanne, und jetzt habe ich mehrere Titel im Auge. Ich finde *Enge Horizonte* auch nicht schlecht. Er ist jedenfalls ganz anders als der vorhergehende, *Arminio*. Ich muss sagen, als ich den noch einmal abschrieb, fand ich ihn ein wenig öde. Madame Fermier hat ihn gelesen, es sei schlecht verdaute Philosophie, das ist nicht sehr schmeichelhaft, vor allem, weil sie *Der Speicher von Marigny* sehr gemocht hat. Ich habe *Arminio* noch einmal in ein wunderschönes Heft aus feinem grünem Maroquinleder mit Pergamentseiten abgeschrieben. Aber dieses Mal werde ich das Heft nicht wieder verleihen, damit ein Mädchen es in der Metro liegen lässt, wie Simone P. es gemacht hat.

Dienstag, 15. *Februar* 1944

Es ist soweit! Maryse heiratet. Dieses Mal ist es sicher. Sie heiratet den Jungen, den sie bei ihrer norwegischen Freundin in der Silvesternacht kennengelernt hatte. Ich bin zur Hochzeit eingeladen, Mama hat mir ein sehr hübsches Geschenk für sie gegeben: zwei

Flaschenuntersetzer aus Kristallglas mit einem Silberrand. Wir haben vier. Mama hat alle kaputten Dinge aus Silber, die seit Jahren unsere Schränke verstopften, verkauft, alle die schrecklichen modernen Bücher in Luxusausgabe und sogar Papas alte Remington.

Am Sonntag hatte Mama Madame Léger zum Tee eingeladen. Monique und Françoise kamen auch. Ich hatte keine Lust, Monique zu sehen, aber jetzt finde ich sie so gemein, dass ich hoffe, sie nie wiederzusehen. Sie arbeitet in der Kommandantur in Saint-Germain als Übersetzerin und erzählte, sie bekomme jeden Tag Briefe mit Denunziationen. Ich sagte: «Du wirfst sie hoffentlich in den Papierkorb.« Sie antwortete verächtlich: »Oh! Das ist nicht meine Aufgabe.« Und ihre Mutter wagte nicht, etwas zu sagen! Wir übrigens auch nicht. Wir waren so vor den Kopf gestoßen, dass wir nicht wussten, was wir antworten sollten, und Mama sagte, jetzt wäre es gefährlich, weil sie uns wegen Hubert bei den Deutschen denunzieren könnte.

Ich weiß nicht, ob ich erwähnt habe, dass ich Deutsch als erste Fremdsprache genommen habe. Wir machen *Faust* mit einer tollen Lehrerin. Ich kann schon den ganzen *Prolog im Himmel* auswendig:

Die unbegreiflich hohen Werke
Sind herrlich wie am ersten Tag.

Das ist der Satz, den ich auf die erste Seite in *Arminio* geschrieben habe. Da Mama mich ein oder zwei Mal nach 10 Uhr beim Lesen erwischt hat, stelle ich den Wecker auf 5 Uhr morgens und male bis um 7 Uhr in meinem Bett. Der einzige Nachteil ist, dass ich nach einer gewissen Zeit eisige Hände habe; dann stecke ich sie unter die Decke und lese, um sie zu wärmen.

Freitag, 18. *Februar* 1944

Wir haben ein spannendes Philosophiethema (ich weiß nicht, warum ich, bäuchlings auf dem Teppich im Wohnzimmer liegend, besser schreiben kann): »Erläutern und diskutieren Sie folgende

These des zeitgenössischen Dichters Paul Claudel:[8] »Die Jugend ist nicht für das Vergnügen da, sondern für das Heldentum.«« Deswegen ist sie toll, Mademoiselle Hougas; sie stellt immer Aufsatzthemen, die uns vor Begeisterung vibrieren lassen. Ich schloss mit Pasteur[9] – weil er die Jugend des Herzens hat – und mit Guynemer.[10] Ich schrieb: »Ihr habt Frankreich ewig gemacht, und eure Namen umgibt ein Ruhmesglanz, der nie getrübt wird.«

Gestern Mittag aßen wir das Kaninchen von Madame Brichot, der Dame, die den Balkon nebenan hat (ihr Mann ist Gefangener). Wir haben ihr Kaninchen gegen unseres getauscht. Mama sagt, sie wolle keine Kaninchen mehr, weil es mit der Hitze schlecht auf dem Balkon riechen würde, selbst wenn der Käfig oft saubergemacht wird.

Ich habe angefangen, *Mein Kampf* zu lesen. Wie schlecht er schreibt! Ich glaube, ich werde es weglegen, weil er mir nicht hilft, Fortschritte in Deutsch zu machen. Alex hat es mir besorgt; auf dem Schwarzmarkt, weil es verboten ist.

Mittwoch, 1. *März* 1944

Es ist soweit! Maryse heiratet in drei Wochen. Ich habe sie besucht, alle waren in heller Aufregung. Ihre Schwester heiratet auch! (Mama sagte: »Noch ein Geschenk!«) Nun ja, sie ist erst verlobt, aber ihre Hochzeit wird auf dem Land gefeiert. Wir sprachen natürlich von nichts anderem. Maryse will nicht sofort Kinder haben; sie sagt, sie kennt ein Mädchen, das seit vierzehn Tagen verheiratet ist und sich immer noch nicht gewaschen hat… sie wird sich sicher ein Kind einfangen.

---

8 Paul Claudel (1868–1955): französischer Dichter und Diplomat, bekannt vor allem durch »Der seidene Schuh« (1925)

9 Louis Pasteur (1822–1895): französischer Chemiker und Mikrobiologe, bekannt vor allem *für seine Forschung zu Impfstoffen*

10 Georges Guynemer (1894–1917): französischer Jagdflieger während des Ersten Weltkriegs

Sie werden in der Junggesellenwohnung eines Freundes wohnen, der nach England geht. Schade, ihr Ehemann will nicht, dass sie weiter Theater macht. Ich weiß nicht, ob ich erwähnt habe, dass ich sie in den Weihnachtsferien in *L'Ecole des Femmes*[11] gesehen habe; sie spielte die Agnès und war wunderbar. Ihre Mutter sagte, Maurice Escande[12] hätte sie sehr ermutigt und wäre sehr nett zu ihr. Es ist dumm, so aufzuhören.

Gestern gab Nicole dem Verkäufer bei Potin eine falsche Lebensmittelkarte für Brot, um Nudeln zu bekommen, und er gab sie ihr mit den Worten zurück:

– Sag mal, der hat aber stümperhaft gearbeitet, dein Drucker!

Ich habe ein wenig nachgemalt und bin ein bisschen darüber gelaufen, ich werde sie nur ab und zu nehmen; aber sie ist perfekt. Wir haben ja auch nicht viel dafür bezahlt.

Ich sollte das nicht in mein Tagebuch schreiben, denn es ist gefährlich – übrigens nehme ich es deswegen niemals mit und verstecke es unter dem Sessel, sobald ich aufhöre zu schreiben (und die anderen Hefte sind auf der Wasserspülung im Klo) – aber ich habe eine Lebensmittelkarte gestohlen. Ich weiß nicht genau, wie das passiert ist; ich stand vor den Tischen im Nebengebäude des Rathauses in der Rue du Général-Foy. Über den Tischen sind kleine Schubfächer angebracht, in denen Lebensmittelkarten sind, und da ich müde war vom Schlangestehen, stützte ich mich oben auf die Fächer. Ich hielt *L'Ile aux Pingouins*[13], das ich gerade las, in der Hand, und plötzlich fühlte ich ein Päckchen mit Lebensmittelkarten unter meiner Hand. Ohne zu überlegen, zog ich es hervor und schob es unter mein Buch. Danach hatte ich solche Angst, dass ich fast ohnmächtig wurde. Meine Beine knickten unter mir

---

11 L'Ecole des Femmes: Komödie von Molière (1662); deutscher Titel: Die Schule der Frauen.

12 Maurice Escande (1892–1973): damals sehr bekannter französischer Schauspieler der Comédie-Française, auch Regisseur und Schauspiellehrer

13 L'Ile aux Pingouins (1908): Roman von Anatole France, eine satirische Geschichte Frankreichs, in der auch die Affaire Dreyfus thematisiert wird. Deutscher Titel: Die Insel der Pinguine.

ein. Die gute Frau hat nichts bemerkt, und, oh Freude! Glück und noch mal Glück! Es war eine komplette J 3-Karte.[14] Da das neue Trimester gerade erst angefangen hat, gelingt es uns sicher, sie im Juni über eine Freundin in Meulan noch einmal zu verlängern.

Donnerstag, 2. März 1944

Alex ist zurückgekommen. Er hat es nicht geschafft, nach England zu kommen. Er ist wütend! Er wird es noch einmal über Spanien versuchen. Seine Mutter ist immer sehr freundlich. Sie sagte, sie hätte gern eine Tochter gehabt. Er wollte seinen Platz am Panthéon nicht zurück, aber Nicole verbringt dort ihr ganzes Leben. Sie findet das Reiten herrlich, nur nicht, dass sie bei Alarm in die Katakomben gehen.

Ich schreibe weiter an *Der Gang über das Feuer*, meinem Roman. Das erste, was ich tun werde, wenn der Krieg zu Ende ist, ich werde nach Aosta fahren und dann nach Cervinia. Ich will nicht einmal daran denken, was ich tue, wenn ich Giuseppe wiedersehe. Inzwischen erhielt Gladys einen Brief von einem Italiener, der seit ihrer Hochzeitsreise nach Italien (das war nicht gestern) in sie verliebt ist. Und Giuseppe hat mir nicht geschrieben!

Ich habe mir eine tolle Umhängetasche aus meinem Kilt gemacht. Ich nähte eine Schlangenbordüre daran, die ich von einer alten Handtasche ausgeschnitten hatte. Lieber und geliebter Kilt! Er hauchte seinen letzten Atemzug auf komische Weise aus. Er war ganz geblieben, wie durch ein Wunder, ich trug ihn schon sieben Jahre. Der Gasmann war gekommen, um den Gaszähler abzulesen; ich musste niesen, und er fiel mir zu Füßen. Nicht der Gasmann natürlich, sondern der Kilt! Ich stand also in der Unterhose vor ihm. Er war so mitgenommen, dass wir zum ersten Mal keine Strafe bekamen, weil wir immer über dem erlaubten Verbrauch liegen.

---

14 Für Nahrungsmittelrationierungen gab es 7 Kategorien. Die J3-Karten waren die Berechtigungskarten für Jugendliche zwischen 13 und 21 Jahren, zeitweise auch für Schwangere. Das »J« steht für »Jeunes« (Jugendliche). Sie hatten das Recht auf größere Mengen.

Montag, 20. *März* 1944

Ich bin am Mittwoch nach Verneuil gefahren und gestern Abend zurückgekommen. Ich musste unbedingt etwas zu essen auftreiben, vor allem für Mama, die gutes Essen braucht, um wieder zu Kräften zu kommen.

Sie ist seit ihrer Rückkehr aus dem amerikanischen Krankenhaus noch nicht aus dem Bett gekommen, und Nicole pflegt sie. Ich hätte nicht die Kraft dazu; ich glaube übrigens, dass ich kranke Leute nicht mag. Das ist eine der unangenehmen Seiten meines Charakters.

Die Poiriers hatten mich eingeladen. Roger, Dominos Flirt, lieh mir ein Fahrrad, um in die Bauernhöfe zu fahren, und er besorgte mir Butter und ein Kaninchen. Am zweiten Tag passierte mir etwas nicht Alltägliches: Ich hatte so viele Bauernhöfe abgeklappert, in denen niemand war oder wo man mir nichts verkaufen wollte, und war so müde, dass ich anfing zu weinen, als der Bauer sagte, er habe nichts. Da wurde er sehr viel freundlicher und gab mir ein Dutzend Eier. Das nächste Mal versuchte ich das noch einmal, aber es war eine Frau. Sie hat das nicht gerührt. Ich merke übrigens, dass ich mich sehr viel besser durchschlage, wenn der Bauer allein ist. Männer kann man leichter rühren. Ich traf auch Holländer, die englisches Radio hörten, und merkte zu meiner großen Überraschung, dass ich mit Englisch und Deutsch Holländisch verstehe (offensichtlich, denn ich merkte ja, dass es englisches Radio war). Ich sagte ihnen das, und sie hatten wohl Angst, dass ich sie denunziere, weil sie mir ein großes Stück Speck und Kartoffeln gaben. Da war noch jemand, mit dem ich sprach, und als er erfuhr, dass ich male, gab er mir ein Foto von sich und eins von seiner Frau (voll mit Fliegenschiss) von ihrem Hochzeitstag; er sagte, wenn ich es reproduzieren würde in Farbe und Gouache, würde er mich mit Lebensmitteln bezahlen.

Ich komme sicher im nächsten Monat wieder, denn ich habe Alain Le Nédélec getroffen, der sagte, seine Mutter würde mich zu Ostern einladen. Außerdem fragte mich Alain, ob ich ihnen eine falsche Lebensmittelkarte besorgen könne für einen ihrer Nachbarn, der Jude ist und Angst hat, verhaftet zu werden. Ich weiß nicht, warum, aber sie stellen sich vor, dass man, wenn man in Paris lebt, alles Mögliche besorgen kann. Nun, ich werde trotzdem meine Freundin Nanette Perdu fragen, die im Rathaus von Hardricourt arbeitet, ob sie mir einen Stempel auf eine falsche Karte geben kann oder mir sogar eine echte gibt auf einen falschen Namen.

Samstag waren wir bei Roger Moreau, Dominos Flirt, zu einer Party eingeladen.

Domino sagte, wenn Roger es wolle, würde sie ihm ihre Unschuld schenken. Aber er will nicht, weil er ihre Familie kennt. Jedenfalls, fügte sie hinzu, sei sie nur noch eine halbe Jungfrau wegen dem, was sie mit ihm macht; ich finde das widerlich.

Außer Robert sind die Jungen, die da waren, in der Schule Ecole des Roches. Wir haben den ganzen Nachmittag und Abend getanzt, und es gab ein köstliches Abendessen, aber ich weiß nicht, weshalb, ich fühlte mich traurig. Ich habe, wie sonst auch, kaum getanzt, weil ich die meiste Zeit damit verbrachte, mit meinem Kavalier zu reden, der eine Gelenkentzündung hatte, der Arme. Auch wenn er in der Ecole des Roches ist und offensichtlich sehr reich, hatte er wenig Interessantes zu sagen. Übrigens hatten alle recht wenig zu sagen, außer Lucie, die vielleicht eine Nutte ist, aber intelligenter als die anderen.

Im Grunde genommen gibt es hier nur einen Mann, der *wirklich* intelligent ist, das ist der Schuster. Alles, was er erzählt, ist interessant, ich könnte ihm stundenlang zuhören. Er weiß alles, was an der russischen Front passiert, und erzählte mir, wie die französischen Mechaniker die Jagdflugzeuge in Beaumont-le-Roger[15] sabotieren, indem sie Puderzucker in die Tanks kippen. Aber ich verstehe, warum sie alle Angst vor ihm haben: weil er einen un-

15 Auf dem Flugplatz bei Beaumont-le-Roger zwischen Evreux und Deauville war ab 1940 zeitweise das Jagdgeschwader der deutschen Luftwaffe JG 2 Richthofen stationiert.

heimlichen Blick hat, mit einem ziemlich schönen, immer blässlich-grauen Gesicht (er geht wohl nicht viel nach draußen, aber ich glaube, er wäscht sich auch nicht viel), immer verächtlich und ironisch, und außerdem hat er diesen riesigen Buckel und einen Klumpfuß. Er sieht Quasimodo ähnlich.

Zum Schluss brachte ich ziemlich viele Lebensmittel nach Hause, weil die Konditorin mir einen Kalbsbraten besorgt hatte, und ich außerdem beim Fleischer Tiroir, der gerade ein Baby bekommen hat, Huberts riesige Skischuhe eingetauscht habe. Sie luden mich zum Abendessen ein; es gab gebratene Nieren in Weißwein – sie waren köstlich, und er brachte mich bis zur Gartentür. Dort wollte er mich küssen, wie die anderen. Ich fuhr über den Bahnhof Montparnasse zurück – man wollte am Zoll nichts von mir – aber Nicole konnte mich nicht abholen, und der Koffer war so schwer, dass ich dachte, ich würde nie am Ende der Avenue Gabriel ankommen (die Metrostation Champs-Elysées-Clémenceau ist geschlossen).

Samstag, 25. *März* 1944

Heute Morgen hat Maryse geheiratet. Sie war sehr hübsch, aber über ihn kann ich das nicht sagen. Ich umarmte beide in der Sakristei und drückte mein Gesicht in seine weiche und schlaffe Wange; das war ein komisches Gefühl. Der Empfang war sehr gelungen, aber ich kannte fast niemanden, und dann, ich weiß auch nicht, warum, Hochzeiten machen mich traurig. Das heißt, ich sehe das nicht als Anfang, sondern eher als ein Ende.

Ich habe eine neue Freundin, sie heißt Alice Ostermann und ist Deutsche. Sie ist 20 Jahre alt und die Sekretärin eines zivilen Ingenieurs, der für die Luftwaffe arbeitet. Wir haben uns auf eine komische Weise kennengelernt: Sie schaukelte auf ihrem Stuhl auf der Champs-Elysées, und Darak lief vorbei und brachte sie aus dem Gleichgewicht. Sie fiel nach hinten, zum Glück auf den Rasen. Ich half ihr wieder hoch und wir lachten beide, dann redeten wir. Sie ist groß und sehr hübsch, sie hat vor allem schöne Beine, was bei einer Deutschen selten vorkommt. Sie ist sehr dünn, weil sie fast nichts isst. Sie behält das ganze Geld, das sie verdient, um sich Kleider und schöne Dinge zu kaufen, sie sagt, in Deutschland findet man nichts. Danach begleitete ich sie zu ihrem Hotel (sie wohnt im Vouillemont, Rue Boissy-d'Anglas), und da sie in Tagore[16] verliebt ist, gibt es überall an den Wänden gerahmte Zitate von ihm. Auch sie betrachtet sich stundenlang im Spiegel, und sie erklärte mir, sie tue es in der Hoffnung, dort zu entdecken, wer sie ist und wie ihre Zukunft sein wird. »Spieglein Spieglein an der Wand ...«. Ach! Die Spiegel unserer Zukunft sind ein wenig zersprungen.

Als ich nach unten kam, knieten drei Luftwaffenoffiziere vor Darak, den ich in der Nähe des Fahrstuhls angebunden und dort gelassen hatte. Sie wollten ihn kaufen. Ich sagte:

– Nicht für alles Gold der Welt.

Einer der beiden sagte:

– Sie haben recht, Mademoiselle, ein Herz kann man nicht kaufen.

Sonntag, 26. *März* 1944

Wir fuhren nach Versailles, mit Nicole und Clairette. Es war grimmig kalt, und vor dem Bahnhof stand ein deutscher Soldat, der verzweifelt schluchzte. Seine Kameraden waren um ihn herum und versuchten, ihn zu trösten. Der Arme, sicher hatte er erfahren, dass seine Familie gerade bei einer Bombardierung getötet worden war.

Letztes Jahr mussten wir, weil Mama uns dazu verdonnerte, drei Tage damit zubringen, grüne Bohnen in Rotweinflaschen zu stopfen, um sie einzukochen, und jetzt, da wir sie essen wollen, schaffen wir es nicht, sie herauszuholen. Wir brauchten eine Stunde, um drei Portionen herauszuholen, und obendrein sind sie faulig.

---

16 Tagore, neuere Schreibweise Rabindranath Thakur (1861–1941), bengalischer Dichter und Philosoph

Aber immer noch besser als die vom Kornwurm angefressenen Bohnen in Hardricourt in Gladys' Haus.

Apropos Hardricourt, ich habe noch nicht erwähnt, dass ich am Donnerstag dort war. Ich habe diese verrückte alte Krankenschwester, Madame Damien, besucht, sie war sehr freundlich. Ein Unteroffizier war bei ihr, der auch in Gladys' Haus wohnte, und weil sie mich gebeten hatte, eine Schublade mitzubringen, die in einem kleinen antiken Sekretär fehlte, den sie nach Paris bringen konnte (ich weiß nicht, ob ich schon erwähnt habe, dass Hardricourt besetzt ist und alle Häuser in der Straße beschlagnahmt worden sind – bis auf das Haus von Madame Damien), führte mich dieser nette Mensch durch das ganze Haus, um besagte Schublade zu suchen. Ich habe sie nicht gefunden, aber dafür stand das ganze Haus voll mit Möbeln, die den Nachbarn gehörten, und im Haus, in dem dieser Unteroffizier gerade wohnte, sah ich zwei Pendeluhren, Lampen und Gladys' Geschirr mit den Initialen ihres Mannes (er brachte sie überall an, sogar auf den Nachttöpfen, das war eine Manie bei ihm). Auf dem Kamin stand das Foto eines jungen Mädchens; der Deutsche sagte, das sei seine Schwester, und ich sähe ihr ähnlich. Es stimmte auch ein bisschen. Während ich suchte, briet er mir zwei Spiegeleier; das war wirklich nett.

Ich verabschiedete mich, und er sagte:

– Hören Sie, Mademoiselle, ich werde diese Schublade suchen, und wenn ich sie finde, schreibe ich Ihnen, damit Sie kommen und sie holen können. Ich gebe Ihnen auf jeden Fall meine Adresse; wollen Sie mir Ihre geben?

Ich suche in meiner Manteltasche nach einem Stück Papier und ziehe heraus … ein englisches Flugblatt, sogar das, auf dem ein Flugzeug zu sehen ist, das eine französische Fahne auf den Arc de Triomphe fallen lässt und dessen Rückseite eine französische Fahne zeigt, die mit einer englischen Fahne gekreuzt ist, mit folgenden Worten in Großbuchstaben: »DIE ALLIANZ DES FRANZÖSISCHEN UND DES ENGLISCHEN VOLKES GEHT WEITER BIS ZUM SIEG.« Ich war ein wenig verlegen, ich kannte ja diesen deutschen Unteroffizier nicht, aber er zuckte mit den Schultern und sagte: »Oh, das macht nichts«, und schrieb seine *Feldpostnummer* darauf. Das hebe ich auf, denn das ist wunderbar; damit können wir uns beide erschießen lassen. Er heißt Uffz Hans Vahsen.

Danach ging ich zum Rathaus und besuchte Nanette Perdu (ich weiß nicht, ob ich schon erwähnt habe, dass sie die Tochter der tüchtigen Haushaltshilfe ist, die wir letztes Jahr während Mamas Krankheit hatten, wir sind Freundinnen geworden). Ich fragte sie, ob sie mir die Lebensmittelkarte verlängern könnte, die ich gestohlen hatte am Ende des letzten Trimesters, ich fragte sie auch wegen des falschen Personalausweises, um den Alain mich in Verneuil gebeten hatte. Wir hatten unseren Spaß daran, einen Namen für diesen Monsieur Neumann zu finden, mit einer Adresse in Meulan, sie gab ihn mir gleich mit, denn ihr Verlobter hat die Stempel, was sehr praktisch ist. Was die Lebensmittelkarte betrifft, sagte sie: »Na klar« und lachte. Sie ist wirklich toll.

Ich ging zufällig beim Metzger vorbei, er gab mir ein Kilo Kutteln. Die Deutschen sollen das nicht mögen, es ist das Einzige, was sie uns übrig lassen. Ich glaube, ich esse nie wieder Kutteln, wenn der Krieg vorbei ist, Tintenfisch auch nicht mehr.

Als ich zurückfuhr, war ich allein im Waggon. Der Zug fuhr mitten durch eine Bombardierung und hielt nicht an; er fuhr mit voller Geschwindigkeit, das Licht war gelöscht, und auf beiden Seiten stand der Horizont in Flammen. Es war unglaublich, märchenhaft.

Ich war so aufgekratzt, dass ich von einem Fenster zum anderen lief, ganz allein Schreie ausstieß und tanzte. Ich wünschte, dass das nie aufhörte … Ich hatte den Eindruck, diese ganze Herrlichkeit wäre für mich.

Dann dachte ich an die armen Menschen, die da wohnten, und das machte mich traurig. Aber die Eisenbahner sind klasse Typen; sie handeln auf eigene Initiative und mit einem unglaublichen Mut, stoppen die Züge rechtzeitig oder umgekehrt, rasen mit ihnen durch die Bombardierungen, wenn es sein muss. Der Eisenbahnknotenpunkt von Argenteuil wird alle zwei oder drei Tage bombardiert; die Deutschen lassen die Gleise reparieren, und die Flugzeuge kommen noch am selben Tag und bombardieren von neuem.

Dienstag, 28. *März* 1944

Gestern war ich mit Alice Ostermann verabredet. Sie ist sehr sympathisch und interessant; sie macht sich über alles lustig. Sie mag die deutschen Frauen nicht, die man in Paris sieht, und sagt, die *Blitzmädchen* wären nicht nett zu ihr, weil sie keine Uniform trägt und mehr Geld verdient als sie. Sie gab mir Brotmarken für Darak.

Ich habe *Also sprach Zarathustra*[17] gekauft, damit ich es komplett lesen kann, denn ich finde es toll. Wir arbeiten auch über Phaidon[18] und Bergson[19] in Psychologie. Was für ein Esel er ist mit seinem: »Träumen heißt, das Interesse an der äußeren Welt zu verlieren.«

Ich finde, *Also sprach Zarathustra* ist von einer unwirklichen Schönheit. Es ist wie ein Gedicht. Wenn man es liest, sieht man die Berge und den Flug des Adlers vor sich …

Ich hatte mit Alice eine große Diskussion darüber; sie mag Nietzsche nicht und sagt, er sei sehr hässlich. Ich finde seine Titel wunderbar: »Der Wille zur Macht«[20] zum Beispiel. Ich glaube, wenn ich Deutsche gewesen wäre und nicht katholisch, wäre ich vielleicht für die Nazis gewesen – wenn ich nicht so voll und ganz für England wäre. Alice sagte, sie habe es schon immer gehasst, sich vereinnahmen zu lassen. (Das trifft auch auf mich zu, um nichts auf der Welt hätte ich mich den Chantiers de la Jeunesse[21] anschließen können! Es wird mir schon übel, wenn ich ins Stadion gehe.) Sie sagte, ihre Mutter hätte behauptet, sie wäre gesundheit-

---

17 Friedrich Nietzsche: Also sprach Zarathustra (1883-1885)

18 Phaidon: Dialog des griechischen Philosophen Platon

19 Henri-Louis Bergson (1859–1941): französischer Philosoph und Nobelpreisträger für Literatur 1927

20 Friedrich Nietzsche: Der Wille zur Macht. Nachgelassene Aufzeichnungen (1906)

21 Chantiers de la Jeunesse (CJF): paramilitärische Jugendorganisation (1940–1944)

lich zu schwach, und so hätte sie ärztliche Atteste bekommen, damit sie nicht dem BDM.[22] beitreten musste. Übrigens ist sie katholisch, sie sagt, in Deutschland würde kein gut erzogenes junges Mädchen mit einem SS-Mann gehen, das wären alles Strolche.

Heute Morgen ist im Astronomieunterricht etwas passiert – zum Totlachen. Madame Marty ist so langweilig, dass niemand ihr zuhört, die Arme. Ich schrieb meinen Roman. Hélène Dumoncel las *Via Mala*[23], Monique Rivière las *Sparkenbroke*,[24] das ich ihr geliehen hatte, und Gaby P. las Zeitung. Plötzlich weckte Madame Marty alle auf und schrie:

– Mademoiselle, was lesen Sie?

Sie richteten sich alle drei in perfekter Gleichzeitigkeit auf, und Madame Marty sagte, während sie mit dem Finger anklagend auf Hélène zeigte:

– Nein, Sie nicht, SIE!

Sie war die einzige, die bestraft wurde.

Samstag, 1. *April* 1944

Wir erhielten einen Brief der Le Nédélecs, die mich fragten, ob ich über Ostern komme. Ich hatte Angst, ihnen lästig zu sein, denn sie haben nicht viel Geld. Sie haben es nicht sehr üppig (Thérèses Mann ist Briefträger), aber sie besteht darauf und verspricht sogar, mir zu helfen, Lebensmittel zu finden. Wir antworteten also, dass ich käme, und ich ging zu Cochet Sport und kaufte ein Hemd und einen Pullover für Alain und seinen kleinen Bruder Yvon. Für Madame Le Nédélec mache ich gerade eine Zeichnung und ich bringe ihr Stoff mit, den mir Mama gegeben hat, damit sie sich ein Kleid machen kann.

Ich nehme Darak mit, da man munkelt, die Deutschen würden alle großen Hunde beschlagnahmen und sie dressieren, vor ihren

---

22 BDM.: Bund deutscher Mädel, Teil der nationalsozialistischen Hitlerjugend. Ab 1936 bestand Pflichtmitgliedschaft für alle Mädchen zwischen 10 und 18 Jahren

23 Via Mala: Roman von John Knittel (1934)

24 Sparkenbroke (1936): Roman von Charles Langbridge Morgan (1894–1958)

Panzern herzulaufen, indem sie ihnen Fleisch hinwerfen. Dann schickt man sie an die Ostfront, wo man sie hungern lässt, dann bindet man ihnen eine Ladung Dynamit unter den Bauch und lässt sie los und vor die russischen Panzer laufen. Die Russen überfahren sie natürlich, und so werden sie mit den armen Hunden in die Luft gejagt. Ich glaube diese Geschichte nicht so richtig,[25] aber Darak wird sich sehr freuen, wenn er wieder nach Verneuil kommt, und die Le Nédélecs haben keinen Hund.

Donnerstag, 6. *April* 1944

Wir beide hatten eine sehr gute Reise, und Toto Minou (Darak) war ein braver Schatz. Ich fange von vorn an. Auf dem Bahnsteig begegnete ich dem Kontrolleur, der mir zuschrie: »Hatter n' Ma'lk'b«, was, wie ich beim dritten Mal verstanden habe, heißen sollte: »Hat er einen Maulkorb?« Ich bejahte lachend; er glaubte, ich wollte mich über ihn lustig machen, und warf mir einen bitterbösen Blick zu. Ich kam in ein Abteil, in dem es einen freien Platz gab, und setzte mich. Alle Leute blickten mich verschwörerisch an. Also sagte ich, um freundlich zu sein: »Vielleicht gibt es Leute, die nicht kommen.« Denn die Plätze waren offensichtlich nummeriert und reserviert. Der Monsieur mir gegenüber antwortete: »Acht Personen, das würde mich wundern.« Wir saßen alle auf reservierten Plätzen! Jemand sagte: »Vielleicht ein Internat, das vergessen hat, den Wecker zu stellen …« Und schon kamen die Leute, aber als sie sahen, dass das Abteil voll war, schauten sie nicht einmal nach den Nummern. Wir sahen ihnen zu, wie sie hin und her gingen und ihre Plätze suchten. Schließlich fanden zwei komische Typen ihre Plätze, und es blieben nur noch mein Platz (am Fenster) und der Platz der Dame gegenüber frei. Ich habe wirklich Glück, das passiert mir jedes Mal. Ich hatte Toto den »Ma'lk'b«

---

25 Offensichtlich benutzte die russische Rote Armee im 2. Weltkrieg sogenannte Panzerabwehrhunde, die dressiert wurden, um mit Sprengstoff ausgerüstet unter feindliche Panzer zu laufen, dann wurde der Sprengstoff gezündet. Dass die Wehrmacht auch Panzerabwehrhunde nutzte, könnte ein Gerücht gewesen sein.

angelegt. Im gleichen Abteil war noch ein schwarzer Cockerspaniel, der keinen hatte, und die Leute sagten, ich solle ihn doch auch Toto abnehmen, der Kontrolleur könne ihn nicht zwingen, einen zu tragen, wenn alle einverstanden seien. Eine Dame nahm ihn ab. Um ihr zu danken, gab Toto ihr die beiden Vorderpfoten, sie war so entzückt, dass sie ihm Zucker und Kekse gab. Dann … sprang er ihr … natürlich auf die Knie! Alle fanden das ganz toll, sie vornweg.

Beim Aussteigen war es so voll, dass ich Toto im Abteil lassen musste, und die Leute reichten ihn mir durch das Fenster.

Ich freute mich so, wie er lief und Luftsprünge machte, als wir in Verneuil ankamen; er war verrückt vor Freude und schnupperte an allem. Er ging direkt zu seinem ehemaligen Haus!

Freitag, 7. April 1944

Ich brachte Thérèse le Nédélec das Bild mit, das ich gemacht hatte; sie fand es wunderschön (es ödete mich eher an, es zu malen, aber das sagte ich ihr natürlich nicht). Sie wollte mir die Kleidung für Alain und Yvon bezahlen; die Leute auf dem Land haben wirklich seltsame Ideen! Domino kam mit dem Fahrrad und aß mit uns zu Mittag, dann waren wir bei besagtem Monsieur Neumann, um ihm seinen gefälschten Personalausweis zu bringen und zu schauen, ob er uns Eier geben könnte. Seine Frau sagte, sie habe im Augenblick keine, sie sah nicht sehr glücklich aus. Sie ist seltsam! Ich hatte den Ausweis bei einem Buchhändler gekauft und ließ ihn mir nicht bezahlen, denn es war nicht der Rede wert. Domino sagte, die Frau sei keine Jüdin und wolle ihn vielleicht loswerden, aber jetzt werde er wohl gehen müssen, mit seinem neuen Namen. Sie könnten nicht mehr zusammen leben.

Domino sagte, seit der Geschichte mit dem Personalausweis habe sie Vertrauen zu mir,und sie fragte, ob ich noch mehr Ausweise besorgen könne. Ich sagte, ja sicher, und sie erzählte, der Verlobte ihrer Cousine sei der hiesige Chef der Widerstandskämpfer, wenn ich wollte, würde sie ihm meine Hilfe vorschlagen, da ich ja oft käme. Ich muss sagen, das hätte ich nie vermutet von diesem flatterhaften Vogel Domino.

Als wir durch die Obstgärten zurückgingen, sahen wir ein außergewöhnliches Schauspiel. In der Sonne war es warm, und eine Reihe von ss-Soldaten, sehr jung, lag ausgestreckt im Gras. Plötzlich kam ein winzig kleiner junger Hund, ganz süß, und einige standen auf, um ihn zu streicheln. Da sahen Domino und ich, dass die, die sich nicht gerührt hatten, Paare waren, die sich umarmten. Wir schauten sie mit großen Augen an und konnten es kaum glauben. Oh, sie ist hübsch, Platons ideale Armee!

Samstag, 8. *April* 1944

Ich ging zu den Poiriers, um meine Rollschuhe abzuholen, die ich letzten Monat dort gelassen hatte. Ich wollte mit den Rollschuhen zurückfahren, doch einer der Kleinen hatte sie benutzt, und es war unmöglich, sie anzuziehen. Sie waren zu klein, und ich hatte keinen Schlüssel, um sie größer zu stellen. Ich saß am Straßenrand, und der Kommandant sah mich aus seinem Fenster. Alle Deutschen kamen aus der Kommandantur und fragten, ob sie mir helfen könnten. Christiane Pasquier, die Übersetzerin, sagt, dass der Kommandant seine Zeit damit verbringt, hinter der Fensterscheibe zu stehen und rauszuschauen. Es gibt doch nicht viel zu sehen!

Die Kommandantur war noch schmutziger als im letzten Jahr. Das Hitlerportrait, das an der Wand lehnte, war heruntergefallen (der Kommandant sagte, er hätte noch nicht die Zeit gehabt, es aufzuhängen, was nicht verwunderlich ist, wenn er sein Leben am Fenster verbringt), und dann hat doch tatsächlich die Hündin ihre Jungen draufgelegt. Damit ihnen nicht kalt ist, hat er sie mit seinem Mantel zugedeckt, und Hitler ist fast nicht mehr zu sehen.

Es gab einen Haufen Schuhe, die auf einem Seil trockneten, das quer durch den Raum gespannt war; sie hingen dort wie Musiknoten (hm!). Die Deutschen waren alle sehr freundlich und stellten meine Rollschuhe richtig ein; sie ölten sie sogar. Arme Typen! Sie sind wirklich nicht schön.

Als ich wegging, stieß ich gegen einen Panzerfahrer, der mich zuerst mit bösem Blick ansah (er hatte schreckliche graue Augen), aber als er Toto sah, kniete er sich vor ihn, streichelte ihn und sprach mit ihm. Darak gab ihm sogar die Pfote, was er sonst bei Deutschen nie macht. Er sah meine Rollschuhe und fragte, wohin ich ginge. Als ich sagte, Richtung Grosbois, sagte er, er wohne dort im Schloss, ob er kommen könne, um mich zu besuchen. Ich sagte natürlich nein, und dass ich bei Bauern wohnte, die ich nicht sehr gut kennen würde, ich wüsste nicht, wie sie das aufnähmen. Seine Einheit wurde in die Normandie geschickt, um sich auszuruhen, weil sie zwei Jahre an der russischen Front war. Jedenfalls haben sie die Straße mit ihren Panzern ordentlich demoliert.

Als ich zurückkam, erzählte ich Thérèse die Geschichte, und seitdem hört sie nicht auf, davon zu sprechen. Sie sagte, es wäre falsch gewesen, ihn nicht kommen zu lassen. Sie ist seltsam, Thérèse, sehr überspannt. Sie sagte, sie spreche nicht mit den Deutschen, aber seit sie da seien, sei es im Dorf weniger langweilig. Sie erzählte, dass sie sich mit ihrem Mann nicht versteht, er sei ein richtiger Holzklotz und rede den ganzen Tag überhaupt nichts. Sie beschwert sich, dass er sie nicht versteht, aber sie ist tatsächlich sehr unordentlich und ein wenig schmutzig. Sie liest lieber Anatole France oder Proust, als die Schweine zu füttern (sie hat mir *Les Fleurs du Mal*[26] geliehen, die Mama mir verboten hat zu lesen; sie hat eine tolle Bibliothek!).

Sonntag, 9. *April* 1944

Thérèse Le Nédélec hatte zum Mittagessen ein gebratenes Spanferkel gemacht. Es war köstlich, aber ich bin sehr traurig, weil ich meine schöne Jacke an einem Pfahl zerrissen habe, als ich über eine Hecke sprang. Am Nachmittag, als ich mit Thérèse von ihrer Schwiegermutter zurückkam, die weiter weg einige Obstgärten hat

26 Les Fleurs du Mal: Gedichte von Baudelaire (1857–1868); deutscher Titel: Die Blumen des Bösen

und dort wohnt, trafen wir den ss-Mann von neulich. Er sagte, er sei extra gekommen, um mich zu sehen. Ich war verärgert, aber Thérèse wollte ihn unbedingt einladen und bot ihm sogar Calvados an. Es fehlte nicht viel, dass sie sich vor ihm verbeugt hätte, als er ihr die Hand gab. Ich muss gestehen, er war sehr elegant mit seiner schwarzen Uniform der Panzergrenadiere und den silbernen Totenköpfen. Außerdem hat er schöne Augen. Aber da er einen Besuch machte, trug er Handschuhe, und das sah sehr besonders aus, diese Handschuhe aus grauem Hirschkalbleder, vor allem, weil sie aufgeplatzt waren und man seine Fingerspitzen sehen konnte. Schließlich schlug er die Hacken zusammen, zog einen Handschuh aus und sagte:

– Gestatten Sie, dass ich mich vorstelle, ich heiße Karl von Rath, Sie wissen, wie der Diplomat, der vor dem Krieg ermordet wurde – übrigens, ich bin auch Österreicher.

Er fragte, wie es kommt, dass ich so gut Deutsch spreche, und ich erzählte, ich hätte es in der Schule gelernt, aber die Hälfte meiner Familie sei aus Wien. Er erklärte, er sei Flieger, aber er habe sich freiwillig zur ss gemeldet, weil er ein begeisterter Anhänger Hitlers sei. Um dem nicht nachzustehen, sagte ich, mein Bruder sei Engländer und Oberst der Royal Air Force, und ich sei eine begeisterte Anhängerin Englands. Ich dachte, er werde wütend, aber er antwortete nur:

– Ah, das ist sehr gut. Als fanatische Anhänger können wir uns gut verstehen.

Ich konnte mich nicht zurückhalten und sagte, dass Alice, die ja immerhin Deutsche sei, die ss für Strolche halte, ich sagte auch, dass sie schreckliche Dinge in Verneuil getan hätten. Er sagte:

– Meine waren das auf jeden Fall nicht.

Ich antwortete:

– Sie sind noch nicht lange genug da. (Dann füge ich hinzu:) Übrigens, ihr holt sie ja aus der Wiege.

Er antwortete schlagfertig:

– Eine alte Dame wie Sie müsste doch wissen, dass die Kinder die besten Soldaten sind.

Wir sprachen über Fanatismus, Diktatur, die Engländer, die Schule; ich sagte, ich sei gegen die Jugendorganisationen, und er sagte, er habe nie einer angehört, »seine Familie hätte das nie toleriert«. Er sagte das in einem Ton, der sehr gut zu seinen kaputten Handschuhen passte. Er war trotzdem interessant, aber ich war froh, ihn loszuwerden, was mit Thérèse nicht einfach war, die sagte, er solle doch zum Abendessen bleiben. (Es gab kaltes Spanferkel.)

Montag, 10. *April* 1944

Ich bin total unruhig! Heute Morgen, als ich mich waschen wollte, war das Wasser so kalt, dass ich die Waschschüssel einen Augenblick auf den Herd stellte, damit es lauwarm wird. Plötzlich, als ich sie herunternehmen wollte, waren Dutzende von kleinen Kaulquappen geschlüpft, die im Wasser herumschwammen. Ich frage Thérèse, woher das Wasser kommt, und sie antwortete, als wäre es die natürlichste Sache der Welt;

– Aus dem Weiher.

Ich sagte:

– Was, ist es das, was ich trinke?

Sie antwortete:

– Ja klar.

Denn sie trinken ja Cidre. Aber ich, ach! Ich mag das nicht. Ich bin sicher, ich habe mir Typhus eingefangen.

Dienstag, 11. *April* 1944

Was für ein Tag, mein Gott, ob ich den je vergessen kann?

Gestern ging ich nach dem Mittagessen zu Domino. Ich sagte, ich sei sicher, Typhus zu haben, und sie sagte:

– Überhaupt nicht, ich werde dir eine Biologiestunde geben; solange die Kaulquappen lebendig sind, heißt das, das Wasser des Weihers ist nicht gefährlich.

Ich war ein wenig beruhigt, aber als ich an all die anderen dachte, die in meinem Magen ausschlüpfen würden, fühlte ich mich immer schlechter. Ich sah, ihr war das egal, denn ihre Liebesbeziehung zu Roger lief nicht gut im Augenblick, und sie suchte einen Weg, um sich wieder mit ihm zu versöhnen. Außerdem ist der Verlobte ihrer Cousine, der Chef der Résistance, getötet worden. Er wurde wohl von einem deutschen Motorradfahrer umgefahren, aber man glaubt nicht, dass der das extra gemacht hat, denn wenn die Deutschen ihn hätten töten wollen, hätten sie das einfacher erledigen können.

Aber all das werde ich später erzählen, denn ich weiß nicht, wie ich jetzt schreiben soll, was mir heute Abend passiert ist. Als wir zurückkamen, aßen wir zu Abend. Es gab noch Spanferkel, aber ich habe nichts gegessen, ich wusste nicht mal, was ich trinken sollte. Vor dem Schlafengehen wollte ich Toto ausführen, und als ich das Zauntor wieder schloss, kam Karl. Er war nicht betrunken, aber man sah, dass er getrunken hatte. Er sagte uns beiden guten Abend, mit so leiser Stimme, dass ich ihn fragte, warum er nicht lauter spreche. Er sagte, er habe einen fürchterlichen Schnupfen, und ich erklärte ihm natürlich, ich bekäme Typhus. Das beeindruckte ihn immerhin ein bisschen mehr als Domino. Er sagte, das hier wäre kein Ort für mich. Ich antwortete, ich müsste bleiben, weil ich die Einladung der Le Nédélecs angenommen hätte, und ich müsste jedenfalls Lebensmittel mit zurückbringen. Er bot mir an, mir alle Nahrungsmittel zu geben, die ich wollte, aber ich wies das natürlich zurück. Er nahm meine Hand, das war sehr unangenehm. Doch ich sagte nichts. Aber plötzlich wollte er mich in den Arm nehmen. Ich wehrte ihn ab, und er bat mich um »einen einzigen« Kuss, ich hätte keine Vorstellung davon, dass er zwei Jahre lang in Russland gewesen sei und in der Zeit mit keiner Frau gesprochen habe… als hätte ich etwas damit zu tun! Ich sagte, das ginge mich nichts an, und da ich mich nicht losmachen konnte, fing ich an zu verhandeln. Wir wiederholten beide immer das gleiche: er sagte immer: »nur ein Kuss« und ich sagte, dass ich *nicht könnte*, dass *ich nicht könnte*, weil ich ihn nicht liebe. Dabei war er mal auf der einen, mal auf der anderen Seite des Gartenzauns. Er erzählte, er könne nicht schlafen, er sei unfähig, an etwas anderes zu denken als an mich. Ich sagte, er sei betrunken, er wisse nicht mehr, was er sage, und er antwortete:

– Nicht genug, ich habe es versucht, aber es ist mir nicht gelungen.

Dann plötzlich änderte er seine Absicht und sagte:

– Gut, das ist sehr gut, ich werde Ihnen zeigen, dass die Deutschen korrekt sind. Sonst, da bin ich sicher, werden Sie aller Welt erzählen, die Deutschen benähmen sich wie die Schweine.

Ach! Warum konnte ich in diesem Augenblick meine Klappe nicht halten und ihn gehen lassen. Aber was er sagte, war auch zu dumm, und ich konnte dem Verlangen nicht widerstehen, recht zu haben. Also antwortete ich und zuckte mit den Schultern:

– Das ist lächerlich, als wäre ich so dumm, *alle* Deutschen dafür verantwortlich zu machen dafür, was ein einziger Deutscher getan hat!

Es ist schrecklich, dieses Bedürfnis zu argumentieren und Recht zu behalten. Ich weiß nicht, warum, aber in diesem Augenblick wurde er wütend. Er stieß die Zauntür auf, zog seinen Revolver aus der Tasche, einen ganz kleinen Revolver, der fast ganz in seine Handfläche passte; er zeigte ihn mir und sagte:

– Es ist ganz einfach, wenn Sie mich nicht küssen, töte ich Ihren Hund.

Da ließ ich mich küssen … Wie grauenhaft! Ich rannte davon und wischte meinen Mund an meinem Ärmel ab, ich glaube, er blieb steif stehen. Ich war völlig verängstigt, als ich in meinem Zimmer ankam, denn es ist ebenerdig, die Fensterläden schließen nicht und die Le Nédélecs schlafen auf der anderen Seite des Hauses. Ich zog mich irgendwie im Stockdunkeln aus, dann, weil ich nicht schlafen konnte, machte ich schließlich das Licht an und versuchte, *Les Fleurs du Mal* zu lesen, aber ich verstand nichts von dem, was ich da las, und immer, wenn ein Fensterladen schlug oder ein Möbelstück im Haus knackte, dachte ich, er käme wieder, um mich anzugreifen. Ich hörte jede Stunde die Glockenuhr schlagen; ich hätte nie gedacht, dass man solche Angst haben kann.

Donnerstag, 13. *April* 1944

Gestern war ich ganz trüber Stimmung. Ich ging nicht nach Verneuil, sondern lief den ganzen Tag mit Darak durch die Felder. Er hatte ein lustiges Spiel erfunden: Da er weiß und feuerrot ist (manchmal rufen wir ihn mit einem doofen Namen: »Spiegel-Ei«, und er reagiert immer), halten ihn die Kühe für ein kleines Kalb, und sie stürzen auf ihn zu. Jedes Mal, wenn sie nahe herangekommen sind, schlüpft er unter dem Stacheldraht durch und macht sich von der anderen Seite aus über sie lustig.

Ich war nur in zwei Bauernhöfen, weil ich meine Rollschuhe auf den ungeteerten Wegen nicht benutzen konnte. Im ersten Bauernhof waren die Holländer, die, die englisches Radio hören, und sie gaben mir ein halbes Dutzend Eier. Im anderen war nichts zu machen.

Ich dachte daran, dass ich 18 Jahre alt und stolz darauf gewesen bin, mit 18 noch keinen Jungen geküsst zu haben. Ich war auch schrecklich traurig, weil ich immer geglaubt hatte, der erste Kuss wäre etwas Wunderbares, das dich wie in einem Traum davonträgt, und jetzt ist alles im Eimer.

Es ist herrliches Wetter, ich sitze mit meinem Farbkasten unter einem Apfelbaum. Aber ich habe eher Lust, nachzudenken. Ich war immer ehrlich in meinem Tagebuch, und ich sage mir, *er* ist Deutscher, und sie mögen Hunde sehr. Im tiefsten Inneren *wusste* ich, er hätte Toto nicht getötet, selbst wenn ich weiter Nein gesagt hätte. Also warum habe ich ihn geküsst? Ich glaube, weil ich wissen wollte, was das ist, ein Kuss … Aber ich war dumm, wenn ich glaubte, er hätte die gleiche Wirkung wie in den Büchern, wenn es jemand ist, den man liebt, und deswegen war es mir so widerlich. Ich liebe ihn nicht, das ist alles. Um damit abzuschließen, wie s. Maugham in: »Theater« [27] sagte: *»It wasn't worth the fuss I made about it.«*

---

27 William Summerset Maugham: Theatre (1937)

Ich vergaß zu sagen, dass ich heute Nacht nicht geschlafen habe und dass ein englisches Flugzeug stundenlang über Verneuil Runden gedreht hat; ich hörte es brummen, aber die Flugabwehr schoss nicht; es muss zu hoch geflogen sein. Gestern aßen wir noch einmal Spanferkel, aber leider ist es immer noch nicht ganz aufgegessen.

Heute ist alles schön, und ich fühle mich besänftigt. Thérèses schmutzige Schafe grasen auf der Weide mit ihren Lämmern, die auch schmutzig sind. Die Apfelbäume blühen, wie im Diktat von Proust, und auf der anderen Seite des Zauns, wo ich ein Stück meiner Jacke gelassen hatte, hängen die kleinen ss-Männer an einer Scheunenwand wie Eidechsen, ich vermute, sie bringen gerade Haken für ihre Telefonleitungen an, aber wenn sie in dieser Geschwindigkeit weitermachen, brauchen sie noch eine Weile. Ich müsste anfangen, meinen Stoff für Naturwissenschaften zu wiederholen, aber es ist zu schön zum Arbeiten.

Samstag, 15. *April* 1944

Wir haben einen großen Spaziergang gemacht mit Thérèse und Yvon und kamen über Grosbois zurück. Auf der Terrasse vor dem Schloss saßen dicke höhere Offiziere, die mit dem Wagen aus Evreux gekommen sein sollen, und tranken Tee. Wir sahen Karl, der ihnen Gebäck reichte.

Er wirkte sehr jungmädchenhaft und dumm. Es ist trotzdem komisch: Er war ganz aus meinem Leben verschwunden, und ich fragte mich, ob es ihn wirklich gegeben hatte. Es war komisch, ihn zu sehen. Es gab wunderschöne Pfauen, die sich nicht einmal rührten, als Darak sie anbellte. Sie sahen ihn nur mit verächtlichem Blick an.

Sonntag, 16. *April* 1944

Ich war mit Alain in Pisieu in der Messe, und *er war da.* Er hat mich nicht gesehen, denn weil ich immer zu spät komme, blieb ich hinten, aber seine Gegenwart erregte Aufsehen. Die Dame, die die

Kollekte einsammelte, ließ den Klingelbeutel fallen, und alle Münzen verteilten sich auf dem Boden und rollten in die letzten Ecken. Dann setzte sich die Dame, die Orgel spielte, nach dem Evangelium neben ihren Sitz mit einem donnernden Krach. In der ganzen Zeit rührte er sich nicht. Unbeweglich, sehr schwarz und gerade, die Arme elegant gekreuzt, ich konnte nicht umhin, ihn schön zu finden, denn ich dachte natürlich während der Messe an nichts anderes.

Später sprachen wir mit Alain, er erzählte, er habe eine Gruppe gefunden, die ihm helfe, wegzukommen, er gehe nach England; er sagte mir die Namen der Orte. Er erzählte von einem Café in Rennes, dessen Namen er mir nannte, und ich schimpfte ihn; ich machte ihn darauf aufmerksam, dass er sehr unvorsichtig sei, denn er wisse, dass ich Deutsche kenne und ihn und seine Freunde verraten könnte. Es kümmere ihn nicht, sagte er, das sei nicht meine Art. Ich bin übrigens eifersüchtig, denn ich würde auch gerne gehen.

Als ich zurückkehrte, ging ich bei Großmutter Le Nédélec vorbei. Da war ein schrecklicher kleiner und pickliger ss-Mann, der in der einen Hand einen Revolver hielt, der fast so groß war wie er, und in der anderen eine Zeitung, die er gerade im Ofen angezündet hatte. Das Herdtürchen stand noch offen. Die Großmutter schrie mir zu:

– Helfen Sie mir, er will mein Haus anstecken!

Ich fragte, warum, und sie sagte, dass er Eier und Butter wollte; und da sie für sich nichts hatte, konnte sie ihm natürlich auch nichts geben. Ich blickte dem kleinen ss-Typen direkt in die Augen und befahl ihm:

– *Raus!*

Er setzte einen wütenden Blick auf:

– Sind Sie sich im Klaren darüber, mit wem Sie sprechen?

In diesem Moment hatte ich eine geniale Idee und ich antwortete:

– Und Sie?

Er sagte:
- Wer sind Sie?
Ich antwortete einschmeichelnd:
- *Ich bin des Sturmbannführers Freundin.*

Ich wusste wohl, dass er nicht hingehen und ihn fragen würde, ob es stimmt. Sein Verhalten änderte sich sofort. Großmutter Le Nédélec muss mich für eine Hexe gehalten haben. Er begann zu stottern:
- *A … Aber er … er … er ist ein Teufel!*

Ich zuckte mit den Schultern und sagte in überheblichem Ton:
- Ich bin nicht hier, um mit Ihnen über ihn zu diskutieren.

Er ging, ohne einen weiteren Ton von sich zu geben. Es war zum Totlachen.

Sie haben komische Grade bei der ss. Rehm war »Unter-Sturm-Bannführer« (Leutnant). Es gibt auch den »Sturm-Bannführer«. (Ich weiß wohl, dass *Sturm* auch von »etwas stürmen« kommt, aber es ist trotzdem komisch). Es ist ein bisschen wie in der Royal Air Force: Hubert war zuerst fliegender Offizier; jetzt ist er »*Wing Commander*«. »Flügel-Kommandant«, das ist sehr romantisch, auf jeden Fall besser als Oberstleutnant.

Montag, 17. *April* 1944

Gestern ist etwas Sonderbares geschehen. Thérèse hatte mich gebeten, noch einmal nach der Großmutter zu sehen. Sie hatte Angst, der ss-Mann könnte zurückkommen, und ich ging mit Yvon zu ihr. Ich saß gerade in der Küche und porträtierte Yvon, als plötzlich die Tür aufging und Karl hereinkam. Er setzte sich zu uns an den Küchentisch, ohne ein Wort zu sagen. Ich sagte auch nichts. Ich zeichnete einfach weiter. Aber die Stille wurde so drückend, dass ich mich nicht zurückhalten konnte. Ich nahm meinen Mut zusammen und sagte:
- Ich hasse Sie, Sie müssen wissen, dass mich vor Ihnen kein Mann geküsst hat.

Er antwortete nicht sofort. Er schwieg tatsächlich so lange, dass ich nicht mehr wusste, was ich tun sollte, vor allem mit Yvon, der sehr wohl spürte, dass irgendetwas los war, und der auch nichts sagte. Schließlich schaute er mich an, und ich verstand, was anders war: seine Augen. Sie blickten nach innen. Dann sagte er – auf Französisch klingt das sehr doof, aber es war sehr schön.

– *Ich werde immer von dir ein sehr reines Bild behalten.*

Er hat mich geduzt. Ich weiß nicht mehr, was dann passiert ist, aber ich erinnere mich, dass Yvon mit seinem Dolch gespielt hat und er ihn gewähren ließ. Wir gingen ein paar Schritte durch den Garten. Er nahm meine Hand, ich kann nicht erklären, was ich empfand; ich fühlte mich gut bei ihm.

Dann kam plötzlich ein Soldat, der einen Satz über die Hecke machte und vom Rennen ganz außer Atem war. Karl wollte ihn anmeckern, aber er sagte, er habe ihn überall gesucht, und er müsse sofort nach Evreux fahren. Karl schickte ihn weg, und er schrieb mir seine Adresse auf, dann legte er mir beide Hände auf die Schultern und sagte auf Wiedersehen. Dann sprang er in ein Auto, das auf der Straße vorbeifuhr, drehte sich um und grüßte.

Ich weiß nicht, ob ich Typhus habe, aber ich habe mir einen Schnupfen eingefangen.

Donnerstag, 20. *April* 1944

Ich versuchte von Verneuil aus, Alice Ostermann anzurufen und sie zu bitten, mich am Bahnhof abzuholen wegen Darak, aber sie war nicht da. Ich hinterließ eine Nachricht beim Hotelportier. Da ich nicht sicher war, ob sie kommen konnte, bat ich einen ss-Mann im Zug – übrigens sehr unsympathisch, aber es war niemand anders da – Toto am Fahrkartenkontrolleur vorbei mit in die Metro zu nehmen. Er sagte mit griesgrämigem Gesicht ja. Zum Glück war Alice da. Als er sie sah, wurde er sehr freundlich. Er hoffte sicher, mit ihr ausgehen zu können. Sie war witzig! Sie tat, als ob sie nicht sähe, dass er ihr die Hand geben wollte, und als er meinen Koffer tragen wollte, nahm sie ihn und sagte kühl:

– Ich danke Ihnen, wir brauchen Sie nicht mehr.

Er wurde rot und sah beleidigt aus, aber er wagte nicht, etwas zu sagen. Er tat mir trotzdem ein wenig leid.

Was die gefälschten Personalausweise angeht: Domino hat mir eine (wahre) Geschichte erzählt. Sie war in der Bücherei im Rathaus, als eine Dame kam und die Bücher zurückbrachte, die ihr Sohn ausgeliehen hatte. Er hatte einen falschen Ausweis, weil er sich dem Zwangsarbeitsdienst in Deutschland entzogen hatte. Sie sagte zur Bibliothekarin:

– Ich bringe Ihnen die Bücher meines Sohnes zurück, Sie wissen schon, ein großer Blonder mit roten Wangen …

Sie konnte sich nicht mehr an den Namen erinnern, den ihr Sohn angegeben hatte! Zum Glück ist das Fräulein in der Bücherei durch und durch englandfreundlich.

Schließlich erzählte ich Alice die Geschichte mit Karl. Ich denke immer noch daran, aber ich bin nicht mehr böse auf ihn. Ich sagte mir, es war idiotisch, von meinem ersten Kuss alles zu erwarten, als müsste es selbstverständlich das Paradies sein.

Übrigens war es nicht ganz der erste Kuss, wenn ich es genau überlege, einmal küsste ich einen Jungen, mit dem ich unter Wasser schwamm, letzten Sommer im Molitor. Aber das war nicht das gleiche, ich berührte ihn kaum, als ich über ihm vorbeischwamm, und das war auch eher nur eine Belohnung dafür, dass er genau so gut wie ich unter Wasser schwimmen konnte. Wir vollführten eine Art Ballett, wie ›Die Kleine Meerjungfrau‹, und es war wunderbar; wir sprachen nicht einmal miteinander. Ich möchte unter Wasser *leben*.

Alice sagte:

– Es ist komisch, der erste Mann, den ich geküsst habe, war auch ein SS-Mann, und das war furchtbar!

Deswegen hasst sie jetzt alle. Sie liebt einen Mann, der verheiratet und alt ist; er ist 35 Jahre alt! Wenn sie mit 25 noch nicht verheiratet ist, wird sie ihm ihre Unschuld schenken. Sie möchte sogar ein Kind von ihm …

Es ist komisch, wenn ich an Karl denke, sehe ich immer seine Wolfsaugen und seinen Revolver vor mir. Der Revolver mit seinem perlmuttschimmernden Kolben, der im Mondlicht glänzte, war so klein, dass er wie ein Spielzeug oder Schmuckstück aussah.

Ich ließ mir ein Paar weiße Schuhe mit Keilabsatz machen; sie sind sehr chic. Alle Mädchen finden sie toll.

Alice hat so ein Paar bei Pretot gekauft, und jetzt hat sie kein Geld mehr für den Rest des Monats.

Samstag, 29. *April* 1944

Ich denke immer mit etwas Wehmut an diesen Tag, denn er ist der Jahrestag meiner Erstkommunion. Im Grunde genommen ist es der einzige Tag, an dem ich wirklich rein war, und so wollte ich für den Rest des Lebens bleiben.

Mama war gestern zum Mittagessen nicht da, und ich ging zum Arbeiten zu Monique Rivière. Wir sind seit einiger Zeit Freundinnen. Sie wohnt in der Rue de Prony in einer sehr modernen und luxuriösen Wohnung (der Sohn der Concierge sagte: »Hier ist es wie im Kino.«). Sie sieht oft, wie Darak an der Place Malesherbes oder der Place Pereire in den Abfalleimern wühlt. Im Moment ist er dauernd hinter Hündinnen her und hat ein sehr aktives Liebesleben. Weil er nicht über die große Treppe nach oben darf, nehmen wir ihn mit zur Hintertreppe, und eine von uns wartet unten, während die andere von oben ruft, damit er hochläuft. Aber wenn Monsieur Besuche zu machen hat, bleibt er ohne einen Mucks im ersten Stock stehen, und wenn er denkt, wir sind weg, öffnet er die Tür und haut ab, meistens zwischen den Beinen der Concierge hindurch, um dann erst gegen 2 Uhr morgens zurückzukommen. Und wir müssen uns dann von Mama ausschimpfen lassen, weil *sie* sich Sorgen gemacht hat.

Wir hatten uns so viel zu erzählen, Monique und ich (vor allem, weil wir beide sehr mitteilsam sind), dass wir die Uhrzeit vergessen haben, und ich setzte mich hinten auf den Gepäckträger ihres Fahrrads, um nicht zu spät zu kommen. Wir sausten so schnell den Boulevard Malesherbes hinunter, dass wir bei der Kirche Saint-Augustin mit der deutschen Musikkapelle zusammenprallten, die trommelnd und das unvermeidliche *Heili, Heilo, Heila* schmetternd den Boulevard hochmarschierte. Ihr Zugführer gab uns verzweifelte Zeichen, aber wir konnten nicht stoppen und rasten laut schreiend mitten rein. Sie stieben lachend nach allen Seiten davon und kamen dabei aus ihrem Stechschritttakt, den die letzten Reihen sowieso nie machen, und vergaßen zu singen. Sogar die Musik war unterbrochen.

Schließlich gelang es ihnen, uns anzuhalten, aber wir lachten so sehr, dass der Zugführer nichts sagte und uns gehen ließ, ohne uns zu rügen. Natürlich kamen wir zu spät zur Philosophiestunde, aber wir lachten immer noch so heftig, dass sogar Mademoiselle Hougas nicht mit uns schimpfte. Sie lachte auch, als ich ihr die Geschichte erzählte.

Montag, 8. Mai 1944

Ich freue mich sehr: Das Molitor öffnet morgen oder übermorgen, wenn schönes Wetter ist.

Wir schrieben den Geschichtsaufsatz im Keller zu Ende, das war lustig. Der Alarm fängt normalerweise um 11 Uhr morgens an. Für den Alarm nachts gibt es keine bestimmte Uhrzeit, aber oft wecken sie uns extra nachts, wenn die Flugzeuge Deutschland bombardieren, um uns zu ärgern. Wir saßen also auf der Treppe, und andere saßen im Stroh. Es gab einige, die ganz offen aus ihrem Buch abschrieben, aber es war ein Thema, in dem ich mich sehr gut auskannte.

Was den Alarm nachts angeht, zwingt uns Mama jetzt, nach unten zu gehen, weil sie sagt, das Dach wäre so wurmstichig, dass selbst eine nicht explodierte Granate der Flugabwehr es durchbrechen würde, als wäre es Butter. Genauso in der Schule; vor allem wegen der Splitter, die niedergehen, erlaubt man uns nicht, rauszugehen, wenn Alarm ist, und der Verantwortliche für den Häuserblock der Rue de Laborde, in der unsere Klasse ihren Luftschutzkeller hat, geht einem wirklich auf die Nerven. Ich nutze die Zeit, um meinen Stoff zu wiederholen und vor allem, um meine Spickzettel für Physik und Naturwissenschaften zu schreiben, aber ich weiß noch nicht, ob ich sie beim Abitur benutzen werde.

Große Neuigkeit: Ich bin Zweitbeste in Philosophie! Mademoiselle Hougas will mich für den concours général[28] vorschlagen.

Mir kommt es vor, als hätte ich schon lange nichts mehr über die Kriegssituation berichtet. In Russland »ziehen« sich die Deutschen weiter »zurück« und »verschanzen sich in den vorab geplanten Stellungen«.

Das Gas ist abgestellt, außer zu den Essenszeiten, aber bei uns gibt es immer noch genug, um etwas zu kochen, sogar in den Zeiten »ohne«.

Donnerstag, 11. *Mai* 1944

Hurra! Die Russen haben Sewastopol zurückerobert, und die Deutschen ziehen sich weiter zurück!

Ich will nicht mehr ins Deutsche Institut gehen, weil unser Lehrer, der am Anfang so nett war, plötzlich angefangen hat, Propaganda zu machen. [29] Ich habe mich entschieden, nicht mehr hinzugehen.

Sonntag, 21. *Mai*1944

Wir nehmen den Traum in Psychologie durch. Ich merke, dass man die Bedeutung der Träume sehr viel besser enthüllt, wenn

---

28 Concours général; deutsch: allgemeiner Wettbewerb: landesweiter Wettbewerb, um die besten Schüler der Oberstufe auszuzeichnen, erstmals 1747 durchgeführt. Die Preisträgerliste enthält viele berühmte Personen, u.a. die Revolutionäre Robespierre und Demoulins, Victor Hugo, Baudelaire, Pompidou, Pierre Bourdieu, Jorge Semprun, auch Volker Schlöndorff, der 1958 als Schüler des Lycée Henri IV in Paris als erster Ausländer die Auszeichnung in Philosophie bekam.

29 Die deutsche Besatzungsmacht eröffnete 1940 in Paris das Institut Allemand. Es gehörte zur Strategie der »Gewalt und Verführung«, wie Eckard Michels (1992) es nennt, in Paris Sprachkurse anzubieten und auf die Kultur Einfluss zu nehmen. Micheline Boods Bemerkung deckt sich mit der historischen Forschung zur Strategie, die die Deutschen mit dem Institut Allemand verfolgten.

man sie aufschreibt. So habe ich in meinen Träumen immer einen starken Willen und ich handle. Die anderen Personen sind ziemlich farblos. Darak und Alice spielen eine große Rolle. Mama ist immer unfreundlich, und ich streite mich mit ihr. Die Landung der Alliierten[30] kommt unglaublich häufig vor, mit unglaublicher Deutlichkeit. Immer warten wir auf die unmittelbar bevorstehende Landung der englischen Fallschirmjäger. Ich stelle meinen Wecker auf 5 Uhr, um mich an meine Träume zu erinnern, und schreibe sie in mein Physikheft, weil Mama nicht auf den Gedanken käme, das zu öffnen. Dann schlafe ich wieder ein und schreibe den zweiten Teil um halb 8 auf. Nur dann natürlich nicht, wenn wir in den Keller müssen und der Alarm zu lange dauert.

Plötzlich fällt mir wieder ein, dass ich doch keinen Typhus bekommen habe.

Freitag, 26. *Mai* 1944

Also wirklich, man könnte sagen, ich habe die Gabe, Scherereien anzuziehen, von denen die anderen ihren Nutzen haben. Der Reihe nach: Mama hatte mir erlaubt, mit Alice und ihren Freunden wegzugehen, unter der Bedingung, dass ich vor der Sperrstunde wieder zurück bin. Sie sagte, es sei schließlich eine interessante Erfahrung, da die Deutschen ja nicht mehr lange da seien.

Zuerst führten sie uns zum Abendessen aus ins Carlton in der Avenue des Champs-Elysée. Sie waren sehr korrekt, wie Madame Damien sagen würde. Zu sehr sogar, es war eher zum Einschlafen langweilig. Sie betrachteten mich alle drei, als säße ich in einem Glasrahmen. Es war das erste Mal, dass sie eine Französin so nah sahen, und sie fragten mich unablässig, wie man dieses und jenes isst und trinkt. Sie waren zum Beispiel ganz erstaunt, dass man Radieschen mit den Fingern isst. Übrigens frage ich mich, wie man sie anders essen kann. Rudolf ist Major, ich weiß nicht, ob ich das schon erwähnt habe, und die beiden anderen sind auch Luft-

---

30 Die alliierten Truppen landeten am 6. Juni 1944 in der Normandie.

waffenoffiziere. Der eine, er sieht nicht so schlecht aus (außer dass er seine Haare verliert), ist Hauptmann, Pilot, und der andere, Leutnant, hat eine Brille. Rudolf ist sehr lustig, sehr sympathisch, aber ich würde ihm sicher nicht meine Unschuld schenken, auch nicht im Notfall.

Wir hatten ein wunderbares Diner im Carlton, dann sagte der mit der Brille, er habe schreckliche Kopfschmerzen – es sah übrigens so aus, als wäre es wahr – und würde schlafen gehen. Wir gingen alle zum Hotel Normandie, wo sie wohnen, um ihn zu begleiten, und dort beging Rudolf die Unvorsichtigkeit, uns zu fragen, ob wir noch Hunger hätten. Ich glaube, er wollte einen Scherz machen, aber er kannte Alice und mich nicht! Wir dinierten also noch einmal reichlich, dann ging der andere in sein Zimmer. Rudolf und der andere tranken Wein und schauten uns dabei etwas verängstigt an.

Dann nahmen sie uns mit zur Bar du Commodore am Boulevard Haussmann. Hier war es sehr hübsch und für mich natürlich interessant, weil ich eine Ahnung vom berühmten Pariser Nachtleben und den Frauen bekam, die »mit den Deutschen ordentlich einen draufmachen«. Tatsächlich gab es einen Klavierspieler, einige sehr schöne Frauen und viele deutsche Offiziere. Die Atmosphäre war eher vornehm als unterhaltsam. Wir tranken Champagner, und plötzlich kam die *Wehrmachtssperre*, das heißt, ein Hauptmann und Soldaten, die die Papiere aller Zivilpersonen kontrollierten. Sie nahmen die Personalausweise der Französinnen und gaben ihnen ein Papier dafür. Ich begann unruhig zu werden, als wir schließlich daran dachten, auf die Uhr zu schauen. Unglück! Es war nach 11 Uhr! Wir hatten die Sperrstunde vollkommen vergessen! Und Mama hatte gesagt, ich sollte vorher nach Hause kommen … Als die Typen der *Wehrmachtsperre* an unseren Tisch kamen, sagten sie nichts zu Alice, die Deutsche ist, aber mit mir machten sie es wie mit den anderen. Sie behielten meinen Personalausweis (der, in dem es aussah, als sei ich 28 geboren), und gaben mir stattdessen das Papier, auf dem stand, dass ich mich am nächsten Tag um 10 Uhr morgens ich weiß nicht zu welchem militärischen Gesundheitsamt begeben sollte, um meine Papiere wieder zu bekommen und *eine ärztliche Untersuchung zu absolvieren*. Natürlich hätten sie dort sofort gesehen, dass ich Jungfrau bin und daher keine Geschlechtskrankheit haben kann, aber ich war völlig entsetzt bei dem Gedanken, dass ich da hingehen sollte. Ich erklärte ihnen, was los war, und gab dem Hauptmann das Papier zurück mit den Worten:

– Ich kann morgen um 10 Uhr nicht dort sein.

Er fragte mich, warum, und ich antwortete:

– Weil ich da Unterricht habe.

Da standen Alice, Rudolf und der andere im selben Moment auf und fingen alle gleichzeitig zu sprechen an. Der Hauptmann schaute mich streng an und sagte:

– Sie sind sehr jung.

Ich wollte ihm gerade dummerweise sagen, dass er meinen Ausweis nicht richtig angeschaut hätte, aber Alice unterbrach mich und sagte, dass meine Mutter mir die Erlaubnis gegeben hatte, mit ihr auszugehen, dass ich *ihr* Gast und *ihre* Freundin bin und dass sie verantwortlich ist, wenn mir etwas passiert. Er wunderte sich natürlich. Es ist so selten, eine Freundschaft zwischen einer Französin und einer Deutschen. Er lächelte schließlich und sagte:

– Gut, ärgern Sie sich nicht, treffen Sie mich draußen, sobald ich fertig bin.

Ich war wahnsinnig vor Unruhe, aber ich freute mich trotzdem, dass Alice und die anderen mich nicht im Stich ließen. Ich beobachtete ihn wie ein Falke, und sobald er fertig war, stürzte ich nach draußen. Alice folgte mir. Sie flehte ihn an, mir meinen Ausweis zurückzugeben und mich gehen zu lassen, aber er zögerte. Er sagte, die Anweisungen seien sehr streng usw. Alice hielt mich am Arm, und plötzlich kamen Rudolf und der Hauptmann. Rudolf fasste mich am anderen Arm, und sie sagten dem Offizier der *Feldgendarmerie*:

– Es ist ganz einfach, wenn Sie ihr den Ausweis nicht zurückgeben, kommen wir alle mit zur ärztlichen Untersuchung.

Sie fingen an zu lachen, und ich kapierte, dass der Offizier sich ein wenig bitten ließ, um uns zu necken, aber ich hatte wirklich Angst und konnte seinem Scherz überhaupt nichts abgewinnen. Der Luftwaffenhauptmann brachte mich bis nach Hause wegen der Sperrstunde – und wir hatten keinen weiteren Ärger mehr. Ich erzählte ihm, dass Hubert Jagdflieger bei der Royal Air Force sei, und er sagte nur:

– Vielleicht haben wir uns da oben getroffen, in fairem Kampf.

Es war mild, ich hatte viel Champagner getrunken und machte mich über alles lustig. Ich dachte, wie urkomisch das ist, in der Nacht mit einem Luftwaffenoffizier spazieren zu gehen. Er war weder hässlich noch schön und ließ mich völlig gleichgültig. Das Leben ist trotzdem komisch eingerichtet.

Mama schlief, als ich nach Hause kam, und ich wurde nicht geschimpft.

Er hat nicht versucht, mich zu küssen, und ich war ihm dankbar dafür, aber trotzdem, ich muss einen Schutzengel haben, der schrecklich viel »zu tun« hat.

Mittwoch, 31. *Mai* 1944

Ich musste nach Meulan fahren, um Nanette zu besuchen, aber ich musste den Zug nach Les Mureaux nehmen, weil Conflans bombardiert worden ist, und die Strecke nach Meulan war unterbrochen.

Ich träumte, während ich die zerbombten Häuser entlang der Eisenbahnstrecke betrachtete. Im Gegensatz zu dem, was man sagt, sahen sie nicht tot aus. Im Gegenteil, sie schienen eher lebendig; sie sind verletzt, sie leiden, und ihre Fenster, hinter denen nun nichts mehr ist, sind wie erstaunte Augen, die nicht verstehen. Hier und da sind ein Bild, ein Küchenherd oder sogar ein Klavier übriggeblieben – es sind fast immer die Zimmerecken neben dem Kamin, die standgehalten haben. Die Bombardierungen sind jedenfalls wenigstens für eine Sache gut: sie beweisen einem, dass man lebt, sonst nimmt man das die meiste Zeit gar nicht wahr.

In Les Mureaux angekommen, liefen wir die zwei Kilometer bis zur Seine unter glühend heißer Sonne zu Fuß. Die Brücke war gestern ebenfalls bombardiert worden und lag in einzelnen Stücken im Fluss, wie die Reste eines Geburtstagskuchens. Es waren auch ein oder zwei Häuser beschädigt, aber es hatte keine Opfer gegeben.

Es war entsetzlich heiß. Ich wartete auf das Fährboot und wiederholte beim Warten meinen Stoff in Naturwissenschaften, weil ich zum Glück mein Buch mitgenommen hatte, und kam zu spät in Meulan an, um Nanette noch zu erwischen, weil das Rathaus um die Mittagszeit geschlossen war.

Kaum war ich angekommen, ging die Bombardierung wieder los. Es war sonderbar! Ich lief wie in einem Traum mitten auf der Straße, als gehörte ich zu einer anderen Welt. Und vor mir flohen die Leute in Panik in alle Richtungen. Ich bedauerte sie, während ich mir sagte, dass ich Angst haben müsste, aber ich empfand überhaupt keine Furcht, ich fühlte mich unverwundbar.

Ich ging hinauf bis Hardricourt, um besser sehen zu können und um mein Sandwich zu essen. Dort passierte mir etwas nicht Alltägliches. Ein Flugzeug kam zurück und ließ einige Bomben fallen, ich sah oben vom Hügel aus ihre Einschlagstelle und die Explosionen. Aber die Sonne blendete mich, und ich konnte das Flugzeug nicht sehen. Ich war so damit beschäftigt, dass ich die Steinbank vor mir übersah, und ich riss mir das Bein daran auf. Es tat sehr weh.

Es war trotzdem eine komische Verletzung! Ich setzte mich auf die berüchtigte Bank, um zu Mittag zu essen.

Dann ging ich wieder zum Rathaus, um Nanette zu treffen, und wir schwätzten miteinander, sonst war niemand da. Sie stellte mir ihren Verlobten vor, der die Stempel hat. Was ein unglaubliches Glück: Wie wären wir ohne ihn zurechtgekommen? Ich fragte ihn, ob wir weitere falsche Karten machen könnten, und er sagte sofort:

– Ja klar.

Er ist sehr sympathisch, es wundert mich nicht, dass Nanette sehr in ihn verliebt ist.

Auf dem Rückweg wartete ich zwei Stunden auf die Fähre, ich saß am Seineufer und wiederholte die Funktionsweise des Chlorophylls und die mikroskopische Struktur der Niere. Ich glaube, ich kann das auswendig. Von Zeit zu Zeit tauchte ich mein Taschentuch ins Wasser, um mich zu erfrischen und auch, um mich zu säubern, denn die Bomben hatten einen schrecklichen Staub aufgewühlt. Es hat ja schon lange nicht mehr geregnet.

In Les Mureaux gab es vor 6 Uhr keinen Zug. Ich ließ mich in einem Abteil nieder, dachte, alle Mühen wären nun ausgestanden, und versuchte, weiter meinen Stoff zu wiederholen, da setzte sich ein deutscher Soldat neben mich und versuchte, eine Unterhaltung anzufangen. Er war hässlich, dumm und obendrein sehr von sich eingenommen! Er sah wohl, dass ich meine Nase weiterhin in mein Buch steckte und mir seine Erklärungen egal waren, aber das »stachelte« ihn nur noch mehr an …

Schließlich setzte ich mich in ein anderes Abteil, um Ruhe zu haben, in dem es nur noch einen freien Platz gab, und er konnte mir nicht folgen.

Ich kam spät in Paris an. Mama und Nicole waren so unruhig, dass sie am Bahnhof Saint-Lazare auf mich warteten; es soll überall Bombardierungen gegeben haben. Mama sagte, ich solle im Augenblick nicht mehr nach Meulan fahren.

Alex ist wieder weggefahren, er wird noch einmal versuchen, nach England zu kommen, aber dieses Mal über Spanien.

Donnerstag, 1. *Juni* 1944

Zum achten Mal seit vielleicht acht Tagen habe ich von der Landung der alliierten Truppen geträumt. Jedes Mal geschieht das auf eine ganz andere Weise. Leider ist es immer so wirr, dass ich unmöglich etwas schreiben kann, das von irgendeinem Interesse wäre.

Ich habe Maryse besucht; sie scheint nicht sehr glücklich zu sein. Zum einen wohnt sie in einer kleinen, kalten und dunklen Wohnung im Erdgeschoss, und dann sagte sie: »dass sie es gern hat, wenn ihr Mann sie küsst, und die Zärtlichkeiten auch, aber der Rest ist ekelhaft.« Sie bedauert das ganze Theater, und wenn sie das gewusst hätte, hätte sie nicht geheiratet.

Ich habe den 2. Preis in Philosophie bekommen, und da ich alle Aufsätze geschwänzt hatte, die mir nicht passten, rechnete ich nicht mit der Milde von Madame Castex, der Direktorin. Sie schrieb nur: »Ernsthaft gearbeitet, unterbrochen von Fehlzeiten aus gesundheitlichen Gründen. Hat die Auszeichnung verdient.« Die Netteste war Mademoiselle Hougas. Monique und ich sagten uns, dass sie uns fehlen wird mit ihren langen gelben Zähnen, ihren Stirnbändern und ihrem abscheulichen Tabakgeruch – sie soll Pfeife rauchen. Sie wird bestimmt einen großen Einfluss auf unser Schicksal gehabt haben.

Freitag, 2. *Juni* 1944

Wegen des Alarms wurde das Abitur im Lycée geschrieben, und da die Sirenen meistens gegen 11 Uhr losgehen, ließen sie uns sehr früh kommen, damit wir mit dem Aufsatz vorher fertig wären. Mir ist etwas Seltsames passiert, ein schlechtes Vorzeichen. Kurz bevor ich aufwachte, hatte ich einen schrecklichen Albtraum; ich lief mit einer Schale Milch durch die Wohnung, und eine schwarze Katze lief hinter mir her und schlug mir ihre Krallen tief in die Beine. Dann muss mein Wecker geklingelt haben: ich stand auf, ohne wach zu werden, und ging in das Zimmer nebenan, um meine Hausschuhe zu holen, die ich dort gelassen hatte. Da ich es nicht gewohnt bin, um 5 Uhr morgens aufzustehen, und da es draußen noch ganz dunkel war, hatte ich immer noch Angst, und ich wachte plötzlich mitten im Wohnzimmer auf, mit schrecklichen Kopfschmerzen, mit meinen Hausschuhen in der Hand, mit dem festen

Entschluss, immer die Kette vorzulegen an der Tür und immer den Riegel vorzuschieben (das Seltsamste war, als ich wegging, habe ich gesehen, dass der Schlüssel die ganze Nacht im Schloss gesteckt haben musste).

Das Thema in Psychologie sagte mir nichts, und ich verstehe immer noch nichts von Logik. Ich habe also das Moralthema genommen, das wunderbar, aber gefährlich war: »Recht und Freiheit«. Ich habe von der unsterblichen Tradition Frankreichs gesprochen; nun, ich habe das Thema von der heroischen Seite her behandelt, und wenn ich auf einen Pétain-freundlichen[31] Prüfer treffe, bin ich geliefert.

In Naturwissenschaften hat es wunderbar geklappt. Ich hatte den Stoff noch einmal wiederholt, als ich nach dem Mittagessen hinging, und bekam das Thema, das ich unterwegs gerade noch einmal gelesen hatte: »Die mikroskopische Struktur der Niere«. Ich brauchte noch nicht einmal meine Spickzettel, ich wusste alles auswendig. Für mich ist es natürlich doof, dass Englisch und Deutsch dieses Jahr nicht zählen.

Montag, 5. Juni 1944

Es ist soweit, Rom ist gefallen! Die Deutschen stehen dumm da, sie, die Paris mit Plakaten vollgeklebt haben, auf denen eine Schnecke zu sehen ist, die mit einer englischen und einer amerikanischen Fahne geschmückt ist und den italienischen Stiefel hochkriecht. Sie ziehen vielleicht ein brummiges Gesicht!

Dienstag, 6. Juni 1944

Ich bin früh mit Darak nach unten gegangen, um für Milch anzustehen. Und da höre ich: Die Engländer und die Amerikaner sind in der Normandie gelandet. Ich bin noch viel schneller zurückgegangen, auch, weil es lausig kalt war. Ich habe Mama die Neuigkeit verkündet, und wir liefen aufgeregt zu Nicole, die noch schlief,

31 Micheline Bood schreibt: »pétinophile«: eine Wortneuschöpfung

und weckten sie. Ich habe so darauf gewartet, auf diese Landung, ich habe so oft davon geträumt, dass es mir im Grunde ganz normal vorkam. Wenn sie es nur dieses Mal schaffen! Mein Gott, zerstöre unsere große Hoffnung nicht!

Das Buch Nostradamus soll vorhersagen: »Und also wird man kämpfen in der Ewigen Stadt, und das wird das Ende sein ... « Aber offensichtlich gab es keinen Kampf, da Rom sich kampflos ergeben hat.

Donnerstag, 8. *Juni* 1944

Sie sind in der Gegend von Carentan, Bayeux und Caen gelandet. Sie haben einen Brückenkopf errichtet. Wenn sie nur nicht aufs Meer zurückgedrängt werden!

Ich habe mit Alice englisches Radio gehört. Sie sagt, dieses Mal ist Hitler erledigt, und sie ist froh, dass sie im Westen Deutschlands lebt, weil dort die Engländer vor den Russen ankommen werden.

Freitag, 9. *Juni* 1944

Bayeux ist eingenommen. Es ist schwierig, Nachrichten zu bekommen, weil der Strom oft abgestellt ist. Ich habe Chantrellus gesehen, sie haben einen Elektroherd, ihre Mutter muss oft mitten in der Nacht aufstehen, um etwas zu kochen. Es ist zum Totlachen, wenn man die Deutschen im Hotel gegenüber sieht, die im Kerzenschein schreiben.

Das junge Mädchen von gegenüber ist verschwunden. Der Concierge sagt, sie sei festgenommen worden, weil sie Jüdin ist. Gestern Abend hatte sie in ihrem Zimmer auf dem Sofa gesessen, und es war ein Inspektor der Gestapo da, der sie küsste. Dann kam ihre Mutter herein, und er küsste sie noch einmal vor ihrer Mutter, aber das war, um sich von ihr zu verabschieden. Sie ist ein wenig zu dick, aber plötzlich wurde sie sehr schön. Ich weiß nicht, ob es stimmt, dass sie Jüdinnen sind, denn sonntags gehen sie mit Gesangbüchern, die so dick wie lateinische Wörterbücher sind, zur Messe in die Kirche Saint-Philippe.

Montag, 12. *Juni* 1944

Carentan ist eingenommen.

Lélé wusste nicht, dass um 9 Uhr Sperrstunde war. Das ist nicht verwunderlich, weil sie keine Zeitung liest, und da sie taub ist, kann sie nicht Radio hören. Ihre Concierge hätte es ihr sagen können! Jedenfalls tauchte sie um 8 Uhr 25 bei uns auf, und da Mama keine Lust hatte, dass sie bei uns schläft, bat sie Nicole, Darak auszuführen und sie dabei nach Hause zu begleiten.

Ich weiß nicht, ich muss Lélé wohl einmal gesagt haben, dass ich nicht verstünde, wie Mama mit Papa schlafen konnte. Irgendetwas muss sie an diese Geschichte erinnert haben, denn sie ging die Rue de Miromesnil hoch und schrie dabei Nicole in voller Lautstärke ins Ohr – denn sie merkt nicht, dass sie zu laut spricht:

– Deine Schwester hat mir gesagt, dass sie nicht mit deinem Vater schlafen würde!

Und da schönes Wetter war, saßen alle Concierges vor der Tür, um die Leute vorbeilaufen zu sehen, die vor der Sperrstunde noch spät dran waren … Nicole wäre am liebsten vor Scham im Erdboden verschwunden.

Alice fährt Ende der Woche weg. Sie fragte, ob wir sie verstecken könnten, bis die Engländer da sind; es gibt offenbar viele Deutsche, die das machen und versuchen, an Zivilkleidung zu kommen. Sie will nicht nach Deutschland zurück, aber was können wir tun? Sie hat übrigens nicht insistiert; sie weiß zu gut, dass wir nichts zu essen haben und sie nicht ernähren können.

Ich war heute Nachmittag gerade in der Chaussée d'Antin unterwegs, als ich plötzlich etwas Schreckliches sah: ein englisches Flugzeug, aus dem Rauch und Flammen kamen. Die Piloten sprangen mit dem Fallschirm ab. Und es hatte nicht einmal Alarm gegeben. Die beiden Fallschirme verschwanden hinter den Dächern, ich dachte, ich träumte, so schnell ging das alles.

Die Avenue de Marigny, die Champs-Elysées, die Avenue Gabriel sind voll mit getarnten Lastwagen; sie stehen dort und warten, dass man sie in die Normandie schickt. Die Glückspilze, ich würde gern mit ihnen fahren.

Ich habe wieder von der Landung der alliierten Truppen geträumt.

Samstag, 17. *Juni* 1944

Ich ging zu Alice, um ihr auf Wiedersehen zu sagen. Es betrübt mich sehr, dass sie weggeht, Gott allein weiß, wann wir uns wiedersehen. Sie war noch trauriger bei dem Gedanken daran, was sie in Deutschland erwartet. Wir hatten trotzdem beide das Gefühl, dass unser Kummer wenig bedeutet angesichts der Ereignisse. Sie gab mir alle Lebensmittelkarten, die ihr noch geblieben waren, und auch den Gutschein, um die Schuhe abholen zu können, die sie bestellt hatte. Da sie sie bezahlt hatte, sagte sie, ich solle sie erst einmal behalten.

Ich schäme mich ein wenig, aber ich kann nicht umhin, zu denken – selbst ihr gegenüber, die ich sehr mag und die mir nie etwas Schlechtes angetan hat – dass jetzt sie an der Reihe sind, zu leiden und zu sehen, wie ihr Land verwüstet wird. Ich weiß nicht, ob ich erzählt habe, dass Gisèles Bruder im Maquis gefangengenommen und erschossen worden ist. Ihre Mutter Gladys hat es auf schreckliche Weise erfahren: von einem Zahnarzt, der ihren Sohn behandelt hatte und ihr die Rechnung schickte. Er entschuldigte sich und schrieb, da Jean erschossen worden sei und ihn nicht bezahlen könne, hätte er trotzdem gerne seine Auslagen bezahlt.

Freitag, 23. *Juni* 1944

Wir sind alle deprimiert. Man hat das Gefühl, nichts passiert. Die englische Offensive ist gestoppt, und während wir warten, sind die Deutschen immer noch da mit ihren Lastwagen, ihren Panzern, ihren Schildern, ihren Fahnen auf allen Gebäuden am Faubourg Saint-Honoré oder auf fast allen, und mit ihrer Sperrstunde. Es wird immer schwieriger, etwas zu essen zu beschaffen, und sogar das bisschen, was wir zu essen haben, warmzumachen. Wir hatten diesen Tag zu sehr erwartet, zu sehnlichst erwartet, und jetzt fühlen wir uns, als hätte man ihn uns gestohlen. Die Zeit kriecht dahin. Wie Shelley sagte:

Till joy denies itself again
And too intense is turned to pain.[32]

Montag, 26. *Juni* 1944

Cherbourg ist gefallen. Endlich und Hurra!

Aber ich bin durchgerasselt. An dem Tag, als Monique Rivière und ich zum Boulevard Michel gingen, um den Aushang mit den Ergebnissen zu lesen, hatte ich nicht einmal den Mut, darüber zu sprechen. Ich las die Listen mehrere Male und traute meinen Augen nicht, als ich meinen Namen nicht fand. Ich war mir so sicher, dass ich die Naturwissenschaften geschafft hatte, und mein Philosophieaufsatz war einfach gut. Ich muss an einen Vichy-Anhänger oder einen Kollaborateur geraten sein. Ich war enttäuscht und wütend. Außerdem mussten wir zu Fuß nach Hause gehen, weil es keinen Strom gab, also keine Metro. Ich bin fest entschlossen, in den Ferien überhaupt nichts zu wiederholen, und es ist mir völlig wurscht. Mein einziger Trost ist, dass Monique auch durchgerasselt ist. Mama hat mich nicht geschimpft.

Freitag, 30. *Juni* 1944

Meine Prüfungsergebnisse sind angekommen, es ist unglaublich! Ich habe nur 7 von 20 Punkten. Und Mademoiselle Hougas wollte mich für den concours général anmelden! Und in Naturwissenschaften, wo ich alles wusste, habe ich nur 1,75 von 5 Punkten. Weniger als in Physik, wo ich eine Niete bin (ich habe 2 Punkte). Ehrlich, ich verstehe gar nichts. Aber da ich so schlechte Erfahrungen

---

32 Till joy denies itself again, and, too intense, is turn'd to pain. Aus: P.B.Shelley: With a Guitar, to Jane. Gedicht (1822)

mit meiner Ehrlichkeit gemacht habe, werde ich im Oktober mein lila Kleid mit den vielen Taschen anziehen und in allen Fächern schummeln, in denen ich Spickzettel vorbereitet habe.

Ich bin aus meinem Trübsinn ein wenig herausgekommen und habe eine Novelle angefangen: Es geht um ein junges Mädchen aus gutem Haus, das eine Ausbildung als Krankenschwester gemacht und es geschafft hat, von zuhause wegzulaufen und in der Normandie mit dem Fahrrad durch die Frontlinie zu kommen. Ich habe sorgfältig notiert, was sie mitnahm, als sie wegging, denn wenn ich es schaffe, ein Fahrrad zu leihen, werde ich es, glaube ich, genauso machen. Ich halte es nicht mehr aus, in dieser katastrophalen Untätigkeit zu warten!

Kurzum, sie bekommt in einem Militärhospital eine Arbeit zugewiesen und verliebt sich in einen göttlich schönen jungen Amerikaner. Der Arzt teilt ihm mit, er sei an den Geschlechtsorganen verletzt worden, und man habe sie ihm entfernen müssen. Wie könnte es anders sein, da sie ihn ja liebt, entschließt sie sich, ihn zu heiraten. Aber sie fragt sich, ob sie das später bereuen wird, ob sie später fähig sein wird, ihm treu zu bleiben. Nietzsche sagte: »Wehe dem Mann, der einer leidenschaftlichen Frau in die Hände fällt.«

Eigentlich weiß sie nicht, wer sie ist, auch nicht, ob sie eine leidenschaftliche Frau ist. Genauso wenig wie ich übrigens. Ich weiß, ich würde nicht zögern, einen Mann zu heiraten, den ich liebe, auch wenn unsere Ehe platonisch sein müsste. Aber dann? Würde ich in zehn oder zwanzig oder mehr Jahren noch genauso denken? Ich frage mich, ob ich eine »leidenschaftliche Frau« bin.

Sonntag, 2. *Juli* 1944

Es ist entschieden. Ich höre auf, meine Träume aufzuschreiben. Ich glaube, wenn ich das weitermache, werde ich völlig verrückt. Ich bin es schon ein bisschen und ich entfalte eine solche Aktivität in diesen Träumen, im Gegensatz zu dem untätigen Leben, das wir in diesem sogenannten normalen Alltag führen, dass mein nächtliches Leben viel wichtiger und realer für mich ist als das andere. Es fehlte nicht viel, und ich würde ganz darauf verzichten. Heute Nacht befand ich mich mit Alice vor der Notre-Dame von Paris, die von Bomben zerstört war. Es war herrliches Wetter, und die unbeschädigten Skulpturen waren weiß wie Elfenbein. Wir befanden uns auf einem Balkon, und ich bewunderte diese Skulpturen direkt mir gegenüber. Ich konnte jede Einzelheit mit einer unglaublichen Genauigkeit wahrnehmen, die in Träumen selten ist.

Angesichts dieser Intensität von Farben, Eindrücken – was hat uns das alltägliche Leben da schon zu bieten? Alarm, Unterbrechungen der Gas- und Stromversorgung, dass man sich in die Schlange stellt, sobald man eine Schlange vor einem Geschäft sieht, ohne Klapphocker, um sich hinzusetzen, und sogar ohne zu wissen, warum man Schlange steht. Und obendrein machen sich die Flöhe über uns her.

Domino ist für zwei Tage aus Verneuil gekommen. Ich weiß nicht, wie sie es geschafft hat, aber offensichtlich gibt es noch Züge. Man weiß zum Beispiel nie, wann. Sie hatte mich gefragt, ob ich ihr noch einen falschen Personalausweis besorgen kann, aber es ist nichts zu machen, Mama will nicht, dass ich im Augenblick noch einmal nach Meulan fahre.

Freitag, 7. Juli 1944

Wenn ich mich beklage, dass nichts passiert! – Offenbar sind die Bombardierungen jetzt so häufig, dass alle sich daran gewöhnt haben und dass sie zu den kleinen Zwischenfällen des Alltags gehören. Aber heute hörte ich um die Mittagszeit auf der Straße einen ungewöhnlichen Lärm. Ich rannte nach unten. (Die Definition von *Lärm* erscheint mir notwendig: Autos, die plötzlich anhalten, berstendes Glas, Geschrei.) Dieser Lärm kam von den Fensterscheiben des Tabakladens, die mit Schüssen aus Maschinengewehren zerschossen wurden. Ich stürze also nach unten, um gerade mitzuerleben, wie schwarze Autos angefahren kommen und wie eine Truppe von Leuten herausspringt, mit gezogenem

Revolver; sie laufen in Richtung Rue de Miromesnil, kommen zurück und sagen:

- Wir kriegen sie nicht, nichts zu machen!

Mit klopfendem Herzen notierte ich, was war: Gut 50 bewaffnete Milizen kamen vom anderen Ende der Straße gerannt, so dass ich glaubte, es sei ein Attentat passiert. An jedem Ende der Straße bauten sich etwa zehn Männer auf, das Maschinengewehr im Anschlag. Ich mache einen kurzen Exkurs, um von der französischen Miliz zu sprechen, »Organ« von Joseph Darnand.[33] Das ist ein Haufen kleiner Gauner, Diebe oder Vorbestrafte, die sich in der Miliz verpflichtet haben, weil der niedrigste Soldat 7000 Francs im Monat verdient und weil sie die Leute auf den Straßen ungestraft ausplündern können. Kurzum, sie sind die Diener der neuen Ordnung.

Sie rannten also in das kleine Café, das uns gegenüber ist, und verhafteten alle Leute, die sich dort befanden. Sie ließen sie mit erhobenen Händen aus dem Café treten, und die, die ihnen nicht schnell genug gehorchten, bekamen Handschellen verpasst. Dann sagte einer von ihnen:

- Wir müssen eine Hausdurchsuchung machen!

Sie kamen mit einer recht beachtlichen Menge an Waffen heraus: Maschinengewehre und Revolver. Dann verhafteten sie auch Monsieur Vigier, den Besitzer des Restaurants. Schließlich stießen sie ihre Gefangenen mit Faustschlägen und Fußtritten in einen Lastwagen, bewacht von Milizionären, und das nicht nur einmal, denn sie verfrachteten sie etwa zehn Mal mit roher Brutalität in andere Lastwagen.

33 Aimé-Joseph Darnan (1897–1945), rechtsextremer Politiker, Chef der französische Miliz, einer paramilitärischen Gruppe, die seit 1943 gegen die Résistance operierte. Darnand hatte die LVF (Légion des volontaires français contre le bolchévisme; Deutsch: französische Freiwilligenlegion gegen den Bolschewismus) zur Miliz umfunktioniert. Sie kollaborierte eng mit der deutschen Besatzungsmacht und wurde auch zum Teil von den deutschen Besatzern bewaffnet.

Natürlich kam es zu einer großen Menschenansammlung am Ende der Straße, um das Schauspiel zu verfolgen, und die Polizisten versuchten ohne großen Nachdruck, die Leute zum Weitergehen aufzufordern.

Bis hierher habe ich die Hauptszene beschrieben, aber dazu gab es noch ausschmückendes Beiwerk: Während der ganzen Zeit, die der Handstreich dauerte, und bis zum Schluss, obwohl es überhaupt keinen Grund mehr dafür gab, fuhren Autos heran, aus denen Männer mit theatralischem Gebaren und gezogenen Revolvern sprangen, noch bevor die Autos anhielten, und die fast platzten vor Wichtigkeit und Lust, diese heldenhafte Rolle zu spielen: bewaffnet anzurücken, um sich gegen zwei Handvoll anständige Leute zu verteidigen, die Handschellen trugen und von ungefähr hundert Männern mit umgehängten Maschinengewehren bewacht wurden.

Den Tabakladen fanden die Milizionäre geschlossen vor, und sie schlugen die Scheiben ein. Hausdurchsuchung verpflichtet …[34]

Aber Szenenwechsel: Mama kam heruntergerannt und befahl uns, sofort ins Haus zurückzukommen, »weil wir Kugeln abkriegen könnten.« Wir protestierten wütend und rannten wieder nach draußen, sobald sie uns den Rücken zukehrte. Sie nahm die Flugblätter, die Gladys am Vortag mitgebracht hatte, und verbrannte sie. Sie verbrannte alles; sie hatte große Angst vor einer Hausdurchsuchung, die es zum Glück nicht gegeben hat, und sagte:

– Du hast keine Flugblätter? Bist du sicher, dass du keine Flugblätter hast?

Es ist nicht sehr toll, aber ich sagte nein. Das Haus stank nach verbranntem Papier, und wenn sie gekommen wären, hätten sie sofort gewusst, warum.

Der Concierge, der vor Angst schlotterte, kam und kündigte an, dass die »Kräfte zur Aufrechterhaltung der Ordnung« unseren Keller durchsuchen wollten. Ich ging hinunter und öffnete einem

34 Wortspiel; in Anlehnung an das Sprichwort: noblesse oblige: Adel verpflichtet

Typ in Zivil mit einem Maschinengewehr unter dem Arm, der mir eher plumpe Komplimente machte, die Tür; er rüttelte an einer Kiste – unser Keller ist voll mit Kisten und alten Koffern – und fragte mich, was darin ist. Ich antwortete ihm:

– Machen Sie sie auf, machen Sie sie auf! Das erspart uns die Mühe, sie zu öffnen!

Daraufhin lächelte er mich an und sagte:

– Ist in Ordnung. (Dann:) Sperren Sie mich nicht ein im Keller.

Ich antwortete:

– Sie würden sich langweilen.

– Nicht, wenn Sie mir Gesellschaft leisten, erwiderte er.

Er fragte, ob die Gänge noch lange weitergehen, und ich sagte in verächtlichem Ton:

– Das weiß ich überhaupt nicht.

Er zog sich also zurück, ohne die Keller der anderen Mieter zu inspizieren, weil er nur ein Maschinengewehr hatte und der Gang sehr dunkel war. Ich erinnere mich, dass die Deutschen im Juli 1940 in den Bauernhof Les Rameaux kamen und nach Wein fragten. Obwohl sie bewaffnet waren, fürchteten sie die dunklen Keller immer, in denen sich Feinde hätten befinden können. Ich hatte wieder einmal die Gelegenheit, festzustellen, dass die »Dienstboten« der Deutschen nicht viel mutiger sind als die Deutschen selbst. »Dienstboten«, das ist das richtige Wort! Es war widerlich, mit anzusehen, wie sie sich verbeugten und die Deutschen unterwürfig anlächelten, die sie in der Menschenmenge sahen.

Um uns von unseren Aufregungen zu erholen, hatten wir zum Mittagessen ein richtiges Festessen: Mama hat DIE Büchse mit Erbsen aufgemacht.

Nach zwei Stunden ging alles wieder seinen gewohnten Gang. Die Glasscherben wurden zusammengefegt, und zwei Typen lagen den ganzen Tag vor dem Geschäft von Vigier auf der Lauer.

Montag, 10. *Juli* 1944

Caen ist eingenommen, und wir schöpfen wieder Hoffnung. Wir verbrachten das Wochenende auf Gisèles Terrasse und bräunten uns in der Sonne. Mein Traum ist es, braungebrannt zu sein, wenn die Engländer kommen. Im Molitor schaffe ich das nie, weil ich die ganze Zeit im Wasser bin und sogar eher unter Wasser, wo man ja nicht braun wird.

Ich bin in der Kirche Saint-Philippe zur Beichte gegangen und hatte Darak am Zaun angekettet draußen gelassen. Als ich nach draußen kam, war er voller Farbtupfer aus Lippenstift in drei verschiedenen Farbtönen.

Nun bist du am Ende angelangt, liebes Heft! Ich dachte wohl, dass *du* den Sieg erleben würdest, der gleichzeitig so nah und so fern ist. Aber dieses Mal bin ich überzeugt, dass es nur noch eine Frage von wenigen Tagen ist, und es tut mir leid, dass der Sieg deine Seiten nicht aufhellt, denn ich bin sicher, dass dieses Heft in der Zukunft mein Lieblingsheft sein wird.

So sei es.

VORSÄTZE FÜR DIE ZUKUNFT:

Ich werde hart sein, damit nichts mich leiden lässt.

Ich werde lasterhaft sein, damit alle Männer mich lieben.

Ich werde stark sein und grausam.

V

BRAUNES HEFT

Es fehlen drei Seiten am Anfang des Heftes, die Mama herausgerissen hat; sie hat auf ein weißes Blatt folgende Mahnung geschrieben:

Es ist zwecklos, diese Seiten zu suchen, die ich behalten werde in Erinnerung an ein hinterhältiges, undankbares und schlechtes Kind – das seine Strafe bekommen wird.

Während ich diese Zeilen schreibe, tut deiner Mutter ihr armes Herz sehr weh. Ich bitte Gott um Vergebung, dass ich dich schlecht erzogen habe, ich habe mich geirrt – ich dachte, ich hätte das wohl getan – aber ich bedaure die fünfzehn Jahre voller Opferbereitschaft, Selbstlosigkeit und Verzicht nicht. Wenn ich es noch einmal tun müsste, ich täte es wieder.

14. Juli 1944

Samstag, 22. *Juli* 1944

Ich fange an, zu bedauern, dass dieses Heft so viele Seiten hat, denn der Anfang war wirklich traurig. Man muss hoffen, dass das, was folgen wird, erfreulicher ist als der Anfang. Wenn ich erzähle, was passiert ist und mir gar nicht zur Ehre gereicht, das gebe ich zu, dann tue ich es, weil ich schon so lange Tagebuch schreibe, dass ich ihm gegenüber eine heilige Verpflichtung fühle. Auch wenn ich mich langsam erhole, ich bin immer noch sehr durcheinander und außer mir; ich weiß nicht, wohin es gehen soll, und alles in mir ist verworren und dunkel. Dieses eine Mal will ich versuchen, nicht wieder einen dieser Versuche zu machen, psychologisch zu analysieren; Versuche, die so oft zu schweren Irrtümern führen. Ich werde schlicht erzählen, was passiert ist, ohne zu suchen, woher das Übel kam, weil ich viel zu weit ausholen müsste … und man kann Situationen nicht beurteilen, wenn man gerade drinsteckt.

Bevor ich beichte und diesen Bericht beginne, der mir sehr schwer fällt, muss ich ganz einfach feststellen, dass ich das seltene Talent habe, mit meiner Lügenserie eine Menge Leute in Schwierigkeiten und in Verlegenheit zu bringen. In dieser Geschichte habe ich Mama gegenüber zwei Personen in Verruf gebracht, die vollkommen unschuldig sind. Es war so: Ich hatte beschlossen, koste es, was es wolle, an die Front zu gehen. Alle meine Vorbereitungen waren getroffen, Zazouk, die Geliebte von Domino Poiriers Bruder, sollte mit mir kommen oder mir wenigstens das Fahrrad ihres Mannes leihen. Aber damit Mama sich nicht beunruhigen sollte, hatte ich Jacqueline gebeten – die Mama als einzige von meinen Freundinnen für »vernünftig« hält – mir einen Brief zu schreiben, in dem sie mich ins Chevreuse-Tal einladen sollte, und ich hätte gesagt, dass ich dort hinfahre. Nur Nicole hatte ich ins Vertrauen gezogen, für den Fall, dass mir etwas passieren würde.

Ich hatte das alles in mein Tagebuch geschrieben, und Freitagabend ging ich Zazouk besuchen und ließ das Heft – in dem ich erst drei Seiten beschrieben hatte – die besagten drei Seiten – offen in einer Schublade liegen, in der Mama es gefunden hat. Als sie den ersten Blick darauf geworfen hatte, musste sie weiterlesen. Als ich von dem Besuch bei Zazouk zurückkam, dachte ich schon, sie macht ein komisches Gesicht; aber da sie nichts sagte, schob ich es darauf, dass ich zu spät nach Hause gekommen war. In diesem Moment ging ich dem nicht weiter nach und legte mich ins Bett. Ich schlief wie ein Stein …

Am nächsten Morgen begrüßte ich Mama, und sie antwortete: »Guten Morgen, Micheline.« Und wenn sie »Micheline« hinzufügt, dann stimmt etwas nicht.

Da ich mir nicht ganz sicher war, fragte ich gar nichts. Aber am Nachmittag fragte ich sie:

– Hör zu, Mama, wenn du sauer auf mich bist, sag mir doch, warum.

Sie antwortete:

– Dein Gewissen wird es dir sagen.

Ich bat Nicole, sie zu fragen und so zu tun, als käme die Frage von ihr, aber Mama erwiderte:

– Ich habe Micheline schon gesagt, was ich zu sagen hatte.

In der ganzen Zeit hatte ich natürlich die Schublade noch nicht aufgemacht und mein Tagebuch nicht herausgenommen. Ich dachte, Mama wäre mir vielleicht nachgegangen, als ich zu Zazouk ging; sie hatte mir verboten, sie zu sehen, weil sie findet, »das ist nicht der richtige Umgang für mich.« Der Gedanke, sie könnte mein Tagebuch gelesen haben, kam mir nur kurz in den Sinn, weil ich ein so großes Vertrauen zu Mama habe, dass ich nie gedacht hätte, sie könnte so weit gehen.

Berichten wir der Reihe nach. Zazouk und ich – und das hatte ich in das Heft geschrieben, das Mama gefunden hat – wollten mit allen Mitteln versuchen, uns den Engländern anzuschließen, sei es mit Fischern, sei es direkt an der Front. Wenn es uns gelungen wäre, wollten wir natürlich dort bleiben; wenn nicht, wären wir über das Département Sarthe zurückgekehrt und hätten Lebensmittel mitgebracht. Aber ich hatte schon vor, dort zu *bleiben*. Ich glaubte, bei den Engländern würde ich leicht irgendeinen Job finden, als Übersetzerin oder Hilfskrankenschwester.

Da Zazouk ständig unschlüssig war und ihre Meinung änderte, sobald ihr Geliebter Pierre Poirier zu ihr kam, kapierte ich schließlich, dass sie nie weggehen würde. Ab diesem Moment hatte sie überhaupt kein Interesse mehr an mir – wenn sie überhaupt jemals Interesse gehabt haben sollte. Ich ging nur noch zu ihr, um irgendetwas zu tun, das Mama mir verboten hatte; genau aus der gleichen geistigen Verfassung, die mich dazu brachte, *Claudine va à l'école*[1] zu lesen. Und auch daran habe ich kein großes Vergnügen gefunden.

Kommen wir wieder zum Thema zurück. Seit diesem Freitagabend war ein wenig Zeit vergangen, und ich hatte nachgedacht, sehr viel nachgedacht. Mama war noch nie so lange böse auf mich, und ich schloss daraus, dass die Fehler und die Schuld vor allem bei mir liegen mussten. Ich war immer unfreundlich, wenn ich mit

---

1 Claudine va à l'école: Roman von Colette (1873–1954); deutsch: Claudine in der Schule; 1977 verfilmt und in Deutschland 1978 als Fernsehserie gezeigt. Neue deutsche Ausgabe unter dem Titel: Nadine erwacht (2002).

Mama redete, und nie tat ich ihr bereitwillig auch nur den kleinsten Gefallen, ich wurde schon seit langem immer unerträglicher, und ich schaffte es immer irgendwie, so wenig wie möglich zu tun.

Und das geht jetzt schon sehr lange so! Schon als Mama operiert wurde, habe ich mich nicht so benommen, wie ich das hätte tun sollen, ich war weder geduldig noch freundlich.

Nachdem ich lange unschlüssig war, beschloss ich Mittwochmorgen, sie um Verzeihung zu bitten. Und da sagte sie, dass sie Freitagabend mein Tagebuch gefunden hat, zufällig – und das glaube ich ihr auch. Zwei Minuten, nachdem ich etwas geschrieben habe, habe ich es schon wieder vergessen, und in meiner Verzweiflung und Panik musste ich ihr alles sagen, was sie wissen wollte, da ich nicht wusste, was sie erfahren hatte und was nicht. Alles, was ich seit Jahren vor ihr verbarg, die Geschichte mit dem falschen Pass und vor allem diesen Plan, wegzugehen.

Als sie von Jacqueline sprach, sagte sie:

– Deine Freundin ist klüger als du; sie hat sich noch nicht einmal die Mühe gemacht, dir zu antworten.

Tatsächlich hatte mir Jacqueline immer noch nicht geantwortet.

Mama sagte:

– Wenn ein Brief von Jacqueline angekommen wäre, hatte ich vor, dir zu sagen: »Ich weiß sehr wohl, wohin du gehst, und es ist zwecklos, mir zu schreiben oder zurückzukommen.«

Auch darüber hatte ich nachgedacht: Was sollte ich tun? Hätte ich von zuhause weglaufen *können?* Sicher nicht. Ich hatte überhaupt keine Lust, mit meiner Großmutter Lélé zu leben, dir mir übrigens den Vorschlag auch gar nicht gemacht hatte – erst recht nicht mit Zazouk. Ich habe ein bisschen mehr Erfahrung als vorher, was mich zu der Annahme veranlasste, dass die plötzliche große Leidenschaft Zazouks für mich nur ein Strohfeuer war; außerdem hatte ich nicht die geringste Lust, Pierre Poiriers Nachfolge anzutreten und mich von ihr aushalten zu lassen. Wenn wir es beide auf die englische Seite geschafft hätten, hätte ich arbeiten können, das ist etwas anderes. Aber ein achtzehnjähriges Mädchen allein mit einer Frau mit zweifelhaften Sitten ist wenig Vertrauen erweckend. Ich möchte heiraten und nicht mit Hinz und Kunz schlafen. Und wenn ich von zuhause wegginge, wäre die Chance gering, dass ich irgendwann heirate.

Ich kann wohl von mir sagen, dass ich an diesem Morgen, als ich Mama fragte, ob sie mir jemals verzeihen kann, völlig ratlos und panisch war, und alle meine Vorstellungen von eigenem Willen und Persönlichkeit waren verschwunden. Ich war nur noch das arme kleine Mädchen. In den Romanen ist es viel einfacher: Nach einer solchen Krise hat man einen Hirnschlag oder man bleibt zu lange im Regen und holt sich eine Lungenentzündung, die man dann in Mégève[2] auskuriert. Aber im wirklichen Leben hatte ich nur ein bisschen Temperatur – 38,5, die schnell wieder nach unten ging, und ich blieb allein mit meinem Benehmen konfrontiert – das mich bis dahin nie verlegen gemacht hatte, weil ich mir nie die Mühe einer ernsthaften Gewissensprüfung machte, weil ich, sobald ich etwas getan habe, es schon wieder vergessen habe. Aber ich war zutiefst erschüttert bei dem Gedanken, dass ich Mama, die keine Ahnung hatte, wie ich wirklich war, so viel Kummer bereitete – ich hatte ganz falsche Vorstellungen von ihr, das wird mir jetzt klar. Ja, sie hat mir wieder einmal vergeben. Und doch, wie groß mussten ihre Enttäuschung und ihr Kummer gewesen sein … Leider glaube ich, dass ich daraus auch keine Lehre ziehe und es zu schnell vergessen werde, schneller noch als die Geschichte mit Wilhelm, dem Ausweis und meiner Verhaftung. Trotzdem nehme ich etwas daraus mit. Ich weiß jetzt, dass ich nicht weggehe und ein Zuhause brauche und Mama, sowohl geistig als auch physisch, und dass niemand sie ersetzen kann.

Ich frage mich, ob es ein Vorzug oder ein Fehler ist, dass alles an mir vorbeigeht, ohne tiefe Spuren zu hinterlassen, und dass ich

2 Mégève: Berühmter Wintersportort in den Savoyer Alpen; das erste Luxushotel wurde Anfang des 20. Jahrhunderts errichtet; es galt als Wintersportort für Prominente.

mich nach dem Gewitter gleich wieder erhole und schon wieder an die Zukunft denke.

Ich habe ihr also gestanden, dass ich Zazouk am nächsten Tag sehen sollte. Ich habe einen schrecklichen Vormittag gehabt, aber ich habe Schlimmeres verdient. Ich wollte vor allem nicht, dass Mama diese Seiten meines Tagebuches behält, und sofort nachdem sie das Zimmer verlassen hatte, nahm ich sie, ohne lange zu überlegen, aus ihrer Tasche, um sie zu verbrennen. Dann sagte ich mir, es ist feige, sie zu vernichten, weil ich mich dann nicht mehr daran erinnern könnte. Also behielt ich sie. Und Mama hat nie wieder danach gefragt. Ich hatte ihr gerade versprochen, sie nie wieder zu belügen, aber wie sollte ich die Wahrheit sagen, nachdem ich zwei Jahre lang gelogen hatte? Ich weiß nicht mehr, was ich tun soll, was ich tun möchte und wohin es gehen soll. Am meisten bereitet mir Gewissensbisse, dass Mama sehr nett zu mir ist. Bestrafungen verbittern mich nur noch mehr. Wenn sie gewollt hätte, hätte sie in meinem Tagebuch weiterlesen können, ohne dass ich etwas geahnt hätte. Stattdessen hat sie es mir fairerweise gesagt.

Als ich nach Hause kam, setzten Mama und ich uns auf den Balkon. Ich arbeitete für Englisch… Mama findet, ich hätte einen deutschen Akzent, das ist fürchterlich, also lese ich einige Seiten von Macaulay[3] laut. Von Zeit zu Zeit betrachteten wir die bezaubernden Kleider der Frauen, die in die Bar gegenüber auf dem Faubourg Saint-Honoré gingen, neben dem Bristol. Die Mode dieses Jahr ist sehr hübsch, vor allem auf dem Fahrrad. Von oben sehen sie mit ihren weiten Röcken, die wie Blütenkronen um sie flattern, wie Blumen aus.

Heute eine neue Katastrophe: Ich habe mein Portemonnaie bei der Post vergessen, mit ein bisschen Geld darin und einigen Unterlagen aus der Schule, vor allem aber mit einer halben Lebens-

---

3 Thomas B. Macaulay (1800–1859): englischer Politiker, Dichter und Historiker, Verfasser einer Geschichte Englands: History of England from the accession of James II. London 1848-1861

mittelkarte für Brot. Ich habe es natürlich nicht wiedergefunden. Uns bleibt kaum noch etwas für den Rest der Woche! Ich weiß nicht, wie wir zurechtkommen sollen! Ich habe mich nicht getraut, es Mama zu sagen. Dieses Mal nicht aus Angst, geschimpft zu werden oder aus dem Wunsch zu lügen, sondern nur, damit sie sich keine Sorgen macht. Es reicht, wenn ich mir welche mache.

Ich rief bei Zazouk an, um mit Domino zu sprechen, die ihren Besuch für 11 Uhr angekündigt hatte und sogar pünktlich war. Domino erzählte viel über Verneuil, was erneut meine Sehnsucht nach viel Raum und meine Unentschlossenheit weckte. Wieder einmal wusste ich nicht, wohin es gehen soll. Ich habe Paris so satt; ich bin krank vor Sehnsucht nach frischer Luft, nach Meer, danach, draußen auf dem Land zu sein, nach Grün und der Sehnsucht zu reisen. Ich glaube, etwas davon war auch der Grund für diese ganze Geschichte mit der Flucht und dem Wunsch, an die Front zu gehen. Sie haben 22 Bombardierungen in Verneuil erleiden müssen. Ein Wunder, dass der Turm der Eglise de la Madeleine[4] noch steht.

Domino versteht sich wieder gut mit Roger, und ich habe ihr 100 Francs gegeben. Sie wird ihn um ein Kilo Butter bitten, das sie uns – vielleicht – mit dem Zustelldienst schicken wird. Das wäre sehr kostbar, die Lebensmittelversorgung ist so schlecht! Seit der Landung der Alliierten haben wir nur zwei Mal ein halbes Pfund Gemüse pro Person erhalten. Der Schwarzmarkt funktioniert sehr schlecht und ist schrecklich teuer. Die Butter kostet 800 Francs das Kilo und das Fleisch 400. Nanette Perdu hat versprochen, uns Lebensmittelkarten mit der Post zu schicken. Wir warten ungeduldig auf sie.

---

4 Kirche mit einem weit sichtbaren 56 m hohen Turm aus dem 15. und 16. Jhd., Wahrzeichen von Verneuil

Mittwoch, 26. *Juli* 1944

Gestern habe ich Domino bei Zazouk besucht, dabei hatte ich den Eindruck, ungelegen zu kommen. Zum Glück kam Monsieur Gillon, Zazouks Mann. Er kaufte mir gleich die Zeichnung ab, die ich ihm gezeigt hatte, und das freute mich sehr. Ich wagte nicht, es Mama zu erzählen, da ich ein wenig von einer amerikanischen *Vogue* abgezeichnet hatte, aber weil ich von ihr kein Geld mehr nehmen möchte, werde ich mir damit helfen, Zeichnungen zu verkaufen. Es ist, glaube ich, auch eine Frage des Stolzes; es ist die erste Zeichnung, die ich für Geld verkaufen wollte (die anderen habe ich für Lebensmittel verkauft), und als Monsieur Gillon sagte, sie würde ihn interessieren, wollte ich es Mama gegenüber nicht zugeben, falls es nicht klappen sollte.

Donnerstag, 27. *Juli* 1944

Heute Morgen entschloss ich mich spontan, Monique Rivières Fahrrad auszuleihen, um zur Reithalle zu fahren und Parmentier, einen meiner alten Verehrer aus der 5ième, zu sehen. Sie war zufällig bereit, es mir zu leihen, und ich nutzte die Gelegenheit und machte verschiedene Besorgungen in Paris. Ich hatte zum ersten Mal mein weißes Kleid aus bedruckter leichter Seide angezogen. Es ist übrigens richtig *exciting*, mit dem Fahrrad durch Paris zu fahren. In der Avenue des Champs-Elysées fuhr ich quer über den Kreisverkehr, um abzukürzen, dabei fuhr ich mit geschlossenen Augen und dachte, ich würde den Tod dabei finden. Die deutschen Lastwagen rasen schrecklich, und da kein Polizist mehr den Verkehr regelt, macht jeder, was er will. Aber ich habe überlebt.

Montag, 31. *Juli* 1944

Ich hoffe, dass dieses Mal nicht noch etwas passiert. Ich wünschte, ich wäre schon fertig damit, das aufzuschreiben. Ich werde alles genau von Beginn an schildern.

Freitagabend kamen Gladys und ihre Tochter Gisèle zum Tee.

Nachdem sie gegangen waren, wollte Mama plötzlich die Seiten wiederhaben, die ich aus ihrer Tasche genommen hatte, da sie gerade erst bemerkt hatte, dass sie nicht mehr da waren. Ich war wie vor den Kopf geschlagen, weil ich dachte, sie wüsste das schon lange, und antwortete, ich hätte sie verbrannt. Sie war ganz wütend, und jetzt verstehe ich, warum, aber in diesem Moment verstand ich es überhaupt nicht. Sie sagte, ich würde mein Unrecht nur noch schlimmer machen dadurch, dass ich ihre Tasche geöffnet und »mich bedient« hätte. Ich ahnte wirklich nicht, dass das, was ich für eine geringfügige Sache hielt, mich mit Schuld beladen könnte. Jetzt verstehe ich, dass es ein schwerer Irrtum war, die Blätter in ihrer Tasche zu suchen und zu verbrennen, obwohl sie sie behalten wollte.

Nach dem Abendessen warnte sie mich:

– Da du in meinen Sachen wühlst und alles mitgehen lässt, was dir gefällt; Ich sage es dir ehrlich: ich warne dich. Ich sage dir, dass du nichts Privates mehr für dich haben wirst, und ich werde dein Tagebuch lesen, wenn ich die Zeit habe und daran denke.

Nach dem Abendessen ging ich an meinen Schreibtisch, um es herauszuholen – da Mama ja immer noch in meinem Zimmer wohnt. Aber es war schon zu spät.

Mein rotes Heft, das ich zwei Jahre lang geführt hatte und in dem all das stand, was Mama nicht wusste, war verschwunden. Ich fragte sie, ob sie es genommen hatte, und sie sagte nein. Ich fing an, es verzweifelt zu suchen, und fand es natürlich nicht. Ich suchte es überall, überall! Ich zermarterte mir das Hirn, um mich zu erinnern, bei welchen Gelegenheiten ich es an einen anderen Platz gebracht haben könnte, denn ich hatte es seit sieben oder acht Monaten nicht mehr angefasst.

Aber in diesem Augenblick dachte ich an *alles,* was darin stand, und nicht an die einzelnen Dinge, für sich genommen. Erst am nächsten Tag, als ich meine Suche fortsetzte, zählte ich mir diese fürchterlichen Lügenserien auf, und was schrecklich ist, ich erinnere mich seither ständig an neue Dinge. Ich dachte, ich würde verrückt. Mama sagte, sie hätte in der Nacht nicht geschlafen.

Schließlich kam sie am Nachmittag auf mich zu und fragte mich, seit wann ich sie so hassen würde. Da wusste ich, dass sie mein Tagebuch gelesen hatte. Ich war völlig entsetzt. Sie weinte so wegen mir. Ich erinnere mich an ihr weißes und angespanntes Gesicht, als sie morgens aufstand. Am meisten wunderte ich mich über den Hass, von dem sie sprach: Ich erinnerte mich kaum daran, schlecht von ihr geredet zu haben. Doch sie versicherte mir, das sei überall zu finden.

Ich kann nicht verstehen, wie ich in Seelenruhe leben konnte, ohne an all die Dinge zu denken, die ich aufgeschrieben hatte. Am Schlimmsten ist, dass sie nicht einmal geschimpft hat. Sie wollte sich selbst die Schuld geben, aber ich weiß, niemand außer mir ist schuld. Wie kam das? Der Krieg? Wenn man angefangen hat zu lügen, ist es so schwer, aufzuhören. Es ist ganz plötzlich gekommen. Am Ende des anderen Heftes war ich noch ein kleines Mädchen. Beim nächsten war ich herzlos, eine Lügnerin, Diebin, Egoistin; ich habe nur an mich gedacht.

Nein, es ist nicht Mamas Schuld, da sie überhaupt nicht wusste, wer ich war. Dieser Hass, von dem sie spricht, ist das einzige, an das ich mich gar nicht erinnern kann, weil ich es im Zorn geschrieben habe. Sobald etwas vorbei ist, erinnere ich mich schon nicht mehr daran. Das ganze Übel kommt daher, dass ich ihr am Anfang nicht sagen konnte, was ich dachte; und indem ich die Gedanken immer wieder in meinem Kopf hin und her wälzte, wurden sie immer gemeiner.

Ich finde es ungerecht, dass Mama, die unschuldig an allem ist, so darunter leiden muss, dass ich wieder auf den rechten Weg komme. Dieses Mal ist die Lektion heilsam. Ich bin zur Beichte gegangen, ich glaube, ich habe noch nie mit einer solchen Inbrunst gebeichtet. Der Priester P. sagte, es sei zu einfach, das Tagebuch zu verbrennen und dann alles zu vergessen. Er sagte auch, ich hätte es nicht schreiben dürfen. Auch das war etwas, das mir gefehlt hat:

ein Beichtvater und Seelsorger. Ich bereue aufrichtig. Es ist das erste Mal, dass ich für jemand anderen leide. Ich habe endlich verstanden, wie sehr Mama mich liebt, und bin glücklich, es nicht zu spät verstanden zu haben. Ich hoffe, in diesem Heft wird es nichts geben, das sie nicht lesen könnte. Aber ich bin sehr allein und unentschlossen und weiß jetzt nicht mehr, was ich tun soll. Ich verliere mich, es ist schrecklich. Mein Gott, ich bitte dich dieses Mal ganz aufrichtig, auf mich aufzupassen und mir den Weg zu weisen, den ich gehen soll.

Samstag, 5. August 1944

Es ist wunderbar: In zwei Tagen haben die Engländer die Bretagne eingenommen. Vorgestern Abend erreichten sie Rennes, wo die Garnison sich widerstandslos ergab. Dann Dinan und die umliegenden Städte. Gestern Mittag Nantes, in den Stunden, als es Strom gab. Wer hätte das geglaubt? Überall ist wahnsinnige Freude, wahnsinnige Hoffnung.

In Italien sind sie in Florenz, und die Russen sind in Warschau und an der Grenze zu Ostpreußen. Die Stromunterbrechungen dauern immer länger, um uns daran zu hindern, Radio zu hören. Im Augenblick gibt es Strom von halb 11 Uhr abends bis 5 Uhr morgens. Es war neulich sehr komisch zu sehen, wie im Hotel gegenüber ein Deutscher beim Licht einer kleinen Kerze schrieb. Und wenn man sehr früh aufsteht, sieht man absolut nichts. Gestern standen wir um 5 Uhr auf, um uns für Kekse anzustellen. In der Schlange ging es wegen der Ereignisse fröhlich zu. Es gab nur eine dramatische Szene: ein großer gelber Hund, der einer Frau, die auf der Bordsteinkante saß, eine Pfote auf den Rücken legte.

Ich vergaß, in meinem Pressebericht zu erwähnen, dass die Türken ihre diplomatischen Beziehungen zu Deutschland abgebrochen haben und dass die Deutschen zum ersten Mal kein »Teppichklopfen« veranstaltet haben (wie Nicole es nennt, wenn ihre Musik um 1 Uhr die Champs-Elysées beschallt).

Ich habe Monique R. besucht, sie sagte etwas Widerliches – aber es stimmt, das muss ich zugeben:

– Du sagst etwas, man merkt, wie du einen abwesenden Blick bekommst, die Worte kommen immer langsamer aus deinem Mund, schließlich lächelst du mit einem Ausdruck tiefer innerer Befriedigung und dann brichst du plötzlich ab. Und wenn man dir etwas erzählt, was dich nicht interessiert, hörst du nicht mal zu. Neulich habe ich plötzlich das Thema gewechselt, aber im gleichen Tonfall weitererzählt, und du hast nichts gemerkt.

Das ist sehr gründlich beobachtet. Ich muss mich unbedingt ändern.

Ich habe mich ein wenig gerächt: Seit langem haben Monique und ich die Manie, uns gegenseitig ständig »philosophische« Phrasen zu zitieren. Nachdem sie ihre Tirade auf mich losgelassen hat, führt sie ihr Glas zum Mund, und ich sage, genau im selben Tonfall wie sie, wenn sie belehrend doziert: »Träumen heißt, das Interesse an der äußeren Welt zu verlieren.«

– Trinken heißt, seinen Durst zu stillen. Bergson.

Sie prustete los, verschluckte sich, das Wasser kam ihr aus der Nase, sie wurde puterrot, und ich musste ihr auf den Rücken klopfen, damit sie wieder zu sich kam.

Ich vergesse den Anfang meines Tagebuchs nicht. Ich werde ihn nicht vergessen.

Mittwoch, 16. *August* 1944

Ich tauge zu gar nichts im Augenblick, so habe ich auch alles liegen lassen. Das einzige, was ich gemacht habe: eine englische Fahne und ein wenig Lektüre. (Ich hatte keinen roten Stoff und habe selbst Stoff gefärbt mit roter Tinte, danach hatte ich zwei Stunden lang scharlachrote Hände. Aber alle haben rote oder blaue Hände!)

Wir geraten von einer übermäßigen Erregung in einen Zustand der Erstarrung, in dem gerade noch einige Gedanken unser Gehirn streifen. Es ist das, was wir: »Ich bin nervös« nennen. Wir sind so sehr zu nichts zu gebrauchen, dass ich die Tage meistens mit geschlossenen Augen in der Sonne bei Gisèle auf der Terrasse verbracht und mich nur gerührt habe, um mich von einer anderen Seite braten zu lassen oder mich mit Wasser zu besprengen, wenn ich mich ausgetrocknet fühlte. Und das ohne Gewissensbisse – ich, die ich einen solchen Horror davor habe, nichts zu tun! Ich fühle genau, mir würde in diesen Zeiten nichts gelingen!

Diese ständige Anspannung ist sehr ermüdend. Es gibt immer seltener Strom, was zur Folge hat, dass niemand mehr irgendetwas weiß. Außerdem geben die Engländer nicht mehr bekannt, wo sie sind, die Deutschen sind kaum in der Lage, es zu erfahren, da sie keine Aufklärungsflugzeuge mehr haben. So sind die unterschiedlichsten Gerüchte im Umlauf: es hieß, dass die Alliierten in Rambouillet, Trappes, Brétigny-sur-Orge, Versailles, sogar in Saint-Germain seien. Und tatsächlich waren sie vor zwei Tagen in Chartres, Angers und sogar südlich der Loire. Sicher ist, dass sie, außer Brest und zwei anderen Städten, die ganze Bretagne in achtundvierzig Stunden eingenommen haben. Drei oder vier Tage lang haben wir sie erwartet und auf jedes kleine Geräusch gehorcht, die Mütter zögerten, ihre Sprösslinge nach draußen zu lassen. Dann ging das Gerücht um, Paris interessiere sie nicht und sie zögen wieder nach Westen, um die Deutschen bei Caen im Rücken anzugreifen. Die schlagen sich wie Besessene: die Hitlerjugend und die *Waffen* ss.

Was die Versorgung angeht, ständig gibt es neue Rationierungen, unendliche Schlangen, um Brot zu bekommen. Mittags kein Gas mehr, die Metro fährt überhaupt nicht mehr. Letzten Mittwoch fuhr ich nach Aulnay, um Kartoffeln zu bekommen; zu diesem Zeitpunkt fuhr die Metro noch von 3 Uhr bis 8 Uhr oder 10 Uhr. Hier kostet ein Kilo Kartoffeln 60 Francs oder mehr.

Darauf beschränkten sich in den letzten zehn Tagen meine Beschäftigungen, so habe ich über die letzten zehn Tage nicht viel zu erzählen. In Paris gab es immer noch die gleichen getarnten Lastwagen – Panzer, Raupenfahrzeuge – und die gleichen Deutschen.

Auf der anderen Seite, auf Anweisung des Comité de la Résistance, befinden sich *alle* Eisenbahner, Postangestellte, Polizisten im Streik, alle Bahnhöfe sind geschlossen.[5]

Nach der Zusammenfassung der Nachrichten hier ein Bericht über jede Stunde des 16. August; ich wachte nach einer fast schlaflosen Nacht ziemlich schlecht gelaunt auf; der Grund dafür waren die vielen deutschen Autos mit Holzvergaser, die mit Donnergetöse wegfuhren.

Es muss dazu gesagt werden, dass nichts mehr ohne Maschinengewehr- und Revolvereinsatz geschieht. Die Kollaborateure und Bonzen haben heute Morgen das Bristol verlassen, und um nicht vom Verkehr behindert zu werden, wurde ihr Marsch über den Faubourg Saint-Honoré – und übrigens auch über einen Teil der Rue de Saussaies, wo sich die Gestapo befindet – von einigen Typen mit widerlichem Benehmen und übler Sprache eskortiert. Ein Beispiel ihres Gebarens: Einer von ihnen, schmutzig, mit rosa Hemd und Brille, richtet sein Maschinengewehr auf die Zuschauer, schreit:

– Da gibt's gar nix, ich muss schießen, ich muss schießen! Sie regen mich zu sehr auf!

Einer schrie mit gutturalem Akzent die Leute an, die zuschauten:

– Verzieht euch!

Das war die französische Gestapo.[6] Es gab auch einige Offiziere und Soldaten der Gestapo, die sich in die Lastwagen drängten und Schwierigkeiten hatten, hineinzukommen mit all ihren Weinflaschen; sie hatten große Angst, die Wagen könnten ohne sie wegfahren. Und in allen Wagen Gepäck, Gepäck … Wir sahen, wie der

5 Nachdem die Résistance zum Streik aufgerufen hatte, streikten seit dem 10. August 1944 Metro, Gendarmerie, Polizisten; Postangestellte schlossen sich dem Streik an. Als Reaktion darauf erschossen die Deutschen am 16. August 35 französische Jugendliche. Französische Widerstandskämpfer nahmen einige Straßen und Gebäude wie z.B. das Hôtel de Ville, das Rathaus, ein.

6 Es gab französische Hilfskräfte der Gestapo, auch französische Gestapo oder Carlingue genannt, die ihren Sitz in der rue de Lauriston 93 hatte.

Typ im rosa Hemd einen Mann am Kragen packte und zur Gestapo schleppte. Er kam zurück und sagte:

– Er wurde mit einem Revolver erwischt, man hat ihn auf der Stelle abgeknallt.

Das war völlig falsch, er hatte keinen Revolver, er hatte nur protestiert!

Als ich zu Fuß zum Zahnarzt ging, denn es fuhr ja keine Metro mehr, kam ich an einer Werkstatt vorbei, wo sich Soldaten der deutschen Eisenbahn befanden, völlig betrunken, sehr lustig, sehr freundlich und »kameradschaftlich«. Sie hatten offensichtlich die ganze Nacht lang ihre Holzkohle verteilt, weil sie wegfuhren.

Beim Zahnarzt sagte der Techniker, der aus der Banlieue kommt, dass die Deutschen auf den Straßen völlig überstürzt fliehen, sogar mit Pferdefuhrwerken, sie klauen Fahrräder und nehmen alles mit, was sie können und was man ihnen wieder abnehmen wird, wie ich hoffe. Tatsächlich sieht man überall, in der Rue d'Astorg, bei der Gestapo, in allen Hotels nichts als Gepäck, Autos, Lastwagen, Busse. Ich schaue sie frech an, denn ich bin nicht edelmütig genug und habe nicht die Seelengröße, großherzig zu sein gegenüber dem besiegten Feind, und sage: »*Vae victis*«.[7]

Seit vier Jahren warten wir auf diesen Augenblick! Wenn ich mich in die verschiedenen Perioden meines Lebens zurückversetze, sehe ich mich immer, von Halbjahr zu Halbjahr, von dieser einzigen Hoffnung getragen: die Befreiung. Wenn wir gedacht hätten, dass es vier Jahre dauert, bis sie kommt, hätten wir wohl den Mut zum Leben und Warten gehabt? Wir sind alle erschöpft. Ist es sicher, dass die Franzosen die Erschießungen von Unschuldigen, die Massenverhaftungen, die mit ihren Müttern in den Kirchen verbrannten Kinder,[8] die Diebstähle, die Plünderungen, die

---

7 *Vae victis*; lat.: Wehe den Besiegten

8 Micheline Bood erwähnt nicht den Ort des Massakers; sie bezieht sich aber sicher auf das Massaker in Oradour sur Glane. Am 10. Juni 1944 zerstörte die Waffen-SS auf dem Rückzug aus dem Süden das Dorf; fast alle Einwohner, 642 Männer, Frauen und Kinder wurden ermordet. Die Männer wurden erschossen, die Frauen und

Gräuel der Banden der Naziclique nicht vergessen werden? Ich hoffe, sie sagen nach alldem nicht: »Sie waren anständig!«[9]

Von einem Augenblick verrückter Hoffnung geraten wir ohne Übergang in eine Periode der völligen Entmutigung, und das ist es, was so erschöpfend ist. Heute Nachmittag zum Beispiel war ich völlig unfähig, irgendetwas zu tun. Ich konnte noch nicht einmal das Licht ertragen. Wir haben gesehen, wie die letzten Kollaborateure das Bristol verließen, jeder mit mindestens fünfundzwanzig Überseekoffern und schweinsledernen und krokodilledernen Koffern. Glauben sie, sie könnten sie bis nach Deutschland bringen! Ich hoffe, sie werden auf den Straßen unter Beschuss genommen; jetzt sind sie an der Reihe!

Diese Herren von Radio-Paris haben sich »auf die deutsche Art« davongemacht. Keine Pressemeldungen mehr, keine Zeitungen. Das alles ist in höchstem Maße komisch. In den Häusern wurden Plakate aufgehängt, die die Volkssuppe ankündigen für den Fall, dass es kein Gas mehr gibt. Der Concierge hat gesagt, dass es morgen abgestellt wird. Mama und ich haben uns die Haare gewaschen, immerhin! Wir haben Kartoffeln gekocht.

Alle Deutschen aus dem Hotel gegenüber sind weg; sie sahen panisch aus oder todmüde. Abends sagte eine Nachbarin, die Amerikaner seien in Neauphle.[10] Es gibt Gerüchte. Alle Deutschen sollen Paris bis morgen 11 Uhr verlassen haben.

Kinder wurden in die Kirche gesperrt, wo sie verbrannten. Nur 6 Einwohner überlebten.

9 Der Mythos von den anständigen deutschen Soldaten und der »sauberen Wehrmacht« war weit verbreitet, bis die Ausstellung: Vernichtungskrieg. Verbrechen der Wehrmacht 1941 bis 1944 des Hamburger Instituts für Sozialforschung von 1995–1999 und 2001–2004 und Dokumentarfilme wie der von Lea Rosh über das Massaker in Oradour sur Glane über deutsche Kriegsverbrechen aufklärten.

10 Neauphle-le-Château, ca. 20 km westlich von Versailles

Freitag, 18. *August* 1944

Als ich gestern Abend die Fensterläden schloss, sah ich einen riesigen roten Schein am Himmel über Villacoublay,[11] Flammen, die manchmal angefacht wurden, und eine dicke schwarze Rauchsäule, die näher kam. Man konnte sie genauer sehen, als der Himmel dunkler wurde. Das und die Vögel, die von den Explosionen erschreckt aufstoben, werde ich wohl nie vergessen. Ich finde, es lässt sich besser atmen; es ist wie in Belley, als die Deutschen weg waren. Es war unmöglich zu schlafen wegen der Explosionen, die die Deutschen auslösten, als sie ihre Munition in die Luft sprengten. Wir hörten auch Schüsse. Auf wen schießen sie? Wie viele Menschen haben sie erschossen? Es heißt, es hätte Kämpfe zwischen Franzosen und Deutschen gegeben, die hätten sogar zwei Gebäude auf den Boulevards niedergebrannt. Es heißt auch, die Résistance hätte ein Gebäude der Milizen in Brand gesteckt, und die Feuerwehr habe sich geweigert, zu kommen und das Feuer zu löschen, aber nichts weiß man sicher.

Die Rassemblement National Populaire[12], die P.P.F.[13], die Miliz und all die Dreckskerle haben Paris verlassen. Ich arbeite weiter an meiner Fahne … Mit einem befreiten Lächeln hören wir den Kanonendonner, der näher kommt, man wünscht sich, sie seien noch näher. Sie kommen! Sie kommen! Man lebt nicht mehr.

Die Deutschen sollen eine Menge Dinge verkaufen. Es gibt Leute, die schon auf der Lauer liegen und sich prügeln um Wein und Kekse, es ist widerlich! Ich habe mich mit einem Deutschen gestritten, einem Unteroffizier der Luftwaffe. Sein Lastwagen parkte unter den Bäumen der Avenue Gabriel, er hatte eine Büchse mit *Pumpernickel* ins Gebüsch geworfen. Ich wollte sie für Darak herausholen, aber er hat mich gesehen und befahl mir, sie ihm

---

11 Vélizy-Villacoublay, ca. 20 km südöstlich vom Pariser Stadtzentrum

12 Rassemblement National Populaire (*RNP*) (1941–1944): Kollaborationspartei, gegründet von Marcel Déat

13 P.P.F.: Parti Populaire Français; französische faschistische Partei (1936–1945), gegründet von Doriot

zurückzubringen. Ich habe ihn mit aller Verachtung, zu der ich fähig war, angesehen, und sie schulterzuckend zurück in das Gebüsch geschmissen, in dem ich sie gefunden hatte. Wütend richtete er sein Gewehr auf mich, ich sagte, er benehme sich wie ein Bauer. Er stammelte und spuckte, so wütend war er. Er sagte:

– Ich bin kein Bauer, und Sie können sicher sein, dass wir Sie töten, Sie und die anderen wie Sie, bevor wir hier weggehen.

Ich fand, es war der richtige Moment, ihm zu sagen, was ich dachte, und da er meine Meinung nicht teilte, war die Diskussion eher erhitzt. Armer Naivling, er hält 80% der Franzosen für deutschfreundlich. Ich sagte, es sei bedauerlich, dass so viele Dummköpfe immer noch die Propaganda von Dr. Goebbels glaubten. Er sagte:

– Merken Sie sich eins gut: Wir werden Paris nie aufgeben. Lieber verwüsten wir alles! Paris aufgeben! Dann müssten die Deutschen ja auf den Kopf gefallen sein!

ICH: – Aber ich habe den Eindruck, sie *sind* auf den Kopf gefallen!

Als ich ging, sagte er, er wolle zum Abendessen zu mir nach Hause kommen. Er »werde alles mitbringen, was nötig ist«. Ich sagte, dass es ihm an Unverfrorenheit nicht fehle; wir würden doch nicht ein oder zwei Tage, bevor die Alliierten in Paris einmarschierten, zum ersten Mal Deutsche zuhause einladen!

Die Büchse mit *Pumpernickel* habe ich später wiedergefunden, als ich Darak ausführte.

Einen Deutschen, der in einem Auto verbeifuhr, sah ich mit frechem Blick an, er zielte mit seinem Maschinengewehr in meine Richtung. Ich senkte den Blick natürlich nicht.

Samstag, 19. *August* 1944

11 Uhr: Ich weiß nicht, was im Augenblick passiert, denn wir können natürlich nicht rausgehen, aber die Revolver- und Maschinengewehrsalven folgen fast ohne Unterbrechung aufeinander. Die

Kanonen donnern, die Fensterscheiben zittern, Fahrräder fahren in alle Richtungen.

Deutsche Lastwagen kommen vorbei mit Männern, die Helme tragen und Gewehre und Maschinengewehre, die sie auf die Menschenmenge richten. Ich frage mich, ob die Amerikaner nicht »schon« da sein könnten. Nicole hörte, sie sollen vor den Toren von Paris sein. Das alles ist sehr *exciting!* Ich denke, Mama wird mich heute Nachmittag nicht zum Zahnarzt gehen lassen.

Heute Nacht um viertel vor 6 waren alle an den Fenstern und dachten, die Alliierten kommen, es waren nur Panzer und Wagen, die die Champs-Elysées Richtung Osten hinunterfuhren. Wir hatten die ganze Nacht Strom. Man möchte am liebsten nicht mehr laufen, sondern in Sprüngen und Stößen vorankommen, die Luft ist elektrisiert, alles explodiert!

Abends: Es soll Tausende von Opfern geben. Auch das ist etwas, an das wir uns erinnern müssen. Es gibt heute mehr Tote in Paris, als alle englischen Bombardierungen anrichten konnten. Allein auf der Place de la Concorde wurden 400 Personen getötet. Die Rue Royale war rot vom Blut. Die Deutschen haben wie wild Leute erschossen, deren einziger Fehler war, dass sie ihnen auf die Nerven gingen. Es ist unglaublich, dass wir alles hörten und nichts sahen wegen der Ecke am Haus gegenüber.

Jemand hat Nicole erzählt, er hätte einen Deutschen gesehen, der einen Verletzten mit einem Kopfschuss erschossen hat, der versucht hätte, sich unter die Bäume zu schleppen. In diesem Durcheinander von Dingen, die wir erfuhren, schenkte ich dem zuerst keine Beachtung. Dann dachte ich wieder daran. Ich kann nicht verstehen, dass man diese Verantwortung auf sich lädt, einem Menschen das Leben wegzunehmen, wenn es ein einzelner Mensch ist und nicht ein Teil einer Menschenmenge – und vor allem verletzt und ohne Möglichkeit, sich zu verteidigen. Er hat ihn nicht aus Menschlichkeit getötet, wie verletzt auch immer er gewesen sein mag: Dieser Mann hatte noch den Wunsch zu leben, weil er ja Schutz gesucht hat. Wie kann man wissen, was in ihm vorging, was Gott entschieden hat? Wenn ich dieser Deutsche wäre, hätte ich Angst. Es stimmt, dass sie alle mehr oder weniger betrunken waren, und zwar so sehr, dass sie die Flaschen nicht mehr öffneten; sie zerschlugen die Flaschenhälse.

Ich dachte über etwas anderes nach: Vielleicht habe ich, ohne dass ich es wollte, zum Tod einiger Menschen beigetragen, als ich diesem Deutschen sagte, *alle* Franzosen seien gegen sie, während er naiv das Gegenteil glaubte. Da er wusste, dass er von nun an uns alle als Feinde betrachten musste, tobten sie sich in dem Gemetzel richtig aus. Ganz Paris verwüsten! Sie versuchten es, so gut sie konnten. Die Kanone, das Maschinengewehr, die Sirenen der Feuerwehr, die die Brände löschen wollten, die Gewehr- und Revolverschüsse bestimmten den ganzen Tag die Geräusche in der Straße.

Ich versuchte, mich an die Person zu erinnern, die ich vor dem Krieg war, und dachte, dass man in diesen Zeiten mehr als sonst sagen kann: »Nie wieder werden wir wie heute Abend sein.« Nie wieder werden wir die sein, die wir gewesen sind. Ich sehe die Langsamkeit der Entwicklung, die letztendlich nur von einem heftigen Ereignis unterbrochen wurde: der Massenflucht aus Paris, aber diese vier Jahre des Kampfes, der Entbehrungen – wenn man sie von weiter weg betrachtet, erscheinen sie einem nichtig – diese immer näher kommenden Bombardierungen wirkten wie eine fortschreitende Immunisierung, und dieser Tag ist nur die logische Konsequenz von alldem, ich würde nicht sagen, eine Apotheose, aber das einer strengen Ordnung folgende vorhersehbare Ergebnis des bisherigen Verlaufs der Ereignisse. Die Toten werden nicht mehr reden, diejenigen, die nicht getötet wurden, werden vergessen, und wir, die wir in unserem Zuhause geblieben sind, wir haben nichts gesehen. Und am Ende des Tages hatten wir uns schon fast an den Lärm der Maschinengewehre gewöhnt.

Wunderbar ist es, dass an diesem 19. August das Gefühl gegenseitiger Sympathie bei allen Parisern zu spüren ist. Wenigstens für achtundvierzig Stunden werden die Herzen aller Pariser im Einklang schlagen, in jedem Haus werden die Gedanken bei Paris und den hier Sterbenden verweilen. All »die Leute« sind Menschen, Brüder geworden. Es ist gleichzeitig ein seltsames Gefühl, eher aufregend als beruhigend, wenn man den ganzen Tag zuhause bleiben muss in der stickigen Hitze eines Gewitters, das sich zusammenbraut, und daran denkt, dass die Menschen gegenüber, nebenan oder unter uns genau das Gleiche denken wie man selbst, dass man nur noch eine einzige Menschenmasse mit den Nachbarn bildet und Teil eines Gedankens der Straße, des Viertels, von Paris ist.

Die Résistance ist heute Morgen in Aktion getreten, die Trikolore weht auf dem Rathaus, die Partisanen haben die meisten Denkmäler besetzt – an einigen Orten kampflos, im Innenministerium zum Beispiel, den ganzen Tag über sind sie in kleinen Grüppchen angekommen, am Abend waren es mehr als 200, ein Vorbote des Gewitters. Das Rathaus des 17. Arrondissements ist auch eingenommen. Aber auf der Place Clichy, der Place de la République scheint es schreckliche Kämpfe gegeben zu haben, und im 8. Arrondissement soll es die wenigsten Toten gegeben haben. Alle Leute in der Umgebung blieben jedenfalls zuhause. Das war wohl eine kluge Entscheidung, aber Nicole und ich brannten vor Ungeduld, nach draußen zu gehen, was wir dann auch taten, um den Hund auszuführen.

Wir gingen bis zur Champs-Elysées, das war eine sehr mutige Tat. Auf der Avenue des Champs-Elysées sahen wir viele Lastwagen mit Soldaten vorbeifahren, die an Nadelkissen erinnerten, so gespickt mit Gewehren und Maschinengewehren waren sie.

Heute Nachmittag kam ein Deutscher ins Restaurant gegenüber, der unbedingt wollte, dass man ihn versteckt, weil er die Nase voll vom Kämpfen hatte. Er ging erst wieder, nachdem er sehr lange darauf bestanden hatte.

Der Abend eines 19. August kommt dennoch, auch wenn man glauben möchte, es sei nicht ein Tag mit vierundzwanzig Stunden wie jeder andere. Wir sind gut vorangekommen: Niemand weiß etwas, zu viele Lügengeschichten gehen um, Mama sprach von einem Staatsstreich. Ich glaube das nicht. Seit Beginn der Offensive stellt sie ihre Hypothesen auf nicht existierenden Grundlagen auf, und natürlich streite ich mich mit ihr. Ich akzeptiere zum Beispiel nicht, dass man sagt: »Mir scheint, es ist alles recht ungereimt, wie das Kommando der Alliierten handelt«, dabei weiß niemand etwas darüber, was es tut, und wir noch weniger, die wir kein Radio haben. Mama ist für einen kommunistischen Staatsstreich. Und sie hält daran fest! … Alle warten darauf, dass es kracht, aber wenn alle auf irgendetwas warten …

Sonntag, 20. *August* 1944

Heute Morgen, nachdem ich eine Stunde für Brot in der Schlange gestanden hatte, ging ich auf der Avenue des Champs-Elysées spazieren: immer noch Panzer (die fuhren in östlicher Richtung). Von da ging ich in Richtung Place de la Concorde. Der Regen hat dieses ganze Gemetzel weggewaschen. Ein Panzer hat Bäume umgerissen. Überall Barrikaden, planlos aufgerichtet, wo die Deutschen offensichtlich ihren Auszug noch nicht abgeschlossen haben. Die Rue Royale abgesperrt. Ein alter Herr sagte:

– Gehen Sie vor allem nicht durch die Avenue Gabriel, dort schießen sie mit Maschinengewehren alle Leute nieder.

Natürlich ging ich hin: Sie hatten Maschinengewehre, aber sie taten mir nichts. Doch ich muss sagen, ich wagte es nicht, sie mit erhobener Nasenspitze anzuschauen.

Die Maschinengewehrschüsse dauerten den ganzen Nachmittag an, und dann plötzlich, um 4 Uhr, fuhr ein Wagen mit einem Lautsprecher durch, gefolgt von einem kleinen Lastwagen der *Feldgendarmerie*, und verkündete (wir haben zum Schluss den Satz rekonstruiert, indem wir die Wortfetzen zusammensetzten, die jeder verstanden hatte):

– Die Deutschen haben mit den Kräften der Résistance verhandelt; ihre Gefangenen werden wie Kriegsgefangene behandelt, wir werden nicht versuchen, die Denkmäler wieder einzunehmen, die diese besetzt haben. Ein Waffenstillstand ist unterzeichnet, Bedingung ist, dass die Deutschen abziehen können und dass die Pariser Bevölkerung bis zur Ankunft der englischen und amerikanischen Truppen ruhig bleibt.[14]

Es scheint, als verlöre man ab einem bestimmten Grad seine Fähigkeiten zu fühlen, als wäre man nur noch ein Empfangsapparat. Paris ist weniger angespannt; ein köstlicher kleiner Wind weht, und wir befinden uns in einer angenehmen Wartehaltung, denn es »geschehen Dinge«.

Das Warten ist nur dann anstrengend, wenn nichts geschieht; aber im Augenblick wird es immer wieder mit neuer Würze versehen, und das hat das Warten dem Ereignis selbst voraus, das man dann umso mehr genießen kann. Da wir jetzt wissen, dass sie kommen, ist es süß, sich vorzustellen, wie viel Harmonie und Sympathie es trotz allem unter den Franzosen gibt … Mein Gott, wie werden wir uns langweilen, wenn das vorbei ist! …

Während wir warteten, wurde Nicole in der Avenue Victor-Emmanuel[15] beinahe erschossen. Die Leute hatten geflaggt, und die Deutschen schossen mit Maschinengewehren. Dieses Mal gab es keine Opfer. Sie war überzeugt, dass ich eifersüchtig war, und sie hatte nicht ganz unrecht, aber vielleicht werde ich mein Erlebnis auch noch haben.

Sieben Deutsche aus dem Hotel gegenüber sind zurückgekommen; sie haben sich versteckt und warten, bis sie sich ergeben können. Leute haben einen von ihnen getroffen, der einen Hut hatte und sich noch die übrige zivile Kleidung wünschte. Wir sahen sehr sympathische Plakate der provisorischen Regierung der Republik auftauchen, auf denen steht, »dass sie ihr Möglichstes tun, um die Versorgung in Paris zu gewährleisten, mit der Hilfe unserer Alliierten.« Und: »Wir haben vier Jahre lang wegen der Habsucht der

---

14 Von Choltitz hatte am 19. August 1944 eine Waffenpause vorgeschlagen und mit der Résistance verhandelt. Es wurde eine Waffenruhe bis zum 23. August 1944 vereinbart, die allerdings nicht eingehalten wurde.

15 Jetzt Franklin-Roosevelt

deutschen Truppen gelitten.« Es ist fantastisch, in Paris solche Plakate zu sehen. Paris ist ein großes Dorf, in dem alle miteinander sprechen, aufeinander zugehen, sich etwas zurufen. Sind die Menschen etwa Brüder?

Die Verletzten, zwischen 50 000 und 75 000, sollen nur Verbände aus Zeitungspapier haben. Die Deutschen lassen alle ihre Verletzten zurück.

Als es Nacht wurde, gab es Richtung Westen riesige Explosionen und Brände. Ich stieg auf das Dach, aber ich konnte von dort nicht besser sehen!

Morgen will ich Karikaturen von Deutschen machen – der Deutschen von gegenüber: Einer isst die ganze Zeit; ein anderer, ein Rothaariger, lüftet seine Kleider am Fenster; der andere zupft sich die Augenbrauen und wäscht sich den ganzen Tag; ein kleiner eingebildeter Blonder schreibt jeden Abend im Kerzenschein und zieht sich schick an, bevor er ans Fenster kommt …

Montag, 21. *August* 1944

Wenn ich daran denke, dass von Waffenstillstand gesprochen wurde! Für uns persönlich war dieser Tag heute noch viel dramatischer als die beiden vorangegangenen. Die Autos in Paris fahren nur noch mit weißen Fahnen, wenn sie nicht zur Résistance oder den Deutschen gehören, und die Passanten müssen jedes Mal, wenn sie um eine Straßenecke biegen, vorsichtig beobachten, was vor ihnen geschieht.

Gleich um 7 Uhr 45 bin ich rausgegangen, um in Erfahrung zu bringen, was passiert; ich habe erfahren, dass die Pariser gebeten wurden, ruhig zu bleiben, dass die deutschen Truppen, die in Paris geblieben sind, als Gefangene betrachtet werden, denn die Résistance hat alle Ausfahrten aus Paris geschlossen, und sie können Paris nicht verlassen … Das war natürlich eine gute Nachricht, die aber im Laufe des Tages verändert wurde durch die Tatsache, dass die Wehrmacht um Waffenstillstand gebeten hat, aber die SS-Männer weigern sich, sich zu ergeben, und kämpft weiter. [16] So musste also die Résistance auch weiterkämpfen, ebenso die anderen Deutschen.

Ich habe festgestellt, dass die Menge der jungen und starken Männer, die in Paris spazieren gehen, außerordentlich groß ist, wenn man bedenkt, dass sie eigentlich alle in Deutschland sein müssten![17] Ich habe mit einer Concierge gesprochen, die ganz blaue Hände hatte, weil sie gerade Stoff gefärbt hat, um daraus Fahnen zu machen. Sie sagte, die ganze Rue de la Pépinière und die ganze Rue Saint-Lazare seien beflaggt, sie erzählte auch, mehrere Menschen hätten geschworen, dass den Frauen, die horizontale Kollaboration[18] betreiben, die Lust vergehen soll, Deutsche zu empfangen, besonders einen gewissen Hauptmann.

Wenn ich an all diese tragikomischen Situationen zurückdenke: Panzer, die ihre Kanonen auf Gebäude richten, Tore rammen und wahllos drauflos schießen, Balkonreste, Glasscheiben und Steine, die in die Luft fliegen, unter den Augen der Pariser Bevölkerung, die sich an jeder Straßenecke knäult, die sich so dicht wie möglich an die Kampforte drängt, wie bei einer Theatervorstellung, dann ist mir eher zum Lachen als zum Weinen zumute. Es gibt aber

---

16 Die Situation in Paris war einige Tage lang unübersichtlich. Der am 1. August 1944 von Hitler neu berufene General von Groß-Paris, von Choltitz, kam am 9. August 1944 nach Paris. Er nahm Verhandlungen mit den Alliierten und der Résistance auf, ließ aber auch Militärparaden durchführen und teilweise weiterkämpfen. Er widersetzte sich schließlich einem Befehl Hitlers vom 23. August 1944, Paris den Alliierten und Franzosen »nicht oder nur als Trümmerfeld in die Hand fallen« zu lassen. Am 25. August übergab er Paris an den französischen General Leclerc und den Führer der Résistance, Rol-Tanguy. Nach seiner Gefangennahme unterzeichnete er die Kapitulationsurkunde.

17 Die jungen *Männer* waren verpflichtet, Zwangsarbeitsdienst in Deutschland zu leisten.

18 In den Jahren 1943 bis 1946 wurden etwa 20 000 Frauen *öffentlich und unter dem Gespött von Zuschauern die Haare geschoren wegen »horizontaler* Kollaboration«, d.h., weil sie während des Krieges sexuelle Kontakte zu Deutschen hatten. Der französische Außenminister Bernard Kouchner bemühte sich in einer diplomatischen Initiative um die Aufhebung der Diskriminierung der aus diesen Beziehungen hervorgegangenen »Besatzungskinder«. Sie können jetzt die deutsche und die französische Staatsangehörigkeit bekommen.

auch Krankenwagen ... diese Krankenwagen, deren Scheiben häufig von deutschen Kugeln durchlöchert sind ...

Aber gehen wir der Reihe nach vor, sonst finde ich mich selbst nicht mehr zurecht. Gegen 9 Uhr kam die Putzfrau und brachte neue Nachrichten aus der Kaserne der städtischen Bereitschaftspolizei mit. Dessen Hauptmann war in der Résistance – die gesamte Polizei ist in der Résistance – und ihr Oberst (der Bereitschaftspolizei) war unter Arrest gestellt worden, weil er Kollaborateur war. Die Russen sollen in Ostpreußen einmarschiert sein, und die Engländer – ich weiß nicht einmal mehr, ob ich erwähnt habe, dass sie in Südfrankreich gelandet sind[19] – haben Draguignan, Cannes, Marseille eingenommen; die Résistance hat Toulon, Toulouse und eine Menge Städte im Süden und Westen zurückerobert, ebenso ganze Departements in Mittelfrankreich. Die Alliierten werden nicht in Paris einmarschieren, weil die Résistance stark genug ist, Paris allein einzunehmen, und das ist wirklich wunderbar.[20]

Später, jetzt schon können wir den Kopf wieder oben tragen und stolz darauf sein, dass wir Franzosen in der Welt sind. Unser Land war von Marschall Pétain verraten worden, er hatte weder Waffen noch Flugzeuge noch Panzer, aber die Franzosen haben gezeigt, dass sie kämpfen können. Überall haben sie sich mit unbesiegbarem Elan gegen den Feind erhoben. Alle Schäbigkeiten sind vergessen. Frankreich für immer! Und sie sind schön anzusehen, die Jungen der Résistance, rein und klar und wild. Jeder ist ein wahrhaftiges Symbol, heute habe ich sie zum ersten Mal mit Ergriffenheit angesehen. Man erkennt sie unter allen Männern.

---

19 Am 15. August 1944 begann die Landeoperation der Alliierten in Südfrankreich an der Côte d'Azur

20 Die Alliierten hatten zunächst geplant, Paris zu umgehen und später zu erobern. Aber nach dem Generalstreik in Paris und heftiger werdenden Kämpfen zwischen der Résistance und Deutschen befahl Eisenhower am 23. August 1944, Paris einzunehmen. Die Alliierten überließen es schließlich der 2. Französischen Panzerdivision unter General Leclerc, in die Stadt einzurücken. US-Divisionen folgten.

General de Gaulle hat alle gesunden Französinnen und Franzosen mobilisiert. Es gibt Plakate in der Avenue de Marigny, auf den Wänden des Elysée. Wenn man vier Jahre lang nur Anschläge mit deutscher Propaganda gesehen hat, fühlt man einen kleinen Stoß im Herzen.

Kurz nachdem ich wieder zuhause war, ging ich mit Nicole noch einmal nach draußen, ich wollte die letzten beiden Fotos, die ich noch übrig hatte, aufnehmen.

Wir gingen die Rue de Rome hoch, zuerst ein wenig zögerlich und voller Furcht, aber es ist unglaublich, dieses spannende Spiel, das der Krieg ist, und als wir oben ankamen, waren wir so aufgeregt, dass wir nicht mehr daran dachten, Angst zu haben. Ich genoss es, dass ein junger Mann kaum zehn Meter vom Kampf entfernt mir gütig erklärte, ich könne sehr gerne ein Foto machen. Er untersuchte meinen Apparat, um zu schauen, ob man das Objektiv auf unendlich einstellen kann.

Ich ging vor bis an die äußerste Grenze, das heißt ein wenig weiter als das letzte Haus gegenüber vom Lycée Chaptal. Wir sahen dem Kampf zu und waren fasziniert, obwohl der Sport erst kurz danach begann: Es gab zwei Panzer, einen großen grünen und einen kleinen gelben. Der groß grüne, der sich an der Ecke Rue de Rome und Boulevard des Batignolles aufstellte, schoss auf eine Schule auf der anderen Seite der Brücke, auf eine Autowerkstatt, die von der Résistance gehalten wurde, und nutzte ebenfalls die Gelegenheit, auf das Gebäude zu schießen, das an die Autowerkstatt angrenzte. Aber es war viel zu weit weg; das, was er tat, führte zu nichts; seine Geschosse schafften es nur, die Fensterscheiben kaputt zu machen und Steinbrocken aus den Wänden zu reißen. Die von der Résistance antworteten vom Inneren der Gebäude mit Beschuss. Ein junger Mann, der gegenüber vom Kampfort wohnt, erzählte, dass sich die Résistance dort seit zwei Tagen hält und voller Tatendrang ist. Gestern sprang ein Junge von hinten auf einen Panzer, und bevor die Soldaten, die die Geschütze bedienten, etwas bemerkten, hatte er sie getötet und die Trikolore aufgepflanzt, unter dem Beifall der Menge, die wie aus dem Erdboden aufgetaucht war. Auf diese Weise haben die Widerstandskämpfer zwei Panzer der Boches[21] erwischt.

In der Zwischenzeit (ich komme wieder zur Sache) hatte der grüne Panzer aufgehört zu schießen, und eine Gruppe von Deutschen hatte sich im Schutz des gelben Panzers vorwärts robbend genähert. Der rammte die Tür, dann die Vorderfront eines Cafés an der Ecke, und aus lauter Wut, weil er nichts ausrichtete, überfuhr er zwei arme kleine Bäumchen; dann kam er unverrichteter Dinge mit der Gruppe bewaffneter Soldaten zurück. Schließlich zogen sich die beiden Panzer, der grüne und der gelbe, beschämt zurück, und im nächsten Moment kamen die Männer der Résistance an die Tür, um Luft zu schnappen; einige Fensterläden des Hauses nebenan öffneten sich wieder, und einige Menschen kamen auf ihre Balkone, um zu schauen, was passierte. Wir alle kamen auch ein wenig näher, doch da kam ein deutscher LKW, der zu schießen anfing. Nicole und ich drehten Runden um das Toilettenhäuschen, das sich gegenüber dem Lycée Chaptal befindet; das war ein komisches Spiel! … Die Leute flüchteten nach allen Seiten. Es wurde immer noch geschossen, als wir in der Avenue de Villiers ankamen, aber nur noch vereinzelt. Ich besuchte meine Großmutter und ging dann nach Hause.

Der Beginn des Nachmittags war relativ ruhig; ich legte mich ein wenig hin, weil ich sehr müde war, und meine Beine taten mir weh vom langen Stehen: bei jeder Kleinigkeit aber stürzten wir auf den Balkon und blieben dort mindestens eine Viertelstunde.

Wir konnten nicht mehr ruhig bleiben. Zehn Minuten lang waren wir damit beschäftigt, drei junge und hinreißende F.F.I.[22] zu beobachten, die aus dem Innenministerium kamen, sauber, tadel-

---

21 Micheline Bood benutzt hier zum ersten Mal wieder den Ausdruck: »Boches«.

22 F.F.I.: Forces françaises de l'intérieur; deutsch: Französische Streitkräfte im Inneren; zu dieser Organisation vereinten sich am 1. Februar 1944 die wichtigsten militärischen Widerstandsgruppen, die sich am 9. Juni 1944 zu Kämpfern unter westalliiertem Oberbefehl erklärten.

los, herrlich gebräunt, die nicht im Geringsten den Eindruck erweckten, dass sie in ihren Khakihemden geschwitzt hätten. Sie hatten alle drei als vielsagende Geste ihre rechte Hand in der Hosentasche. Unter dem beschützenden Blick der städtischen Polizei gingen sie in die Bäckerei und kamen wieder heraus – sie hatten sich nicht in die Schlange gestellt – jeder trug mindestens fünfzehn Brote. Sie hätten ihre Revolver in dem Augenblick gar nicht benutzen können! Zum Glück für sie waren sie gerade wieder ins Gebäude zurückgegangen, als zwei deutsche Lastwagen voll mit bewaffneten Soldaten vorbeifuhren.

Ich finde, ich habe Leonardo da Vinci und Platon noch nie mit solchem Vergnügen gelesen wie im Augenblick. Es ist ein Sprung ins Irreale, der bei mir einen Eindruck von ganz Neuem und von Frische hinterließ, den ich so noch nie empfunden habe und auch sicher nie mehr empfinden werde.

Gegen halb 9 begann ein kleiner feiner Regen zu fallen, der die Rolle des Theatervorhangs spielte, denn die Dinge hatten sich einigermaßen beruhigt.

Dienstag, 22. August 1944

Nachdem ich um 8 Uhr von Schüssen geweckt worden war, lief ich ungewaschen und unfrisiert nach unten, um mich für Brot anzustellen. Ich nahm einen Klapphocker mit, weil ich die Schlange noch nie so lang gesehen hatte. Unsere Ration wurde übrigens beachtlich reduziert.

In Neuilly soll es gestern viele Tote gegeben haben, mehr als in Paris, im Augenblick wird an der Pont-Neuf-Brücke gekämpft. Jetzt sind es andere Sektoren. Mist, dass wir kein Telefon haben!

Die alliierten Truppen, die die Loire überquert haben, vereinen sich mit denen aus dem Maquis aus Südfrankreich, ist das nicht wunderbar? Es wurden gratis Streichhölzer verteilt, die man den Deutschen abgenommen hatte, und es sind schon Zeitungen erschienen. Die interessanteste ist die *Libération.*[23] Es gibt auch *Le Populaire*[24] und eine Menge kommunistischer Zeitungen. Die Leute reißen sie sich gegenseitig aus der Hand und stehen Schlange, um sie zu bekommen.

Mama wollte mich nicht zum Zahnarzt gehen lassen, ich war deswegen ziemlich wütend. Ich wollte ihn heute Nachmittag anrufen, aber er war zum Roten Kreuz gefahren, und ich bin hier mit meinem Zahn, der mir weh tut. Einige Geschäfte sind geöffnet. Es gibt nur noch einen Hauch von Gas, es reicht nicht zum Kochen.

Gestern war es wohl sogar den Anwohnern verboten, die Rue Marbeuf zu verlassen, sie hatten nur eine Stunde Zeit, um ihr Brot zu holen. Die Alliierten haben die Seine an mehreren Stellen überschritten. Es heißt, sie wollten Paris auf einer Breite von mindestens 60 Kilometern einkreisen, um eine wirksame Verteidigung gegen die Bombardierungen aufzubauen und um einen mit Angriffen begleiteten Rückzug der Deutschen zu verhindern.

Der Nachmittag war ziemlich ruhig bis auf einige Schüsse, am Abend ein recht heftiges Kanonenfeuer in der Nähe der Champs-Elysées.

Ich bin ein wenig rausgegangen und habe sie von ganz Nahem gesehen, ich habe sogar mit ihnen gesprochen (ich habe ihnen gesagt, wie spät es ist), mit den jungen Leuten der Résistance. Sie sind braungebrannt und stark und sehen hart und finster aus. Sie tragen diese herrliche blauweißrote Armbinde mit dem Lothringerkreuz.[25]

Die Zeitungen sind spannend. Sie beben vor Enthusiasmus und Patriotismus; wenn man sie liest, stecken sie einen mit ihrer Be-

---

23 Die Résistance-Gruppierung Libération in Lyon gab ab 1941 eine Untergrundzeitung mit dem Namen Libération, deutsch: Befreiung, heraus, die seit der Befreiung von Paris bis 1964 legal erschien.

24 Le Populaire, sozialistische Zeitung seit 1916; nach der Invasion der Deutschen wurde ihr Erscheinen eingestellt. Sie erschien ab 1942 wieder im Untergrund. Kurz vor der Befreiung von Paris soll sie eine Auflage von 70 000 gehabt haben.

25 Lothringerkreuz: ein Kreuz mit zwei Querbalken, Symbol der französischen Exilregierung in London und der gaullistischen Résistance

geisterung ein bisschen an. Sehr sogar. Wir sind voller Energie; es ist so herrlich, wenn man daran denkt, dass ausnahmslos alle: die Gefängniswärter des Gefängnisses Santé[26], die 553 politische Gefangene freigelassen haben, damit sie nicht in die Klauen der Gestapo fallen, die Polizei, die Postangestellten, die Arbeiter, die Eisenbahner vor allem, die seit Kriegsbeginn in allen Situationen so wunderbar waren, dass alle dem Aufruf von General de Gaulle gefolgt sind. Hat man das schon einmal erlebt, dass ganz Frankreich sich erhebt,[27] *ohne ein Murren* – zum ersten Mal – und dem Wort eines einzigen Anführers gehorcht, während es die freie Entscheidung hatte, es nicht zu tun; vor allem, weil der Gehorsam eines jeden Einzelnen ein ganz eigener Willensakt ist, eine im vollen Bewusstsein der Sache ausgeführte Handlung, eine individuelle Entscheidung.

Mir kommt es vor, als wäre ich in den letzten drei Tagen sehr viel älter geworden. Wir haben so viel erlebt. Ich erinnere mich schon nicht mehr an das, was Samstag passiert ist, und wenn ich nicht die ganze Zeit schreiben würde, wäre ich unfähig, mich in dem wirren Durcheinander zurechtzufinden. Paris, die verlorene Insel inmitten Frankreichs, Paris lebt allein durch seine Stärke. Wenn ich nicht Angst hätte, schulmeisterlich zu wirken, würde ich sagen, durch seine Schaffenskraft. Nie hat es bei uns ein so intensives Leben gegeben. Katholiken und Kommunisten sind durch die Sache vereint.

Die Russen haben Warschau eingenommen und sind in Ostpreußen, die Alliierten sind in Angoulême,[28] die Schlacht in der Normandie ist gewonnen. Im Süden, im Westen, in der Savoie, in

26 Im Gefängnis Santé waren sowohl Straftäter als auch Gegner der deutschen Besatzung inhaftiert. Am 14. Juli 1944, kurz vor der Befreiung von Paris, gab es eine Revolte der Gefangenen, die von den Vichy-Milizen brutal niedergeschlagen wurde.

27 Am 10. August 1944 traten die Arbeiter der Metro, die Gendarmerie und die Polizei und später auch die Postangestellten in Streik. Weitere Arbeiter schlossen sich an, am 18. August 1944 kam es zum Generalstreik.

28 Angoulême: Départementhauptstadt in der westfranzösischen Region Poitou-Charentes

der Normandie, in der Dordogne räumen die Widerstandskämpfer und die alliierten Truppen alles auf, die Adler heben ab, es ist ein blutroter Aufmarsch.

Mittwoch, 23. *August* 1944

Wenn wir an unsere Begeisterung von gestern Abend denken, sind wir umso mehr bestürzt. Hier im Viertel war gestern den ganzen Tag über alles sehr ruhig. Die Tatsache, dass wir Zeitungen hatten und damit Nachrichten, hatte alle Geister beruhigt; außerdem versprach man uns, dass wir spätestens in fünf Tagen mit Lebensmitteln versorgt würden, und es waren ehrenwerte Männer voll guten Willens, die uns das versprachen. Man sagte (man sagt seit vierzehn Tagen, dass die Alliierten vor den Toren von Paris sind), es sei vereinbart worden, dass die Franzosen als erste einmarschieren mit General de Gaulle an der Spitze.[29] Alle waren verrückt vor Begeisterung.

Wir gehen schlafen: zwei starke Detonationen im Osten. Das Haus beginnt zu zittern wie Kalbssülze ... Natürlich stürzen alle im Schlafanzug auf die Balkone oder an die Fenster; die Leute fallen sich gegenseitig ins Wort, niemand weiß, was es ist, wir fragen uns, ob es der Senat ist, der in die Luft gesprengt wird, oder ob V 1[30] fallen. Schließlich legen wir uns wieder schlafen, da es nicht möglich ist, etwas zu erfahren. Ich schlafe ziemlich schnell ein und werde um halb vier wieder wach, ich weiß nicht, warum. Plötzlich ein dumpfer Lärm, von Osten kommend, wie ein riesiger Windstoß, das Haus fängt an zu wackeln wie eine Kompassnadel; die Griffe an der Kommode, die Nippfiguren, die Vasen wackeln,

29 Nach Verhandlungen war vereinbart worden, dass die französische 2. Panzerdivision unter General Leclerc als erste in Paris einrücken sollte; dies war für die Franzosen von großer symbolischer Bedeutung.

30 V 1: Von den Nationalsozialisten im 2. Weltkrieg entwickelter Flugkörper mit Sprengstoff, von Josef Goebbels »Vergeltungswaffe« genannt, die ab Juni 1944 eingesetzt wurde, hauptsächlich gegen Ziele in England und Belgien. Die V 1 wurde zum Teil von KZ-Häftlingen produziert, viele von ihnen starben bei den unmenschlichen Produktionsbedingungen.

und alle Eisengitter vor den Läden, die Eisenhaken an den Fensterläden, die Fensterläden selbst und die Gitter, alle vereinen sich zu diesem düsteren Konzert. Zurückstürzen auf den Balkon. Hier spürt man weniger, wie das Haus zittert. Erneut Tornados, erneute Explosionen, wie Gewitterstöße gelangen sie bis zu uns. Es ist, als bewegte sich das Skelett des toten Paris im Wind. Und dieser riesige rote Schein am Horizont, der immer größer wird … Es war ein wahrer Totentanz, eine katastrophische Welt.

Wir gingen wieder schlafen, ich schlief ziemlich schnell ein, aber mein Schlaf war schwer und fiebrig, und als ich heute Morgen aufwachte, ging es mir schlecht. Das ist idiotisch in einem solchen Augenblick, aber ich musste mich auf dem Balkon erkältet haben.

Heute Nacht, als wir nach schrecklichen Explosionen (anscheinend der Wald von Sénart[31]) den Lärm von Kanonen und Maschinengewehren hörten, hatten wir den Eindruck, aus einem Albtraum zu erwachen und wieder zu den Lebenden zu gehören, in die Realität zurückzufallen. Es war ein bekannter, vertrauter, fast beruhigender Lärm. Aber im Augenblick greifen die Deutschen irgendwas auf der Champs-Elysées an, mit Kanonen, die viel stärker sind als die bisher eingesetzten. Die Maschinengewehre haben ein Beben, eine Resonanz, dass einem das Trommelfell platzt. Alle Waffenarten sind vertreten. Wenn man bedenkt, dass es so nah ist, und wir wissen nichts.

Ich hasse sie, ich hasse sie, wenn ich daran denke, dass ich glaubte, diese Leute seien Menschen. Nie werden wir vergessen. Ich hoffe, wir können uns rächen. Der Rauch wird aufgewirbelt, ganz gelb, er verdeckt die Sonne über uns. Sie haben den Grand Palais,[32] in dem sich so viele Verletzte befanden, in Brand gesetzt. Und warum? Sie mussten sich doch denken, diese Rohlinge, dass der Grand Palais in seiner schweren Herrlichkeit das schönste Denkmal ist. Sie haben Recht, dass sie es getan haben, es gab zu

---

31 La Forêt de Sénart: Waldgebiet südlich von Paris im Département Essonne

32 Grand Palais: Für die Weltausstellung im Jahr1900 errichtetes Ausstellungsgebäude in der Avenue Winston Churchill. Er wurde am 23. August 1944 in Brand gesetzt.

viele Menschen, die bereit waren zu vergeben und zu vergessen. Paris in Blut und Asche legen! Dass unser Blut auf sie und ihre Kinder niedergehe! Sie haben ihn gewollt, diesen Krieg, sie haben ihn *alle* gewollt. Ich schwöre, sie bis ans Ende aller Zeiten zu hassen. Es gibt keine Unschuldigen in diesem Land der alkoholsüchtigen Tiere. Nie, nein, nie habe ich so gehasst.

Den Feuerwehrmännern war es zunächst gelungen, den Brand ein wenig unter Kontrolle zu bekommen, trotz der Deutschen, die auf die Schläuche schossen, um sie zum Platzen zu bringen, aber dann flammte er umso stärker wieder auf. Es wird immer noch geschossen. Die Défense Passive[33] versucht mit bewundernswerter Aufopferung, die Leute aufzuhalten und nicht durchzulassen. Ich kann nur noch beten. Mir scheint, jeder Atemzug aus meinem Mund ist ein Gebet. Hat Paris es denn verdient, so zu leiden? Es erscheint unmöglich, dass die französischen Städte endlich befreit sein könnten. Man sieht kein Ende.

3 Uhr: Ich nehme an, dass der Brand gelöscht ist. Immer noch wird geschossen. Die jungen Leute, die Männer der Défense Passive sind klasse: seit Stunden versuchen sie die Leute daran zu hindern, weiterzugehen und sich töten zu lassen, sie müssen unablässig mit ihnen diskutieren. Unsere Straße ist gesperrt, die Avenue de Marigny und die Avenue Gabriel sind gesperrt. Nicole ist gerade auf die Straße gegangen und hat Nachrichten mitgebracht. Ich habe also richtig gehört, dass von oben geschossen wurde. Vom Dach des Hauses von Roger et Gallet[34] haben sie mit Brandgeschossen die 400 Polizisten bombardiert, die in der Polizeistation im Grand Palais angekommen waren. Was mit ihnen passiert ist, weiß man nicht. Auch das Rote Kreuz befand sich im Grand Palais, wegen der Nahrungsmittelvorräte der Gemeindeküche. Die

---

33 Defense Passive: deutsch: Passive Verteidigung; kommunaler Zivilschutz, verantwortlich für den Schutz der Zivilbevölkerung bei Bombardierungen, für den Alarm und die Schutzräume. Alle Gemeinden mit mehr als 2 000 Einwohnern mussten nach einem Gesetz von 1938 einen solchen Zivilschutz einrichten.

34 Roget et Gallet: Pariser Parfümerie, damals im Faubourg Saint-Honoré

Durchfahrt durch das Viertel ist nicht mehr erlaubt. Auch in der Nähe von Villiers[35] wird gekämpft, in der oberen Rue de Miromesnil.

Seit gestern, je nach Art der Brennstoffe, an denen die Deutschen gerade ihre Wut auslassen, riecht Paris nacheinander nach Teer, Rauch, Gummi, Rauch, Schießpulver und wieder nach Gummi. Es gibt noch Deutsche gegenüber bei Rothschild, aber sie verkriechen sich.

5 Uhr: Wieder, Freude, ein abgeschossenes deutsches Flugzeug, eins von denen, die keine Mitte haben (das ist eine wunderbare Beschreibung). Die Deutschen machten darüber humoristische Zeichnungen und sagten, die Geschosse würden einfach durch das Flugzeug durchfliegen, aber dieses Mal ging der Schlag nicht durch das Loch. Sofort darauf die Flak, rasend, und Splitter, die in rauen Mengen auf den Balkon fielen. Nicole bekam einen riesigen Splitter an den Fuß, der dann irgendwo sehr weit weg aufgeprallt ist. Sie hat deswegen bei Mama nicht gerade geprahlt. Plötzlich kam es mir vor, als würde der Motor des Flugzeugs ausfallen. Ich fühlte Freude, als ich sah, dass sich daraus ein Fallschirm entfaltete, bevor es vom Horizont verschwand. Sie haben es gekriegt! Ich fühlte mich den ganzen Tag sehr schwach und ging nur abends für einige Minuten nach draußen. Es gibt keine Sperrstunde mehr; die Concierges sind verpflichtet, die Haustüren nachts offen zu lassen oder jedem zu öffnen, der klingelt, damit die F.F.I. sich verstecken können, wenn es notwendig wird. Unser Concierge war eher verärgert. Die Deutschen im Faubourg errichten Panzerblockaden.

Es gibt noch eine Menge »Schweine«, die zu sagen wagen, alles Unrecht käme von der Résistance:

- Die Deutschen sind freundlich abgezogen, warum musste man sie ärgern? Es sind die F.F.I., die sie provozieren und als erste geschossen haben.

35 Villiers: Pariser Metrostation nordöstlich des Arc de Triomphe

Den ganzen Tag wurde in Paris geschossen und gekämpft. Ich frage mich, was von der Stadt noch übrig bleibt.

Wir haben immerhin schon Marmelade bekommen!

Das junge Mädchen von gegenüber hat gerade berichtet, dass die Alliierten in Bordeaux gelandet sind. Sie machen, was sie wollen. Sie sagte:

– Das ist doch nicht zu fassen, ich bin wütend, sie sagen im B.B.C., dass die Glocken überall läuten, um die Befreiung von Paris zu feiern. Man sieht doch, dass sie nicht hier sind!

Alle sind etwas schwermütig, wir leben zu stark in der Gegenwart, um an die Zukunft zu denken, und man kann das Ende nicht absehen – wir fragen uns, ob sie jemals kommen!

Donnerstag, den 24. August 1944

11 Uhr: Ich habe eine schreckliche Nacht hinter mir.

Mögliche Vergleiche: hundeelend und hohes Fieber wie ein Pferd![36] Aber ich bin voller Tatendrang, ich will nicht krank sein: Ganz allein stoße ich Schreie aus, beiße mir auf die Lippen und mache Freudensprünge auf meinem Bett.

Gestern Abend haben die Boches das Hôtel de Ville[37] und andere Gebäude in Brand gesteckt, doch Gott hat ein herrliches Gewitter geschickt, das alles wieder gelöscht hat, und heute regnet es in Strömen.

Der Kanonendonner der Alliierten schwebt über allem.

Dann kommt Nicole mit der Zeitung, und seit ich sie gelesen habe, glühe ich buchstäblich vor Verlangen, selbst auch etwas zu tun, und vor Gier, dabei zu sein, wenn General de Gaulle alle Franzosen mobilisiert. Ich wollte gestern schon zu Gisèle gehen, die Waffen bei sich zuhause hat, um ihr zu sagen, dass die Résistance welche braucht und sie sie hergeben soll. Heute in der Zeitung der Befehl, alle Waffen abzuliefern, unter Androhung einer

---

36 Wortspiel: »malade comme un chien« und »fièvre de cheval«: wörtlich: krank wie ein Hund und Fieber wie ein Pferd

37 Hôtel de Ville: Das Rathaus in der Rue de Rivoli

Strafe wegen Verschwörung mit dem Feind. Ich möchte so gern etwas tun. Ich denke, ich habe bisher so wenig getan. Agitation natürlich, ich kann mit Stolz sagen, dass ich *immer* die Engländer gegen alle unterstützt habe, ohne eine Sekunde des Schwachwerdens, sogar den Deutschen gegenüber. Etwas mehr handelnd habe ich Agitationsplakate geklebt. Und es gab noch die Geschichte der politischen Gefangenen in Verneuil und schließlich den falschen Ausweis! Das ist wenig, verglichen mit den Menschen, die jeden Tag ihr Leben riskieren. Aber ich war nicht ganz unnütz, das ist immerhin ein Trost. Das Tagebuch ist wunderbar; man spürt, dass es kein »journalistischer« Stil ist, aber ein Glaube, der zu guter Letzt aufflammen und zum Ausdruck gebracht werden kann.

Rumänien und Bulgarien lassen Deutschland fallen, Rumänien kämpft an der Seite Englands. Die Amerikaner sind im Vallée de Chevreuse[38]; zwei junge Leute sind hingefahren und haben sie fotografiert und mit ihnen geredet. Als sie in Saint-Rémy ankamen, trafen sie Frauen in Sonntagskleidern mit verwelkten Blumensträußen im Arm, die sie dort erwarteten. Die Blumen waren verwelkt, weil sie vor drei Tagen gepflückt worden waren. Als sie zurückfuhren, mussten sie sich in Versailles ihre Fahrräder von zwei Soldaten des Afrikakorps abnehmen lassen und die restlichen zwölf Kilometer zu Fuß laufen.

Gestern wurde in Paris noch den ganzen Tag gekämpft, im Augenblick höre ich den Kanonendonner immer noch sehr nah.

23 Uhr: Paris ist im wörtlichen Sinn in hellem Aufruhr, die Alliierten marschieren gerade in Paris ein, das Radio meldet ihre Ankunft in La Muette[39] und am Hôtel de Ville. Keine Sätze, die zu langsam sind, nur Lärm und Farben. Farben, leider! Ein riesiger Brand in Richtung Courbevoie[40] und schreckliche Explosionen. Es gibt immer noch Leute, die sterben, und das hindert uns daran,

38 La Vallée de Chevreuse: Das Tal der Chevreuse: südwestlich von Paris im Département Yvelines

39 La Muette: Pariser Viertel zwischen dem Bois de Boulogne im Westen und der Seine

40 Courbevoie: Nordwestlich von Paris, in der Nähe von Nanterre

uns voll und ganz zu freuen. Gott hat für die Ankunft der Alliierten in Paris all seine Sterne angezündet, alle Fenster sind erleuchtet, Fahnen werden aufgehängt, sie werden mit bengalischen Feuern angeleuchtet, es wird geschrien. Die »Marseillaise« fliegt von Mund zu Mund, wie falsch auch immer gesungen. Alle Radiosender spielen Militärmusik, was uns etwas Abwechslung vom ewigen Bolero von Ravel verschafft! Und die jungen Mädchen an den Klavieren spielen *Le chant du départ*[41] oder *Tipparary.*[42] Beifall, läutende Glocken, *Hurras, Vive la France! Vive de Gaulle! Vive Leclerc*! Dröhnender Kanonendonner, Maschinengewehrschüsse, Revolverschüsse, Befehle, die den F.F.I. zugerufen werden, Hörnertöne der städtischen Bereitschaftspolizei. Trotz der Kugeln und der Boches hängt ganz Paris an den Fenstern oder ist auf den Straßen.

Nicole und ich wollten schauen, ob die Boches noch bei Roger und Gallet waren, aber ein Unteroffizier richtete sein Maschinengewehr auf uns. Nicole sagte:

– Es ist besser, wenn wir umkehren.

Wir waren dann in Beaujon,[43] dort wurde den ganzen Tag über gekämpft. Hier Kanonenschüsse, Maschinengewehrbeschuss, und wir sahen, wie etwa zwanzig F.F.I. anrückten, alle mit einem Revolver in der Hand. Wieder war es Nicole, die sagte (es ist erstaunlich, sie war die Vorsichtige):

– Es riecht schlecht, wir sollten uns besser zurückziehen.

Es roch tatsächlich noch viel schlechter, als neben uns geschossen wurde. Es roch stark nach Schießpulver. Dann gehen wir nach Hause und ziehen uns aus, dann das Signalhorn der Bereitschaftspolizei und Beifall. Jemand ruft: »Sie kommen«, aber das hat man

41 Le chant du départ: Lied des Aufbruchs, Kriegs- und Revolutionslied von 1794, 1804–1815 französische Nationalhymne

42 Tipparary: It's a long way to Tipparary: im 1. Weltkrieg Lieblingslied der englischen Soldaten

43 Beaujon: Großes Krankenhaus in Clichy nördlich von Paris, das im 2. Weltkrieg von den Deutschen als Lazarett genutzt wurde.

uns so oft gesagt, dass wir nicht daran glauben. Endlich verkündet es das Radio …

Der Tag war wie die Tage vorher, Kämpfe am Grand Palais – als ich mit Darak rausging, sagte man mir:

– Sicher haben Sie kein Fleisch im Augenblick; Sie müssten zum Grand Palais gehen und dort die Kutteln des Pferdes holen, das getötet wurde …

Wir sahen es heute Morgen vorbeikommen, es zog einen Eiswagen. Der sture Fahrer wollte unbedingt weiter, trotz der Warnungen und Ratschläge der Défense Passive. Das Gespann hatte etwas Düsteres. Das Pferd war das arme Opfer. Und der Kampf – der ja mehrere Tage dauerte – war noch nicht beendet, als jeder, der vorbeikam, ein Messer aus der Tasche zog und ein Stück Fleisch abschnitt. Ein oder zwei Stunden später blieb nur noch das Gerippe übrig.

Not kennt kein Gebot … Kämpfe, die auch sehr grausam sind, in der Avenue de Villiers, am Boulevard Haussmann. Warum ist unsere Freude nie vollständig? Muss Paris brennen, wenn die Alliierten einmarschieren?

Ich fühle mich sehr schwach, weil ich nichts gegessen habe, aber so glücklich. Ich wage es nicht, mich auszuziehen. Ausnahmsweise wurde der Strom wieder angestellt. Seit gestern haben wir kein Gas mehr. Zum Glück haben wir noch etwas Alkohol übrig, aber die Leute sind im Allgemeinen schlecht dran. Ach was! Wir bekommen schon Butter, 150 Gramm Fleisch, Süßigkeiten, Kekse! Man sieht, dass unsere »Kollaborateure« sich zurückziehen. Alles wird gut ausgehen.

Ich finde es dumm, dass ich mich im Augenblick mit so einer Frage beschäftige – dem Determinismus in der Freiheit: Liegt er nicht in der Moral, einzig und allein in der Moral, die allein unsere Taten bestimmt? Es ist nun eigentlich nicht der Augenblick, darüber nachzudenken!

Freitag, 25. *August* 1944

3 Uhr: Ich muss schreiben – ich muss meine Nerven etwas entlasten, die seit heute Morgen zum Zerreißen gespannt sind. Für uns bringt dieser Tag die Apotheose der Kämpfe. Es ist nicht möglich, mehr zu sehen als das, was wir seit heute Morgen 10 Uhr sehen, es sei denn, sie stecken das Haus in Brand. Ich fasse kurz zusammen, um das »Feuer« – so muss man es nennen – der aktuellen Ereignisse zu beschreiben. Ausgezeichnete Nacht, man schläft wunderbar, wenn man sehr müde ist. Um halb 8 werden wir von Beifall geweckt und stürzen im Nachthemd auf den Balkon, um die jammervolle Ankunft der *Blitzmädchen* und der gefangenen deutschen Frauen mitzuerleben, unter den Buhrufen der Menge, vor der die F.F.I. sie schützen mussten. Schreie wie: »Jetzt sind die schönen Tage und die Fressgelage vorbei!« »Huhu«, Beifallklatschen. In Lastwagen folgt ihr unzähliges Gepäck, man bringt sie ins Bristol.[44] Natürlich schimpfen alle. Danach bringt man sie zum Sitz der ehemaligen Rassemblement National Populaire von Déat;[45] aber sie werden von den Männern und Frauen des Roten Kreuzes geschützt. Gerade eben mühten sich zwei Männer und drei Frauen mit einem roten Kreuz damit ab, das Gepäck in einen kleinen Lastwagen zu laden: Kinderfahrräder, Radios, Luxuskoffer; sie mussten sich beschimpfen lassen von Leuten gegenüber, die sagten, sie seien ja Lakaien, sie sollten diese Arbeiten doch die *Bochesses* machen lassen; und es wäre im Übrigen besser, das alles den Flüchtlingen zu geben. Womit ich völlig einverstanden bin, wenn man den Bericht über die Folterungen liest, die diese Leute den Gefangenen angetan haben, und wenn man sieht, wie sie es wagen, den Kopf schon wieder hoch zu tragen und herablassend zu blicken.

---

44 Bristol: Hotel in der Rue du Faubourg Saint-Honoré; im 2. Weltkrieg Sitz der amerikanischen Botschaft

45 Rassemblement National Populaire: Nationale Volksvereinigung: von Déat gegründete Kollaborationspartei

Welche Musik, großer Gott! Ich glaubte nicht daran, an das Zischen der Kugeln. Seit 10 Uhr hörten wir die ganze Palette der Tötungsinstrumente. Es gibt eine herrliche Panzerschlacht auf der Champs-Elysées; die F.F.I. schießen in unserer Straße, und diese verdammten Boches schießen von den Dächern, während wir alle, die da waren, herauszufinden versuchten, wo sie waren. Gerade eben pfiffen zwei Kugeln genau über meinen Kopf, die aus der Avenue de Marigny kamen, eine andere Kugel schlug heute Morgen in das Dach ein, 1,50 Meter von Mama entfernt. Ich koche, wenn ich daran denke, dass die Alliierten in diesem Augenblick auf der Avenue des Champs-Elysées marschieren und wir nicht rausgehen können.

Ich mache da weiter, wo ich stehengeblieben bin, diese Klammer ist meiner Begeisterung entschlüpft. Paris im Flaggenmeer gleicht einem Blumenstrauß. Ist es nicht herrlich, dass all die Fahnen der Alliierten blau, weiß, rot sind? Dieser Kampf in der mit Fahnen geschmückten Stadt gleicht einem Fest, einem Kinderspiel, bei dem jeder mitmacht: Räuber und Gendarm.

Zorn der Bereitschaftspolizei, weil sie nicht auf die Deutschen schießen konnte, die über die Avenue Matignon durchschlüpfen konnten, weil dort trotz des absoluten Verbots in diesem Augenblick Leute herumliefen. Ihr Zorn legte sich bald, denn diese ergeben sich, und die F.F.I. bringen sie triumphierend zurück, ohne Mütze, ohne Gürtel, die Hände auf dem Kopf. Das ist Wahnsinn. Man buht sie aus, mit Getrampel und rasender Wut. Es sind elf – die Zeiten haben sich geändert.

Wir haben endlich meine englische Fahne gehisst, und wie durch ein Wunder wehten überall Fahnen, englische, amerikanische, französische, kanadische, russische. Die armen Russen, auch ihnen haben wir diesen Tag zu verdanken. Ich wasche mich schnell, ziehe mich rot und blau an, und wir stecken uns Bänder mit den englischen Farben ins Haar. Auf der Straße trägt jeder eine Kokarde.[46] Wir bemerken, dass die Kollaborateure an ihren Fenstern nur die französischen Fahnen gehisst haben, weil sie zu feige sind, ganz darauf zu verzichten. Weil schon geschossen wurde, als ich rausging, sagte Mama, ich solle heute nicht zu meiner Großmutter Lélé gehen. Ich ging nur zur Place Beauvau und blieb dort stehen, um zuzuschauen, wie riesige englisch-französische Banner ausgebreitet wurden, die die ganze Fassade eines Hauses einnahmen. Auch in der Avenue Matignon gibt es eine englische Fahne, die über fünf Etagen geht; Roger und Gallet, Rothschild, all diese Orte, die von den Deutschen besetzt waren, sind beflaggt, wie durch ein Wunder, wie es scheint. Man hört nur noch: »Vier Jahre lang haben wir auf diesen Tag gewartet!« Wir können nicht glauben, dass er endlich gekommen ist. Es kommt mir vor, als würde ich einer Spaltung meiner Person zusehen; wie in einem Traum habe ich den Eindruck, dass ich meine intakte Persönlichkeit behalten habe, um sie am Ende wiederzufinden, während eine andere als ich den Sieg erlebt. Ich frage mich, ob ich ihn ausreichend verdient habe. Das ist der Gedanke, der mich betrübt.

Ich habe das Schreiben unterbrochen, um zu schauen, wie die ersten drei amerikanischen Panzer vorbeifuhren, auf die Franzosen geklettert sind und die in der Rue Faubourg Saint-Honoré angehalten haben: Die Sieger der »Schlacht der Champs-Elysées«, bedeckt mit roten und weißen Gladiolensträußen, unter denen sie heute Morgen gegen Panther-Panzer[47] gekämpft haben, auf einem Teppich aus Rhododendron, Rasen und Sonne. Die Alliierten haben die Franzosen, die Division Leclerc, als erste in das befreite Paris einziehen lassen! Die Kämpfe waren noch nicht ganz beendet; den ganzen Tag über wurde von den Dächern geschossen, ohne dass jedoch jemand verletzt wurde. Es ist der Wahnsinn; die kleinen Mädchen, die jungen Mädchen, die jungen Leute sind auf

46 Kokarde: Symbol der Französischen Revolution; Bandschleife, die am Hut getragen oder angesteckt wurde

47 Panther-Panzer: Kampfpanzer der Wehrmacht im 2. Weltkrieg

die Panzer geklettert, sogar die Hunde, alle mit ihrer Trikolore-Schleife. Die französischen Soldaten haben die Wangen voller Lippenstift; sie sind wunderbar, ganz sonnenverbrannt. Sie lieben General de Gaulle, sie zeigen voller Bewunderung sein Portrait und sagen: » Das ist ein fabelhafter Typ, eine Kanone.« Ihr Panzer heißt *Vimy* und ist voller Champagnerflaschen; es ist der zweite Panzer, der in Paris eingefahren ist, sie haben die Tore von Fresnes[48] niedergewalzt! Im Panzer sitzt ein sehr eleganter Junge mit feinen Gesichtszügen, der sich sehr kultiviert ausdrückt. Er heißt Rodolphe. Ein Mann von der Stadtverwaltung kommt und schlägt Rodolphe vor, dass er seine Eltern anruft, und alle jungen Mädchen merken sich seine Telefonnummer: Danton 40–70. Ich habe sie nicht geküsst, die französischen Panzerfahrer, weil ich denke, es reicht ihnen.

Ich stürze mich auf einen Wagen der amerikanischen Presse, und es gelingt mir, einem der Typen, einem wunderbaren mit einem kleinen schwarzen Bärtchen, die Hand zu drücken. Ein bisschen weiter weg treffe ich Huguette Massenon, Nicoles Freundin, die in Tränen ausgebrochen ist, weil ihr Vater sie geohrfeigt hat, als er gesehen hat, wie sie gerade einen Soldaten küsste. Sie hat ihn Verräter genannt. Ganz Paris tröstet sie, ein Soldat schenkt ihr Schokolade. Ein kleiner Amerikaner geht Kaugummi kauend vorbei, und Françoise Aumont, eine andere Freundin, die ich zufällig treffe und die keinen Lippenstift mehr auf den Lippen hat, sagt:

– Den da kenn ich, den habe ich geküsst.

Mit Bedauern kehrte ich nach Hause zurück, damit Mama sich nicht beunruhigt; die Arme, sie ist krank und kann nicht laufen. Und ich schreibe, ich schreibe. Ich schreibe dort weiter, wo ich stehengeblieben bin, die Leute, die die Positionen der Deutschen durchgeben, die versuchen, herauszubekommen, woher die Schüsse kommen. Die Kollaborateure sind gelb oder grün. Wir

48 Fresnes: Gefängnis

haben es geschafft, fast die ganze Zeit auf dem Balkon zu bleiben, trotz der strikten Verbote.

Wir haben kaum etwas gegessen. Ich glaube, ganz Paris hat sich heute von Gefühlen und Begeisterung ernährt. Es sieht so aus, als gebe es noch Kämpfe bei der Deputiertenkammer, im Senat, an der Place de l'Etoile, aber wir haben so viel gesehen, dass uns das nicht aufregt. Ebenso wenig wie die brennenden Gebäude Richtung Saint-Lazare und Place de la Concorde. Es ist komisch, wie man sich daran gewöhnt; weder Mama noch wir schenken den Kugeln jetzt noch Beachtung. Sie machen ein seltsam melodisches Geräusch, wie Seide. Man glaubt nicht, dass sie heimtückisch sind. Der Himmel ist wunderbar, aber die Luft ist frisch.

Abend. Der Augenblick, an dem ich mich an diesem Tag am lebendigsten fühlte, war der, als die deutschen Fahnen an der Place Beauvau verbrannt wurden. Sie haben ihren Champagner mitgenommen und ihre Fahnen dagelassen. Vom Balkon aus war das herrlich. Sie gaben ein schönes Freudenfeuer ab, die unheilvollen Fahnen mit dem Hakenkreuz, die Gestapofahne, schwarz mit einem weißen ss, die Korsarenflagge, Plünderer, Hunger. Die Flammen stiegen hoch, hell, die jungen Mädchen tanzten darum herum und sangen die »Marseillaise«, es wurde applaudiert, wenn das Feuer aufflammte. Das werde ich nie, nie vergessen, auch nicht, wenn ich hundert Jahre lebe – und damit nichts fehlt, strömten sie einen schrecklichen Gestank aus. Ich bedaure alle, die nicht dabei gewesen sind.

Den ganzen Tag schossen Verrückte auf die Menge, ohne jemanden zu verletzen, und die F.F.I. begannen eine letzte Schlacht, die Schlacht der Dächer. Voller Wut spazierte auch ich auf den Dächern um das Haus herum, um die Schützen zu suchen. Ich bin jedoch nicht schwindelfrei, aber ich hatte Flügel. Dieser Typ, der geschossen hat neben uns, den möchte ich erwürgen. Sie wissen so gut, dass es unnütz ist, das sind absolut Verrückte.

Die französische Marine defilierte vorbei; die F.F.I. klatschten Beifall, die Alliierten werden Sonntag da sein. Was soll man dazu sagen? Nichts kann Frankreichs Gedanken in Worte fassen.

Samstag, 26. *August* 1944

10 Uhr: Es ist erstaunlich, wie gut man schläft, wenn man glücklich ist. Alles ist ruhig heute Morgen. Und doch ist der Himmel einmal mehr blutrot, von den Bränden erhellt. Es scheint, als hätten wir seit Jahren nichts anderes als Brände am Horizont gesehen, als Albtraumnächte.

General de Gaulle ging um 3 Uhr zum Arc de Triomphe, um Blumen am Grab des Unbekannten Soldaten niederzulegen; es sollte eine kleine Parade geben, weil er danach in die Notre Dame ziehen wollte über den Faubourg Saint-Honoré und die Rue de Rivoli. Ganz Paris, das kann man wohl so sagen, säumte schon seit Stunden die Strecke. Um uns an einem solchen Tag nicht mit unserer Großmutter zu verkrachen, holte ich sie ab und nahm sie mit zu der Parade. Sie hat mich in der Menschenmenge allein gelassen, und ich hatte das unverschämte Glück, einen Sitzplatz auf einem Lastwagen an der Ecke Avenue de Marigny und Avenue des Champs-Elysées zu finden, von dem ich so gut sehen konnte wie im Theater. Wie schön Paris war, mein Gott, mit diesen Fahnen, in die jeder sein Herz eingeschrieben hatte, diese Fahnen, die aus Blaumännern, rotem Möbelstoff, Seide, Brokat, Satin gemacht wurden, aus allem, was man finden und färben konnte! Und wie sie blinkten in der herrlichen Sonne, und wie sie im Wind flatterten!

General de Gaulle ging vorbei. Ich bin noch ganz heiser vom lauten Schreien, die Hände tun mir weh vom vielen Klatschen. Mit Vergnügen erinnerte ich mich daran, dass ich ein Schulverbot bekommen hatte, weil ich »Vive de Gaulle!« geschrieben hatte. Er kam näher, so schlicht und so wunderbar, ganz einfach zu Fuß, aber er überragte mit seiner immensen Größe alle anderen Männer. Ich verstehe, warum man fanatisch für ihn ist, ich verstehe, dass man für ihn sterben würde. Er ist ein Übermensch. Die Menschenmenge wurde von einem regelrechten Wahn gepackt.

Dieser malerische Zug, der sich zusammensetzte aus F.F.I. – wir sahen die Martiniquaise im Anzug, die spanischen Legionäre – die Défense Passive, das Rote Kreuz mit den kleinen verletzten Krankenschwestern auf den Tragbahren, alle in einem Durcheinander auf Jeeps und Panzern, automatische Maschinengewehre, Pressewagen und amerikanische Aufnahmewagen – das war bewegend wie der gesamte Tag. Als alle weggingen, höre ich an der Ecke der Avenue de Marigny ein Geräusch, das ich für das Krachen eines Astes an einem Baum halte, da sehe ich, wie sich alle Leute auf den Boden werfen: Ein junges Mädchen war gerade von einer Kugel in den Hals getötet worden. Es gab eine schreckliche Panik und es war furchtbar, all die armen Leute zu sehen, die ohne die Metro aus allen Ecken von Paris gekommen waren, die einen Moment vorher noch so freudig waren, wie sie plötzlich den gehetzten Tieren glichen, blass und entsetzt. Es wurde von Marigny aus geschossen, vom Restaurant Laurent, von allen Dächern. Es war ganz schrecklich. Aber ich konnte zum Glück sofort nach Hause, um Mama zu beruhigen; das Schlimmste sah ich erst vom Balkon aus: dieses Durcheinander der verängstigten Menschenmenge, diese Schreie, diese Getöteten auf der Place Beauvau. Meine Großmutter war zum Glück nach Hause gekommen. Nicole kam eine halbe Stunde später an; sie war auf der Place de la Concorde, mitten in den Panzern, auch da wurde geschossen. Vom Dach des Crillon,[49] hinter den getarnten deutschen Fahrzeugen und vom Dach des Ministeriums der Marine. Die Panzer schossen zurück, und ungefähr eine Viertelstunde lang hörten wir noch mehr Detonationen und Schüsse als gestern.

Voller Wut stieg ich in den sechsten Stock, ich wollte versuchen, etwas zu sehen: Vom Haus nebenan wurde geschossen, ich bin mir sicher. Ich steckte den Kopf gerade durch die Dachluke unseres Mansardenzimmers, als ich mich umdrehte und plötzlich dicht vor mir

49 Crillon: Hotel

einen Mann mit einem Revolver in der Hand sah. Es war ein F.F.I. (es waren sogar zwei ...). Aber mit Darak, der nach mir auf den Stuhl geklettert war, machte ich nicht so sehr den Eindruck, der Armee der Dächer anzugehören, vor allem schob er mich mit aller Kraft zur Seite, um besser sehen zu können. Natürlich fanden wir niemanden. Und seit mehreren Tagen schon werden die Schüsse von der gleichen Stelle abgefeuert. In Paris soll es mindestens 150 000 Deutsche in Zivil geben, die mit falschen Papieren ausgestattet sind.

Sie haben es gewagt, die Gotteslästerung zu begehen und in der Notre-Dame zu schießen, während General de Gaulle dort war. Überall waren Milizionäre versteckt; sie schossen von der Empore, hinter den Orgelpfeifen, durch all die kleinen Schlitze, aus allen Ecken und Enden. Es gab wohl nur einige wenige Verletzte in der Kirche, denn es wurde auf den Chor gezielt – wo sich General de Gaulle aufhielt, fast allein, und sich nicht bewegte. Mitten in der Schießerei, den Salven der Maschinengewehre, den Kugeln, die ihm um die Ohren pfiffen, ging er sehr ruhig hinaus, als der Gottesdienst beendet war. Sein Blick gab den armen verschreckten Menschen etwas Mut zurück. Aber auf dem Vorplatz muss es am schlimmsten gewesen sein; sie schossen von den Türmen der umstehenden Häuser – die die F.F.I. am Morgen durchsucht hatten – man hat wohl eine Familie mit sechs Personen in flagranti erwischt und verhaftet, den Vater, die Mutter und die Kinder; die Großmutter mit 65 Jahren dirigierte das Schießen!

Die ganze Strecke des Aufmarsches entlang hatte es Attentate gegeben. In der Rue de Rivoli wurde geschossen; die, die töteten, befanden sich in der Menschenmenge, auf den Bäumen, in den Häusern. Es ist unmöglich, meinen Zorn zu beschreiben. Ganz Paris erhebt sich gegen diese feigen Mörder. Das ist die neue deutsche Waffe: Panik zu schüren, Frauen und Kinder zu töten und ein Volk, das vier Jahre lang gelitten hat, daran zu hindern, dass es sich am Tag seiner Befreiung freuen kann.

Am Abend hörte ich, wie ein städtischer Polizist erzählte, dass die Deutschen einen Angriff auf Saint-Denis gestartet haben und ein wenig vorgerückt sind; wir hatten schreckliche Angst, dass sie Paris wieder einnehmen könnten. Ich war schrecklich traurig, als ich schlafen ging, aber ich dachte, dass irgendwo in mir etwas gezündet hat, dass es einen Funken gab, und mein Egoismus schmolz wie durch ein Wunder; ich bin bereit, für die Sache meinen letzten Blutstropfen zu geben, bis zur äußersten Grenze meiner Kräfte zu arbeiten, um diese Menschen in Frankreich zu rächen, die unschuldig waren und die ich liebe, weil wir gemeinsam gelitten haben.

Dann hörten wir das Brummen einiger Flugzeuge. Die Flak veranstaltete ein regelrechtes Feuerwerk. Oh, das waren keine dürftigen Sperrfeuer! Sie schossen gleichzeitig von überall, es ist unvorstellbar, wie viel Flak sie schon hergebracht haben. Es gab Alarm, und wir gingen so schnell in den Keller, dass wir nicht einmal den Schlüssel mitnahmen. Ich glaube, dieses Mal machte es ganz Paris so. Niemand rührte sich, als es die Engländer waren, aber jetzt fühlte sich jeder in Gefahr. Ich weiß noch nicht, was sie bombardiert haben, aber der ganze Norden von Paris ist erhellt von einem riesigen Brand.

Montag, 28. *August* 1944

Plötzlich denke ich an die Freude der Menschenmenge, als der mit kostbarem Fell gefütterte Mantel des Generalkommandanten von »*Gross Paris*« spazieren geführt wurde …

Ich muss die Lebensmittelkarten holen, die wir nicht bekommen haben, denn das Viertel war von der Polizei umstellt; alle Häuser wurden durchsucht. Diese energischen Durchsuchungen scheinen die Armee der Dächer zum Schweigen zu bringen. Hoffen wir, es ist endgültig …

Donnerstag, 31. *August* 1944

Bin in die Rue d'Anjou gegangen, um Zazouk anzurufen – die Post funktioniert wieder – ich wollte wissen, was in Verneuil passiert war. Es geht allen gut, sie wurden nicht zu sehr bombardiert, dank dem alten Pastor, der mit dem Fahrrad zu den Amerikanern gefahren ist, um ihnen mitzuteilen, dass die Deutschen weg waren. Dann rief ich Alex an und erfuhr, dass er sich dem Roten Kreuz angeschlossen hatte.

Als ich vor dem Abendessen Darak ausführte, traf ich Monique Léger mit ihrer Mutter, das war komisch für mich. Sie sah recht trübselig aus, mit geschlossenem Mund und einem Kleid, das eher ein Kleid für ihre Mutter gewesen wäre. Komisch, dass sie ihren deutschen Ausdruck so ganz – und so schnell – verloren hat.

Ich vergaß zu erwähnen, dass Amerikaner gegenüber sind, bei Rothschild, anstelle der Deutschen. Es war eine ganze Bande, die oben auf der Mauer saß, wie die Vögel. Ich fange gerade erst an, zu begreifen, dass SIE DA SIND …, und mich glücklich zu fühlen. Ich beginne auch, Angst zu haben, dass es nicht dauert, wie jedes Glück.

Freitag, 20. *Oktober* 1944

Ich lebe den Augenblick, ohne das Datum zu wissen, und habe fast vergessen, dass heute Abitur ist.[50] Ich erinnerte mich nur daran, weil Mama mit einem Brief von Papa kam, der schrieb, er werde heute Abend um 8 Uhr da sein, und weil wir auf den Kalender schauten.

Ich weiß nicht, ob Philosophie gut gelaufen ist. Ich habe das Thema genommen: »Lebt die Vergangenheit in der Gegenwart wieder auf? Welche sind die Bedingungen und die Formen dieses Wiederauflebens?«

Als ich rauskam, regnete es in Strömen, also kein Umzug der Abiturienten.[51]

---

50 In Frankreich sind die Abiturprüfungen auf die letzten zwei Schuljahre verteilt. Micheline Bood legt hier den zweiten Teil der Prüfungen ab.

51 Monôme: Umzug von Abiturienten oder Studenten; diese Umzüge gab es erstmals Ende des 19. Jahrhunderts.

Samstag, 21. *Oktober* 1944

Die Themen in Geschichte, Geographie und Naturwissenschaften waren heute ziemlich doof. In Geographie nahm ich die Landwirtschaft in Deutschland. Ich wusste übrigens nichts darüber, aber ich entschied mich, es auf politische Weise zu behandeln. Ich weiß nicht, ob das dem Prüfer gefällt, aber es ist mir egal. Ich habe ausgeführt, dass Deutschland nie ein sehr fruchtbares Land gewesen ist und noch weniger ein landwirtschaftlich geprägtes Land, jetzt, da die ganze Arbeitskraft auf die Fabriken ausgerichtet wird. Die Landwirtschaft in Deutschland besteht daher darin, andere Länder zu überfallen, sich deren Landwirtschaft anzueignen und sie systematisch auszuplündern.

Seltsam, dass das Abitur dieses Mal für mich überhaupt keine Bedeutung hat. Ich habe andere Sorgen im Kopf, ich messe ihm so wenig Bedeutung bei, dass ich es fast vergessen hätte. Es ist kein Zustand der Betäubung. Eins ist mir bewusst geworden, seitdem ich Arbeit suche, Abitur und Bildung bringen überhaupt nichts, wenn man kein Geld hat und sein Leben selbst bestreiten will. Ich war sehr stolz. Ich bin es immer noch, aber ich bin sehr viel weniger stolz auf mich, seit mir klar geworden ist – zum Glück hat es nicht zu lange gedauert – dass alle Komplimente, die ich seit meiner Kindheit bekam, mich im Leben nicht voran gebracht haben, für das ich weniger gewappnet bin als eine Schreibmaschinensekretärin. Sie würde wenigstens sofort Arbeit finden. Weder meine Begabung zu zeichnen noch die Begabung zu schreiben hat mir bisher viel weitergeholfen. Es ist hart, anzufangen. Und doch, andere haben noch weniger Glück. Ich muss nur auf Gott vertrauen und warten. Das ist das Schwerste.

Papa ist gestern gekommen, um halb 12. Wir haben bemerkt, dass seine Rückkehr nicht so katastrophal ist, wie wir uns das vorgestellt hatten. Er ist sehr freundlich, und wenn wir ihm sofort gute Manieren beibringen, wird er nicht mehr so nervig sein wie früher.

Jetzt weiß ich es. Nie mehr werde ich die Person sein, die ich vor dem Krieg war. Nein, »nie mehr werden wir unsere Seele von heute Abend haben.«[52]

52 Letzter Vers des Gedichts: »Il fera longtemps clair ce soir« von Anna de Noailles (1876–1933) aus dem Gedichtband: Le cœur innombrable

Editorische Notiz zur deutschen Ausgabe

Das 1974 im Verlag Robert Laffont erschienene Tagebuch Micheline Boods mit dem Titel »Les années doubles« ist nur noch antiquarisch zu erhalten. Eine deutsche Ausgabe hat es nie gegeben.

Für diese Ausgabe nun wurde das Tagebuch leicht gekürzt. Es wurde sorgfältig darauf geachtet, dass durch Kürzungen nichts nachträglich geglättet wurde, dass die Unmittelbarkeit der Tagebuchaufzeichnungen erhalten blieb.

Die deutsche Übersetzung wurde durch Fußnoten ergänzt. Sie erläutern Orte, historische Ereignisse oder Namen, die Micheline Bood erwähnt, oder machen den historischen Zusammenhang für heutige Leserinnen und Leser deutlich. Wer das Tagebuch einfach als Tagebuch liest, kann sie überlesen. Zum Teil erschließt sich jedoch erst durch die historischen Informationen, um welches zeithistorische Dokument es sich bei diesem Tagebuch handelt.

Ein besonderer Dank geht an Christophe und Maurice Bood für die Überlassung des Selbstportraits von Micheline Bood für die Umschlaggestaltung und für die freundlichen Antworten auf viele Fragen bei der Vorbereitung der deutschen Ausgabe.

Rudolf Rach

Eine französische Geschichte

Liebe und Geschäft – kann das gehen? Und wenn ja, wie? Jean Bart, Verleger in Paris, sucht eine neue Assistentin und findet Margot Rothier. Bart ist begeistert: Margot ist nicht nur schön, sondern auch bestens qualifiziert. Er will sie und keine andere. Bis Margot ihm etwas gesteht, was Bart und vor allem seinem wichtigsten Autor sehr in die Quere kommt.

Der erste Roman des Verlegers Rudolf Rach führt mitten in die Irrungen und Wirrungen des Verlagswesens, in eine Welt, die sich, wie kaum eine andere, ihre Mythen bewahrt hat.

Roman
Geb., 181 Seiten
978-3-940888-49-5
weissbooks.com

weissbooks.w

Micheline Bood
Die doppelten Jahre.
Tagebuch einer Schülerin, Paris 1940-1944
Aus dem Französischen von Ursula Bös

Die Originalausgabe erschien 1974 unter dem Titel
Les Années Doubles.
Journal d'une lycéenne sous l'Occupation
bei Éditions Robert Laffont, Paris

Konzept Design
Gottschalk+Ash Int'l

Satz
Publikations Atelier, Dreieich

Umschlaggestaltung
Julia Borgwardt, borgwardt design
unter Verwendung einer Zeichnung von Micheline Bood

Foto Micheline Bood
© privat

Druck und Bindung
GGP Media GMBH, Pößneck

Printed in Germany
Erste Auflage 2017
ISBN 978-3-86337-120-3

Dieses Buch ist auch als eBook erhältlich
ISBN 978-3-86337-139-5

weissbooks.com

Dieses Buch wurde auf FSC®-zertifiziertem Papier gedruckt. FSC® (Forest Stewardship Council) ist eine nichtstaatliche, gemeinnützige Organisation, die sich für eine ökologische und sozialverantwortliche Nutzung der Wälder unserer Erde einsetzt.

FSC
www.fsc.org
MIX
Papier aus verantwortungsvollen Quellen
FSC® C014496